棒棰岛人文丛书

半岛星空

大连文学史随笔

曲圣文 著

图书在版编目（CIP）数据

半岛星空：大连文学史随笔 / 曲圣文著. — 大连：大连出版社，2022.12
（棒棰岛人文丛书）
ISBN 978-7-5505-1773-8

Ⅰ. ①半… Ⅱ. ①曲… Ⅲ. ①地方文学史—大连—文集 Ⅳ. ①I209.931.3-53

中国版本图书馆CIP数据核字(2022)第197151号

BANDAO XINGKONG:DALIAN WENXUESHI SUIBI
半 岛 星 空： 大 连 文 学 史 随 笔

出 版 人：代剑萍
策划编辑：卢　锋
责任编辑：卢　锋　杨　琳
助理编辑：郑雪楠
封面设计：林　洋
责任校对：乔　丽　王洪梅
责任印制：温天悦

出版发行者：大连出版社
地址：大连市高新园区亿阳路6号三丰大厦A座18层
邮编：116023
电话：0411-83620573 / 83620245
传真：0411-83610391
网址：http:// www.dlmpm.com
邮箱：dlcbs@dlmpm.com
印刷者：大连金华光彩色印刷有限公司
经销者：各地新华书店

幅面尺寸：170mm × 240mm
印　　张：24.5
字　　数：377千字
出版时间：2022年12月第1版
印刷时间：2022年12月第1次印刷
书　　号：ISBN 978-7-5505-1773-8
定　　价：68.00元

写在前面

2019年10月底，我正在乡下的姐姐家里，突然接到大连出版社卢锋先生的电话，问我是否可以承担一本书的写作，就是这本《半岛星空：大连文学史随笔》，一时颇为受宠若惊。因为此前，我虽发表过一些文章，却从未出版过一本书，不知出版社怎么选中的我。高兴之余，又有几分担忧，毕竟出版社是要求经济效益的，而选择一个寂寂无名的作者，则意味着他们要承担一定的风险。想及此，我压力陡增。作为出版社选择的作者，我理应分担一些风险才是。

从姐姐家回来，即约见了卢锋先生。在出版社，经卢锋先生提醒，才想起原来我们俩曾有过一面之缘，那是在本市作家徐铎作品审读会上，当时我们还比邻而坐。有这一番回顾做基础，我们的交流便很畅达。

原来，这是大连出版社“棒棰岛人文丛书”中的一本，是“品读大连”丛书的一个延续。经过比较充分的交流，我有了一个初步的想法，并形成了这本书的基本框架，也得到卢锋先生的认可。

按我的构思，这本书分四个部分：以大连文学历史发展为脉络的“史述篇”，以文体分类构成的“文体篇”，以县市（区）等不同写作群体构成的“群体篇”，还有以全国性重要文学奖得主构成的“名家篇”。

但大连文学的历史是不完整的，而且此前也未见有关大连文学史较为全面的描述。因此，要从文学史的角度对大连文学做一个全面、系统的梳理是一件颇为困难的事。这样，“史述篇”虽然按大连文学的历史发展进程写出六章，但各自具有相当的独立性。因资料缺失，只能勉为其难，从断简残编中搜求文学痕迹，勉力完成大连文学的历史拼图，以成“史述篇”。

同时，“文体篇”也难臻完美。比如，“新文学”时期，把戏剧乃至电影放进文学中，似乎理所当然，毫无违和感。但进入“新时期”，戏剧及影视艺术也得到空前发展，羽翼渐丰，成果丰硕。随着戏剧、影视等专门的艺术家协会的成立，就不宜再把戏剧、影视笼统划归文学。还有一个问题不容回避，就是文学批评的缺漏。为弥补这一缺失，我专门为大连市作家协会原副主席、大连市文艺评论家协会原主席、对大连文学倾注大量心血的王晓峰写了一节。这样，“文体篇”就由小说、诗歌、散文、报告文学（纪实文学）、儿童文学几个部分组成。

“群体篇”是考虑到大连市全域覆盖面和一些相对独特的文学现象，也在一定程度上考虑了可读性或趣味性。首先是按县市（区）设立的单独一章《小城文坛，星光闪烁》，叙述的分别为瓦房店、普兰店、庄河和金州的文学创作。长海县和旅顺虽然是独立县、区，但受其规模所限，没有单列。而市内四区虽有独立的文联和作协系统，但其文学创作并未遵从行政区划而展开，故不再单列。其他几章，是从大连文学创作的实际出发，分别撷取华彩段落而成。

“名家篇”的确立遵循文学界通行的评价标准，即选择获得包括茅盾文学奖、鲁迅文学奖、全国优秀中短篇小说奖、全国优秀儿童文学奖、全国少数民族文学创作骏马奖等在内的全国性奖项的作家。如此，有邓刚、达理、素素、孙惠芬、车培晶、刘东、宋学武、庞泽云、马晓丽九位作家被列入。他们的文学成就和所获奖项，在书中有所展示，只是在成篇时，限于地域、资料等方面以及隶属关系的局限，遂将宋学武、庞泽云、马晓丽三位军中作家撰为一章。

早在2013年，我还在海燕文学月刊社上班时，刊物开设了一个《大连文学地理》栏目。主编点名要我来写第一篇：邓刚。主编的要求是，要用散文的笔法，写出评论性的内容。于是我写了《邓刚：当代文学的大连坐标》，获得大家认可。也正是有这篇文章打底，我才敢接手这本书的写作。因为出版社方面的要求，就是要用散文的笔法进行知识性的讲述，正和当年海燕文学月刊社的要求不谋而合。

但框架结构只是看上去很美，实操起来却费尽周章。其实也不难理解，写邓刚，只写一人，只管放手写去，无须顾及他人。写一本书就完全不同，要兼顾很多人，要兼顾各个章节，要考虑体例，要考虑整体上的协调，难免畏首畏尾。这就是写一本书和写一篇文章的不同，操作难度不可同日而语。

这是我的第一本书，粗陋和浅薄在所难免。不免想到，千禧年即将到来的时候，《大连晚报》的编辑梁红岩女士向我约稿，要写一个新世纪的愿望。我说，想出一本书。她当即笑了，说这个愿望太普通。于是，我换了个题目交差。

没有想到，一个20多年前看起来很普通的愿望，如今才得以实现。要感谢大连出版社，让我实现了一个梦想。

而这本书的价值，则需要读者和时间来证明。

2022年7月21日

目　录

史述篇

文体篇

群体篇

名家篇

史述篇

历史寻踪

在大连，我们可以追溯到的最早的文人行踪，是一个陌生的名字：逢萌。逢萌，字子庆，北海都昌（今山东昌邑）人，出身贫寒。他在家乡时就是个很有学问的人，因见不惯小官僚的丑陋行径，遂离家去长安求学，攻读《春秋》。当时是西汉末期，王莽为太傅，为篡权杀死自己的儿子王宇。逢萌担心更大的乱局，断然带领家人离开长安，来到辽东。作为精通儒家经典的一代文人，其道德修养对当地产生极大影响。嗣后，又有公沙穆、陈禅等，都为辽东文化的普及推广做出贡献。这几人《后汉书》皆有传。

而影响更大、更为持久的是东汉末年，还是几个山东人，也是为避战乱，跨海而来。他们是邴原、管宁和王烈，并称“辽东三贤”，也有史料称他们为“辽东三杰”。我认为还是“三贤”好过“三杰”，后者更偏向于勇武侠义，前者倾向于道德修养高。

需要特别指出的是，当时人们更多使用的是“辽东”这个概念。因为当时尚未有辽宁省这样的建制存在，彼时之“辽”，系辽河之“辽”；今时之“辽”，多指“辽宁”之“辽”。

我们知道，在汉代，大连地区属于辽东郡沓氏县。所以，我们大略可以把“辽东”视同“辽南”。在当时，尚无“辽南”的称谓，“辽南”显然是“辽宁”的副产品。

总之，大连地区文化或文人的源头，要从汉代说起。

故事：战争导演的一场“人才迁徙事件”

我们回看历史，每个朝代开头的故事都差不多：雄主称霸，建功立业，奠定国基；朗朗乾坤，政通人和，物阜民丰。而每个朝代的结束也大同小异：末世皇帝，时乖运蹇，江河日下，各种矛盾集中爆发，农民起义此起彼伏，皇朝大厦将倾。

汉末也无非如此。黄巾起义，董卓擅权，曹操“挟天子以令诸侯”，一时群雄并起，天下大乱。正如元代文人张养浩所说，“兴，百姓苦；亡，百姓苦”。中原百姓纷纷别乡离土，荒僻的东北成了他们最好的选择。

由此，也造成了一次人才的迁徙事件，就是被后世称为“辽东三贤”的管宁、邴原和王烈从山东乘船，漂洋过海，来到辽东。他们作为在山东当地有影响的文化人，来到辽东之后，自然也产生了“名人效应”，很多人甚至追随他们而来。不长时间之后，在他们居住的地方就形成了村落，形成了一个“文化中心”，弦歌不绝。

但在具体讲述“辽东三贤”之前，先要说一下他们共同的老师：颍川许县（今河南许昌东）人陈寔（字仲弓）。这个名字大家可能感觉陌生，但有一个广为人知的成语——“梁上君子”，就出自陈寔的故事。当年发生灾害，百姓生存艰难，一个小偷夜间潜入陈家，躲在房梁上，伺机动手。陈寔发现后，并没有惊动他，而是召集家人训话，大讲做人道理，暗指小偷。结果，小偷羞愧自责，跳下房梁，下跪谢罪。陈寔没有惩罚他，反而赠送他两匹绢。小偷终于金盆洗手，此事传为佳话。此故事被写入《世说新语》，“梁上君子”以成语形式流传下来，但该成语在运用中更多是指代小偷，人们往往忽略了其背后的善意。

陈寔作为教师，以其学问和美德闻名四方，吸引了天下求学者。管宁、邴原和华歆三个好朋友相约求学于陈寔。而王烈不仅曾就学于陈寔，还与陈寔的两个儿子成为了好朋友。陈寔的两个儿子也不简单，与其父一样品德高尚，富有学养，一时有“三君”的美誉。现今人教版初中语文（七年级上册）收有一篇文章《陈太丘与友期行》，讲的就是陈寔的大儿子陈元方儿时的故事。

可见，陈寔老师不仅腹笥丰赡，同时品德高尚。作为陈门弟子，他的这几个学生——管宁、邴原和王烈，同样具备了其师风范，兼具学养和美德。

王烈、管宁、邴原在山东时已是名士，有他们的事迹流传。

王烈少时师从陈寔。归乡后，王烈即开始创办学校，把教书育人当作自己的责任。他的教学方法独特，不是教学生死记硬背，而是把读书当作娱乐身心的方式。他根据每个人的性格特点，有针对性地施教，让学生在不知不觉中学到知识、礼仪，潜移默化地改变他们。他以润物细无声的教育方式影响着学生，也影响着民风。经过一段时间，他的学生出入行止都彬彬有礼，有别于他人，令人刮目，而他以自己的德行感化小偷，使小偷迷途知返的故事，更是留下“王烈遗布”的佳话，让我们看到陈寔对他的影响。

而管宁也当仁不让地贡献了“割席分坐”的成语。故事大家比较熟悉：管宁和好友华歆一同坐在席子上读书时，华歆因为看到有一辆华贵的车子经过，就放下书本，跑去观看。专心学习的管宁因此把他们共同坐着的席子割开，与华歆分席而坐，并且说出一句惊人之语：“子非吾友也。”而在此之前，管宁和华歆锄地时挖到金子，华歆把金子捡了起来，看到管宁视若无睹，又把金子给扔了出去。管宁近乎愚钝的专注体现出一种人格力量。

还有一个邴原没有相应的成语，但他的事迹毫不逊色于其他两位同门。史载，邴原“少与管宁俱以操尚称，州府辟命皆不就”。来到辽东后，邴原做的非常重要的一件事就是帮助同乡刘政摆脱公孙度的追杀。史载，刘政与邴原“俱有勇略雄气”，引起当政者公孙度的忌恨，下令追杀。刘政投奔邴原，被邴原收留，藏匿一个多月。最后邴原一边找机会让刘政得以脱身，回到山东，一边又凭智慧摆平公孙度。邴原称得上智勇双全。

就是这样的三个人，结伴来到辽东。这是辽东的幸运，是历史对辽东的垂青。

当时的辽东郡远离中原，公孙度称霸一方。最初他任太守，随着势力扩张，他又自封辽东侯、平州牧。在他的治理下，辽东也曾有过短暂的和平安宁。管宁三人来到辽东之后，先去拜见了这位辽东太守。公孙度当时以武力东征西讨，威震四方，却也招贤纳士，设馆开学，而且为即将到来的管宁三人准备了馆舍。但没有想到的是，管宁他们只是礼节性地拜访了这位地方官，拒绝了公孙大人的美意。

他们放弃了公孙度提供的“人才住房”，反而来到山谷“自建住房”：

> （公孙）度虚馆以候之。既往见度，乃庐于山谷。时避难者多居郡南，而宁居北，示无迁志。

管宁在这里只谈经典而不问世事，并引来大量同是逃避战乱的人，于是管宁就开始讲解《诗经》《尚书》等儒家经典，同时做谈祭礼、整治威仪、陈明礼让等教化工作。人们都乐于接受管宁的教导，管宁于是颇受人们爱戴。后来中原渐渐安定，到辽东的人们纷纷回乡，唯独管宁仍不打算离开，好像要在这里终老一样。曹魏几代帝王数次征召管宁，他都没有应命。后人称他为“一代高士”，管宁故乡的人们为纪念他，褒扬他的高风亮节，特建管宁祠，筑管宁冢，邻近五村无不以“管公”名村。

后来曹丕成为魏文帝，诏令天下，举贤纳士。曾是管宁好友的华歆这时担任司徒，向曹丕举荐了管宁。然而辽东太守一职也到了公孙恭手里，社会显出不稳定因素，管宁于是决定离开这里。在离开之前，管宁将在辽东期间公孙度、公孙康等赠送的礼物悉数归还。

自宁之东也，度、康、恭前后所资遗，皆受而藏诸。既已西渡，尽封还之。

至此，管宁已在辽东生活了30多年，在地方文化普及上，居功至伟。

邴原在辽东，一年里，去拜访和到那里居住的有数百家，还有访问的学者，名重一时。

原在辽东，一年中往归原居者数百家，游学之士，教授之声，不绝。

这就是邴原在辽东时教学的盛况。但很快，邴原就听从召唤，回到山东。

王烈在家乡山东就重视教育，积极办学，教化乡里，使乡风敦化。后来他避乱辽东，仍潜心钻研学问，用自己的言行影响着当地风气。与管宁和邴原不同，王烈以一种决绝的姿态，终老辽东，可谓“我爱大连，从未离开”的肇始。

限于史料，我们仅能从《后汉书》等正史当中了解点滴，但这也足够珍贵。以管宁为代表的汉末文人对辽东文化的启蒙，不仅在文化知识上，还包括礼仪文明上，自三国时期，以迄晚清，代有称颂。不仅皇皇史籍《后汉书》和《三国志》有所记载，千年之后的清代文人也有诗赞叹：“只有管公旧游处，至今父老式公闾。”（光绪年间复州岁贡生张振纲《辽东怀古》）“华表已空丁令迹，云山犹见管公心。”（清末熊岳岁贡生于华春《辽东怀古》）

诚然，管宁也好，邴原也好，王烈也好，他们无论以什么方式讲学，都不是办文学讲习所，也不是办作家班。同样，他们三人也未见有传世的文学作品。但我还是把他们作为大连文学的源头来描述。正是有了“辽东三贤”，包括逢萌等人的文化启蒙，才让这片土地得到文化的滋养。

他们对文化的普及，对文明的传播，对世俗社会的影响，对区域文化的奠基，都起到了开辟鸿蒙的巨大作用，犹如大江大河的源头，并无水流的汹涌，只是一片混沌的蓬勃，水汽蒸腾，草木蓊郁。平静中，生命的力量正在孕育凝集。

我们还需要时间，等待河流的形成。

书院：文化滋长的沃土

书院是中国传统教育的重要场所，肇始于唐，完善于宋。有诸多保存至今的千年书院，名动天下。我们耳熟能详的湖南的岳麓书院、河南的嵩阳书院，都保存完好，已成为著名的旅游景点，岳麓书院更是被湖南大学认作自身办学的源头。但在辽南地区，书院的出现则要晚得多。清乾隆三十八年（1773年），南金书院在金州建立；清道光二十四年（1844年），横山书院在复州城建立。这些书院虽然出现得晚，存世时间不长，但对地方文化建设贡献巨大。

书院的出现，意味着教育社会化的形成，它可以成规模地接纳学生，进行高效率的人才培养。书院比私塾上了一个台阶，粗具现代意义上的学校的雏形。

我们知道，传统的教育仍是以儒家经典为主，且以取士为最终目标，如同今天的高考。所以，在讲到书院成绩的时候，也离不开乡试、会试、殿试的进阶人数的展示。辽南的两所书院虽然存续时间很短，但从仕进角度亦有可称赏之处。比如，金州的南金书院，出了10多位进士，而“毕业生”中为官最高者，曾任山西巡抚和福建道台。存续时间更短的横山书院也不遑多让，在短短的60余年时间里，考取科名的有270多人，有进士2人。其中最著者为徐赓臣，授翰林院庶吉士。他是大连地区第一个翰林，后来辞官回乡，任教于横山书院，极大地提升了横山书院的知名度。他同时也是一个颇有成就的诗人，很小的时候就显露出才华。

我们终于说回到诗歌，说回到文学了。不错，科举考试是不考诗词歌赋的。同样，今天的高考也不考文学创作，比如高考作文通常都要求“诗歌除外”。但不可否认的是，接受了系统的教育，经过文化的洗礼，受教育者的文化素养会大幅提高，眼界会更加开阔，思想也得到淬炼。莘莘学子吟出诗词，谱出华章，我们当然不会感到意外。何况，写诗作赋本就是文人多具备的文化修养之一。

横山书院

横山书院现为文化馆

我们先来看看既是横山书院培养、后又执教于此的徐赓臣的诗。徐赓臣位列《复县志略·人物略·乡宦》：

> 字韵初，又字仲皋，号东沙。城东太平庄人。伉爽有志节，文才尤美。学使李新塘、黄莘农、龚西园等，均器异之。登己酉拔萃科，廷试第一。
>
> 咸丰壬子、癸丑联捷，成进士，入翰林。文名藉甚。

徐赓臣“博涉经史，工诗古文辞，议论不落凡近”，同治年间，他从直隶州知府辞任回乡“主讲横山书院，一时文风丕振”。而他在河南任职时，曾游览太行、王屋等名山大川、风景名胜，每到一地都有歌咏，集有《韵初遗稿》《斯宜堂诗稿》行世，可惜后来遗佚。

现在能够看到徐赓臣少年时留下的一首诗。背景是这样的：徐赓臣少年读书时，他在河边看到一个少女想过河又不敢，他果断过去背起少女，涉水过河。这件事被私塾先生知道后，以“男女授受不亲”对他训诫。他随口吟诗以作答：

淑女临渊叹碧流，书生化作渡人舟。
聊将素手挽纤手，恰似龙头对凤头。
一朵鲜花插玉背，十分春色满河洲。
轻轻放在沙滩上，默默无言各自羞。

见出一个正直坦荡少年的襟怀和才华。

徐赓臣曾沉迷大烟，后来认识到鸦片、吗啡等毒品的危害，果断戒烟，并写下 50 多首“戒烟诗”（《鸦片词》），以期唤醒国人。他还曾模仿刘禹锡的《陋室铭》作《吗啡铭》，内有“可以烂身体，丧残生。无官吏之干涉，有败产之恶行”之句，其意昭彰。

一个文化人产生了社会影响，就会有很多故事在民间广为流传。

一次复州演戏，大家请徐赓臣撰联。他提笔一挥而就，完成两联。其中一副对联把咸丰前的大清皇帝年号按顺序融入联中：“顺天康民雍然乾坤嘉王道，治世熙务正是隆春庆诏光。”其敏捷文思令人惊叹。相对于书院里的正式教学，听戏的场所作为一种覆盖广泛的社交平台，对公众有更广泛的影响力。

还有几个带有传奇色彩的说法。清咸丰三年（1853 年），癸丑科三位主考共同推荐徐赓臣任太子（后来的同治皇帝）的老师，但他却以才疏学浅，恐有负恩师厚望为由，婉言谢绝。后来，咸丰帝由文武百官陪同，去翰林院看他，并出一上联“口十心思思父思母思妻子”，他随口答出“寸身言谢谢天谢地谢君王”。对句精彩，咸丰龙颜大悦。这个对联故事的主角还有其他版本，比如乾隆和纪晓岚等，像这样附会名人或附会帝王的故事，历史上很多，在此不做考证确认，只谈故事的影响。一个地区文化的形成有多方面因素共同发生作用，比如历史，向来就是正史与野史并存。虽说野史只能作为正史的补充，却自有存在的价值。这种非官方叙述，因其生动传奇，更为公众接受，也更利于传播，影响也更大。

从另一个角度看，徐赓臣身上能有这样的传说，足以说明其才华声望，这才是关键。也就是说，文化的影响力，除了官方的宏大叙事，还需要民间的底层视角和江湖传说。

陈登瀛、张家翰、李青云等皆为其弟子中的佼佼者。《复县志略·人物略·文学》有陈登瀛条：

> 陈登瀛，岁贡生，字子韶。性倜傥不群，才思灵敏，文词斐亹。

《复县志略·人物略·乡宦》有张家翰条：

> 字屏侯，光绪乙酉拔贡，以善书称。出为安徽泗州州判，殁于任所。

《复县志略·人物略·乡宦》有李青云条：

> 李青云，字蕺园，岁贡生，才华俊逸。工书法篆刻，墨水画尤佳。

我们再看存续时间更长一些的南金书院，其科考成绩明显高于横山书院。两个书院的进士比为10:2，南金书院获得功名者也比横山书院多。几年前我在撰写《南金书院：书香浸润的绝代风华》时，曾接触过不少资料，但引起我浓厚兴趣的是一个科举考试落榜者：

> 提到科场失利，我们眼前或许马上就会出现孔乙己的形象，或者范进的形象。他们落魄失意，行为乖张，及至精神失常，遗为笑柄。但留在金州历史上的这位科场失利者却全然一扫颓

靡之风，以昂然之气傲视科场、行走江湖。他叫刘心田（1854年—1925年），出身书香门第，世称“南山刘家”。但幸运没有在他身上得到延续，他三次参加童试均名落孙山。于是，他不再求取功名，但他也没有诅咒他的学校，也没有痛恨和他过不去的科举考试。让我们感到意外的是，作为科场的失利者，作为学校教育的失败者，他竟然热心教育事业，与金州一众耆宿，在民族危难之际，创立南金书院民立小学堂。我觉得这才是南金书院最大的成功之处：它让它的学生感受到教育的重要和美好，尽管看起来是个“失败”的学生。

刘心田的更大功绩，是以一己之力，两次拯救金州民众于水火。一次是说服清兵，占用自家耕地；一次是游说沙俄，以自身作为人质。他的牺牲精神和博大情怀，体现出教养的力量。所以，刘心田虽是科举考试的失败者，却是书院教育结出的硕果。我在那篇文章里这样评价他：

正是这样一个人，在晚清的辽南社会散发着熠熠光彩，温暖着乡里。我把这看作是南金书院的荣光，金州的荣光。

体现书院水准的无疑是其“高考”成绩，这是显性指标，但不能忽略那些浸润民间社会的书院文化。那些隐性存在，才体现了教育的意义、文化的价值。这是我们辽南仅存的两所书院留给我们的精神财富。

方志：文学作品的栖身地

我们知道，志书从分类上属于历史，是历史的一个分支。但源于其包罗万象的功能，其中又保存了相当一部分文学作品。在出版业不发达的时代，这些作品极为珍贵。

大连地区现存志书，大都成于清末民初。除却晚至1945年才设立的新金县，其他几个县均有县志存世，分别是成书于1852年的《辽海志略》，成书于1911年的《南金乡土志》，成书于1919年的《庄河县志》和《复县志略》。大连出版社1992年出版的《大连历代诗选注》（吴青云编著），主要依据存世志书辑成。

《大连历代诗选注》

现存的县志，内有“艺文略”，收集文学作品。当然，这些作品也不完全符合我们今天的概念，但大体不差。如《复县志略·艺文略》中，除诗歌为正宗文学作品，其余如碑、传、记、铭等，也属于传统散文范畴。

《复县志略·艺文略》，由复县知事程廷恒、张素等纂修，1919年10月出版。其小序为：

> 复县文献于古无征，兹就搜采所及，择其与地方风俗掌故有关系者，备著于篇，命名曰“艺文略”，各以文之体类编次之。计得碑二十首，传十四首，记五首，铭四首，序跋三首，说一首，诗七十三首。其撰人之名氏、爵里亦附见焉。

此处选录几首（篇）：

过岚崮山偶题

梁殿奎

层峦幽僻峻峰青，胜地天然具异形。
怪石模糊经野火，残碑冷落寄山灵。
朝开霞路仙人去，晚报霜钟牧叟听。
关趾丘墟雄势在，空存郡乘说维屏。

梁殿奎，清末庠生。岚崮山位于今瓦房店市炮台街道境内，最高峰海拔 406.5 米，为大连地区最长的山脉。诗描述了山的自然样貌，也约略追溯远逝的历史。

重修州城记

郦　琮

复州之有城也，始于金辽，而今之谯楼鼎峙者，则为明初设卫，因旧城而修筑之者也。国朝乾隆四十五年兴修以后，阅八十余年，马匪扰边，上宪谆谕郡县修治城堡，于时赵君聘之守复，会驻防宝君，丐费旗民，两壕三楼，一律竣筑。将圮未圮豁如泪如者，惟补葺其罅漏而已。二十年来，雨雪摧残，水土冲击，新者易剥，旧者易圮。光绪十五年，楚北朱君来刺是邦，下车巡视，慨然曰：是余责焉。阅岁移商，旗尉恩君稽赵君旧案而变通之计，复境旗民所藉，凡地若干亩，亩课东钱百文，凡若干钱，旗民踊跃。于是校丈程材，上之大宪，报可遂力任其事。期月而钱集。乃于今之三月，卜吉兴役，出纳有司，都料有稽官，综其成。民趋其事，凡五阅月，厥工乃竣……

郦琮，越州人，横山书院主讲。《重修州城记》写于清光绪十七年（1891 年），记述州城斑驳旧貌，写了修城的资金来源，依靠的是旗民的税赋。有趣的是，新官朱君到任视察时“慨然曰：是余责焉”。

重修娘娘宫北滩石桥记

张时宗

盖闻造桥修路，平治道途，国政攸关，亦善人是赖，诚以便交通而利跋涉，莫此为先也。复县西南五十里有娘娘宫镇焉，为古北青海口。其滩北旧有石桥，即《盛京通志》所载北青渡桥是也。年久倾圮，陷为洼塘，地当通衢，无能绕越，车马络绎，载胥及溺。每届春冬，时虞冻毙，行者苦之。而相沿多年，无人修整。有天后宫住持僧定志者，号循庵髫龀，出家清修梵行，万善同归，一尘不染。综其半生，所修寺院不下十余处，独任艰巨，未尝托钵募化，而愿大能成，均经就绪。他如立学校、建道场，种种善举类，能不辞劳瘁，盖苦行僧，亦实心人也。于前清光绪三十三年秋，僧独出赀修筑滩北石桥。恐其年久而易坏也，则不为其美而为其固；虑其夜行之涉险也，则不取其高而取其平。筑时先将塘内淤泥挖三四五尺不等，以见底为限。随地势之高下，以石砾相填砌，宽丈余，长百余丈，共三段。阅月余而功成，路人称极便焉。时有建议立碑颂德者，僧不自居功，固却之。越今十余稔，略有损坏，僧又修葺而延长之。工既竣，附近数十里村人，重提前议，僧仍固辞，且曰：碑有泐时，道无穷期。若节树碑之费，为继续修理之资，不尤善乎？众终不忍没其善，于是鸠资勒石属记于余。夫祖龙鞭石，迹近荒唐，灵鹊填河，事涉幽窗，而千古传为美谈，文人形诸歌咏。况此攘往熙来，同臻彼岸；车驰马骤，如履康庄。宜乎灵鳌耸峙，永传载道之口碑。恨无司马才华，不称题桥之手笔，惟以地当左近，工作亲瞻，非故事之相将，谨垂实录。愿有基而无坏，敬俟后贤。

拔贡生张时宗的这篇“记”，写于民国七年（1918年），“记”是古时最为常见、也最为实用的文体。全文600余字，记述了一个僧人以一己之力修桥筑路的事迹。僧人行善举的事，历史上不少见，但这位僧人还体现了高拔的见识，以致感动乡邻。张时宗的文章朴实真诚，没有常见歌功颂德文字的浮华俗气，以简约笔墨塑造了一个真实可信的僧人形象，具有积极的社会意义。囿于文体，最后部分，作者循例谦逊一番，但也十分得体，恰当体现作者风度。

与此同时，我们也可以看到，在志书中大量存在着“节妇传”一类深具封建社会特征的“记”和“传”，其维护封建统治的意味十分突出。

《辽海志略》，成书于1852年（清咸丰二年）。作者为金州人隋汝龄，道光乙酉科拔贡，历任赣榆知县，江宁府督粮同知。由于此志略卷帙浩繁（160卷，300余万字），其《艺文志》包含29卷（实为36卷），记录汉至清诗文典谟，作者历20余年才完成此书。《辽海志略》所收诗、词、文、表、制、记、序、书、碑铭、诏令、敕、疏、议等达1800余首（篇）。因成书后并未出版，仅以抄本流传，故多有舛误。而且因我们很难见到原书，所以其中包含的诗文我们也无缘一窥究竟，只根据相关资料记录。

《南金乡土志》（1911年），金州人乔德秀撰，1931年石印本出刊。

《庄河县志》（1919年2月），庄河县知事廖彭、邑人宋抡元等纂修，12卷，铅印出版。

新金县之设较晚，是由金县、复县分置而成，1945年才正式建县，所以并没有历史意义上的县志。而其他县志都是在清末民初编撰成书。志书中保存了相当一部分文学作品。

最可观的是《旅大文献征存》，近人孙宝田所撰。全书共分9卷，“艺文”独占一卷（卷七），收入62人的作品，有诗词，还有少量序、传、记等散文。所收作品具有很高的艺术水准和史料价值，所收作者以本地为主，也收入流寓此地或在此短暂居留的文人墨客或官场人物等。比如有隋炀帝和唐太宗这样的帝王，还有康有为、梁启超这样的文坛巨擘，但更多的是本土才俊。

《旅大文献征存》

其中，罗振玉在大连地区生活多年，在学术研究和传播文化等方面影响巨大。罗振玉的后人至今仍生活在大连，而且在2019年牵头举办了“甲骨文发现120周年”的纪念活动。有一年我曾于图书馆借得罗振玉大著一本，当时只是出于好奇，并无钻研之心。那本书应该是《清代学术源流考》，时间是2011年。匆匆读过，记住了两个词——“淑身”“淑世”。当时非常震惊，他竟把儒家思想总结得如此精练。“淑”进入我们日常，有两个词，一个是“淑女”，一个是“遇人不淑”，这里都是作为形容词。而在“淑身”“淑世”两个词中，都是作为动词，或者叫使动用法，“使……美好”，更精练更形象地概括了儒家思想的精髓，即广为人知的“修齐治平”，所谓一言以蔽之，以此为甚。

书中有罗振玉《口占》一首：

短发垂肩志未灰，狂来时覆掌中杯。
盈廷畴负匡王略，造物应生济世才。
道阻故乡书问杳，梦回降枕角声哀。
九州职贡重修日，会见衰翁笑口开。

书中还收有罗振玉孙子罗继祖的诗多首。

以翻译出版中国第一本以物理学命名的教科书闻名的王季烈，1927年从天津迁居大连，在大连生活达10年之久。王季烈也是传奇人物，为清末民初物理学著作翻译家，还是业余昆曲表演艺术家。王季烈除翻译物理学著作，还著有曲学专著《螾庐曲谈》等。他与本土文人名士颇多交游。《螾庐集》中即收了他记述孙宝田家世的《孙奉之处士家传》等作品。诗有《酒楼宴集和杨雪桥太史竟》等。其《己卯八月将移居金台述怀兼留别金州讲学诸君子》有云：

辽东避地十余年，实至如归感主贤。
皂帽遗民犹秉礼，青衿学子必称先。
此邦洵美今将去，异日重来倘有缘。
会见泮宫群彦集，莘莘俎豆盛于前。

表现对大连诸友的挚情和居留地的留恋，体现出深厚文化底蕴。

黄遵宪，名头更大，他不仅是享誉清末的诗人，还是政治家、外交家和教育家。黄遵宪有名的诗集叫《人境庐诗草》，收在《旅大文献征存》中的《哀旅顺》是他的代表作，当是1894年中日甲午战争爆发后所作，其反帝爱国情怀溢于言表。但从其行藏看，黄遵宪并没到过大连，而中日甲午战争爆发时，他当在国外。作为外交家，黄遵宪曾任驻日参赞、驻美国旧金山总领事、新加坡总领事等要职。

作为戊戌变法的主将，康有为、梁启超均来过大连，也在此留下诗篇。至今仍为人津津乐道的是康有为的《乙丑八月游响水观题壁》：

金州城外百果美，瑶琴洞内三里深。
遥记唐王曾驻跸，犹留遗殿耐人寻。

《旅大文献征存》收入本土诗文为多，作品多为感时游历之作，也有诉诸亲情友情篇什。一些经历清末家国之痛的文人，也留下了如黄遵宪的《哀旅顺》的悲愤之音，如《曲氏井题咏》（王志修）、《题曲氏井》（王季烈）、《哀旅顺口》（袁昶）、《冒雨至旅顺感赋》（周学熙）等诸多抒发爱国情怀的诗歌。此外，林世兴的悼亡妻诗也值得关注："箧内衣裳宁忍看，床头儿女弗安眠。晓来更是恼人燕，犹自呢喃穗帐前。"表现缱绻深情，在当时背景下极为难得。

旧时月色

在等待了将近千年之后，我们终于迎来一位重要的文学家，他就是金代文学家王寂。我们今天能看到最早描写大连的文学作品，是金代文学家王寂的诗篇。而且，很幸运，他位居金代文学大家之列，《四库全书总目》对他的作品集《拙轩集》给予很高的评价。可以这样说，如果把王寂作为大连文学的起点，这个起点足够高。遗憾的是，嗣后，经若干年中断。

进士王寂：大连文学第一人

王寂（1128年—1194年），字元老，河北玉田县人。金天德三年（1151年）登进士第，为一时名士。曾任提点辽东路刑狱等职，最终官职为中都路转运使。著有《拙轩集》《北迁录》《辽东行部志》《鸭江行部志》等。

辽东路的范围包括今辽宁省大部，当然通常以辽河为界，划分为辽东、辽西。辽东路的府治在辽阳，谓之辽阳府，大连地区也包括其中。所以我们可以淡定描述王寂的行藏，并以他为我们大连地区的文学先驱。

与辉煌的唐诗宋词相比，金代在我们的记忆中似乎难以找出几个响亮的名字，最著名者也不过元好问。想想与此同时并存的宋代，在宋词或宋诗排行榜上，元好问会在什么位置？所以，我们看论述金代文学的文章，通常会把王寂列为大家。《四库全书总目》这样评价王寂：

> 寂诗境清刻鑱露，有戛戛独造之风；古文亦博大疏畅，在大定、明昌间卓然不愧为作者。……而文章体格亦足与《滹南》、《滏水》相为抗行。

《滹南》指王若虚的《滹南集》，《滏水》指赵秉文的《滏水文集》，王若虚与赵秉文皆为一时名士，文坛领袖。这样的评价，足见王寂在金代文坛的地位。从“总目提要”得知，王寂诗被元好问所编《中州集》载入，金史无传。清代的长白英和在有金一代文章总集的《金文最》序言中甚至赞许王寂为“大定、明昌文苑之冠”。

我们来看几首王寂的诗：

元夕有感

一生能见几元夕，况是东西南北人。
残梦关河鳌禁月，旧游灯火马行春。
岁华投老送多感，节物对愁争一新。
自笑区区成底事，天涯流落泪沾巾。

对人生的感慨，对颠沛流离的无奈，跃然纸上。

日暮倚杖水边

水国西风小摇落，撩人羁绪乱如丝。
大夫泽畔行吟处，司马江头送别时。
尔辈何伤吾道在，此心惟有彼苍知。
苍颜华发今如许，便挂衣冠已是迟。

这一首更是感时伤世、触景生情之作。诗人年事已高，拄杖水边，西风斜阳，不免伤感，眼前不觉浮现泽畔行吟的屈子，浮现江边送客的白居易。如今自己也是满头华发，即便想挂冠而去，也已太晚了。那种人生的悔意、恨意，扑面而来。

山城轩前题壁[1]

莫道山城晚得春，柳梢梅萼已争新。
出呼老吏治花圃，自笑行人作主人。

这一首比前两首要明亮一些，虽则这里春来得晚，但春色撩人，那种蓬勃生机还是感染了诗人。然而，当他遣随从料理园圃时，顿生“身在异乡为异客”之感。当“主”“客”的意识被唤醒，那萌动的春意也觉索然寡味了。

如果仅以这几首来看，王寂的诗包含着“消极避世”因素，但我们无从见到其诗文全貌，这样的结论未免武断。毫无疑问的是，诗歌也好，文章也罢，正是那种与现实碰撞、对立、错位的种种情状，才是艺术的温床，才是激情的源泉，才有打动人心的力量。不能想象，如果没有颠沛流离，没有生活的磨难，还会有老杜吗？

我们能读到的王寂的诗文有限，仅以这几篇来看，王诗确如论者所言，在思想上有对陶渊明的追随、认可。学者张秋爽在《金源大定、明昌时期诗坛对陶渊明的接受》一文中写道：

> 王寂一生奔波于仕途，却又一直强调自己“平生雅志在丘壑”（《题刘器之秀野亭》）、“老夫为政拙，雅志与时乖”（《蔡州》）。又因中年仕路受挫，生计艰难，再加之深受佛道思想的浸染，王寂慨言“自苦折腰供吏役”[2]进而想早日终老长林，这种心态使得他的诗中有着很浓的避退意味，但是他并没有走上陶渊明的弃官归隐之路，其苦衷王寂在下面这首诗题中表述

[1] 吴青云拟题。吴青云补注：据作者诗前所述，金明昌二年三月初二日，“啜茶于西园松下。茶罢，少憩于小轩，轩前花木颇有春意。予以旧圃荒芜，命老兵芟除灌溉；已而不觉生笑，予亦行人，何恋恋如是？真所谓‘客僧作寺主’也”。

[2]《送张希召二首》（其二）：省台诸子例才兼，尽道超群未及髯。自苦折腰供吏役，谁怜白发困郎潜。尘靴久厌踏红软，冰簟常思负黑甜。好向水云乡里去，监州不恶有团尖。

得很清楚：

“予丁丑筮仕，凡四十年，俸入虽优，随手散去，家贫累重，生理索然，汗颜窃禄，则不免钟鸣漏尽之罪，谋身勇退，则其如啼饥号寒之患，行藏未决，闵默自伤，为作五十六字。”

王寂忍受着多年的心为行役之苦，最重要的原因就在于生计逼迫。

王寂所面临的问题，也是陶渊明所面临的问题。但王寂并没有像陶渊明那样退隐田园，笑傲江湖，因为他缺乏陶渊明那样坚毅的人格，所以他选择了效仿晚年的白居易。陶渊明只能成为他的精神偶像。

总体看，王寂的诗歌造诣很高，着手成篇，立意不俗，表达志向，感怀人生。论者认为他在思想上接近陶渊明或者追随陶渊明，是有道理的，只是王寂不如陶公那么旷达恣肆。如同金代文学的北方特质质朴遒劲，我们能见到的不多的王寂诗歌，也苍劲朴拙。当然这与他的生存环境密不可分，北方很难出现精致的江南才子。金代的大定、明昌时期是“国朝文派”形成的时期，王寂是这一时期具有代表性的作家。

舒穆禄·多隆阿

满族诗人多隆阿

舒穆禄·多隆阿，一名廷鼐，字文希，号雯溪，生于清乾隆五十九年（1794年），殁于清咸丰三年（1853年），终年60岁。出生于庄河小孤山乡上达堡屯，满洲正白旗籍，舒穆禄氏。据庄河民间学者孙德宇考证，舒穆禄氏一族，由三达色于乾隆初年考取庠生而开启家族文脉。到多隆阿为第三代，其父叔辈

皆考取功名，在岫岩境内（其时庄河隶属于岫岩），风头一时无两。

多隆阿家境优渥，聪明好学，博览群书。其老宅藏书万卷，名慧珠阁，多隆阿诗集亦以此命名。为了买书，他不惜卖掉家里198亩良田，其同时代庄河诗人许文运有诗句“好书不惜挥金买”述其事。早年多隆阿在家乡教授本族子弟，他的两个侄子恒龄和葆临，在他精心指导下，先后考取举人，一时名声大振。

32岁后，多隆阿在沈阳萃升书院讲学，由此开启他在外讲学交游之途。他曾在南京金山书院与大藏书家符祥芝同院讲学，并先后出任盛京莲宗书院山长和山西平阳书院山长，结交了各地众多学者、诗人，有的成为挚友。其间，多隆阿与辽阳学者张之纶（字绣江）被誉为“辽东二士”。

多隆阿曾受友人何维墀邀约出任平阳府幕僚，在捻军攻城的生死存亡之际，他放弃逃生，陪何维墀壮烈殉职。死后，山西文士献上挽联“先生一生酬知己，太守千秋有故人”，描述两人情谊。

多隆阿虽偏居辽南一隅，却博学多才，著述颇丰。他治学领域广泛，举凡考据义理、天文数学、星经地志、诗词歌赋，无不涉猎，迭有创获。著有《易原》15卷，《毛诗多识》12卷，《慧珠阁诗钞》18卷等。他曾自撰一联“天文地文人文三才毓秀应文运，大雅小雅豳雅四海升平赋雅诗”，可视为其一生学术概要。

多隆阿一生作诗3000余首，多已散佚。现存《慧珠阁诗钞》系由后人从《岫岩志略》《庄河县志》等处辑出。我手里一本是由孙德宇校勘整理，列“红崖文史丛钞”自行印刷的，收入200余首诗，尚不及多隆阿所作诗十分之一。这些诗创作于1820年到1848年间。

《慧珠阁诗钞》

多隆阿诗歌题材多样，整体上保

持很高水准。从题材上看，多隆阿有相当一部分诗歌表现对家乡的热爱和对风土民情的赞美。

如《复州十咏》（其二）：

地志详查记未讹，一州形胜入包罗。
山连北界花椒岛，水绕东陲毕里河。
户尚淳良污俗少，人敦礼让古风多。
年年倘有丰年庆，四野应听击壤歌。

其中，“花椒岛”即今交流岛，因岛上多野生花椒，又名花椒岛。“毕里河”就是今天的碧流河。而“击壤歌”为上古歌名，在这里能听到流传千年的古歌曲，“古风”就有了更确切的依托。

在《游黑岛山寺》中，多隆阿这样描写庄河黑岛秋天的景象：

我爱秋容淡，闲寻野径斜。
白云寒谷絮，红叶晚山花。
浅水余残苇，清流走细沙。
行行力微倦，暂歇野人家。

一幅深秋时节恬淡景象，诗人的心情一如天气一样通透纯净。末句“暂歇野人家”更写出诗人的无拘，也写出乡风的古朴。此“野人家”乃“山野人家”之谓，非今日传说中的“野人”的家，颇有几分“世外桃源”的境界。

多隆阿还有一些表现底层百姓生活的诗歌。如《再之金州次向阳堡作》：

山峰高复高，海水深复深。
水深钟锦贝，山高毓黄金。
居人施网罟，垂钓验浮沈。
开矿不辞瘁，披沙著意寻。

近海拾海月，近山搜山林。
但得衣食足，已慰百年心。
东望孛兰堡，城砖古苔侵。
西望石河驿，乔木郁成林。
烽台颓欲尽，太平已至今。
且自玩山水，陇首听鸣禽。

描述渔民和矿工劳作的艰辛，生存不易，并表达自己美好的心愿。还有感怀世事。如《秋游》（其二）：

浅溪斜拗路，老树半藏村。
积稻都成幄，编柴可当门。
悬流舂石罅，落叶匿云根。
三两农人坐，闲将米价论。

《秋游》（其三）：

秋游心倍爽，况复值霜晴。
山好能医俗，才微敢钓名！
闻人论菽麦，访友叩柴荆。
老树多干叶，因风作雨声。

描述村居生活，清新脱俗，但又绝非止于即景抒情。如“三两农人坐，闲将米价论”，看来闲散恬淡场景，却饱含对民生的关注。如“山好能医俗，才微敢钓名”，则由自然景物引入知人论世，真乃醍醐灌顶，让人顿悟人生奥义。

还有《桃花扇传奇题词》（其五）：

衰草寒烟古渡头，渔人悲唱秣陵秋。
无情最是秦淮水，犹与前朝一样流。

《桃花扇传奇题词》（其六）：

媚香楼畔草萋萋，树自成阴鸟自啼。
一曲江南十斛泪，娇人重到画桥西。

其深挚情怀、恣肆诗情、雍容气度，竟不输唐诗。

还有《征人怨》（其一）：

满面胡沙满目尘，相逢都是转蓬身。
十年边塞家无信，二月关山草不春。
逐队惟调鏖战马，盼归应年倚间人。
夜深未敢登台望，多恐青枫化鬼磷。

羁旅戍边，苍凉辽远，足以与唐诗中的边塞诗比肩。尤其“十年边塞家无信，二月关山草不春”，至为动情。有“十年”已足够悲壮，而“不春”的二月，竟至草木含悲，发出无声的呐喊。

其实，这样的划分只是一个大概，对多隆阿诗歌概括解读未必准确，只是提供一个阅读参考和索引，增添作品的厚重和回味余地。多隆阿诗歌题材多样，举凡村居读书、郊游访古、山水田园、羁旅戍边等，常以组诗形式出现，足见诗人的才华。而且，受多隆阿的影响，其后辈也多有诗作，成就可观，在英那河一带形成“英那诗派”，影响深远。

放眼文学史，尤其清代以降，一个有趣的现象是，少数民族文人对汉文化有深刻的理解和很高的造诣，比如纳兰容若，既为普通读者所喜爱，又为学界所认同。“纳兰词”已然成为一个文学现象，成为一个独特的存在。而在远离政治中心和文化中心的辽南，竟然有多隆阿这样的诗人出现，这是文坛的一种惊喜，是辽南大地的偏得。

湮没的故城

辽南向有“金复海盖”的说法，所代表的是辽南地区的四个县：金县[1]、复县[2]、海城和盖县。其中“海盖”不属于大连地区，不在我们讨论的范围。从现存的本土诗文中，我们能看到很多诗是描绘金州、复州这两座古城的。城市意味着繁荣富庶，意味着生活的便捷，文人墨客对其倾注了大量的情感和才华。

金州和复州是辽南两座古城，其始建时间也大抵相同，都兴建于辽，重修于明、清。如今复州尚保留城东门、瓮城，还有一段古城墙，街道格局依旧。金州只保留了少部分古建筑，古城墙已荡然无存。

金　州

温景葵《金州观海》：

青山碧水傍城隈，驿使登临望眼开。
柳拂鹅黄风习习，江流鸭绿气皑皑。
浮槎仿佛随云去，飞鹭分明自岛来。
极目南天纷瑞霭，乡人指点是蓬莱。

温景葵，山西大同人，明嘉靖七年（1528年）举人，为“监察御史按辽”（《全辽志·宦业》）。《奉天通志》收录他的诗七首。因他是从外地驻辽，到本地巡察，所以诗中有“驿使”“乡人”云云。《金州观海》全诗写景，气势恢宏，但整体看是虚实相间的写法。“江流鸭绿”显然是指鸭绿江，在金州肯定是看不到的。渤海是实写，鸭绿江是虚写，所写从渤海到鸭绿江，横贯辽东。这样符合其身份，亦见襟怀，而“蓬莱”云云，只是方向，并非看见，或者说，看不看见都不归他管。作者分寸把握妥帖。

[1] 旧县名。在辽宁省南部。1913年由金州厅改置。1987年撤销，改设大连市金州区。
[2] 旧县名。在辽宁省南部。1913年由复州改置。1985年撤销，改设瓦房店市。

李义田《金城访友归途口占》（其一）：

柳未青时杏未红，出城一路纸鸢风。
凭君莫问春迟早，我已皤然作老翁。

《金城访友归途口占》（其二）：

洋场楼阁矗云霄，往迹何须溯旧朝。
斗大孤城春孰主，风光淡荡水西桥。

《金城访友归途口占》（其三）：

车行不厌故迟迟，一路窗栏纵眺宜。
海色山光都入目，故乡风景系人思。

李义田，字在旃，号姜隐，金州人，清光绪十五年（1889 年）举人。作者以轻松调侃的笔调写早春景色，以曾经沧海的心态写古城风貌，以匆匆过客的身份写乡土深情，技巧娴熟，出口成章。尤其开首两句“柳未青时杏未红，出城一路纸鸢风”，以近乎口语的直白将眼前景、胸中情熔为一炉，动静结合，色彩鲜明，读来朗朗上口。

王天阶《九日登金州城楼》：

荆棘丛生雉堞荒，登临满目感沧桑。
人烟萧索经兵燹，衙署倾颓作市场。
几树寒鸦秋色老，一声孤雁客心伤。
苍凉晚景凭谁赏，枫叶飞红菊绽黄。

王天阶，字仲升，号南溪，金州人，清光绪十四年（1888 年）优贡。

其诗与前述李义田诗迥然有别，一派荒凉萧索，悲愤之情溢于言表。中日甲午战争（1894 年—1895 年）和日俄战争（1904 年—1905 年），金州都是战场，迭经兵燹，衙署倾颓，让我们看到了战争给我们国家造成的伤害。尽管“枫叶飞红菊绽黄”，美不胜收，却无人观赏，无心观赏。

描绘金州不同时期、不同季节的诗还有很多，都表现出诗人对家乡的热爱。有李辅《金州道中》、宋晨《金州山行》、魏夔均《抵金州》、李义田《金城杂咏》，等等，其中魏夔均《金州杂感》、刘春烺《金州城》均为长诗。

复　州

陈铨《乾隆四十五年岁次庚子八月复州城工告成恭纪四律》：

万年天子万年城，龙虎风云不日成。
五十四层砖似铁，百千万块石为楹。
逶迤远水围东郭，缥缈崇山拱北平。
自是圣朝垂巩固，微臣何幸亦留名。

陈铨是清代顺天大兴人，乾隆年间任复州知州。复州城始建于辽代，初为土城，明初改为砖石城。清乾隆四十三年（1778 年）开始维修，工程历时两年，于清乾隆四十五年（1880 年）告成。此诗为工程竣工而作，并题刻于石上，今诗碑犹存。全诗描写城墙的雄伟，歌颂“圣朝”江山永固。

残存的复州城东门

多隆阿《复州十咏》（其三）：

随缘寓目尽怡情，缓缓扬鞭计路行。
衰柳经秋全绕郭，寒溪如带半围城。
乡人淡泊差无竞，古迹流传尚有名。
默想今宵天上月，知他还自照西平。

大才子多隆阿以十首七律歌咏复州，足见他的感触之多，亦见其才情丰沛。首联写一种恬淡闲适之情，随心所欲，颔联写晚秋荒凉之景，颈联写乡人的从容，其实也暗合诗人心境，尾联照顾到“西平”（即“西屏晓月”，“复县八景”之一），写心中所想。全诗写人（自己与农人）与世无争的心态，写景（荒凉的晚秋）虚实相间。

杜蓬春《出复州城》：

永丰寺畔酒旗飘，薄醉微吟脱市嚣。
山似留人青出郭，柳如送客绿过桥。
林塘烟重晨风软，楼阁花深宿雨潮。
东到故园九十里，溪光岚翠涤诗瓢。

永丰寺在复州城东南，在当时当为地标性建筑。诗人在微醺中出城，轻声吟诵对古城景色的留恋之情。颔联写雨后早晨风光，让人想到杜甫“花重锦官城”句。作者生平事迹不详，但从“故园九十里”看，大致为金州或庄河人氏。

此外，王寂有《复州道中》，王珩有《过复州漫成》，魏燮均有《复州道上晓行》等，皆各擅胜场。

大连古城除前述金州、复州，还有一些规模较小一点的，也多有诗人吟咏。温景葵《永宁监道中即事》、李辅《杪秋永宁监道中》、周斯盛《永宁监道中》、张时和《过永宁监》等，所写永宁监为明代所设，即今瓦房店市永宁镇永宁村。

张俸有《吴姑城》，吴姑城，一名巍霸山城，在今普兰店星台街道北。张时和有《得利嬴城》，得利嬴城，即今得利寺山城。

“八景”：别样的写景诗

如鲁迅先生所说，我们中国的许多人大抵患有一种“十景病”，至少是“八景病”，沉重起来的时候大概在清朝。确实如此！我在查阅资料时，发现大连地区有很多“八景”，如同今天的“市”有若干层级。“八景”也有很多层级，有属于“地市级”的“大连八景”，有属于“县区级”的“复县八景”“金州八景”，还有“黑岛八景”“木耳山八景”，算是“乡镇级”吧。很多诗人为之赋诗作文，蔚为壮观，非常热闹。古时“八景”如今多已不存，或在今人眼中，其“景”的观赏价值大为降低。但作为文化遗存，我们得以借此想象故地旧貌，同时品味文人的雅致，理解他们对家乡的挚情。

大连八景

杨凤鸣《大连八景》描写的应该是清末或民初大连地区的景观，甚至可能是近代或民初的，因为“八景”之一劳动公园是 1898 年才修建。不管怎样，作为一个新兴城市，能有引起诗人情怀的景观，还是值得欣慰的事。此诗是从本市作家徐铎先生的公众号文章中得来，作者为大连先贤杨凤鸣，是个医生，擅诗词。这里选择其中两首：

埠头帆影[1]

桃花春浪逐风颠，百尺樯摇万斛船。

恰似草书张旭笔，云烟倒写慰蓝天。

[1] 指大连码头。

不过百年以前，大连的码头还是帆樯林立，一番前工业时代的景象。

西园新装[1]

蛾眉新黛傅谁描，一夜春风上柳条。
帘卷西园亭外色，青青直过虎溪桥。

“虎溪桥”不知位于何处，今已不存。作者描绘的初春景色，清新脱俗，意味隽永。尤以“一夜春风上柳条”为佳，隐现唐诗遗韵。

“大连八景”余下六景为：滨町渔舟、南山翠岚、星浦烟波、松台听涛、电园晚凉和虎滩观月。

复县八景

张时和，字志平，复州人，庠生。清岁贡生张振甲次子。民国八年（1919 年），曾协修《复县志略》。他的诗中，题为《咏复县八景》的不少，这里选择他的两首写景诗，都是七律。

永丰夕照

回峦附郭树葱茏，
古刹庄严峙永丰。
城阙日斜辉百雉，
门桥雨霁落双虹。
梵宫余照都成彩，
佛殿灵光总是空。
最好千年孤塔上，
黄昏一点夕阳红。

新修永丰塔

永丰塔是复县境内著名景点，位于复州城东南，始建于辽代，今为原址重修。

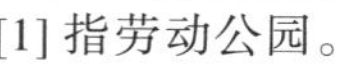

[1] 指劳动公园。

在没有或很少有高层建筑的古代，一座20多米高的砖塔，自然成为古城的高点，成为人们的聚焦之处。夕阳西下，辉光映照古塔，再衬以古寺的佛音，是最好的旧时光。

西屏晓月

一轮皓月下中流，万顷寒光望里收。
碧落沉沉天际晓，银涛滚滚海门秋。
钟声断续鸣禅寺，帆影依稀动客舟。
雅爱西屏好风景，青山白水两清幽。

西屏山，位于今瓦房店市驼山乡，是一处地质景观，也有人文传说。相传唐太宗李世民派薛礼征讨高丽盖苏文，路经此地，曾驻兵，今有遗迹。悬崖绝壁，如巨大屏障，又孤立海滨，有波影涛声，再附晓月，自成佳境。

梁殿奎，清代复州庠生。亦有《咏复县八景》，选两则与张时和所写的景观不同的诗。

横山远眺

凭高眺远势峥嵘，海角名山一带横。
绝顶孤存颓佛塔，昂头四顾邈寰瀛。
南瞻蓬阁云如点，西极榆关雨乍晴。
最好秋风乘石磴，水环三面起涛声。

横山位于长兴岛中部，海拔约328米，气势雄伟，为海岛最高处。建于复州城内的横山书院即借此命名。据说，晴天登到横山最高处，向南可望见山东半岛的蓬莱阁，向西可见山海关。作者也指出，最好的登高季节是在秋天。

烂柯遗迹

仙凡遗迹未容多，断岭平崖识烂柯。

半局残枰埋宿草，一条归路没烟萝。
樵夫已古山犹在，棋子于今石不磨。
想是奇人留异事，故将象字凿岩阿。

景观位于复州城东南孤山，诗中故事与我们熟知的中国古书上的“烂柯山”传说一致。“烂柯山”的传说来自北魏郦道元《水经注》，还有南朝梁任昉《述异记》，其山位于浙江省衢州市境，历代文人多有题咏，或记其事，或用其典。给我印象深刻的是唐刘禹锡诗句，“怀旧空吟闻笛赋，到乡翻似烂柯人”。

其实，故事真假并不重要，重要的是我们从古代开始就有一个媲美江南的美丽传说，而这个传说的基因是文化，当然还需要有这样的景观来配合。梁殿奎的诗有一种参透历史烟云的通透，也有一种“惯看秋月春风”的淡定从容，完美诠释了“烂柯”主题。

“复县八景”的其他景观为：龙口甘泉、龙潭灵异、水泡荷风和温泉涤垢。

金州八景

郑有仁，字心源，清金州厅学附生，金州人，擅长诗词、书法。与众多以七绝、七律来题咏景观的文人不同，郑有仁用词牌“唐多令”为金州八景歌咏。

唐多令·响泉消夏

道院净无烟，潺潺听响泉。这东山，异境天然。最是游人消夏处，琴洞外，画桥边。

入耳俗声湔，浑忘六月天。倦游时，石鼎茶煎。除却洗心轩上话，眠一觉，且听蝉。

描绘的是大黑山的响水观。以长短句形式出现的词，比之规整的律诗，多了活泼，更接近口语，读来有亲近感。整首词围绕环境和心境，

结撰而成，用响泉和蝉声，生动描绘了夏天的热和响泉涤荡身心的妙处，也暗合道观的清静，颇有“蝉噪林逾静，鸟鸣山更幽”的意境。

唐多令·山城夕照

大好黑山城，卑沙旧有名。对斜阳，一抹霞横。返照殷红煊碧草，城下路，认分明。

驱犊画中行，飞鸦古树争。照残些，宫殿唐营。石堞于今犹好在，刚豁眼，暮烟平。

卑沙城是高句丽统治辽东时期修筑的军事城堡，也建在大黑山。整首词描绘了山间晚景：古城旧迹，落霞晚照，飞鸦归巢，农夫驱赶着牛犊，行走在暮云四合的山间小径。一幅宛如水墨丹青的乡村晚归图，恬静中涌动着乡思。

“金州八景”的其他景观为：南阁飞云、朝阳霁雪、龙岛归帆、鲸台吊古、佛洞滴泉和兜率晨钟。

此外，还有“旅顺八景”等，未见诗赋流传。

各地景点绝不会整齐划一列队为“八”，仅借这个小小窗口，一窥诗人们写景诗的水准还是不差的。况且，一般能为本地景点题诗撰联的多为载誉一方的名流。

“许氏三绝”“浒东诗派”“许氏三观”

我们还要说庄河。庄河有些特殊，在历史上的隶属关系一直变动不居。远的不说，最近的变化是在1968年，庄河才由丹东划归旅大市（今大连市）。庄河在历史上很长时间隶属于岫岩、丹东等，庄河保存下来的历史资料，很多是在岫岩等地方文献中。从地理上看，庄河恰居于大连和丹东之间的中点，和两个城市保持友好的距离，又有点特立独行的味道。

“许氏三绝”

庄河的隶属关系变化源于其地理位置的尴尬，这或许使庄河的经济社会发展受掣肘，但对于文化的形成或许是一种补偿。譬如“浒东诗派”的形成，或可作这样的解读：在相对封闭的环境中，有一个核心人物，再加上家族的凝聚力，容易形成一个文化的小气候。

这个核心人物是许文运，但许文运不是平地起高楼，他是许氏家族的“文二代”。第一代是嘉庆年间的“许氏三绝”：东峰的诗，东牧的书，南峰的文。东峰是许景员的号，擅长写诗；东牧是许景行的号，为“海邑儒学附生”，擅长书法；南峰是许景卿的号，“奉省恩进士，候补儒学正堂”，擅长作文。一个家族，同一时期出现三个杰出人物，一举奠定了这个家族的江湖地位。许氏家族文脉由此开启，延续近200年。

“浒东诗派”

“浒东诗派”重要的传承人就是许文运，他是“南峰”许景卿的侄子，因“三应童子试不遇，遂放弃制义”，转而致力于经史诗词，教书育人。他的学生乡试中榜者不下20人，声名远播，慕名求学者众多。他的诗歌写作也很有成就，一生写有1000多首，多是寄情山水，赏田园之乐之作，辑为《浒东诗抄》，但未付梓，仅以抄本流传，后多散佚，如今保存下来的仅有300多首。

先来看一首《九日与诸子登南山石台》：

老去登临志未灰，犹同儿辈一登台。
路从红叶林中转，人向黄花岭上来。
怕有风吹先亚帽，知无酒送自携杯。
乌飞猿啸秋如许，愧乏吟诗子美才。

一副诗酒风流的文人做派，一幅天伦之乐的人生美景，一阕山水田园的诗意交响。“人向黄花岭上来”这样的诗句，自然天成，堪为妙语。

像这样的郊游登临之作，在许文运现存诗中较多，形成他自己的特色。除此，他也还有诸如《饥人叹》这样的感时伤世之作，表现出诗人关注黎民百姓的疾苦、痛恨朝廷腐败的批判精神，十分难得。诚如评论家所说，《饥人叹》“是大连诗歌史上一篇现实主义的力作”：

> 金复连年田水潦，富家逃荒无老少。
> 大车小车联络行，一望不见边关道。
> 剩有贫者难远征，近附岫界来求生。
> 携男抱女连袂乞，叫杀门前多不应。
> ……
> 上人假公下济私，米价忽腾三倍赀。
> 有钱能赊狼戾粒，无田莫啜狗余糜。
> ……

诗人痛彻心扉的呼喊，使我们隐隐看到杜甫、白居易诗意的投射。譬如“三吏”“三别”，譬如“朱门酒肉臭，路有冻死骨”，譬如《卖炭翁》。山水田园仅是许文运诗歌创作的一个方面，因当时影响较大，加之门人众多，家门兴旺，从而形成了一个非常有凝聚力的诗歌写作群体。他们聚会、酬唱，彼此影响，形成相近文风，被后人称为“浒东诗派”，与以多隆阿领衔的“瀛纳河诗派”堪称伯仲。许文运、多隆阿，再加上李克昌，被称为“岫邑三才子”，成为清中期辽南文化景观。

浒东，在木耳山下，即南尖协城村潮河沿屯（潮沟崖）。许氏家族的前辈从山东迁徙而来，在此地落脚，繁衍生息，渐成望族。据庄河民间学者孙德宇考证，“浒”是古人对“海湾”的称谓，潮河沿屯恰在“浒”的东面，于是又称“浒东”。许文运把自己的诗集以“浒东”命名，使这个地名具有文化意蕴。

“浒东诗派”旗下有许文运门生濮永春、许际斯等，又有孙浅山、多雯溪、宋肇基、王文彬等。另有嫡系许际阁、许高观、许恩光、许韬光、许秉忱等诗画名人，均名噪一时。许际阁是许文运儿子，也能诗擅文，有诗集《乃吾庐诗集》4卷，可惜后来散失，仅在县志中保留几首。且看《评菊》：

月旦群芳逐候新，更将傲骨品秋辰。
佳如山泽之间友，淡似羲皇以上人。
满径冷香诗里味，数枝瘦影画中身。
一从认定柴桑叟，未许寻常比拟真。

可见其父诗文风格。

“许氏三观”

“浒东诗派”的作品多充满浓郁的乡土气息，对后世影响甚远。到了咸丰年间，许氏一门又出现了“许氏三观”。据孙德宇考证，“许氏三观”有两种版本流传。其一根据考取功者，有许壮观、许瀚观、许大观。许壮观，咸丰乙卯科举人，县志上说他每夜于灯下，其父命题，“限一炷香，援笔立就”。许瀚观，光绪乙酉科拔贡，秉性忠诚，拒绝出仕，擅长书法。许大观，谱书记载为“岁进士”，县志记为岁贡生。

其二根据许宝运一门所出的几位有名望的人物，有许瀚观、许高观、许文观。许宝运为木耳山地区有名望的乡绅，许瀚观是其长子，许高观是其五子，曾任省议员，擅长书法，许文观是其七子，奉天法政大学毕业，曾任吉林舒兰县（今舒兰市）龙先法院承审、推事等职。第二种说法里的“许氏三观”是一家的三兄弟。

不管哪种说法，所指都是许氏一族的杰出代表。出现两种说法，更说明许氏一族文风之盛。还可再补充一笔的是，许宝运的第三个儿子许烺光是国际知名学者、著名的人类学家，为心理人类学创始人之一，曾担任美国人类学学会会长。这委实是个意外！在我们固化的认知中，像当年的庄河这样偏远封闭的乡土，似乎只适合传统文化的生长，这种领先国际的现代学术无论如何都不会与此地有什么关联。由此可以看出许宝运一家的眼光和胸怀。他们对教育的重视，毫不逊色于那些富庶江南的商贾。许烺光的故事是一篇大文章，超出本书界域，暂且按下不表。

然而，更多的许氏后代没有机会走出乡土，他们读书写诗，终老故里。他们热爱家乡，热爱文化，用自己的诗文滋润着乡土，开出了灿烂的文明之花。他们让木耳山焕发光彩，他们使这片土地成为文化沃土。

附：

古时，庄河的诗人，包括辽南的诗人，远不止于此。资料所限，仅以这几个方面，略陈于此。为免遗漏，再将比较重要的诗人罗列如下。

庄河籍诗人：

多隆阿的堂侄恒龄、葆临，咸丰初，相继中举。著有《椿园诗集》8卷，未付梓，县志中仅存50余首。

李克昌，多隆阿的姑表弟，诗文兼擅，与多隆阿和许文运并称，但诗文俱已损毁。

刘滋桂，庄河人，光绪甲午科优贡，曾任吉林梨树书院山长。著有《聊斋志异逸编评注》《恢默书屋诗钞》等。

刘滋楷，刘滋桂三弟，光绪乙酉科举人，亦有诗文载于县志。

庄河的诗人还有：刘大椿，著有《向阳文集》《向阳诗草》；姚西彭，著有《东江诗草》；王贯三，著有《海天诗社诗草》等。但这些文集均未刊印，手稿无存。

金州籍诗人：

乔有年，清咸丰八年（1858 年）举人，同治元年进士。有诗《旅顺怀古》。

林世兴，清嘉庆六年（1801 年）举人。县志收录其诗。

刘孔谓，清道光二十九年（1849 年）优贡。咸丰年间，曾主讲于沈阳萃升书院。

李西，擅诗，以书画、篆刻为精。

郑有仁，金州厅学附生。擅诗词，工书法。

孙福基，金州厅学附生。

郑有德，金州厅学附生。

李贵昌，清同治六年（1867 年）举人。

王永江，光绪岁贡，曾任奉天省长。有诗集《铁龛诗草》等。

孙宝田，善诗文，工书法。著有《燕京纪行》《旅大文献征存》等。

复州籍诗人：

张振纲，岁贡生。著有《辽东怀古》。

张倖，一生隐居未仕，诗名享誉辽南。著有《经池诗草》。

徐树年，著有《瘦柏堂诗集》。

张时和，庠生，张振甲次子。协修《复县志略》。

胡业顺，曾参与《复县志略》纂修。

近世曙光（1894年—1945年）

19世纪末到20世纪初，世界舞台上发生着天翻地覆的变化。随着英日等帝国的入侵，中国逐步沦为半殖民地半封建社会。1904年，日本和俄国为了争夺辽东半岛的控制权，又在中国的土地上进行了一场战争，大连地区不幸成为两个侵略者的战场。

中国最后一个封建王朝，在风雨飘摇中落幕，而中国人民在革命先驱者的引领下，追求民主的浪潮却风起云涌，一个大时代正在开启。

大连作为一个新兴城市，就在这样的背景下诞生。

大连的文化，大连的文学，就在这样的社会巨变中蹒跚起步。

傅立鱼和《泰东日报》

我们要从一个日本人说起，这个日本人叫金子雪斋，是日本的汉学家，热爱中国文化。他最初在日本东京办学，讲解中国的儒学，因此结识了中国的革命党人黄兴、宋教仁等，并与他们结下友谊。日俄战争爆发后，金子雪斋被征为随军翻译。1905年，日本外务省委派他到驻华使馆任“嘱托”（约为“特聘”），负责搜集、窃取中国机密情报，被他称病拒绝。不久，他到大连继续办学，并于1905年10月25日创办了《辽东新报》日文版。1908年10月3日（一说为11月3日），由大连华商公议会会长刘肇亿和副会长郭学纯通过华商集资，收购《辽东新报》中文版，创办《泰东日报》，并聘请热爱中国文化的金子雪斋为社长，负责报社经营与管理。《泰东日报》成为大连地区的第一份中文报纸。

金子雪斋精通汉学，奉行儒道，以儒家的“仁政”“忠恕”为正义

“天道”，并以此为《泰东日报》的办报宗旨，尽量使报纸的报道真实、立论公允。金子雪斋以《泰东日报》为喉舌，抨击时政、攻讦当局，在客观上起到了伸张正义、维护弱者的效果，但此种“抨击”和“攻讦”是以不触动日本大陆政策的根本利益为前提的，也唯其如此，金子雪斋才能以一介浪人的身份在社会各阶层左右逢源，游刃有余。凡中国人不能讲、不敢讲之事，他都以委婉的笔调公诸报端，因而颇受中国人欢迎，报纸的发行量越来越大，令日本殖民当局始料不及。随着影响的扩大，《泰东日报》也走出大连，发行到东北其他地区和华北，以至日本的一些城市，发行量也从几千份到几万份，最高达12万份，这在当年是非常了不起的数字。报纸还经常举办征文活动，在一次征文活动中，从天津逃亡到大连的革命者傅立鱼脱颖而出，他的文章得到金子雪斋的赏识，受邀进入报社，担任编辑长，相当于总编辑。

傅立鱼（1882年—1945年），出生于安徽，是一个文武双全的革命者。他清末考中秀才，青年时入安徽求是学堂（安徽大学前身），后以官费留学日本。在日本，他结识了孙中山、李大钊等革命者，并加入孙中山创立的同盟会，回国后又参加辛亥革命。国民党二次革命时，他去天津创办《新春秋报》，因发表反对袁世凯的言论，遭到通缉追捕。1913年，他逃到大连，恰遇到《泰东日报》征文，得以进入报社。傅立鱼接受了金子雪斋的邀请，但与之约法三章：一、《泰东日报》是中国人办的报纸，必须为中国人说话；二、遇有中日两国争端及民间纠纷，是非曲直，必须服从真理；三、担任编辑长是暂时的，一有讨伐袁世凯的机会要放行前去。有办报经验的傅立鱼，坚守中国人的立场，坚持新闻人的原则，并表露了一个革命者始终不渝的志向。

傅立鱼的加入，给《泰东日报》带来巨大变化。他利用报纸宣传新文化、新思想，宣传马克思主义。历时两年，他亲自写诉状，帮助金州三十里堡农民夺回被日本人抢占的水田。这些都产生了广泛的社会影响，也给他带来了声誉。

在傅立鱼的主持下，1918年，《泰东日报》在创刊10周年之际实施改版，采取换用新字形、改进版面等措施，使信息容量增大，也更方便阅读。更重要的是，傅立鱼通过征文的方式推广白话文，利用《文艺周刊》发表了大量文学作品，为本土作家的成长提供了机会和平台。当年在大连地区出版的各种报纸有200多种，由他主持的《泰东日报》是发表文学作品最多的报纸。小说、诗歌、评论，体裁多样，并且长年开展小说连载。《泰东日报》成为大连地区有影响的作家发表作品的重要园地。

1923年，傅立鱼又创办了《新文化》月刊，约请孙中山题词“宣传文化”，并请孙中山、李大钊等名人撰稿。《新文化》月刊刊登白话小说、白话诗等文学作品，倡导推广白话文，宣传马克思主义，宣传民主主义思想及民族主义革命思想，是大连地区的进步刊物。1924年4月，《新文化》月刊改名为《青年翼》，1925年1月，《青年翼》月刊成为大连中华青年会的会刊。

傅立鱼坚持使用民国纪年，拒绝使用天皇年号，表现出爱国主义精神。在那样的年代，在那样的一种社会环境里，殊为难得。1928年7月，傅立鱼被日本当局逮捕，随后被驱逐出大连地区。从1913年到1928年，在长达15年的时间里，傅立鱼在大连参与创办报刊，宣传进步思想，建立民族自信，为大连地区文化事业做出重要贡献。

如今，傅立鱼在大连的旧居（西岗区文化街65号）和泰东日报社旧址（中山区新生街62号）已列入“大连历史建筑名录”，受到保护。《泰东日报》在大连图书馆以胶片形式保存，为写作此书，我特地去大连图书馆看了半天幻灯，从当年的报纸上完全可以感受到当时的社会生活和文化动态。

新文化运动在大连

1915年掀起的新文化运动及1919年爆发的五四运动，都给大连这座城市带来巨大影响。这种影响以多种形态呈现。其一，是胡适、鲁迅等新文化运动代表人物的文章、文学作品刊发在大连的各种报刊上，主要在《泰东日报》上。其二，是大批新文化运动代表人物来到大连，举办讲座、发表演讲、宣传新文化运动。其三，是各种形式的文艺演出。

最早来到大连的是新文化运动的旗手、大名鼎鼎的胡适。作为留美博士、北大教授，作为新文化运动的领袖之一，他名震寰宇，人皆以“博士”指称。史载，1924 年 7 月 25 日，胡适应大连中华青年会和满铁（全称为“南满洲铁道株式会社”）夏季大学的邀请，来大连进行学术活动。这在当年也是重大新闻，当时的《泰东日报》刊发了题为《胡博士昨朝来连》的新闻：

> 胡博士出身名门，长于经史，及长留学哥伦比亚大学。于 1917 年归国，即就北大教职。为新诗之创始者，将散缦渺茫之旧文学，以科学的研究整理而放异彩。生平著述尤富，于我国之新文化运动卓有功绩。大连人士于博士来连之消息传出后，无不竭诚翘企，冀一瞻风采之为快也……

其风头完全不逊于今日之明星。作为一个新兴城市的市民，能在此一时刻亲炙大师教诲，无疑是一桩幸事。

胡　适

7 月 28 日晚，大连中华青年会和满铁社会事业研究所及大连各界代表 100 余人，在胡适下榻的大和旅馆（今大连宾馆）举行盛大欢迎酒会。

7 月 30 日下午，中华青年会会长傅立鱼约请胡适在中华青年会做长篇演讲《新文化运动》。胡适讲了三个问题，第一个是“重估”传统文化；

第二个是改革古文，普及白话文；第三个是要有怀疑精神，凡事都要问“为什么”。

从时间上看，胡适在连盘桓一周左右。8月，《新文化》月刊第三卷第8号刊发了演讲全文。9月，日文杂志《满蒙》第50期发表演讲全文。其影响余波悠悠。

当年，新文化运动风起云涌，大连作为一个新兴城市，接纳来自京津沪等地艺术家，一时舞台流光溢彩，大牌云集。传统的京剧、评剧、梆子、大鼓，等等，演出不断。同时，被称为“文明戏”的话剧也于此间在大连产生。1916年，文明新剧社在大连成立，提倡新剧，并特邀上海编剧家来连合作编剧，而上海向来被视为中国话剧的诞生地，可见大连的话剧开始早，起点高。

1925年1月，戏剧艺术家欧阳予倩来到大连。他在保善茶园演出了《徽钦二帝》《卧薪尝胆》《宝蟾送酒》《人面桃花》《黛玉葬花》《长生殿》《打渔杀家》《济公活佛》等剧。从剧名看，当是京剧。

欧阳予倩

欧阳予倩从1916年起，在长达15年的时间里，致力于传统戏曲的继承和改革，并登台演唱京剧。但其实，欧阳予倩是个全面的艺术家，他不仅能够从事编剧、导演这样的工作，同时还善于舞台表演；不仅对京剧熟稔，同时对楚剧、川剧、粤剧、汉剧、湘剧、桂戏、秦腔等多个剧种的表演、音乐、舞蹈等方面也有较深的研究。不说他后来的成就和地位（任中央戏剧学院院长、中国文联副主席、中国戏剧家协会副主席、中国舞蹈家协会主席等），单就当时，欧阳予倩已是名播宇内的艺术家。

1925年2月1日，大连中华青年会请欧阳予倩演讲，题目是《中国戏剧改革之途径》。从时间上看，这应该是他在连演出期间。一个演出团队能在一个城市实现跨月度演出，足见其受欢迎程度。欧阳予倩受邀演讲，也顺理成章。

有意思的是，作为对传统戏剧有精深研究的专家，欧阳予倩居然也是中国话剧的创始人，同样，编、导、演集于一身。后来，他又投身电影艺术事业，也是身兼编剧、导演、演员数职。这个1889年出生的湖南人，堪称表演艺术领域大师级人物。

后来，欧阳予倩又多次在大连的报刊发表文章和剧本，对大连地区的舞台艺术发展贡献巨大。20世纪50年代的大连文坛，戏剧和话剧创作成绩突出，应该也是渊源有自，与欧阳予倩当年的影响分不开。

除此，应邀在连参加活动、举办演讲的名流还有康有为、罗振玉、王季烈等。这些人都对大连的文化发展起到推动作用，影响深远。

王季烈在大连生活10年之久，与本土文化人多有交游。罗振玉作为“甲骨四堂”之一，也在大连生活多年，留下“大云书库”这样的遗产。康有为虽然只是在大连短期的滞留，但十分难得的是，他在金州期间，曾去大黑山游览，并在响水观留下题诗《乙丑八月游响水观题壁》。“响泉消夏”本是“金州八景”之一，得康有为题诗，更增人文色彩，因题诗已镌刻于响水观的石壁上，更使景点持久地散发着魅力。

相比于演讲和演出，文学作品的发表和传播更为便捷高效。从20世纪20年代开始，中国现代文学史上具有代表性的作家及其作品，都曾出现在大连的报刊上，有的还以图书的形式呈现，如鲁迅、郭沫若、茅盾、巴金、老舍、曹禺这些顶级作家。沈从文、田汉、赵景深、何其芳、胡风等作家、诗人、戏剧家的作品也在大连发表或出版。大连报刊所评介的作家还有徐志摩、朱自清、鲁彦、丁玲等，几乎囊括了中国现代文学史所有重要作家。

作为大家的鲁迅，更是有很多与其相关的研究性文章和评论在大连出现。1931年1月25日，《泰东日报》刊发池的文章《关于鲁迅》。1935年3月4日，《泰东日报》发表苏雪林的《〈阿Q正传〉及鲁迅创作的艺术》。鲁迅于 1936 年 10 月 19 日逝世，几天后，10 月 26 日，《泰东日报》就特设专版刊发《悼国际文豪鲁迅》（未署名）、《文坛巨星的陨落》（柯灵）、《鲁迅先生的死》（乙木）、《鲁迅夫人访问记》（介夫）等悼念文章，足见大连的新闻界、文学界的眼光。

从出版的角度讲，大连完全与中国的现代文学保持着同步的状态。比如巴金的作品，1932 年 10 月 26 日，《泰东日报》发表巴金的小说《海底梦》；1934 年 2 月 14 日，《泰东日报》文艺副刊开始连载巴金小说《萌芽》，共连载 17 期；1941 年 3 月 4 日，《泰东日报》开始连载巴金的小说《家》，共连载 192 期。这三部巴金作品皆在大连发表，除《家》发表得稍晚一些，其他两部几乎是与作家的创作同步，可见当时大连出版界的敏锐度和巴金受欢迎的程度。

由于大连为日占区，大连地区出版发行的报刊大多为日文版，所以，还有相当一部分作品是以日文发表或出版的，主要的载体为日文杂志《满蒙》。

自 1927 年 2 月，郭沫若剧作《卓文君》在日文杂志《满蒙》第 82、84 期全文刊发后，又有沈从文的剧作《失明之父》（1927 年 10 月）、田汉的剧作《午饭之前》（1928 年 1 月）、熊佛西的剧作《蟋蟀》（1929 年 3 月、4 月、5 月）、田汉剧作《名优之死》（1929 年 10 月）、郭沫若剧作《王昭君》（1931 年 5 月）等作品在日文杂志《满蒙》发表。还有鲁迅的小说代表作《阿 Q 正传》（1931 年 5 月）、沈雁冰（茅盾）的论文《中国神话之研究》（1930 年 3 月）等中国现代文学史上的重要作品，在日文杂志《满蒙》上登载。

这些作品多为作家的代表作，表现出对现实的强烈批判意识，对民主自由的美好向往。与此同时，还有相当数量的外国作家的作品出现在大连本地报刊上。比如，1924 年 5 月，《新文化》月刊第三卷第 5 号刊发俄国盲诗人爱罗先珂的《俄国文学在世界上的位置》。1932 年 1 月 11 日，《泰东日报》登载高尔基的小说《在人间》，译者为“警青”。1931 年

2月3日，《泰东日报》发表傅利采的文章《艺术家托尔斯泰》，评介托尔斯泰的作品。

不仅如此，大连本地文化单位还举办展览，纪念世界著名作家诞辰，向市民读者推荐作家作品。比如，1928年3月15日—20日，满铁大连图书馆举办纪念易卜生诞辰100周年著作展览，陈列图书数十种。1928年3月22日—28日，满铁大连图书馆举办纪念托尔斯泰诞辰百年著作展览，展出著作400种。展览时间均为一周左右。从文学的角度看，大连这座城市这时与世界保持着同步。

与作品的发表相映生辉的是大量的评论推介文章的发表。这些评介文章涉及的作家不仅有国内知名者，也包括世界著名作家。1944年，大连书店还编辑出版新文学运动史料集《文坛史料》（杨一鸣编），辑有关于鲁迅、茅盾、巴金、蒋光慈、瞿秋白、田汉等作家的评传，以及新青年社、创造社、太阳社等文学团体史料。《文坛史料》立体地、全方位地表现了新文学的面貌，呈现出文学全业态的完整样貌。对于一个不是新文学“原产地”的城市，对于尚不具备现代系统完善的文学领导组织机构的地方，这样的眼光和行为，令人刮目相看。

大连地区的文艺社团和本土创作

文学作品大量输入的同时，大连本土的文艺创作也风生水起，十分活跃。主要有两个标志，一个是文学社团大量涌现，另一个是一批作家、诗人逐渐成熟。新文学作品、新的思想观念的引进，大大开拓了作家的视野。数量众多的报刊使文人有了发表作品的园地，还有频繁举办的各种文学艺术活动，都对大连本土的文艺创作起到推波助澜的作用。

据统计，到1934年，大连就有60多个文学社团，约略算来，新文学的作者有几百人之众，几乎与今天的市级作协会员数量相埒。目前所见大连最早出现的文学社团，为1921年6月成立的嘤鸣社，还有1923

年5月成立的新剧（话剧）研究社。

当时活跃在大连文坛的知名的作家有石军、田兵、赵恂九等。石军作为“东北作家群”（指受新文化运动影响，以新文学创作为己任，并且在1945年以前大部分时间生活在东北的作家）中的作家之一，已受到学界的重视。近年，有学者把东北沦陷区作家作为研究对象。比如，2006年《上海师范大学学报》（哲学社会科学版）刊发华东师范大学中文系老师刘晓丽的文章《被遮蔽的文学图景——对1932—1945年东北地区作家群落的一种考察》，从学理上廓清伪满洲国境内作家的构成，以及他们的文学贡献，里面就提到大连地区的重要作家赵恂九、石军、也丽等。

如果从创作量和影响力来说，赵恂九当首屈一指，是当年大连作家翘楚。

赵恂九

赵恂九（1905年—1968年），本名赵忠忱，笔名大我、竹心等，出生于金州三十里堡。1925年入读旅顺第二中学，因学业优异，曾获奖学金。1929年毕业后，进入大连《泰东日报》任编辑，其间，曾赴日本考察月余，1944年被免职。从目前查阅到的资料来看，他的文学创作活动集中于这一时期，而且，所发作品多为长篇小说，大都在他所供职的《泰东日报》上连载。依发表时间为序，大致为：

1932年在《泰东日报》发表和连载的作品有《芳亭》（连载4期）、《海滨》（连载26期）、《春苑》、《鸾飘凤泊》、《水中缘》。

1933年1月1日，《泰东日报》开始连载长篇小说《流动》。

1934年6月19日，《泰东日报》开始连载长篇小说《他的忏悔》。

1938年1月10日，《泰东日报》开始连载长篇小说《春梦》。

1939年7月1日，《泰东日报》开始连载长篇小说《荒郊泪》。

1940年1月9日，《泰东日报》开始连载长篇小说《声声慢》。

1941 年 4 月 22 日，《泰东日报》开始连载长篇小说《故乡之春》。

赵恂九还创作了多部长篇小说，都在报上连载后出版。据统计，他创作中、长篇小说共 23 部，实在是高产作家。

赵恂九的小说主要是描写青年男女的爱情故事，大都是凄凄惨惨的悲剧结局。他的作品文笔生动，语言流畅，情节跌宕，深受青年读者喜爱。他的作品有对封建家庭专制的批判，虽说不上多么深刻，但主题积极，故事好读，有很大的读者群。

而且，他还出版过小说创作理论专著《小说作法研究》，对小说创作提出自己的新见。比如，他把书信体小说称为“书简体小说”，“是‘自我小说’的一种，是用书信式写的小说”。他依据叙事特点，将书信体小说分为一元视点和多元视点，并分别以歌德的《少年维特之烦恼》和陀思妥耶夫斯基的《穷人》为例加以说明[1]，足见其理论素养。仅以此点来看，置诸当下文学环境，像赵恂九这样创作、理论兼擅的作家，也不多见。

石　军

石军（1912 年—1950 年），本名王世俊，一说为王世浚，又名王文泉，有世浚、文泉、石军等多个笔名，普兰店人。20 世纪三四十年代东北的著名作家。1928 年，考入旅顺师范学堂，在学校期间，受到新文化运动的影响，开始了文学创作，涉及诗歌、散文、小说、戏剧等多种体裁，还有文学批评等，发表在《泰东日报》上。1932 年毕业后，回到家乡任教。1934 年，他与大连的青年作家也丽、田兵、岛魂等组织“响涛社”，在《泰东日报》的文艺副刊发表作品。当时，伪满洲国的杂志《明明》《艺文志》等，都刊载过他的小说。这期间，他发表小说 40 余篇，约 50 万字。他早期作品受叶灵凤、穆时英、张资平等的爱情小说影响，模仿他们的

[1] 韩蕊 . 从文学的书信到书信的文学：中国现代书信体小说研究 [D]. 吉林 : 吉林大学 ,2007.

写作技巧，价值不大。

关注社会的小说《赌徒》成为石军小说创作的转折点。这阶段石军的小说创作开始揭露伪满洲国时期东北现实生活的阴暗面，写他认为可怜的人物。小说取材大多来自伪满洲国时期东北农村，运用大量的农村俚语，生动地刻画现实生活，但仅限于表面描写，缺乏一定的深度，用他自己的话说是，没有“刺穿现实的‘里面’”。

石军的主要作品有 1944 年出版的短篇小说集《边城集》，1938 年由城岛文库出版的短篇小说集《暴风雨》，1941 年 10 月由“满日文化协会”出版的长篇小说《沃土》。长篇小说《新部落》最初刊载在《艺文志》（1940 年第 113—203 期），后来被收入大地图书公司 1945 年出版的小说集《新部落》中。小说集《麦秋》作为“作风文艺丛书”，刚刚出版就被警察厅销毁。长篇小说《桥》在《艺文志》1943 年第 3 期开始连载。小说《脱轨的列车》被收入《满洲作家小说集》。石军还著有小说《隐疚》《牵牛花》等。1945 年，新中国成立后归乡，石军曾短暂任大连《新生时报》编辑、大连工业厅秘书。1950 年逝世。

也　丽

也丽（1902 年—1986 年），本名刘云清，笔名有镜海、炼丹、野藜等，生于金州杏树屯。1923 年，毕业于旅顺师范公学堂，曾任小学教师逾 20 年。1930 年，他以镜海为笔名在大连《泰东日报》发表新诗，处女作《自己的歌》，叙述了年轻人的奋斗历程和对未来的追求，诗风清新。后来，他的诗受象征派影响，语言比较晦涩、费解。除创作诗歌外，他还写散文、小说，出版有小说集《花冢》、散文集《黄花集》。他的诗歌影响较大，被誉为象征派诗人。我们看他的《旅途上拾得的三部曲》（片段）：

封建的尾巴
拖长了古代的故事

一排锯锯齿齿的城壁
映出当年不清楚的脸谱
酱紫色的酸腥余剩
流在泥黄的壕沟里
缓缓地
像抒情的诗人
踱着迟慢的步子

也丽被认为是“东北作家群”下面的“《作风》同人作家群”。这个作家群还有作家田兵等。值得注意的是，作家石军也被列入这个作家群体。他们共同创办《作风》杂志的同人刊物，而他们的这个刊物是在奉天（沈阳）出版的，显然同人不局限于大连地区。

这一时期最具全国性的作家（诗人），当为庄河人李满红。

李满红

李满红（1917 年—1942 年），本名陈庆福，后改名陈墨痕，发表诗作时署名李满红，庄河人。1931 年九一八事变后，少年的李满红就参与了民众组织的抗日斗争。1935 年后，李满红作为流亡学生入关，先后在北平知行补习学校和国立东北中山中学读书。其间，他积极参加抗日救亡的爱国学生运动。1936 年秋，中山中学南迁至南京板桥镇（今南京市雨花台区板桥街道），这时李满红开始了新诗创作。七七事变爆发后，学校被迫再度迁徙湖南湘乡。在颠沛流离的日子里，李满红一直执着于两件事情：一是写诗，二是舞剑。这两项始于少年的爱好，国难当头之际，更激发出一个热血少年的爱国情怀。1938 年，李满红前往长沙参加大学入学考试，恰遇长沙大火，又随难民南逃。后又辗转广西、贵州，来到重庆，在北碚东北青年升学补习班学习。其间写过一些隽永的短诗，如《飞蛾扑火》《海》《红灯》等。这些诗表现出一个爱国青年面对山河破碎、满目疮痍的悲愤和对故土的怀念忧思。

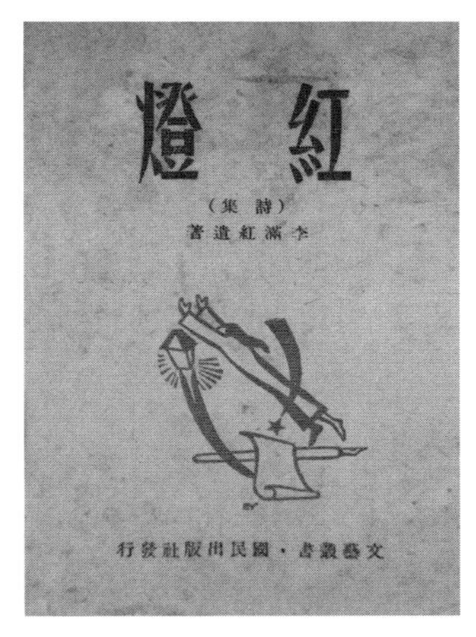

《红灯》

在重庆期间，李满红最大收获是结识了一批文学前辈，并与他们成为挚友。端木蕻良在《怀念满红》一文中记述了他们相识的过程，记述了他们的友谊。李满红这个笔名就是在端木蕻良的建议下沿用下来，李满红的诗歌《红灯》也是在端木蕻良的推荐下，得以在香港《大公报》文艺副刊发表。李满红还曾给端木蕻良和萧红表演舞剑，并说“将来再流亡时，我给你俩当保镖”。后来端木蕻良与萧红流亡香港，李满红没有机会给他们当保镖，却听到萧红的死讯，他含悲写了一首悼亡诗。五个月后，端木蕻良返回内地，流落桂林时，听到李满红离世的消息。

李满红所患仅是常见的急性胃肠炎，如果不是在那个年代，远不至致命。而且，他去世时年仅25岁。一颗闪耀的诗星，划过天际，陨落在一个黑暗的时代。

姚奔与李满红同为东北老乡，他们三度同学，一同流亡，都爱好写诗，因此感情甚笃。姚奔写文章回忆两人的交谊，提到李满红的那首《红灯》曾获艾青赏识。后来姚奔与邹荻帆创办《诗垦地》，李满红也常为该刊供稿。新中国成立后，姚奔曾任《收获》《上海文学》等杂志编辑。

曾与巴金合编《文季月刊》、当时在复旦大学教书的靳以，也对李满红的创作给予了很多帮助。李满红的多篇作品，都发表在靳以兼职任编辑的《国民公报》副刊《文群》上。

后来执意要学俄语的李满红，不得不告别这些师友，独往陕西。他考入西北联大外语系，在艰苦的环境中读书、写作，直至一病不起，最终埋骨他乡——城固，陕西汉中的一个县城。庄河作家姜弢在一篇文章的结尾写道，他有个强烈的愿望，有朝一日要去那里“寻访一番，抚触一下那块青石碑，送上一个故土晚辈深切的凭吊和无上尊重”。

因李满红英年早逝，他的诗稿被好友姚奔整理为诗集《红灯》，交给靳以编入《现代文艺》丛书，于1943年出版，而长诗《向敬爱的祖国》则被杨晦[1]教授保存40年后面世。1982年，《东北现代文学史料》为李满红出了《满红四十年祭专辑》，刊出他当年的师友撰写的纪念文章10余篇。

回过头去看看李满红的交游，几乎个个都在中国现代文学史上留下姓名，也不乏大家。在他去世之后，很多人都写过怀念文章，也是一种规格极高的礼遇。他去世时年仅25岁，每念及此，不能不让人倍感神伤。

除前述作家，这一时期在报刊上连载小说的还有：汪楚翘（《恶果》，《新文化》1923年）、悔侬（《恨海波澜》，《泰东日报》1931年）、李生源（《眼底微尘录》，《泰东日报》1932年）、鲁威人（《黑暗中的光明》，《泰东日报》1932年）、黄旭（《伪爱的解脱》，《泰东日报》1932年）、曲狂夫（《愚血》，《泰东日报》1932年）、陈明中（《爱与生命》，《泰东日报》1933年）、赵少林（《憔悴的玫瑰》，《泰东日报》1934年），等等，有几十位之多。

这还仅仅是中长篇小说的创作和发表情况，短篇作品以及诗词散文类作品尚未统计，但绝不会是一个小数。另外，这一时期，还有相当一部分日本作家活跃于此，有的是战地记者，有的短期旅居于此，还有的生长在这里。他们留下相当数量的作品，有对这片土地的赞美，有对侵略战争的质疑，也有占有这片领土的野心。正如大连海事大学外国语学院学者张蕾所得出的结论：“很多日本作家的共同特征：对传统文化的热爱，对现实中国的鄙视，表现出一种居高临下的傲慢和优越。”

[1] 杨晦（1899年—1983年）是五四运动“火烧赵家楼”的领导者之一，辽宁辽阳人。1941年，任西北联大中文系教授。1944年，任重庆中央大学教授。1949年，任北京大学中文系教授。1952年—1966年，担任北京大学中文系主任。

1945年的阳光（1945年—1949年）

1945年大连解放，结束了日本对大连地区长达40年的殖民统治。由此，大连也成为全国最早解放的大城市之一。但和全国大多数地方不同的是，这时的大连很特殊：一方面，苏联驻军旅大地区（1945年8月—1955年5月），形式上掌管地方事务；另一方面，中共已组建自己的政府，但这时人民共和国尚未成立，国民政府也想争得地方主导权。大连地区成了苏联、中国共产党和国民党三方势力角逐的领域。此一时期被史家称为“特殊解放区”时期。

这一时期，一个影响深远的标志性事件就是大批解放区作家、艺术家进入大连。这是中共中央对于东北工作的一个重大决策。1945年9月15日，中共中央给各中央局发出《中共中央关于配备一百个团的干部进入东北的指示》。这些干部分期分批，千里迢迢，跋山涉水，步行5000余里，从陕北一路走来。艺术家是这批干部的一个组成部分，他们是赴东北干部团的八中队。

一张报纸拉开大连红色文学帷幕

1945年11月1日，我们党办的报纸《人民呼声》创刊。熟知大连新闻历史的朋友会知道，11月1日，是《大连日报》创刊的纪念日。《人民呼声》正是《大连日报》的前身，它是大连地区最早的红色报纸，也是我们党在大城市创办的最早的报刊之一。1946年6月1日，《人民呼声》改名为《大连日报》。

最早从解放区来大连的作家，正是与这份报纸结缘。李定坤于1945

年9月，罗丹于1945年11月，从延安来到大连。罗丹担任《人民呼声》社长兼总编辑，李定坤任《人民呼声》副社长和《实话报》副社长。他们的到来，也拉开了解放区作家进入大连的序幕。从他们开始，到新中国成立，先后有几十位解放区作家入连，推动了大连地区文学艺术事业的发展。

罗　丹

罗丹（1911年—1995年），广东人。学生时期因参与组织学潮被学校开除。1935年后，他加入中共地下党领导的世界语学会、新文学学会、文学座谈会等进步组织，并编辑革命刊物《海岸线》《新世界》。七七事变后，他与李英、陈光、吴南生、蒲风等成立潮汕青年救亡同志会，并任理事，又任潮汕战时文化协会理事长，并主持出版《战时文化》。1938年4月，罗丹历尽艰辛，到达延安，进入革命大家庭，并很快加入中国共产党。在延安时期，他开始发表小说，登上的报刊有《解放日报》副刊（丁玲主编）、《谷雨》（于黑丁主编）等。1945年，他随部队进入东北，后来从沈阳到大连。当时没有客运列车，他是乘苏联一列运牛的货车来到大连的。他曾有诗记述此事：

罗　丹

穿破草鞋多少双，繁华海市酒楼香。
远烧空野朔风凛，横躺月台满站荒。
打盹牛蹄磨睡面，挤身牛角挂图囊。
肠牵前线灯前笔，夜半潮声百战场。

抗日战争胜利后，罗丹曾担任《大连日报》社长兼总编辑。1946年

6月，他离开报社，专事创作。1946年8月，他在《大连日报》上主办了一个文学副刊《青年文艺》，这也成为大连地区最早的文学副刊，成为青年文学人才的摇篮。他在《发刊的话》中写道：

> 很久以来，我们就想着给生活在这个半岛尖端的青年朋友开辟一块文艺园地；这个愿望到现在算是实现了。目的是很简单的，以供大家有机会用笔来倾吐：过去的哀怨和悲愤与现在的欢欣与鼓舞，一以给大家一个修炼自己使用笔的技术，便于能够比较顺遂地表达自己的所爱和所憎。
>
> ……
>
> 只要是故事可取，感情真挚，生活气味浓厚的，我们愿意尽力在文字上和技巧上帮忙。
>
> ……
>
> 倘有必要，将增设信箱，回答读者在阅读和写作上的疑难。

可以看出他的用心良苦，这样一个栏目的设置，完全是为青年着想，非常实际。

后来担任《大连日报》副总编辑的王凡，当年是罗丹的助手，罗丹的工作方式给王凡留下深刻的印象。罗丹处理来稿与众不同，他亲自初审稿件，挑选出好的就交给王凡，安排发表。可以看出，罗丹在艺术上有自己独到的见解和标准。

1947年，在大连解放的第三年，《青年文艺》举办了“八一五”征文活动。征文评选揭晓当天的报上，罗丹亲自写了一篇总结性文章《致作者读者的信》，道出了他对征文作品的看法，以及对青年作者的期待。获得征文一等奖的是文工团文艺小组的女作者董伟，她后来去北京中央文学研究所（鲁迅文学院前身，成立于1950年）深造，可惜英年早逝。获得二等奖的是青年团文艺小组的隋阜，也因病早逝。大连文坛初期的两棵好苗子，在刚露头角时不幸夭折。

但是，大连是幸运的。著名作家柳青在大连的时候，创作了他的重要作品《种谷记》，其中的一个章节曾发表在《青年文艺》上。这个中国当代文学史上重要的作家，在大连留下了珍贵的一笔。

1948 年 6 月，罗丹调离大连，《青年文艺》终刊。两年的时间里，这个文学专刊共出版 74 期，每期的字数大约 1.5 万字，是非常可观的数量。很多文学爱好者从这里走上文坛。后来成为大连市作协副主席、专业作家的张琳称，自己“就是受益者之一”。

罗丹在尽心尽力办好这个副刊的同时，还进行文学创作活动，发表了一些中短篇小说。他还以《文艺闲话》为题，连续发表多篇写作知识方面的随笔，还应中苏友好协会之邀，在“星期文艺讲座”上向读者介绍文艺创作经验。

罗丹作为最早进入大连的解放区作家，虽然工作时间不长，但是做了一个打基础的工作，是大连文学事业的奠基人。

李定坤

李定坤（1918 年—1989 年），本名李坤，笔名东方，山西长子县人。1937 年 5 月参加革命，1937 年 7 月加入中国共产党，如此，在革命圣地延安真正开启了他的革命生涯。1945 年，李定坤随大部队来到大连，任《人民呼声》副社长和《实话报》副总编辑。1949 年，他又随军南下，来到江西，在九江停留下来，担任当地报社领导和宣传部领导。1954 年到 1966 年，担任江西省委宣传部副部长兼省文联主席。1945 年，开始发表文学作品。1960 年，加入中国作家协会。著有小说《侦察员高传曾》、剧本《刘二黑订亲》、报告文学《凌文明》等。离休以后定居大连。

一首澎湃的歌

一座城市的新生从一首歌开始，这个城市是大连，这首歌叫《黄河大合唱》。

1946年3月13日，团长沙蒙、党支部书记于蓝、秘书张平率东北文工团来到大连。于蓝和张平作为新中国的“二十二大明星”为人熟知。沙蒙去世（1964年）早，这里补充几句，他当时是延安鲁艺实验剧团团长，后长期在长影、北影工作，是成就卓著的电影艺术家，代表作是电影《上甘岭》。

大连是全国最早解放的大城市之一，曾被日本殖民统治长达40年，所以大连地区的文化建设显得尤为重要。东北文工团一到大连，就去拜访了市委书记韩光。在日后的回忆文章中，韩光记述了与东北文工团成员见面的情景：

> 他们人虽不多，但很精干。一到大连，沙蒙、于蓝、张平就到市里来找我研究怎么配合党的工作进行宣传演出。我向他们介绍了大连的情况，并如实说出我们工作中遇到的困难。为了着重解决一部分知识青年学生的思想问题，我给他们出了个题目，除了原来准备上演的《兄妹开荒》《血泪仇》等反映农民斗争的节目外，还要演曹禺的话剧《日出》以及冼星海同志的《黄河大合唱》。[1]

这是非常有眼光的决定。大连是一座曾被日本侵略者实行殖民统治的城市，日本侵略者的奴化政策和措施潜移默化地影响了这里的人们，尤其是这里的青年。新中国成立后，由于城市的开放，美国电影、国际流行文化都在这里呈现，所以这里的青年无法像解放区的农民那样很快

[1] 中共吉林省党史研究室．韩光党史工作文集[M]. 北京：中央文献出版社，1997.

1946 年 3 月 17 日至 24 日，东北文工团在大连演出《黄河大合唱》

接受那些“土味”文化，而话剧、音乐这些艺术形式，无疑更接近见多识广的城市青年和知识分子的审美。

于是，东北文工团决定，由音乐部排练《黄河大合唱》，由戏剧部排练话剧《日出》。这称得上是一次城市文化的洗礼，一次红色文化的启蒙，一次文化认知上的革命。

演出阵容是这样的：男声独唱《黄河颂》由男中音王大化担任，女声独唱《黄河怨》由女高音黄准担任，对唱《河边对口曲》由张平和张守维担任，指挥由著名作曲家刘炽担任，他是《黄河大合唱》作曲者冼星海的学生。整个演出队伍，大都是鲁艺的师生，还有冼星海的高足。他们当中很多人在延安就参演过《黄河大合唱》，也有很多人就是在冼星海的指挥下参加的演出，因此能在短时间里，排出高质量的节目。

让我们记住这些参与演出的艺术家：团长沙蒙，党支部书记于蓝，秘书张平，指挥刘炽、杜粹远，演员王大化、何文今、李牧、颜一烟、

张守维、江巍、李凝、林农、黄准、欧阳儒秋、李百万……

担任伴奏的是大连广播电台的管弦乐队。在演出当天，大连广播电台还进行了实况转播。

为配合演出，《人民呼声》于1946年3月19日、20日刊载长篇文章，介绍作曲家冼星海的经历，还连续登载解读《黄河大合唱》思想性和艺术性的文章：

《黄河大合唱》里面有极丰富的音乐语言；这丰富的音乐语言，是来自人民心底深处，从那形象的音乐语言里增强了人民的民族观念，鼓励人民去和敌人斗争。如果去估计黄河大合唱的艺术价值，是与整个中华民族的解放斗争分不开的。

……

《黄河大合唱》的价值首先在于这歌声是与人民斗争相结合了的，他给人民指出了出路。其次，他运用了齐唱、混声合唱、对唱、独唱、轮唱，打破了一切格式，而以人民现实生活为基础，以人民的生活情调成为自己音乐上的整个风格。

这些宣传造势，扩大了《黄河大合唱》的影响，吸引了整个城市的目光。

演出在上友好电影院（新中国成立后，改名为艺术剧场）进行。从3月17日到3月24日，连续八天的演出，场场爆满，不仅座无虚席，能站的地方也都站满了人。《人民呼声》1946年3月24日第四版报道了演出盛况：

这几天上友好电影院里，不仅是座位不空，连站位都不空。门卫边是门庭若市，人如流水。我看见一位先生要进去，一问不卖票没办法还在门外徘徊留恋，不愿离去。而且在各处只要是知道这件事的人，不管听到没有，都在纷纷议论着黄河大合唱。

演出获得巨大成功！东北文工团的倾力演出，让大连群众感受到了中国共产党领导的革命队伍在前线浴血抗战的情景，从中获得巨大的精神力量。市民纷纷要求电台教唱，东北文工团积极回应，印发歌谱，教唱歌曲。一时，《黄河大合唱》成为这座城市的流行歌曲。

东北文工团在此基础上，举办音乐培训辅导班，培养音乐人才。组织成立了海星合唱团（后更名为星海合唱团），组织本市历史上第一次“纪念五四青年歌咏比赛”。解放区最优秀的文艺人才，把艺术的种子播撒在这片土地上，让这座城市焕发生机。

正是得益于这样良好的氛围，1946 年 11 月，旅大文工团应运而生。一批艺术人才在这里成长，很多后来成为驰名全国的艺术家。与此相映成趣的是，大连的一些工厂、企业及乡村都建立了属于自己的演出团体。这样良好的群众基础和浓厚的艺术氛围，滋养了这座城市。经过这番洗礼，整个社会的精神风貌为之一新。

1946 年春天的大连，大街小巷流淌着“黄河”的交响。

一个作家和一座书店

到大连的解放区作家中，文学成就最高的当数柳青（1916 年—1978 年）。这当然是以今天的眼光，也是历史的眼光来看的。柳青在中国当代文学史上占有重要一席，是因为他的长篇小说《创业史》。他为写这部作品放弃了北京的工作和舒适环境，到陕西的长安县落户定居，一待就是 14 年。他的另一部重要长篇小说《种谷记》是在大连最后修改完成的。《创业史》这部长篇小说柳青在

柳　青

陕西完成了初稿，他带着这部书稿，于1946年2月来到大连。

当然他不是为了修改这部小说来大连的，他是应中央的要求，来接管大连的大众书店，担任书店的编辑部长和党支部书记，加强党对出版工作的领导。

当年，大众书店名字虽为书店，但不同于我们今天的书店概念，它不是一个单纯卖书的场所。当时的书店还承担着出版、印刷工作，大众书店就是这样。新中国成立后，出版工作和图书经营虽然分开，但是也有例外，著名的三联书店就延续及今。

柳青来大连以前，大连有三个进步书店：大众书店、光华书店和友谊书店。大众书店是由大连本地进步青年白全武、车长宽、方牧、刘汉、吴滨、吴广祥等人筹措资金建立，车升武出资并担任经理。时间是1945年8月28日，距离大连解放还不到半个月。他们最初出版的书有艾思奇的《大众哲学》、毛泽东的《新民主主义论》。当时出版资源有限，市委书记韩光去书店了解情况，还给他们带去了中共中央《对于目前时局的宣言》。大众书店马上抢时间给印了出来，可以说，书店具有纯正的红色基因。1945年年底，经大连市委同意，大众书店以中苏友好协会的名义，接收了位于天津街的“大阪屋号书店”，作为大众书店的文教用品门市部；接收了“鲇川洋行纸店”，作为大众书店的书籍门市部；接收了“日清印刷厂”，作为大众书店印刷厂。这时，大众书店形成了从出版、印刷到发行的完整体系，成为粗具规模的现代出版机构。

柳青的到来，带来了党中央的声音，也带来了红色出版资源。

1946年4月，大众书店找到一本晋察冀日报社1944年5月出版的5卷本《毛泽东选集》，计划出版。《毛泽东选集》由柳青负责编辑，在原书基础上增加《湖南农民运动考察报告》和《中国共产党红军第四军第九次代表大会决议案》，作为附录收入，共计31篇文章，900页，近50万字。1946年8月出版的《毛泽东选集》精装5卷合订本，书的封面为红布装帧，正中印有烫金的“毛泽东选集”5个字，封面下端印有“大连大众书店印行”字样。精装本《毛泽东选集》初版2200册，1947年2月再版3000册，同年11月3版又印刷5000册，总计印刷10200册。对于那个年代出版的大部头著作来说，是相当大的发行量了。

大众书店出版的《毛泽东选集》是东北地区最早的“毛选”，仅晚于晋察冀日报社的初版本和1945年7月苏中出版社版，是非常重要的“毛选”版本，成为各地红色书刊收藏爱好者追逐的珍品。后来，大众书店还委托从北京来的同志，把精装本《毛泽东选集》、新版《全国分省地图》和一支钢笔给毛主席送去，由于战乱，这些礼物第二年才送到延安。1949年10月1日的开国大典，中央特意给大连的大众书店三个国庆观礼名额。对于大众书店，对于大连，这都是巨大殊荣。

柳青作为一个作家出身的出版机构领导，对文学书的出版也很重视。在1946年和1947年，大众书店就出版了《李有才板话》（赵树理）、《洋铁桶的故事》（柯蓝）、《苏联纪行》（郭沫若）、《钢铁是怎样炼成的》（奥斯特洛夫斯基）、《被开垦的处女地》（肖洛霍夫）、《李家庄的变迁》（赵树理）、《骆驼祥子》（老舍）、《阿Q正传》（鲁迅）、《困兽记》（沙汀）、《王贵与李香香》（李季）、《我在霞村的时候》（丁玲）、《上海二十四小时》（夏衍）、《铁流》（绥拉菲莫维奇）等中外作家的文学作品。

还有一件非常有意义的事。1947年5月，《大连日报》副刊《青年文艺》发表了柳青的长篇小说《种谷记》（第十七章）。在58年后的2005年，为纪念大连解放60周年，大连市有关部门编辑出版了《大连优秀文学艺术作品选》，在“长篇小说卷”，收入柳青的《种谷记》（节选），所选的正是该书第十七章和第十八章。这是对柳青最好的纪念和缅怀，感谢他对大连文学艺术事业所做的贡献。

在大连期间，柳青还参与了一些文学活动。1947年3月，罗丹于大连中苏友好协会俱乐部组织星期文艺讲座，由柳青讲《如何写小说》。

在连工作最久的解放区作家

从1945年开始，延安解放区作家分期分批陆续抵连，但大多数在新中国成立后又赴新命，去北京或其他地区担任新的职务。很多作家、艺术家在连工作时间不长。其中，在连工作时间最久的是著名诗人方冰。他从1946年5月来连，到1956年8月离开，在连工作达10年之久。方冰在连期间，担任过旅大市文教局长、文化局长和文联主席等文学艺术部门的领导工作，创办《旅大文艺》（《海燕》前身），为大连地区的文学艺术事业发展做出重要贡献。

方冰是名满天下的歌曲《歌唱二小放牛郎》的歌词作者，该歌曲1942年诞生，至今传唱不衰，成为“红歌”经典。作为从解放区走出来的作家，方冰与平民百姓有天然的亲近，对毛主席的讲话领会至深，来到大连，他仍然是这样一种思路和状态。他先是做工人工作，深入海港码头、寺儿沟贫民窟等工人聚居区，后又到旅顺鸦鸬嘴体验生活，他挂职公社书记，与农民打成一片，深深赢得老百姓的信任。

方 冰

后来，他担任旅大市文教局长、文化局长和文联主席，作为文化局和文联领导，他主抓文艺创作，当年几部有影响的话剧都有他的心血。剧本《穷汉岭》完全是一群工人的集体创作，为使作品趋于完善，不要说在艺术上，即便在文字上，也要花费很多心力修改。

《红旗》和《人往高处走》两部作品，也来自基层。为迎接东北大区的文艺会演，方冰决定由文联出创作人员，在原作的基础上再度创作。

《红旗》原名《红旗竞赛》，来自工矿车辆厂，承担创作任务的是于汪惟、张琳、王同禹、王雅军四个人。《人往高处走》原名《走那一条路》，由栾凤桐、李心斌、李永之三人负责。

《穷汉岭》

《人往高处走》

经一众编剧的努力，两部剧在会演中大放异彩，双获一等奖。让人没有想到的是，而后竟然是“商演”——卖票，而且连演多场，演出结束后观众也不肯离去，等着演员谢幕。还不止于此，《人往高处走》的剧本先是由辽宁人民出版社出版了单行本，又被长影看中，拍成电影。后来，剧本在北京的《剧本》上发表时，恰逢该刊正在举办一个全国独幕剧征文活动，编辑们径自把《人往高处走》改为独幕剧，而且给了个一等奖。

按说，也是个皆大欢喜的结局。但方冰得知之后，文人的傲气和自尊被激发出来。他问各位编剧：“剧本改为独幕剧征求你们意见没有？”答：“没有。”方冰说：“那不行，这也太不尊重作者了。”当年似乎还没有版权意识这回事，但作为诗人的方冰，作为文联领导方冰，这个意识借此事呈现出来。编剧说：“人家把稿费和奖金都寄过来了！”方冰又问："（钱）花没花？"答："刚取出来，还一分没动呢。"方冰斩钉截铁："那好，一分钱不要，通通退回去！我来写电报稿。"结果，编剧们把还没有焐热的稿费加奖金又原封不动退回了杂志社。《剧本》在文人心目中是多么高的地位呀！但被方冰激发出来的文人的自尊，战胜了那些俗世观念和利益。从张琳记述这段经历的文章中看，三个作者每个人的稿费加奖金是1000多元，在20世纪50年代中期，乃至到80年代初，这无疑都是一笔巨款。当然还有方冰亲笔写的退款电报，也是超长版。要知道，电报可是按字计费的！但在方冰这里，根本就不是一个问题。

文人的自尊和傲骨，对名利的淡泊，作家的版权意识，很多人会去说，或用来标榜，但在方冰这里，却出自天然。尤其对作家劳动果实保护的版权意识，在当年是多么难能可贵！

1954年，《旅大文艺》创刊，方冰担任主编。在当年第8期刊物上发表了一篇小说《一个女报务员的日记》，作品发表后引起的反响完全出乎编者的预料，也超出了刊物能够掌控的范围。此一事件有专章讲述，这里不赘述。据当年的副主编张琳回忆，稿件收到后，他先看，认为非常好，然后按照编辑程序，他又将稿子给主编方冰审读。稿子毫无悬念通过主编审读，决定发表。作品发表后，反响热烈，编辑部收到很多读者来信，大都为肯定和赞扬。但有一篇是批评文章，洋洋洒洒3000多字。张琳又去请示主编方冰，这回出乎意料，方主编竟然同意全文发表，只是要求加一个编者按加以说明，表明编辑部的观点。但该作品后来命途多舛，前后波折历经20年余，让人感慨。在这过程中，方冰都坚持原则，坚持对作品的基本判断，表现出一个文人的品格和主编的担当。

1956年，方冰离开大连，到省里任职，曾任辽宁省作家协会主席。

那些年，那些人，那些事

1945年到1949年间来连的作家，除前述几位，还有罗丹、关露、陈陇、阿英、罗烽、白朗、雪苇、韩冰野、安娥、柯夫和理论家吕荧等，有几十位。他们各有各的成就，各有各的故事，限于资料，只能把这些集束到一起，算是一种致敬，保留一个城市对文学前辈的记忆。

罗　烽

罗烽（1909年—1991年），本名傅乃琦，生于沈阳。“东北作家群”成员。1945年，在上海参加左联。1948年，来大连，担任旅大区党委文委书记，并创立关东文艺工作者协会（大连市文联前身），任主席。1950年，任东北人民政府文化部副部长兼东北文联第一副主席。1953年，调中国作协从事专业创作。主要作品有：小说集《呼兰河边》《横渡》《粮食》《故乡集》，中篇小说《归来》，长篇小说《满洲的囚徒》等。后出版5卷本《罗烽文集》。1991年病逝于北京。

关　露

关　露

关露（1907年—1982年），本名胡寿楣，生于山西太原。1928年，考入南京中央大学中文系，读书期间开始文学创作。1932年，加入左联，以诗作闻名文坛。电影《十字街头》片头曲《春天里》的歌词，就是她的杰作。1939年到1945年，她成功打入汪伪政权和日本合办的《女声》月刊，任编辑，以此身份为掩护，收集了大量日伪情报，并积极组织策反，功勋卓著。抗战胜利后的1945年，她因病到大连疗养。1947年，担任《关东日报》副刊编辑。在连期间，她到农村体验生活，创作了长篇小说《苹果园》，由工人出版社出版，后因潘汉年案受牵连，两次入狱，达10年之久。1982年，平反后，她完成回忆录，服安眠药自杀去世。时任国家安全部部长贾春旺为她题词：“隐蔽战线需要关露同志的这种献身精神。”

陈　陇

1946年2月来大连。曾任大连中苏友好协会文化部长、关东社教团（大连文艺工作团前身）团长、关东文艺工作者协会副主席。在担任领导工作同时，陈陇创作大量诗歌，多以大连城市地名为题，比如《青泥洼，你在变》《青泥洼，我向你发出通告》《再见吧，青泥洼》等，都产生很大反响。“纪念大连解放60周年”《大连优秀文学艺术作品选》收入他的诗歌《路》《黎明之歌》和《太阳出来了》，表现对新生活的赞美和向往。1949年4月，陈陇调离大连，他在《旅大人民日报》（今《大连日报》）发表诗歌《再见吧，青泥洼》，表现一个诗人对这个城市的真挚情感。6月，陈陇南下武汉。新中国成立后，陈陇从事美术工作，曾任职于浙江美术学院。

青泥窪的詩章 陳隴

《青泥洼的诗章》初刊于《学习生活》第2卷第4期

白　朗

白朗（1912年—1994年），本名刘东兰，生于沈阳。“东北作家群”成员。1931年，在哈尔滨参加反日大同盟。1933年，任《国际协报》副刊主编，开始文学创作。1939年，参加中华全国文艺界抗敌协会作家战地访问团。1941年，到延安。1942年，参加延安文艺座谈会，同年，担任《解放日报》文艺副刊编辑。1945年入党，同年，赴东北。1948年，随夫罗烽到大连，到工厂体验生活，后来创作《为了幸福的明天》。该书先后再版15次，并被翻译成朝、日、英等多种语言。白朗有中短篇小说集《老夫妻》《我们十四个》等，有散文集《西行散集》《黑夜到黎明》等。1983年，春风文艺出版社出版6卷本《白朗文集》。

阿　英

阿英（1900年—1977年），本名钱德富，又名钱杏邨，安徽芜湖人。青年时代参加五四运动。1926年入党，长期从事革命文艺活动。1927年，与蒋光慈等发起成立“太阳社”，编辑出版进步刊物《太阳月刊》《海风周报》等。1930年，参加左联。1941年，去苏北参加新四军革命文艺工作。1947年秋，阿英同舞蹈家吴晓邦、戏剧家沙惟、美术家刘汝礼等10余人来到大连，他们在大连建新工业公司内成立一个文艺研究小组，下面依门类分若干小组，开启了在大连的文艺活动。阿英也是继欧阳予倩后，对大连戏剧文化建设卓有建树的艺术大家，曾任大连市委宣传部文委书记。1949年年初，他奉调进京。阿英为我国近代文艺史料整理第一人，著有《晚清文学丛钞》等。有《阿英文集》行世。

阿　英

安　娥

安娥（1905年—1976年），本名张式沅（一说张式媛），河北获鹿县人。她与大连渊源颇深，两度在大连生活，并留下重要作品。安娥第一次来大连是在1926年，奉中共北方区委领导派遣，与大连地委书记邓鹤皋一起来大连，领导福纺工人大罢工，帮助修改了罢工斗争歌曲《工人团结歌》，给工人教唱，极大鼓舞了工人的斗志。她当时住在黑石礁一个渔民家里，更深切地了解渔民们的生活，为后来《渔光曲》的歌词创作打下基础。1934年，导演蔡楚生拍摄了渔民生活电影《渔光曲》，插曲正是安娥作词。1934年6月24日，《渔光曲》在大连上映，《泰东日报》发表影评《一阕〈渔光曲〉唱出了一幅流离惨变的生活》。安娥第二次来连是在1950年，以作家身份在大连铁路工厂（今大连机车车辆厂）体验生活，创作了多部反映我国经济建设的作品。曾在《友谊》半月刊发表《记一位苏联大嫂》等四篇报告文学。

安　娥

师田手

师田手（1911年—1995年），生于吉林省扶余县。为“东北作家群”成员。1933年，加入左联。1936年，北京大学肄业。1938年3月入党，同年10月，赴延安，开始在《解放日报》发表作品，大多为短篇小说。这一时期的作品收入短篇小说集《燃烧》（1949年东北新中国书店出版）。1945年，赴东北，曾任沈阳《东北日报》记者。1946年，调任吉林省人民政府民政厅工作，曾任吉林省教育厅长、吉林省文教委员会副主任等。1958年，深入大连造船厂体验生活，开始创作长篇小说《军垦南泥湾》，部分章节在报刊上发表。60年代定居大连，与大连文学界交往密切。“纪念大连解放60周年”《大连优秀文学艺术作品选》收入他的诗歌《海鸥》。

民主人士北上

除此，还有很多文化人、文学大家与大连有过交集。

1948年11月，郭沫若、马叙伦、许广平母子、陈其尤、沙千里、宦乡、曹孟君、韩炼成等从香港乘船，12月抵达庄河大东沟，然后取道哈尔滨，赴北平。12月1日，船行受阻，避风石城岛[1]，郭沫若作七绝《船泊石城岛畔杂成》（四首）。

其一：

天马[2]行空良可拟，踏破惊涛万里程。
自庆新生弥十日，北来真个见光明。

其二：

貔子窝前舟暂停，阳光璀璨海波平。
汪洋万顷青于靛，小屿珊瑚列画屏。

[1] 石城岛今属长海县，位于长海县东部，近庄河。

[2] 天马：船名。

其三：

葡人大副传佳话，曾做逋逃到此间。
往日喧宾公伏钺，春光先到岸头山。

其四：

彩陶此地传曾出，傲杀东瀛考古家。
今日我来欣做主，咖啡饮罢再添茶。

当时和其后，都有民主人士从香港北上，路经大连，进入北京，筹备建立人民共和国。那种欢快的心情溢于言表。

1949 年 1 月 7 日，又有滞留在香港的民主人士李济深、茅盾夫妇、洪深、朱蕴山、章乃器、彭泽民、邓初民、王绍鏊、马寅初、翦伯赞、施复亮、梅龚彬、孙起孟、吴茂荪、李民欣等，从香港乘船抵达大连，中共中央派李富春、张闻天专程来连迎接。李济深等在大连稍作停留后，转道赴北平。

虽然大连只是一个中转站，但这么多重要人士，如此密集地经过，也让这座普通的城市熠熠生辉，泛出红色的光芒。

1949 年 7 月，由黄药眠、陈鲤庭、石凌鹤、白杨、吴天、岳野、李劫夫等 34 名文艺家组成的全国文学艺术工作者代表大会东北参观团来大连参观。22 日，旅大文协邀请参观团与旅大文艺工作者于大连饭店举行座谈会。大连解放区在人民共和国建立前后的重要作用，可见一斑。

1949 年 1 月 16 日，旅大地区第一届文艺工作者代表大会举行，成立关东文艺工作者协会，选举罗烽、陈陇、方冰、白朗、刘汝醴、田风、刘辽逸、李定坤、钱醉竹等 19 人为执行委员，王冰言等 4 人为候补委员。选举罗烽为文协主任，陈陇、方冰为副主任。

历史即将翻开崭新的一页。

吹皱一池春水（1949年—1976年）

1990年，我到海燕文学月刊社上班。当时杂志社虽已从大连市文联独立出来，但还在同一座楼里办公。而且，历史的原因，文联和《海燕》人员相向流动，彼此之间没有两个单位的隔膜。还有就是，《海燕》举办什么活动，常要请示文联领导，或“有关部门”；而文联举办活动，也常“捎带”《海燕》。这种状况延续至2005年，《海燕》搬离文联大楼。

我去《海燕》的时候，“50年代作家”大都已经退休，还在上班的不多。但因为举办活动，还能见到他们一些人，其中有些原也在《海燕》工作，有时也会和我打个招呼，或攀谈两句。我对他们当年成就的了解仅限于文字，与他们鲜有交往，交流亦不多，但面对一位位蔼然长者，内心满是敬意。

当年大连市文联活动比较多，参加活动的除了工作人员，也常有离退休人员。我们杂志社作为附骥，也常叨陪末座。不想，“活动”竟成为“潘多拉魔盒”，一些“老作家”们借助酒力，向“敌对势力”发难，场面一度失控。这样情景，我经历两次，一次在旅顺，一次在市内，直让我错愕不已。

我没有窥视癖，也没有丑化前辈的恶意，更不会指责他们没有“相逢一笑泯恩仇”的大度，但大家要有直面现实的勇气。他们的恩怨来自历史上的那些运动，这导致他们在经历短暂辉煌之后，命运陡变，少则10年，多则20年。社会重回正轨，他们虽然恢复了工作，恢复了职务，但积怨没有消除。

作为后来者，也可以说是旁观者，我非常理解前辈们的情绪。作为普通人都会有这样的情绪，作为文人，这样激情迸发，也是再正常不过。

设想，若非大大小小的各种运动，他们不会经历生活中的那些磨难，他们一些人也许会在文学上取得更大成就。20世纪50年代，新中国刚刚建立，他们也正年轻，有大好的青春，有可以畅想的未来，但不期而至的各种运动常使人身不由己，无由旁观，或起于对问题的不同观点，或由于思想认识的深浅有别，甚或有日常工作生活中摩擦矛盾的积累，使原本并非你死我活的政治是非，逐渐演变为非友即敌的对立。

“文革”后，有很多作家学者开始反思此中教训，追索意义。如巴金《随想录》、韦君宜《思痛录》、陈白尘《云梦断忆》，陈徒手《人有病 天知否》、李辉《沧桑看云》等系列著述。由此形成一股文学潮流，被称为“反思文学”，限于篇幅，这里不再细述。让我感慨的是，有些作家文人，在经历如此人生波澜之后，没有或甚少将自己的经历及思索形诸笔墨，反而堕为村妇式口角、纠缠于个人恩怨，实在令人失望。

某知名作家曾说过这样的话，作为喜儿，她有权利恨黄世仁这个人。这本没错，作为个人，他们固然有恨那个导致他们罹祸的人的权利。但也应该看到，在各种运动当中，虽不乏小人得势或坏人逞恶，可历史潮流当中，这些现象都是短暂的，正所谓“人间正道是沧桑”。

当然，我们也不能要求他们都成为巴金，成为韦君宜，成为陈白尘，我也不是李辉和陈徒手，每个人都有自己的局限。但作为今人，我们应该看得更全面和客观。这些作家也还是应该感到幸运，他们在那个时代发挥了自己的才情，在本土的文学史上理应有他们一席之地。

“人往高处走”

“人往高处走”是一个谚语，也是50年代大连文学成就的一个代表作：由栾凤桐、李心斌、李永之三人合作的话剧《人往高处走》，先是在东北大区文艺会演中获得一等奖（1953年），然后，由辽宁人民出版社出版了单行本。再后来，由长春电影制片厂改编为电影上映（1954

年）。最后，剧本又在《剧本》上发表，并获得全国征文一等奖。众多荣誉集于一身，在这么短时间内，一时风头无两。这也创造了一个几乎不可复制的奇迹，成为大连文学艺术在20世纪50年代的一个巅峰。所以，“人往高处走”是对那个年代的最好概括。

在当年，作家们的写作范围很大，尚未如当下这般界分清楚，作家们各司其职。不是说今天就没有所谓跨界写作，但已绝少当年那样“眉毛胡子一把抓”。比如江汗，检索其创作，涵盖戏剧（话剧、儿童剧、广播剧）、小说、散文、随笔、诗歌、寓言等，居然还有相声。以今天的观点来看，他已跨越文学、戏剧、曲艺三大门类。在今天，这几乎不可想象，但在当时却极为普遍。

那么，何以出现这种现象？是作家兴趣广泛，才华外溢？不排除这种可能。因为作家的写作虽未必都是经典，但无疑都已达到一定水准，一时技痒，旁涉别种门类，是挑战也是激发。但更主要的原因，还是工作需要和领导安排。一如前述话剧《人往高处走》，当初就是一个“任务”。

1953年，东北大区举办文艺会演，而刚从文工团独立出来的话剧团缺少合适的剧本。于是，时为旅大市文化局局长的方冰决定，由市文联创作剧本。而剧本的雏形则是金县一个村剧团的小话剧《走那一条路》。同时，还有另一组人马（于汪惟、张琳、王同禹、王雅军）参与改编来自工厂的小歌剧《红旗》。这一切都是源于领导的工作安排，都是为了工作需要。当年，人民群众（或者说观众和读者）普遍文化水平不高，戏剧的受众范围更广，效果也更好。因此，戏剧成为作家们创作的主流文体，是自然不过的事。我这里也不避嫌，贪戏剧之功为文学所有，实在是当时形势使然。

一如社科院学者李洁非所分析的那样，在相当长的时期内，“中国不存在与党的方针政策无关的文学创作”，与之相应的是，作家们的创作也完全是服从组织安排和命题。学者李洁非和杨劼曾有专著《共和国文学生产方式》，对此进行了剖析解读。

然而，20世纪50年代创办的《旅大文艺》所刊登的内容，除包含小说、散文等一般意义上的文学作品外，还有相声、快板、歌曲、戏剧，等等，内容驳杂，如同后来的群众文化类刊物。这些都是从读者的需要出发，领导安排、工作需要有时并不等同于作家的个人意志。

纵观这一时期的文学成就，那些当年从解放区风风火火赶来的作家们，并没有在这里停留多久，又纷纷离开。虽后来有人重返大连，但主要是为了生活，而非为了创作。我认为，解放区作家大面积来连，虽对推动本地的文学事业起到很大作用，但其后续影响极为有限，因为在连期间，仅有柳青发表了他的长篇小说《种谷记》，而其他作家（本地作家），有影响的作品则屈指可数。

戏剧：开场的锣鼓

当年的戏剧创作有着广泛的群众基础。虽然群众普遍文化水平不高，但大众的创作热情高涨。前一章提到的几部话剧，虽然经作家们修改润饰，获得殊荣，但其在当初都是真正的群众创作。

《穷汉岭》署名为“大连市寺儿沟区大粪合作社集体创作”，由白玉江、孙树贵、赵慧深、田稼执笔。这些作者署名只出现在这部剧中，此后再无踪迹，应是地道的草根作者无疑。“大粪合作社”对今天的读者来说太遥远和陌生了。当年，绝大部分住宅的厕所都是旱厕，有“淘粪工人”存在，有“合作社”这种组织存在，也是顺理成章。五六十年代，有一幅流传甚广的照片，是1959年国家主席刘少奇接见淘粪工人时传祥，凸显了工人阶级的地位，表达了全社会对劳动者的尊重以及“行行出状元”的价值观。草根作者的集体创作体现出文艺创作大众化的倾向，一如罗丹在《大连日报》副刊《青年文艺》发刊词中所说，要给青年朋友们开辟一块文艺园地，“以供大家有机会用笔来倾吐：过去的哀怨和悲愤与现在的欢欣与鼓舞”。

不仅《穷汉岭》是这样，获得东北大区奖的两部话剧同样是来自基层演出队的原创。让人感到意外的是，话剧《红旗》原本竟是工矿车辆厂的小歌剧！这种操作在今天看来有点不可思议，歌剧那么高大上，是与芭蕾平起平坐的高雅艺术，竟会来自普通的工人！但在大连，在当年，就是如此。1950 年 2 月举办的第二届旅大群众艺术活动周，有 11 个单位演出了歌剧、话剧、歌咏、杂技等多种艺术形式的节目。获奖的节目有金县（今金州区）文工队的歌剧《乔连成合作社》，看，又是歌剧！

同年 8 月 3 日，《旅大人民日报》报道了一则关于“扫盲”的新闻：“全区识字考试完毕，参加考试 9600 人，毕业 5676 人。提前 10 个月完成 2 年识 1200 字的学习任务。”“识 1200 字”是什么概念？据教育部 2011 年颁布的《义务教育语文教育标准》，小学一二年级要求“认识常用汉字 1600 个左右，其中 800 个左右会写”。“识 1200 字”也就是今天小学一二年级的识字水平。识字率在今天已是联合国教科文组织衡量一个国家或地区受教育程度和文化素养的一项指标，然而，当年就是在那样一种文化水平下，在大连，在群众中，竟出现了较为普遍的歌剧创编和演出。我想，这应该得益于当年东北文工团及欧阳予倩和阿英这样的戏剧大师对戏剧文化的普及。

同样，反映农村题材的《人往高处走》原作是来自金县某个村剧团的小话剧，原名《走那一条路》。这个作品最初的创作是在文化局李永之的帮助下完成的，后来又经几位作家的修改，定稿为《人往高处走》。最后获得殊荣，拍成电影，出版单行本。

应该说，当年大连城市的文化氛围浓郁，除了这种来自基层的演出团队，市里的文艺队伍的规模也相当可观。1949 年，新的旅大文艺工作团成立，合并了原旅大文工团、旅顺文工团、金县文工团、职工文工团、大连县文工团五个专业艺术院团，全团编制 194 人，团长是从解放区来大连的田风。可见当年的文艺队伍的规模，也可以想见演出的盛况及其造成的广泛影响。

当年大连戏剧（主要谈话剧）的成就和影响，是对东北文工团在连五个月零八天辛勤付出的最好回报。大连人、大连的文化得其沾溉，是这座城市的幸运。

这一时期，从事编剧事业的主要有：江汗、李心斌、白晓、王同禹、柯夫等。但他们也同时还有小说等其他领域的创作，比如白晓的小说就曾入选中国作协编辑的作品年选。除了他们，当时的作家们都有创作剧本的经历和成就，比如以小说创作为主的张琳、邵默夏、栾凤桐等，都有剧本写作、发表。“不专”似乎是当年作家的普遍现象。

江汗（1926 年—2004 年），本名姜沧寒，大连人。江汗的创作就是那个时代文学的一个缩影，体现了与当时《旅大文艺》相似的气质。他的创作涵盖了话剧、小说、散文、随笔、儿童剧、相声、寓言和评论等，几乎就是作家版的《旅大文艺》。

当时以及后来的很长一段时间，作家的写作都是一种“任务”，或者是“政治任务”——根据工作需要进行创作。江汗最高的艺术成就是话剧，代表作是多幕剧《三星高照》。剧本于 1957 年出版后，北京青年艺术剧院首演此剧，反响热烈，后又陆续由西安话剧团、辽宁职工话剧团及许多地方专业和业余剧团演出。1962 年，该剧又被长影导演林农改编为电影文学剧本，发表在《电影文学》1962 年 8 月号。遗憾的是，由于“文革”，作品没有被拍成电影。这应视为江汗先生文学创作的第一个高峰，他文学创作的第二个高峰是在 80 年代。而且这一时期，他还曾担任过《海燕》的负责人。对大连地区的文学事业做出自己的贡献。

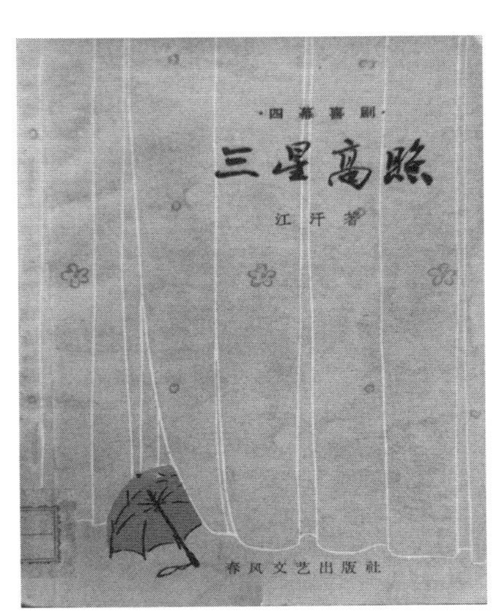

《三星高照》

李心斌（1927 年—2001 年），大

连人。1949年参加工作，做过小学教员、演员。1950年，进入旅大文工团搞创作，后进入大连市文联创作组，做过《海燕》编辑。1964年，下放还乡。1980年，落实政策，重返文联。李心斌主要剧作有小歌剧《喜更新》（合作）、《夫妻合作》（合作），话剧《大门》（合作），独幕剧《并蒂花开》等。还有大型话剧《人往高处走》（合作），该剧获东北大区文艺会演优秀创作奖，并由长春电影制片厂拍成同名电影在全国上映。此外，李心斌还有小说、报告文学、散文等作品发表。

白晓（1928年—2001年），大连金县人，满族。做过小学教师，后进入旅大文工团任创作组组长。创作大型话剧《一二〇新纪录》（合作），小歌剧《鸭绿江上》《夫妻新春订计划师徒拜年》《在前进的道路上》《解放平壤前夜》《要警惕》《不信谣言》《一杆秤》等，还创作大量歌词发表。1953年，进入大连市文联从事编辑工作，创作了山东快书《小包公》，由北京宝文堂书店出版；中短篇小说集《情深意长》，由辽宁人民出版社出版。儿童文学作品《我和瓦夏》在《旅大文艺》发表后，入选中国作协1956年出版的《全国优秀儿童文学作品选集》。

依今天的文学分类，戏剧已独立成章，不再与文学混为一谈。但当年，或放眼文学界，戏剧必然是重要的一项。因此，关于戏剧的叙述，我们告一段落，包括下面将要出现的影视作品，也将一笔带过。这是对历史的尊重，也是对现实的认同。

文学：春潮涌动

20世纪50年代大连文学界发生两件重要的事，一是1954年《旅大文艺》的创刊，二是1957年《海燕》的创刊。需要指出的是，《海燕》其实就是《旅大文艺》的延续，因其主办单位都是大连市文联，办刊人员也无大的变化。

1954年1月创刊的文学刊物《旅大文艺》，脱胎于《大连日报》的文艺副刊。《旅大文艺》的前史这里不做赘述，只说它自身的发展，从办刊的角度来讲，它无疑获得巨大成功，尤其是在20世纪80年代，先后有三篇短篇小说获全国优秀短篇小说奖，在全国同类期刊中名列前茅，文坛时有“四小名旦”[1]之说。遗憾的是，《旅大文艺》仅只办了两年就无疾而终，“终刊词”说停刊原因是“根据上级指示，为集中力量，加强省的文艺刊物《辽宁文艺》”。

1957年，《海燕》创刊，仅仅存在了四年多一点的时间（1978年复刊）。

以今天的标准来看，当年的《旅大文艺》算不上纯文学刊物，因为除了登载一般意义上的文学作品，比如小说、诗歌、散文、评论以外，还有评书、快板、相声、小戏，等等，文体类型十分驳杂，更接近“群文”刊物。而且，从目录上看，来自基层的作者，径自标出其单位，如“某某厂某某车间”或“某某公社某某大队”之类，似乎更强调工农作者的身份。这从一个角度可知，当年的政策导向是培养工农出身的知识分子

《旅大文艺》1955年第1期封面

《海燕》创刊号

[1] “四小名旦”是当时一个颇为流行的说法，涉及到的文学期刊不止四家，但这并不是一个严谨的科学概念。以期刊所获全国短篇小说奖的数量为据，大体有如下四家：南京的《青春》、上海的《萌芽》、武汉的《芳草》和大连的《海燕》。

（作家），加之读者的文化水平和欣赏能力普遍不高，使文学刊物的文学性有所削弱。刊物除了给作者提供发表作品的园地外，还要给读者提供“精神食粮”，“适销对路”就很有必要。

仅以 1955 年第 1 期《旅大文艺》为例，来看作者队伍构成和文体类型分布。其中标明“工农兵”等基层作者身份的有 8 人，比如“旅大五金总厂机械分厂工人”“哈尔滨工人”“旅顺二区鸦鸬嘴村农民”等。总之，除个别篇什，大多为业余作者的作品。文体方面，除小说、诗歌外，还有“中苏友谊故事”“寓言故事”“生活小故事”“相声”“山东快书”等各种类型，也最大程度体现了群众性。

但即便在这样的背景下，当年的《旅大文艺》，也有亮眼的成绩。《旅大文艺》1954 年第 6 期发表了作家于耐寒的小说《玉兰的决心》，1955 年第 1 期发表了本市作家张琳的小说《亲爱的妈妈》，均在 1956 年被收入中国作协编辑出版的小说集。要知道，当年的出版业远没有现在发达，出版优秀作品年选的出版机构只此一家，别无分号。

不止于此，《旅大文艺》1955 年第 5 期发表的作家白晓的儿童文学作品《我和瓦夏》，被收入中国作协 1956 年编辑出版的儿童文学作品集。《东北文学》1956 年第 7 期发表的作家邵默夏的散文《窗下》，后被收入中国作协编辑出版的散文集中。基于此，我们可以说，20 世纪 50 年代中期，大连的文学事业达到一个小高峰，主要成就体现在戏剧创作演出和小说创作方面。

这一时期的主要作家有：张琳、江汗、邵默夏、栾凤桐等。

邵默夏（1927 年—2018 年），本名王乐宾，山东招远人。少年起参加抗日救亡活动，16 岁入党。1945 年，奉调入东北，进入文化界，先在旅顺《民众报》《关东日报》当科长。1949 年，调入新华社东北分社任记者。1954 年，调入大连市文联任创作组长，此后长年担任文联领导。曾担任文联副主席、党组书记，及大连市作家协会主席。从 1955 年起，邵默夏兼任《旅大文艺》《海燕》主编。从事新闻工作时，他即开始文

学创作，有小说、散文、诗歌、儿童文学及剧本等发表、获奖，有作品被翻译到国外，或录制成广播节目在电台播放。20世纪50年代创作的散文《窗下》，入选中国作协1956年全国优秀散文选集。党的十一届三中全会后，邵默夏创作热情不减，小说《蓝天呼唤》获《鸭绿江》优秀作品一等奖。有作品集《蓝天呼唤》和长篇小说《步云山夜话》等出版。

《蓝天呼唤》

《步云山夜话》

张琳（1929年—2006年），本名张钦禄，原籍山东，出生于大连。受解放区作家影响，新中国成立后开始在报刊发表文学作品。1949年，调大连市文联任编辑，同时从事创作。1953年，大型话剧《红旗》（合作）获东北大区文艺会演优秀创作奖。1957年，被划为右派，送国营农场劳动三年。摘帽后，回文联从事群众文学辅导工作，这期间创作了《出车之前》《红旗高举》等剧本，及二人转《顶梁柱》《镶牙记》，并在大连市群众文艺会演中获奖。“文革”期间，下农村劳动10年之久。1979年，获平反，重回文联工作，任《海燕》主编，后从事专业创作。50年来，发表、出版作品逾300万字，出版短篇小说集《旅顺口的友谊》，中篇小说《叶茂花红》，中篇报告文学《火车女司机》，报告文学集《五彩星光》《大海狂想曲》，长篇报告文学《大山之子》，长篇小说《银河

《大海之恋》

浪漫曲》，中短篇小说集《大海之恋》，散文集《大连，你的名字是大海》，还有《大连文学五十年》。张琳曾任大连市作家协会副主席。

这一历史时期，比较重要的文学活动还有1956年3月团中央与中国作协召开青年创作会议。我市邵默夏、王同禹、李心斌、高士奎、张秉舜、朱希春等人参加。六个人中的三位我们比较熟悉，遗憾的是后面三位没有找到相关介绍。

1956年8月5日，全国总工会和中国作家协会组成作家参观团，孔罗荪、李准、章靳以、陈残云、周涤夫、陈伯吹、陈登科、师陀、叶君健等24人到大连参观访问。9日，在大连市工人文化宫与本市业余作者座谈。这样规模的作家队伍，这样长时间的滞留，在本市极为少见。作家团大都为知名作家，比如写《暴风骤雨》的周立波，写《李双双小传》的李准，写《风雷》的陈登科，写电影剧本《羊城暗哨》和《南海潮》的陈残云等。其中的章靳以，在20世纪三四十年代，曾给予庄河诗人李满红帮助，在他担任编辑的报刊上发表过李满红的诗歌。

1962年8月2日—16日，中国作家协会在大连召开农村题材短篇小说创作座谈会。会议由邵荃麟主持，茅盾、周扬在会上做报告。作家赵树理、周立波、侯金镜、马烽、西戎、康濯、李准、马加、方冰、柯夫、韶华等参加，我市部分作者列席。遗憾的是，参加本次重要文学会议的本市作家名字付诸阙如。

主题：听从时代的召唤

即使从全国的范围来看，在整个20世纪50年代，乃至60年代初期，文学作品的主题，都显得单纯、明朗、阳光灿烂，凸显着解放初期整个社会的朝气勃勃。

这时期作家听命于时代的召唤，紧紧围绕党的中心任务，创作作品多有图解政策的倾向。但作家们朴实真诚的创作态度，抵消掉一些生硬和粗糙，其中不乏清新之作。比如，于耐寒的小说《玉兰的决心》，反映的是知识青年参加农业劳动的内容，完全吻合“知识分子和工农相结合”的时代要求。有意思的是，当我在网上搜索相关内容时，竟在孔夫子旧书网出现了当年的稿费单。其内容为：中国青年出版社稿费收据，受款人：寒冰（于耐寒）；著作物名称：“在冬天的牧场上”一书中“玉兰的决心”一文；字数8600，稿费标准：千字25元；总计人民币215元。后面为于耐寒的签字，时间为1956年3月28日。如果大连将来建文学博物馆，可将此物件收下。不贵，标价为80元。

张琳的中篇小说《叶茂花红》曾在报纸连载，后来由北京通俗读物出版社出版，是配合宣传《婚姻法》的。小说于1953年3月在《旅大人民日报》(《大连日报》前身)上连载，而中央人民政府委员会通过《婚姻法》是在1950年4月13日。《婚姻法》是新中国颁布的第一部法律，是对流行千年的“父母之命，媒妁之言”的反叛，强调了婚姻自主，表现了对人的尊重。该小说在报纸连载后，又有机会出版，说明题材意义重大。小说开头就是几句唱词，可谓开宗明义：

> 根深叶儿茂，蒂固花儿红；自由结婚姻，和睦美家庭；家庭和睦人心顺，生产战线好立功！

江汗创作的四幕喜剧《三星高照》反映的是工厂青年工人争当突击

手的故事。话剧以对话为主要表现形式，更能让我们感受到那个时代特有气息。人们单纯热情，积极工作，争当先进。剧本1957年6月发表于《剧本》，春风文艺出版社出版单行本。长春电影制片厂导演林农，曾执导《党的女儿》（田华主演）、《甲午风云》（李默然主演）、《兵临城下》（李默然、庞学勤等主演）等，将其改编为电影剧本，发表在1962年第8期《电影文学》。遗憾的是，由于“文革”，作品没有被拍成电影，但作为话剧，北京青年艺术剧院首演后，因反响热烈，又陆续由西安话剧团、辽宁职工话剧团及许多地方专业和业余剧团演出。这部作品可视为江汗的代表作，也可视为50年代大连文学的代表作。

与前面几部直白表达主题的作品不同，邵默夏的散文《窗下》更为含蓄，构思更巧妙。作品写的是在一个新的居民区，一个老太太利用窗外空地种花的故事。她原本是为儿子，为孙子，让他们能在鲜花中滋生一种力量。

> 在漫长的日伪统治年代，她的花激起了儿孙们对新生活的追求；而在人民掌握了政权的今天，她的花就给儿孙们以创造新生活的力量。

但她开辟的荒地，先引来了科学家的儿子，一个伤残的复员军人，后又引来了一群少先队员。他们在这片新开辟的土地上，种下各自的美好理想。最后，这片小小土地已容不下更多的种子、更多的期待，于是各家各户，都把自家的窗台摆满花盆。作品从一个很日常的角度，表达对新生活的赞美，自然，清新，有一种内在的力量。

与小说、散文、戏剧等叙事文学相比，诗歌的抒情性则决定了它在表达主题方面更为显性，尤其是在那样一个年代。比如，从解放区来大连的诗人陈陇的诗《太阳出来了》，就是献给新中国、赞美毛泽东的诗歌，直抒胸臆，一览无遗：

太阳出来了！
太阳出来了！
毛泽东的太阳出现在东方，
红色的光芒万万丈！

还有本市诗人钟锵的《和平的哨兵》：

人们在遣送着白昼的疲倦，
大地在静悄悄地安眠，
只有那勇敢的和平哨兵，
在守望着祖国的门槛。

这是一尊钢铁巨人，
无与匹敌的威武庄严，
大海见他为之减色，
高山见他为之逊颜。

昂扬之气溢于言表，一种自信自豪的力量扑面而来。

因为大连有苏军驻军的特殊情况，所以，当时很多作品反映这方面的主题。比如，白晓的小说《我与瓦夏》、张琳的小说《亲爱的妈妈》，这两篇作品发表后，都入选了中国作家协会编辑的年选当中。汤凡的小说《一个女报务员的日记》的副线也是中苏友谊，还有，当年《旅大文艺》封面的美术作品，也多是这方面内容。

《高玉宝》：一个时代的传奇

之所以把《高玉宝》单列，是因为它的特殊性。首先，作者高玉宝是一个地地道道的大连人，虽然写作这本书的时候他身在军中，但我们依然有理由把他看作家乡的骄傲。其次，《高玉宝》是那个年代影响巨大的文学作品，作品反映的是辽南生活，记述了大连人的过往。再次，作为一部尚显稚嫩的作品，之所以能够取得巨大成功，是因为这部作品以其独特性得到读者的欢迎，也赢得了文学史地位。《高玉宝》中的一章《半夜鸡叫》，1995 年被选入缪俊杰主编的《共和国文学作品经典丛书：短篇小说卷》（花山文艺出版社）。

高玉宝（1927 年—2019 年）是大连复县（今瓦房店）阎店人。1947 年参军，1948 年入党，参加过辽沈战役、平津战役等重大战役，多次立功。我们知道，他当兵的年代，解放战争正在进行，一个新中国即将诞生。在这样的大时代背景下，没有读过什么书的高玉宝萌生了写作冲动。他写作《高玉宝》时正随部队南下，真正是戎马倥偬之际，战士建功之时。当时，文学创作还没有成为普罗大众的普遍行为，高玉宝的写作就显得有些特立独行，意义非凡。揆诸当时，那些产生过巨大影响作品的作者，大都具有一定的文化水平和相应的写作能力。比如写作《红旗谱》的梁斌，读过中学；写作《红日》的吴强，还在读中学时就发表作品并参加了左联；《红岩》的两位作者罗广斌、杨益言，更是上过大学；写作《创业史》的柳青高中毕业，做过编辑。这几部作品就是红极一时并载诸史册的“三红一创”。也就是说，在文化普遍不高的 20 世纪四五十年代，写作仍是知识分子的营生。像高玉宝这样识字有限的人要创作，要写书，堪称绝无仅有。然而，高玉宝成功了。

据说他每写 10 个字，差不多有 9 个字不认识，只好靠画图和描画各种符号来“写”。一部 20 万字的作品，是用“图文并置”的方式创作出来的。由此可见，当年的编辑在编辑整理这部作品的时候一定付出了艰辛的劳动。

《高玉宝》完成后，1951 年开始在报上连载。1955 年 4 月，由解放军文艺出版社正式出版。据有关学者统计，作品在国内先后有 7 种民族文字、国外有 12 个国家用 15 种语言出版。用汉语出版的《高玉宝》累计印数达450余万册，并被改编为24种连环画。其中的章节《我要读书》和《半夜鸡叫》被选入小学语文课本，《半夜鸡叫》的故事还被改编为

木偶动画片。这些改编，扩大了作品的影响。高玉宝也获得盛誉，曾多次受到党和国家领导人的接见，他被誉为“战士作家”。1956年，高玉宝加入中国作家协会。

小说《高玉宝》因取了与作者相同的名字，其“自传体”的特征得到强化。但它终究还是小说，作品有作者个人经历的影子，更有想象虚构的因素。作品提供了“我要读书”这样的励志故事和“半夜鸡叫”这样的经典桥段，当然，还有“周扒皮”这个地主形象的塑造。有一种说法，周扒皮和刘文彩、南霸天、黄世仁是文学作品中四个成功的地主形象。这说法不准确，因为刘文彩是一个真实存在的历史人物，不是文学形象，而其他三个，虽说也都有生活原型，但都经历了艺术化的过程，给读者留下深刻印象。

著名评论家朱向前主编的《中国军旅文学50年（1949—1999）》对《高玉宝》有专门论述：“书中的高玉宝形象朴实、善良、好学，小小的年纪却有着对人生美好的愿望和对读书强烈的渴求，生活化的语言和故事情节有一种朴素的艺术魅力。”“作者进行学习和创作的毅力鼓舞了众多的青少年读者并使该作品产生了广泛影响。”评论家也指出了作品的不足：“从艺术上讲，作品在思想的提炼与升华，在谋篇布局、写作手法和语言上都还显得稚嫩。”

作为只读过一个月书的写作初学者，稚嫩、不成熟是难免的，但其朴实、真诚是可贵的。尤其他特殊的写作方式，堪称文学史上的奇观。如今，这绝无仅有的手稿被收藏在北京军事博物馆里。

高玉宝晚年又创作了《高玉宝续集》，并获得了大连市优秀文艺奖。离休以后，他常年义务为中小学生进行爱国主义教育。

20世纪60年代中期到70年代末期

这是一个特殊的历史时期。彼时，全国文艺一片萧条，有所谓“八个样板戏，一个作家”的说法。在本市，虽还有一些作家在创作，但限于当时“三突出”的创作指导思想，总体而言，文艺创作缺乏突出成就。

情况在20世纪70年代中期有所好转，部分文学期刊开始恢复，比如《人民文学》于1976年1月复刊，本省的文学期刊《辽宁文艺》（原名《鸭绿江》）早于《人民文学》复刊。这一时期，作家们在报纸（如《旅大日报》《辽宁日报》《人民日报》等）上发表的作品要多于在文学期刊上发表的，而作家们也大都从为报纸写通讯报道作为文学创作之始，“通讯员”成为作家的“准入证”，比如沙仁昌、刘汝达等。

复刊后的《辽宁文艺》成为本地作家文学作品的发表园地，如作家素素的处女作就在复刊后的《辽宁文艺》上发表。另一位女作家梁淑香给《人民文学》的投稿，本已准备发表，但由于当时人们认知的局限，最后失去登上《人民文学》的机会。后来，作品在复刊后的《海燕》上以《没有寄出的信》为题发表。

这一时期比较活跃的作家有滕毓旭、季福林、滕广强、张崇谦、姜凤清、沙仁昌、张可绣、李雨岷等。正是在这一时期，出现了“新金帮”的说法，即在当时的新金县，如今的普兰店区，出现了一个文学写作的群体，作家有张崇谦、沙仁昌等，当时还是很活跃，很有影响。而且，一个年轻的知青也进入这个圈层，将在未来的日子里大放异彩，这个人叫高满堂。与之相映的是，在复县，后来已成大家的孙郁、素素，还有王晓峰，也都被县文化馆列入重点培养作者。

在文化萧条的20世纪70年代末期，一股潜在的力量已在涌动，等待春天的到来。

东方风来满眼春（1976年至今）

1976年，中国社会迎来历史巨变。1978年12月18日—22日，中共召开十一届三中全会，宣布把全党工作重点转移到社会主义经济建设上来。自此，中国进入全面经济建设时期，改革开放拉开帷幕，也带来了文学艺术的春天。1979年3月26日，举办第一届全国优秀短篇小说奖评选。1979年10月30日—1979年11月16日，中国文学艺术工作者第四次代表大会在北京举办。1979年11月，中国作家协会召开第三次会员代表大会。

当时有个词语非常流行，叫“百废待兴”。

1977年11期《人民文学》发表刘心武短篇小说《班主任》。

1978年1月，《人民文学》发表作家徐迟报告文学《哥德巴赫猜想》，让公众熟知了一个数学家陈景润。

1978年3月18日—31日，全国科学大会在北京召开。时任中共中央副主席、国务院副总理邓小平做重要讲话，号召全国人民“向科学现代化进军”。中国科学院院长郭沫若发表书面讲话《科学的春天》，引白居易诗词“日出江花红胜火，春来江水绿如蓝”，更是以澎湃诗情鼓舞国人。

1978年3月27日，叶剑英元帅发表《忆秦娥·祝科学大会》：“神州九亿争飞跃，卫星电逝吴刚愕。吴刚愕，九天月揽，五洋鳖捉。”

1977年12月1日，中共旅大市委决定恢复旅大市文学艺术界联合会，同意《海燕》复刊。

1978年4月16日，旅大市文联正式恢复工作，邵默夏任主任兼党组书记。1978年10月，《海燕》复刊。

一切都昭示着一个轰轰烈烈的伟大时代即将开启。

闪耀文坛的双子星

翻看中国当代文学史，我们会欣喜地看到，在 20 世纪 80 年代，两位大连作家呈双雄并峙态势，高标独举，傲视文坛。这在大连的文学历史上，差可称空前绝后。他们是邓刚和达理。

他们有诸多共同之处。

他们起点都很高，在发表了最初的几篇作品后，就连连获得全国大奖，省级的文学奖和文学期刊奖更是接二连三。尤为瞩目的是首届《上海文学》奖（1982 年—1983 年），中篇小说奖被两位大连作家包揽：邓刚的《迷人的海》（《上海文学》1983 年第 5 期）和达理的《无声的雨丝》（《上海文学》1983 年第 9 期）。作为参照，同期获奖的短篇小说作者为：冯骥才、张承志、张抗抗、陈村、王安忆和邓友梅等，都是当时风头正劲，后来著作等身、享誉宇内的作家。而中篇小说和短篇小说相比，分量更重。同期获理论奖的评论家和作家为王蒙、鲁枢元、程德培和蔡翔，获诗歌奖的有周涛等。

在当时，《上海文学》的地位不逊于《人民文学》，向来为作家看重。可作为佐证的是，邓刚的《迷人的海》获中国作家协会第三届（1983 年—1984 年）全国优秀中篇小说奖，而且在 20 篇获奖作品中排名第三。当时是按票数多少排列，排在他前面的是李存葆和梁晓声，陆文夫、阿城、铁凝、邓友梅、张贤亮、贾平凹等一众名家都在其后。与之相映的是，邓刚的《迷人的海》赢得读者的同时，也获得众多评论家和知名作家的赞誉。他的短篇小说《阵痛》（《鸭绿江》1983 年第 4 期）也在 1983 年获得全国优秀短篇小说奖，排名第四，邓刚一时成为文学界令人瞩目的明星作家，著名作家王蒙更把 1983 年定义为“邓刚年”。

达理也不遑多让，分别以短篇小说《路障》（《海燕》1981 年第 10 期）

1986 年，在人民大会堂。左起：叶楠、张贤亮、邓刚、崔道怡、白桦

和《除夕夜》（《人民文学》1983 年第 5 期）获全国优秀短篇小说奖，以中篇小说《爸爸，我一定回来》（《芙蓉》1985 年第 1 期）获第四届（1985 年—1986 年）全国优秀中篇小说奖。在 1983 年全国优秀短篇小说评选中，邓刚和达理又同时获奖，在全部 20 个获奖者中占据两个席位。大连作为一个普通城市，这样的现象极为罕见。

邓刚和达理发表处女作的时间都在 1979 年。邓刚的小说《心里的鲜花》在《海燕》（双月刊）1979 年第 4 期发表。达理的小说《失去的爱情》在《鸭绿江》发表。同年，达理小说《在初春的日子里》在《鸭绿江》第 6 期发表，并获《鸭绿江》1979 年“庆祝建国 30 周年征文”三等奖。值得一提的是，与之并列三等奖的还有知名作家金河，金河的《历史之章》后来获全国优秀报告文学奖（1977 年—1980 年）。

之后，他们多次获得本省设立较早、也具权威的文学奖——“鸭绿江作品奖”。1982 年，邓刚的短篇小说《八级工匠》和达理的小说《让我们荡起双桨》同时获奖。1983 年，邓刚的小说《芦花虾》和达理的小说《广厦》同时获奖。1984年，邓刚的小说《鱼眼》获《鸭绿江》“庆祝建国35周年‘丰收奖’”二等奖。1985年，邓刚小说《沉重的签字》获“鸭绿江作品奖”。

除了省刊，他们都先后获省政府奖。1982年，邓刚的中篇小说《刘关张》和短篇小说《八级工匠》以及达理的短篇小说《卖海蛎子的女人》同时获省政府奖。1983年，邓刚又以中篇小说《迷人的海》和短篇小说《阵痛》双获省政府奖，后来，他又以短篇小说《龙兵过》获省政府奖，实现获奖三连冠，创造了一个文学奇迹。

他们作品结集出版也在相同年份，相同出版社；他们的长篇小说出版也几乎在相同时间，相同出版社。看来，不仅是我把这两位大连作家并置，出版界也如此看待。

邓刚和达理在创作了一批高质量的中短篇小说后，春风文艺出版社为他们分别出版了小说集。《达理短篇小说选》于1984年1月出版，其中包含了《失去了的爱情》《在初春的日子里》《卖海蛎子的女人》《让我们荡起双桨》等广有影响的作品，以及获全国奖作品《路障》。邓刚的中短篇小说选《迷人的海》于1984年7月出版，其中包括《刘关张》《八级工匠》《芦花虾》等名篇，还有获奖作品《迷人的海》《阵痛》

《达理短篇小说选》

《迷人的海》

等。他们小说集的封面设计风格也完全一致，都是几何构图，略带抽象的造型，色彩简洁，舒适大方。看版权页，原来封面设计为同一个人——章桂征。

同是在1987年，同是人民文学出版社，他们又先后出版了长篇小说。邓刚的《白海参》于1987年6月出版，达理的《眩惑》于1987年7月出版。在长篇小说的题材上，他们出现差异。邓刚的长篇仍继续写“海”，有明显的“自传”色彩。达理的作品则继续关注社会问题，关注改革，这一点在达理的中短篇创作上已见出端倪。有评论家总结，邓刚的创作集中在两个方向上发力，一个是工厂题材，一个是大海题材，而达理的作品则明显体现出知识分子的特点，从描写知识分子的爱情起步，目光投向社会。

同是生活在滨海城市，他们都有很多写海的作品，也都广受好评。也是这样的原因，有了他们的一次合作。1984年，他们同为电影《碰海人》（导演王枫，主演张丰毅，长春电影制片厂）编剧，这更体现出他们创作上“并驾齐驱”的特点。1984年7月26日，大连市电影公司与市影

1984年7月，“达理作品学术研讨会”在大连举行

协在人民文化俱乐部召开由邓刚、达理创作，长春电影制片厂摄制的彩色故事片《碰海人》的首映式暨座谈会。时任大连市委第一书记胡亦民出席。1984年7月21日—26日，中国作家协会辽宁分会、鸭绿江文学月刊社、当代作家评论杂志社和大连市文联联合举办“达理作品学术研讨会”。也就是说，电影首映式是“作品学术讨论会”的一个组成部分。

其实，他们都在影视方面迭有创获。1986年5月4日，由达理编剧的两部电影《无声的雨丝》《姑娘望着我》在大连市委礼堂举行首映式。这对一个以文学创作为主的作家来说，已然有些奢侈了。1986年，达理把他自己创作的小说《爸爸，我一定回来》改编为电视剧（导演王明玉、顾小铨），获第六届飞天奖。达理还从事话剧创作，早在1980年7月，达理编剧的七场话剧《仲夏的早晨》，便在大连艺术剧场首演，10月，该剧由中国儿童艺术剧院在北京上演。后来，该作品获辽宁省政府优秀文艺作品一等奖。

邓刚也在影视方面阔步前行。《站直啰，别趴下》（导演黄建新，主演冯巩、牛振华、达式常等）由邓刚的小说《左邻右舍》改编，西安电影制片厂1992年摄制。电影上映后，获得“第一届北京大学生电影节”最佳影片、中国广播电影电视部优秀影片奖等，片中演员冯巩也凭此获得第十六届大众电影百花奖最佳男配角奖等奖项。根据邓刚小说《远东流浪》改编的电影《狂吻俄罗斯》，于1994年由北京电影制片厂摄制完成（导演徐庆东，主演冯巩、牛振华、马精武等）。《澳门雨》则是由邓刚、简嘉、吕雷三位获全国优秀小说奖的作家合作完成的小说，为庆祝澳门回归，于1999年完成，后改编为同名电视剧。这些都是在20世纪90年代进行的，足见作家的才华和探索的勇气。这些作品都及时呼应时代，记录了社会的发展变化，体现出作家的责任感。

邓刚和达理引起了广泛关注和好评，评论、研讨会联袂而至。

邓刚《迷人的海》刚一发表，评论竞相而出：刘白羽《时代的激流——

论〈迷人的海〉》(《文艺报》1984年第2期)、张同吾《腾波踏浪的历程——中篇小说〈迷人的海〉评析》(《文学评论》1984年第1期)、彭定安《越过生活的“恩赐”——评邓刚的小说〈迷人的海〉》(《当代作家评论》1984年第1期)、殷晋培《邓刚小说的力度和光彩》(《当代作家评论》1984年第1期)、李清泉《赞颂生活搏击者!》(《文艺报》1984年第3期)、李作祥《文坛上升起三颗星——〈啊,索伦河谷的枪声〉、〈迷人的海〉、〈无声的雨丝〉放谈》(《当代作家评论》1984年第3期)、滕云《〈迷人的海〉——〈北方的河〉》(《当代作家评论》1984年第5期),等等。

达理的评论也联翩而来,仅1985年第一期《当代作家评论》就有三位知名评论家评论达理创作的文章:谢冕《从失落开始寻找——论达理的创作》、李炳银《达理——一个让读者欣喜和期待的作家——达理小说创作析论》、殷晋培《沐浴着理想主义的光泽——达理小说漫评》。《文学评论》1984年第4期刊有杨世伟的评论《普通劳动者心灵的乐章——简析达理的小说创作》,《辽宁师范大学学报》1984年第5期刊载华铭的评论《与自己的时代同步——达理小说印象初谈》,《当代作家评论》1987年第1期刊载殷晋培的评论《大潮起伏中的心灵旋涡——谈达理的第一部长篇小说〈眩惑〉》,等等。

邓刚和达理刚一登上文坛,就进入创作高潮,佳作迭出,领一时风骚,迅速进入一线作家行列。由于邓刚在文学创作上的突出成就和广泛的社会影响,他先后获1983年和1984年大连市劳动模范,以及1984年辽宁省劳动模范。在1984年年底召开1985年年初闭幕的中国作协第四次代表大会上,邓刚和陈愉庆分别当选为理事。1990年,邓刚获首届大连市文艺最高奖“金苹果”奖,可以看作是对他在整个20世纪80年代文学创作成就的总结和褒奖。由此,他们也成为引领大连文学创作的旗帜,成为当代文学的标志性人物。

令人遗憾的是,达理在1990年之前停止了文学创作,这可以说是文坛的一个损失。不过这个时间节点，恰与全国优秀短篇小说奖评选时间相吻合，也似命运的一种安排。

“50 年代作家”重归文坛

如果我们把整个 20 世纪 80 年代看作一个整体，那么，到目前为止，可以说这个时期是大连文学事业的高峰期。其标志是，两大作家（邓刚、达理）置身全国一流作家行列；大连作家在全国优秀中、短篇小说评选中，有邓刚、达理、庞泽云、宋学武等作家 8 篇作品获奖，其中，来自本市文学期刊《海燕》的有三位作家的 3 篇作品，《海燕》也由此扬名业界；还有就是一批老作家恢复写作的同时，一大批中青年作家崛起。

和全国一样，20 世纪 80 年代，在大连，一批老作家纷纷复出，重新拿起笔，仍表现出不俗实力。邵默夏恢复文联工作之后，开始担任繁重的领导工作。但他仍写出了一批很有特色、很有分量的作品，比如小说《蓝天呼唤》，写猎人祖孙猎鹰驯鹰的故事，但主人公却是那只桀骜不驯的雪花鹰。小说以拟人的手法，细腻地写了鹰的心理，猎人的种种驯服手段统统失效。老猎人最后觉悟，应该把鹰放归蓝天，那里才有它的用武之地。作品善于环境烘托和心理描写，塑造了鹰的形象和猎人的形象。人格化的雏鹰表现出的坚强意志，是作家对坚守理想、抵御诱惑的意志品质的美好冀望，作品充满浪漫主义色彩和象征意味。邵默夏还出版了他唯一一部长篇小说《步云山夜话》。步云山是大连的地理标志，作家选取这个地理名词作为书名用意十分明显，即索解地域文化。

《大连文学五十年》

作家张琳在新时期仍十分活跃，写小说，写报告文学，还写了具有文学史意义的《大连文学五十年》。从20世纪50年代走过来的作家中，张琳的创作量很大，出版有报告文学集《五彩星光》《大海狂想曲》等，小说集《大海之恋》，散文集《大连，你的名字是大海》，还有长篇小说《银河浪漫曲》，等等。小说集《大海之恋》收入作家从20世纪50年代至80年代创作的小说代表作，比如《亲爱的妈妈》《老舅范子明》等，无不充满生活气息，读来亲切。《大海之恋》对于海和渔民的描写，极具特色，富有感染力。他的创作活力体现了一个作家的责任感，诚如邓刚在给张琳小说集的序言中写道："这一代作家的共性是全身心地关注社会，并具有强烈的社会责任感。"

有意思的是，在1983年8月，邓刚、邵默夏、张琳深入庄河、长海体验生活。两代作家，在同一个时刻，登临文学现场。张琳写出《庄河沿海漫步》《小岛渔光》等报告文学，邵默夏创作了小说《到海岛探亲的美院学生》，而邓刚则写出了广受好评的短篇小说《龙兵过》。值此，大连作家已完成代际交替。

20世纪50年代，话剧创作成绩突出的江汗，在80年代又写出了优秀话剧《透过纱幕的月光》，之后他的创作转为以小说为主。有《银铃》《嫁与"弄潮儿"》《蜿蜒的乡间邮路》等，大都发表在《海燕》上。为纪念老作家的逝世和其家人为他编辑的作品集成书，《海燕》在2012年第2期，特设一个栏目《岁月文心》，重新发表他的小说《银铃》，由时任副主编的笔者我写的编后记《江汗和他的文学创作》。

> 同那一代作家、知识分子一样，江汗一生经历坎坷，但他对生活充满热爱，对文学创作充满激情，对大连地区的文学事业作出了自己的贡献。

虽然这时很多作家开始出版长篇小说，但一般认为，王正寅的《落凤坡遗案》才是大连本土作家的第一部长篇小说。20世纪50年代的高玉宝，创作时因身在部队，不在大连，故从严格意义上说，《高玉宝》不算大连出品。但对于一个从大连走出，在部队里成长，后又落叶归根的前辈，还是要给予一定篇幅。

王正寅（1930 年— ），从 20 世纪 50 年代开始创作，1958 年后，长期中断。80 年代，复归文联，重登文坛，以小说写作为主。1985 年，由春风文艺出版社出版的长篇小说《落凤坡遗案》成为大连长篇小说开山之作，小说写的是党的十一届三中全会前后农村生活的变革，农民命运的转折。作家对农村生活熟稔，故事跌宕起伏，人物刻画生动，具有较强的现实意义和一定的艺术性。后来，作者又创作了长篇小说《古国的振荡》，先后获得大连市 1992 年—1993 年度优秀文艺创作奖、1996 年辽宁省首届长篇小说奖。此外，他还创作了“人生百态”和“旅美纪实”两个系列的短篇小说，颇为引人瞩目。

栾凤桐（1927 年—2020 年），早年就读于金州商业学校，后到一个剧团当演员。1946 年，参加金县文工团，做演员，这时创作的作品有戏剧《杨淑香》《乔连成合作社》等，曾获奖。1953 年，到市文联任创作组长，与李心斌等合作话剧《人往高处走》等。1958 年，创作电影文学剧本《海之歌》，筹拍阶段被打成“反革命”，被送往农村劳改，电影遂搁浅。1981 年，获平反，回到文联。与邓刚合作小说《夏大拉》在《人民文学》（1987 年第 5 期）发表。1988 年，独自写作小说《天作之合》。1999 年，大连出版社出版其中短篇小说集《大海之歌》。

《大海之歌》

于汪惟（1930 年—1999 年），生于辽南农村。1947 年，读高中时到哈尔滨，参加东北民主联军。1948 年春，回到大连，开始文艺工作，参与创办文学刊物。1953年，与他人合作大型话剧《红旗》，这一时期，写过诗歌、小说、文艺评论等。1957年，被划为右派。20世纪80年代，回归文坛，创作了散文、诗歌、小说、评论等，还有一部书法美学著作《孙过庭书谱释义》出版。曾做过《海燕》编辑，还曾担任大连诗歌学会会长。

这批20世纪50年代过来的作家，大都集中在文联，也有些后来调转外地。比如王同禹，1956年调辽宁省作协工作，1979年平反后，曾到大连造船厂体验生活，并创作出50多万字的长篇小说《大地的投影》。

还有作家不在文联系统。比如于植元，他向以学者著称，以书法名世，偶有评论文字。

总体而言，这批作家重登文坛，写出一批作品，但除个别作家，个别篇章外，大都平平，已无20世纪50年代的锐气，不能不令人感慨。

新的一代在崛起

与20世纪50年代不同，80年代的文学创作，不局限于文联系统和文化局系统，呈现遍地开花的局面。尤为可喜的是，一大批年轻作者崭露头角，芳华初绽，所涉文体覆盖文学创作的各个领域，但总体看，小说创作更为突出。

除前述获奖作家，从事小说创作较为突出者还有：孙惠芬、林丹、徐铎、仇大川、沙仁昌、张连波、张福麟、王生田、刘汝达、安端、孙甲仁、高满堂、滕贞甫、刘军、于厚霖、侯德云、张彬、宋钧、姜弢、高金娥、王树真、高奇志、董桂萍、宁春强、刘洪安等，总有百人左右。这只是20世纪80年代的大体状况。

孙惠芬当年在庄河，处女作在《海燕》发表，其文笔体现出独特气质，引人瞩目。之后，她就开始在各地文学期刊上发表作品，在《上海文学》发表的《小窗絮语》成为一个标志。20世纪80年代，《上海文学》在纯文学期刊中拥有重要地位，被文学界认可。孙惠芬的出现，对大连市，尤其对庄河的文学创作起了引领的作用。一时间，庄河的小说创作有声有色。《海燕》也在1991年推出“庄河征文专号”，征文是为配合中国共产党成立70周年。而这也是《海燕》有史以来第一次为一个县（市）作者出一期专号。这一期专号，大体会聚了庄河主要作者，而且质量上乘。短篇头题的孙惠芬小说《天高地远》被《小说月报》转载，由王岚领衔的几位作者合作的小小说也被《小小说选刊》转载。张彬、宋钧、高金娥等主要作者都有佳作展示。

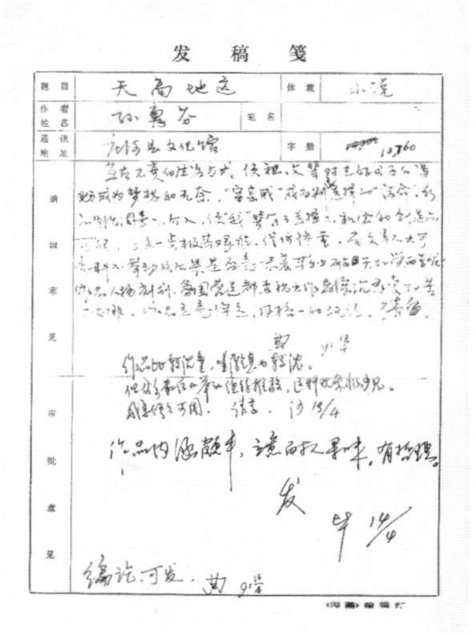

发 稿 笺

题目	天高地远	体裁	小说
作者姓名	孙惠芬	笔名	
通讯地址	庄河县文化馆	字数	13,760

1991年4月，孙惠芬小说《天高地远》发稿笺

天高地远

●孙惠芬

孙惠芬短篇小说《天高地远》在1991年第7期《海燕》上发表

除了像庄河这样以一个地区为单元的作家群体外，还有部队作家群体。比如，孙甲仁、袁本立、吴戈平、刘杰、于贵华、董太锋等，再加上获全国奖的庞泽云、宋学武，和后来获鲁奖的马晓丽，部队作家群体在大连文学界占有重要一席。这些作家中，除孙甲仁兼擅诗歌，其余都以小说为主要创作体裁。

其他作家，或分布于市内，或居于县区，或就职于企业、机关，也有少部分作家来自农村，比如高金娥。还有瓦房店的战友（人名。姓战，

名友），当年《海燕》在庄河举办的笔会他也去了，待了两天，匆匆回去。因他家养船，要赶鱼汛。过了两天，他又匆匆返回。那次笔会他写出了受到邓刚好评的小说《新房子，旧房子》，邓刚特意为小说写了点评，一同发表在《海燕》的《雏凤篇》栏目。小说写的是打鱼人的生活，作为以写海知名的邓刚格外关注与海相关的描写。果然，作者写稳坐船头的老渔民那张“海蜇皮似的脸”，让邓刚感到作者的感受准确且新鲜。邓刚写道：

> 作者生长在辽东半岛的西海岸。在那儿能看到辉煌的落日。日出日落的太阳都浮在海平线上时，会出现一种微妙的相似景色。然而其间光线有着新鲜与温厚的差别。在一般人眼里，很难有这种精细的感受。由于我碰过海写过海，有着长久观察海的经历，时常为这种日出日落景色的相似而迷惑，并为此寻找着描绘这种形似而质别的景色文字。

终于，他在瓦房店的战友这里发现——太阳的余晖把海水、小岛和海里的船、船上的人都镀上了一种很古老的颜色。邓刚感到惊讶，深深体会到作者艺术感受的精确。

可惜的是，写过几篇作品之后，战友告别文学创作，到乡镇机关工作去了。不管年轻的作者，还是成熟的作家，在时代的潮流中做出自己的选择都是自然的事。

20 世纪 80 年代，大连的散文创作也得到长足发展。素素从那时起就成为大连散文作家队伍中的一面旗帜。素素散文写作的成就，后面将有专门章节讲述，她另一个方面的贡献是作为大连日报文艺部编辑和领导，长期主编副刊，培养了大批作者，尤以创作散文、诗歌为著。

当时从事散文创作的主要有：田樱、任惠敏、杨道立、绢华、沙里途、刘增山、修成国、崔梅、杜敏、王冬梅、武冬梅、马力等。一个比较有趣的现象是，在大连，从事小说写作的以男作家占统治地位，从事散文写作的女作者在数量上有压倒性优势，而在诗歌创作上，男女作者的比例反而显得比较平衡。

田樱（1941 年— ），本名田俊明，大连人。1965 年，毕业于辽宁大学。曾长期担任进出口公司总经理，长年坚持业余写作散文，出版的作品有《榴梿情》《峇厘情》《樱花情》等。田樱创办大连散文学会，担任会长多年，为大连市的散文创作和年轻作者的成长提供了很多帮助。由于工作原因，他长年世界各地飞来飞去从事商务活动，他的很多篇什就是在机场候机，或是在飞行旅途中所作。但他的散文描绘的是世界各地的风土民情，而全无我们想象中的关于利润，关于成本，关于人工，这些经济活动中的元素，更无锱铢必较和钩心斗角。本市评论家王晓峰对此有切中肯綮的评论：

> 因为田樱在匆忙的商旅生活中所记下的都是些温馨而美丽的风土人情、风光秀色，记下的都是人与人、人与自然之间的信任、友情和善意，充满了人间温情。对于商界的险象环生，我想田樱的所见所闻、所感所思要比我们更多更深，而他每每提起笔来，总是沾带着商旅风尘又超越了世俗的喧嚣，走向了温馨，走向了平和，走向了至美的人间境地。国外那些灯红酒绿、人欲横流的生活场景，很可能进入他的视野，也很有可能引发他的万端感慨，但却为他弃而不用。这是迄今为止田樱散文的一个最重要的特色。

散文队伍中的任惠敏和绢华（本名李华），擅写诗歌，这两位女性作家，在散文和诗歌领域都有所建树，各擅胜场。沙里途（本名都兴瑜）和修成国，在写散文同时又写小说，且都是长篇小说，体现了艺术视野的开阔和驾驭多种体裁的能力。杨道立是本市文化名人，擅长散文写作，更擅长舞台调度，担任大型晚会导演是她拿手好戏。王冬梅和武冬梅作为知青作家的代表，回城之后从事不同职业，但都把写散文作为表达自己的舞台。崔梅、杜敏、马力三位女作家，都曾任职于新闻媒体，但三位发展方向不完全相同。崔梅的报告文学，马力的深度新闻，杜敏的女性细腻，都在各自的散文中找到影踪。刘增山曾在媒体任职，后离开大连。

作为散文的一个分支，随笔、杂文在大连也有较好发展。20 世纪 80 年代，大连的随笔、杂文作家有王凡、于景宁、曾祥明、单泽润、侯德云、侯文学等。

王凡（1927 年—1995 年）。1946 年 1 月，开始在《大连日报》主编《海燕》《青年文艺》等副刊。新中国成立后，曾担任《大连日报》副总编，后到市文联任副主席。工作之余，他写杂文、随笔。去世后，家人将其作品集为《凡品集》。王凡是大连老一辈杂文、随笔作家。

侯德云作为最年轻的杂文、随笔作家，后来经营小小说，成就斐然，称名国内。

从事诗歌写作的有高云、于汪惟、阿拜、张秉加、杨庭安、任惠敏、邵勋功、东川、孙甲仁、绢华、宋协龙、张可绣、姜风清、董桂萍等。

1988 年 5 月 28 日，大连市诗歌学会成立，选举于汪惟为会长。最追求个性的诗人，总是喜欢结社，这在全国是普遍现象，尤以 80 年代为甚。但其实，诗人结社也是有传统的，比如我们都熟知《红楼梦》里诗社的桥段，建立诗社的条件：一要有钱，没钱就要拉赞助，比如向凤姐伸手；二要有闲，在现代社会，就是业余时间充裕。但最重要的还是诗歌创作本身，还是要出好作品。

20 世纪 80 年代，董桂萍的出现是大连诗歌界的一件大事，也是大连文学界的惊喜。她的《乡村，在热烈地谈论着大连》《今天，你竞选乡长》等一系列作品横空出世，带着泥土的芳香，带来审美的悸动，给大连文坛吹进一股清新之风。她的诗或许并非一流，但那种健朗，那种锐气，那种鲜活、饱满的情感，充满张力。董桂萍还涉笔小说，同样光彩夺目。

20 世纪 80 年代的文学评论，呈现出老一代和年轻一代并驾齐驱的态势，但年轻一代在崛起。当时的文学批评队伍主要集中在辽师中文系，如戴一、刘长恒、陆文采、邢富君、陈悦青等。年轻一代主要有文化局的“二杨”：杨锦峰和杨先华，还有文联的王晓峰和报社的王宗绍。此外，还有高云、张福高等。总体看，文学评论队伍基本上是在高校和文教单位。

大连的儿童文学在当今文坛占有一席之地，至目前已有车培晶和刘东先后获得全国优秀儿童文学奖。大家知道，这是与茅盾文学奖和鲁迅文学奖等量齐观的全国大奖。这样成绩的取得固然与作家的才华和努力分不开，但同样离不开一个起到重要作用的人，这个人就是滕毓旭。

滕毓旭几十年的儿童文学创作历程饮誉业界，同时他也热心提携培养年轻作者，还创办了少儿期刊《少年大世界》，给作家和孩子们开辟了一块园地，一批儿童文学创作者，都在这片土地上成长起来。

当年儿童文学作者还有尤异、宋一平、于颖新、季福林、蔡永武、车培晶等，以尤异和滕毓旭成就为最。

这一时期，大连尚未有专门从事报告文学（纪实文学）写作的作家，报告文学写作往往是作家（记者）们的兼职。写作者多集中在新闻单位，如张景勋、崔梅、马力、季福林、余音等，还有就是文联系统，如孙传基、张琳、张玲等。后来，有从外地来连的作家黄瑞出版过几部企业家传记，分别记述戚秀玉、李贵等的事迹。总体而言，大连的报告文学略显薄弱。

从大连市 1989 年始设“金苹果”奖和大连市优秀文艺创作奖以来，两年一届的评奖，迟至第四届（1994 年—1995 年）才有报告文学之设（获奖者为孙传基、曲圣文《金州——世界冠军之乡》）。令人欣慰的是，几年后始颁的第一届辽宁文学奖（1997 年—1999 年），即有本市作家黄瑞的长篇报告文学《为了这方土》获奖。之后，2003 年始设的大连市文艺界“三个十”评选之后，又有作家（紫金，2019 年）和作品（鹤蜚《大机车》，2017 年）再度获奖。在进入新世纪后，大连的报告文学（纪实文学）有了长足进步。

这只是一个笼而统之的概述，难免挂一漏万。从中能看到大连文学的巨大进步，也能感受到还存在薄弱领域。总而言之，20 世纪八九十年代，以邓刚、达理等作家为代表的大连文学创造了辉煌，登上当代文学的巅峰。

文体篇

小说：人才辈出　渐入佳境

大连的小说创作是有传统的。20世纪三四十年代，随着城市的发展，报刊数量激增，为众多文人提供了发表作品的园地，涌现出一批小说家。大连地区50年代的小说创作仍有很好的势头，在1956年就有5篇作品入选中国作协所编年选。当然，大连地区的小说创作在20世纪80年代达到一个巅峰，出现了全国知名的作家，屡获全国大奖的作品。如邓刚、达理、宋学武、庞泽云等先后获全国优秀短篇小说奖，邓刚、达理先后获全国优秀中篇小说奖。进入新世纪，又有孙惠芬、马晓丽的小说先后获得鲁迅文学奖，让大连的小说创作保持着全国领先地位。

得益于这样良好的创作氛围，一大批作家也渐入佳境，纷纷写出优秀作品，成为引领大连文学发展的排头兵。

"5511"工程暨长篇小说创作

"5511"工程的全称是"大连市文艺精品创作生产'5511'工程"，是大连市委宣传部主导的大连文艺创作系统工程，涵盖了文学、影视和舞台艺术等。本篇所描述的是其中的一个"5"，即五部长篇小说。当然，这个提法是晚近出现的，第一批五部长篇小说的出版时间为2015年11月。所以，这里借这个概念来描述大连近年的长篇小说创作。

其实，大连的长篇小说出现较晚。迟至1985年，老作家王正寅的《落凤坡遗案》出版，才宣告大连市长篇小说诞生。但大连的长篇小说发展良好，同年，阎德荣的长篇历史题材小说《外交官》出版。此后，大连的长篇小说创作，基本上沿着这样两个方向发展：一个是传统的写实题

大连市 2015 年文艺精品创作生产“5511”工程长篇小说入选作品研讨会

材，一个是新兴的历史题材，且各有佳作。新时期大连两位重要作家邓刚和达理各自在 1987 年出版了他们的第一部长篇小说，都为现实题材力作。1986 年，大连的另一位重要的历史小说作家常万生出版了他第一部长篇历史小说《贞观天子》。1989 年，王桂芝和李庆皋夫妇合作的历史小说《姑苏侠影》出版。

从此，大连的长篇小说创作形成了以邓刚、达理为代表的现实题材创作，和以常万生、王桂芝和李庆皋夫妇等为代表的历史题材创作的局面。

整体而言，在 20 世纪八九十年代，大连的长篇小说创作有一定数量，但产生更大影响的作品不多。其间，偶有作品短暂引发影响或轰动，比如，刘志钊的《盛世华衣》、杨飏的《爱个明白》，都只是应和了某种现实而产生的短期效应。两位作家都很有才华，凭借商场经历，将情爱故事融入小说，颇受市场欢迎，尤其是《爱个明白》，有春风文艺出版社的“布老虎”品牌加持，产生较为广泛的影响。这两部作品是本市长篇小说创作取得商业成功的为数不多的案例。当时，较有影响的还有董志正的长篇历史小说《东方风云》，作品反映的是中国近代史上的重要历史事件——中日甲午战争。因其发生在本地，受到更多关注。

这一时期，重要的长篇小说作家有常万生、董志正、阎德荣、王桂芝和李庆皋夫妇等，还有津子围（1995年长篇小说《残局》出版）。据张琳统计，从1985年本市第一部长篇小说问世，到1995年，大连共出版长篇小说55部，颇为可观。

还可从另一维度审视这一时期的长篇创作，就是1990年始设的大连市文艺奖“金苹果”奖。第一届未有长篇小说获奖，从第二届开始，有阎德荣的历史小说《南北朝始末》获奖，第三届有王正寅的《古国的振荡》等五部长篇小说获奖。此后第四、五、六届都各有一部作品获奖，分别是董志正的《东方风云》和《西方阴谋》，常万生的《黑白人生》，都为历史题材创作。第七届（2000年—2001年）空缺，这也是绝无仅有的一次。巧合的是，孙惠芬的长篇小说《歇马山庄》在2000年北京的人民文学出版社出版，不知是不是因受到那些举报和批评影响，孙惠芬的小说没有入选。后来，孙惠芬的《歇马山庄》获辽宁省作协“曹雪芹长篇小说奖”。

进入新世纪，大连的长篇小说创作仍维持着较高的水准和较高的产量。本市重要作家相继推出有分量的长篇小说。孙惠芬继《歇马山庄》后，又写出《吉宽的马车》《上塘书》《秉德女人》《寻找张展》等多部高水平长篇作品，受到广泛关注和好评。2019年，作家出版社出版“孙惠芬长篇小说系列”（六卷本），将上述作品悉数收入其中。为一个作家出版长篇小说系列，在近年出版界极为稀见。这套图书被评选为作家出版社2019年度十大好书，与“新中国70年文学丛书”等重要图书并列，孙惠芬也与谌容、残雪等著名作家并列，显示了孙惠芬在中国当代文坛的重要地位。这是新世纪大连文学的重要收获，也是中国当代文坛的重要成果。

部队专业作家马晓丽的《楚河汉界》、邓刚的《山狼海贼》等长篇小说，也一如既往地体现了他们的水准，保持着长篇小说这种艺术形式应有的高度。马晓丽的《楚河汉界》曾入围第六届茅盾文学奖，但最终憾失茅奖。

2015 年，由市委宣传部主导的“5511”工程产生了第一批长篇小说成果，分别为徐铎的《天兴福》、鹤蜚的《他时光》、于永铎的《跳舞者》、郝岩的《幸福与你何干》和孙军珍的《归去》。五部长篇作品同时推出，在本市是首次。如今来看，更应视为一种鼓励创作的尝试，需要分析总结。

《跳舞者》

《天兴福》的创作过程或有可称许之处。作家完成初稿后，宣传部组织相关专家进行了评审，对作品进行了全面审视，如同对作品进行“体检”。最终，作家根据专家们的意见，对自己的作品进行修改完善，形成如今的面貌。读者当然感受不到这种变化和区别，但对于作家来说，意义重大。虽然专家意见未必全采纳，但内行人的专业意见对作家的创作是一个触动和启发，这种方式在效果上远胜于成书之后的研讨会。

《天兴福》

《天兴福》以金州成功商人为原型进行创作，对创作者来说有利有弊。如何把握好想象与虚构的尺度非常重要。好在徐铎是老金州人，对金州的历史烂熟于心，也是作家中不多的兼擅书画的作家，具备综合的艺术修养。囿于历史，大连地区的古城多形成于明清时期，以清末、民初为盛，而这一时期也是中华民族生死存亡的历史节点。大连地区迭经日俄战争、甲午战争等近代史重要历史事件，民族工商业的发展遇到重大机遇，也潜藏巨大危机。如此背景考验着经营者的智慧、勇气和民族大义。《天兴福》较为成功地塑造了爱国商人邵勤俭的形象，同时也展示了金州在近代史中的重要历史人物，如王永江、刘雨田、韩云阶等，使作品更具真实感和历史感。

鹤蜚（本名孙学丽）是近年较为活跃的作家，创作有长篇报告文学《大机车》等重要作品。长篇小说《他时光》以大连为背景，用黑石礁、凌水桥、槐花、水产学院等“大连符号”讲述“大连故事”，颇具地域特色。该小说在《中国作家》发表后获奖，被改编为电视剧《槐花街上的爱情》。鹤蜚的其他几部作品亦各具特色。

于永铎是本市近年颇为活跃的作家，有多部长篇作品出版。他的作品中有历史题材的《旗猎》，但更多现实题材力作，如《跳舞者》，新近有《蓝湾之上》。他的现实题材长篇小说关注现实，聚焦改革开放。

郝岩是本市优秀的电视剧作家，与高满堂相似，多有与电视剧同步推出的长篇小说行世。

孙军珍是本市近年新出现的女作家，《归去》为其长篇小说处女作。

李淑萍的《花开岁月》、宇涵豪的《烽火金州 1894》等作品入选大连市文艺精品创作生产“5511”工程。还有现已离开本市、赴省里任职的两位作家老藤、津子围，近年亦有长篇力作问世。老藤的《战国红》，获辽宁省第十五届精神文明建设“五个一工程”奖，津子围的《童年书》，亦入围辽宁省作协“曹雪芹长篇小说奖”。他们有多年创作经验，中短篇小说亦多优秀之作，是具有全国影响的作家。

《蓝湾之上》

此外，还有几位作家的作品值得关注。

作家蜀虎先后出版了《酒脸》和《武陵的红》等长篇小说。《武陵的红》写的是川黔湘鄂四省交界处的武陵山区“闹红”的故事，也就是工农红军革命的历史，属于革命历史题材，所以这本书又被列入“纪念中国工农红军长征胜利80周年”的出版物系列。作家对这个地域和这段历史极为熟悉，写了红军队伍发展壮大的历史进程，展现了民众逐渐接受红军并参加革命的历史，是对那一段历史的艺术再现。

许毅的《黄渤海恋》（安徽文艺出版社，2017年3月）反映的是苏联驻军旅顺的故事，属于比较重要的历史题材，或许还是敏感题材。因涉及两国关系，作为业余作者，许毅花费10年时间，翻阅研读史籍，实地踏勘考察，终于成书。作者在尊重历史的前提下，循历史逻辑，发挥艺术想象，构筑起历史长卷。作品主线突出，副线生动，笔法兼具厚重和灵动，情节波澜起伏，使这段历史得以艺术再现。

作家王毅以写家教题材步入文坛，出版了多部家庭教育方面的著述，颇具影响。后转入长篇小说写作，出版有《情封旅顺口》（人民日报出版社）、《冷暴围城》（中国文史出版社）、《闯关东的女人》（人民日报出版社）等多部长篇小说。她写家教题材的专著大都以故事形态呈现，具有很强的可读性，所以，她写起小说来也得心应手。她的小说文风朴实，语言富有表现力。

长篇小说的写作是文学创作中的大工程，需要付出大量时间、精力，更需要相当的写作能力和综合的知识储备。每一个写出长篇小说的人，我都致以敬意。

2005年出版的《大连优秀文学艺术作品选·长篇小说卷》，选取23位作家的21部长篇小说（节选）；2017年出版的《大连市优秀文学作品集》，将长篇小说列为“存目”，共有21位作家的25部作品。当然，这远不是大连作家创作的长篇小说的全部，本篇也无法全部囊括，比如创作量巨大的历史小说家常万生的长篇即有20部之多，作家津子围的

长篇小说也已超过10部。像这样高产的长篇作家虽不是很多，但创作多部长篇的作家大有人在。总体看，大连的长篇小说创作进入平稳发展阶段。

《海燕》文学月刊与中短篇小说创作

创刊于1954年的《海燕》文学月刊，在1978年复刊以后，小说一直是重要的栏目。很多本地作家的处女作都是在《海燕》上发表的，比如先后获全国大奖的作家邓刚、孙惠芬、宋学武、刘东的作品。其中，宋学武的获奖小说《敬礼！妈妈》、庞泽云的《夫妻粉》都是以处女作获奖的。

1985年，《海燕》改为专发小说的《海燕·中短篇小说》，更为本地小说创作队伍的形成助力。《海燕》为培养本地作者，尤其是小说作者做出重要贡献。在1978年开始设立的“全国优秀短篇小说评选”活动中，先后有3篇《海燕》中的作品获奖。分别是达理的《路障》（1981年第10期）、宋学武的《敬礼！妈妈》（1982年第9期）和庞泽云的《夫妻粉》（1985年第11期），这在全国同类期刊中名列前茅。

1987年4月，辽宁教育出版社编辑出版了两卷本的《海燕之歌》，收入1981年到1986年间在刊物上发表的优秀作品，以小说为主，还有少量散文和报告文学，共收入70位作者的94篇作品，总字数达103万字。其中包括了邓刚、达理、庞泽云、宋学武等获全国优秀短篇小说奖的作家作品，还收入孙惠芬、徐铎、林丹、刘汝达、高满堂等一批优秀中青年作家的作品。

1992年，沈阳出版社出版了《海燕之歌》第三卷，收入1987年1月至1989年12月间刊物所发优秀作品。尤其是1989年，新中国成立40周年，《海燕》举办征文的获奖作品因整体质量很高，所以悉数收入其中。主要为中短篇小说，也有少量报告文学。共计31篇，30余万字。

这一时期的优秀作品较多，获全国奖的作家另有专章，这里不再赘述。说一说获《海燕》征文奖的作品。这次征文持续一年多时间，其间还刊发过“征文专号”，获奖作品数量多、质量高。奖项分为两类：一

《海燕之歌》第一、二、三卷（从左至右）

是“优秀作品奖”，一是“鼓励奖”。获优秀作品奖的中篇有4篇，分别是徐铎的《脊美鲸》、刘汝达的《死灰》、林丹的《空白》、杨波的《生意场》。除杨波后来很少见到其作品外，其余三位都是本市重要小说作家。尤其徐铎，在60岁左右进入创作高峰，连续出版多部长篇小说。林丹也在晚年出版多部长篇小说和散文集。

《脊美鲸》看题目就知道是写海的作品。作为滨海城市，大连有一批擅长写海洋题材的作家。如邓刚、徐铎、于厚霖等，各有特色。《脊美鲸》写捕鲸船的捕鲸故事，穿插着历史，增加了作品的厚重感。作品写鲸鱼的“潮喷”、群游都极壮观，富有浪漫气息，极具艺术感染力。作家着重表现的是对大自然的敬畏之心，体现了作家对人与自然关系的思考。徐铎的作品激情饱满，有阳刚之美。

刘汝达的《死灰》写的是乡下生活，或者说是下乡生活。他是知青，

第一人称的叙述仍是以知青身份呈现。他写的农民，也是铮铮汉子。不论写乡下还是写下乡，都包含生活的艰辛，但我对这篇小说感兴趣的是摔跤。就像小说里所描述的那些村民和下乡知青，刘汝达大约也要以摔跤来冲淡生活的严酷，来调节小说的叙述节奏。虽然会写武侠小说的作家未必是武林中人，但刘汝达不同，他走路的步态乃至坐姿和神态，似乎都有“武”的神韵。小说里写的是作为知青的“我”与村民老六的一次“撂跤”（方言：摔跤），极其精彩。小说中如果没有设置这个情节，作品的艺术感染力将大打折扣。当然，这个情节符合人物，也符合时代背景，是小说整体的一个有机组成部分。刘汝达的小说在描述人物阳刚性格时，往往用极细腻的笔触，对摔跤的细致描写，让一个悲剧故事于沉重中多了一分哀婉。

林丹的中篇《空白》略显复杂，从前线回来的“我”，失去了一只胳膊，形成半边“空白”。时值社会流行“文凭热”，而“我”当年因“文革”失去了高考的机会，大学成了经历中的另一个“空白”。作品时空交错，剥丝抽茧，思索社会和人生。历史的空白，岂是一纸文凭可以补回？作品主题尖锐而深刻。

杨波的中篇《生意场》，题目很直接，也是最时新的题材。商场中的尔虞我诈、金钱美女、胆大心细，凡此种种，不一而足。小说仍然是第一人称，不约而同地，四部获奖中篇小说都是第一人称。有限视角固然会限制叙述的范围，但会给人带来切近感，倾听主人公的心跳。

获奖的短篇小说同样精彩，有庞泽云的《这世界怎么了》、孙惠芬的《燃烧的晚霞》，还有高奇志的《大山落日》、吴戈平的《踯躅长街》、安端的《老街》、刘宪茹的《祖祖辈辈留下我》等。获奖的作者有高金娥、赵清田、姜立林、于厚霖等。

在整个20世纪八九十年代，大连在中短篇小说创作领域重要作者还有：张连波、滕贞甫、张福麟、仇大川、高满堂、李春鹃、孙克仁、张彬、宋钧、刘军、孙学丽、姜吉顺、王树真、孙甲仁、满涛、鞠庆华、袁本立、董太锋、于贵华、高书堂、张国巨、刘洪安、王希君、宁春强等。

这既是中短篇小说屡获大奖的强大基础，也是获奖作品对文学创作队伍积极影响的结果。进入新世纪，本市中短篇小说创作延续良好发展势头，一批“60后”“70后”作家亦日趋成熟，佳作不断。其代表即为2013年的“海蛎子组合”，包括津子围、侯德云、陈昌平、张鲁镭、刘东、于立极和紫金，一共七位“60后”作家，他们是大连小说创作的中坚力量。

津子围（本名张连波）的文学创作始于20世纪80年代，成名于八九十年代，中短篇小说创作成就更高。2000年，获辽宁青年作家奖（第五届），此奖项于1989年设立，奖励对象为本省40岁以下年轻作家，后并入辽宁文学奖，为一个子奖项。此后，从第二届辽宁文学奖（1999年—2001年）开始，津子围连续四届，分别以短篇小说《马凯的钥匙》、中篇小说《说是讹诈》、中篇小说《小温的雨天》和短篇小说《国际哥》，获中篇小说奖和短篇小说奖。此外，他还曾获《小说选刊》中篇小说奖、中国作家大红鹰奖、全国梁斌小说奖等众多奖项。

津子围的中短篇小说有一股温润之气，他的作品也有悲情故事或悲剧，但都很克制，似乎不忍心破坏什么东西，尽管那种趋势已无可挽回。例如作品《一顿温柔》，让最底层的人在濒死之际也能得到些许精神上、心理上的安慰；又如《马凯的钥匙》，折磨着马凯的钥匙最后失而复得，让读者跟着马凯松一口气。作家关心的是底层人，或者说普通人的日常以及他们遇到的困境、困顿。

我最初接触到津子围的作品是在1990年刚到海燕文学月刊社，从前任编辑遗留的一堆稿件中发现了他的《小灰楼》。孤陋寡闻的我并不认识他，当时他的作品还署本名，但那部作品进入我的视野，打动了我。说来有趣，小说的主人公与我大学同学同名，所以印象十分深刻。

30年过去，津子围在繁忙的公务之余，创作了大量文学作品，并保持了平稳上升态势。

陈昌平是新世纪大连出现的优秀作家之一。当然，之前他就已经开始创作，为叙述方便，就委屈他从21世纪开始。《英雄》是他的名篇之一，也是我最早读到的作品。小说的成功之处是塑造了一个典型的大连人形象，从外在表现到内在气质，声口毕现。小说写到今天，塑造典型人物这样的提法似乎已经落伍。作家们努力向现代派，向后现代派，向各种各样的方向寻找新的表现方法，尽量摆脱传统的影响。包括人物描写，虽不一定写成卡夫卡，但一定要离经叛道一些，似乎才足够创新。在这样的背景下，陈昌平的小说不讨巧，写一群聚集广场街头的老人聊军事、聊政治，把握不好很容易触碰红线，执着于政治正确又容易落入简单化、庸俗化的窠臼。从题材选择上能体现出作家的担当和勇气，当然，作者之所以敢于挑战这样的题材，是有才华作为前提的。

但陈昌平的小说绝不是对传统的延续和对现实主义的复制，其受到的文学新潮的影响还是显而易见。他对人物的刻画也不是简单“还原”其原生状态，而是融入现代笔法。比如主人公老高，在讲述英雄故事的过程中，渐渐产生了将自我提升为“英雄”的幻觉，写的是潜意识，这在传统文本中很少见。

陈昌平作品的数量不算多，他追求品质。举凡《国家机密》《汉奸》《特务》诸作，无不构思精当，堪为佳品。陈昌平的小说在选材上也独具一格，可以看出童年影视和文学阅读对他的影响。

张鲁镭是本市21世纪出现的一位重要作家。她的小说都取材普通人的日常，无关宏大叙事，如《小日子》。相对来说，《风筝》就属重大题材了，写老年人的养老问题。不管日子穷富，人总归都要老去，中国庞大的人口基数，老龄化加剧，如何养老，对个人、家庭、社会、政府而言，都是一个重大问题。作家把目光投向养老中心，也把笔触探入那些老人的内心。其实，在这部作品中，作家极为宽容，她选择的是两个条件比较好的家庭。

一层是胳膊腿和脑瓜都能正常运转的，二层是腿脚好用但脑瓜缺根筋的，三层属于两浑水半傻不彪的，最顶层就是胖瘦老头这样。也属顶层的费用高，光护理费就好几千！养老中心环境优雅设施齐全服务到位，娱乐活动一波又一波。

即便是这样的老人，同样面临人生的终极问题。人只要还活着，就会有情感的需要、心理的需要、精神的需要。瘦老头把这一点发挥到极致：他面对一堵残墙，向胖老头虚构看到的外面的世界。

张鲁镭的小说以平视的角度看众生，拉近了作品与读者的距离。小说里的人物、故事，似就在我们身边，触目可及；或者写的就是我们的家庭、亲友，在我们身边缠绕。

侯德云、刘东和于立极三位，在别章有专门论述，在此不赘述。再说一下紫金——其实在报告文学部分已有论及，但此节是小说，便补充一下。紫金是本市近年出现的一位比较高产的作家，涉猎广泛，在小说、报告文学、影视文学领域都有成果。小说获大连市优秀作品及十大有影响作品。

老藤（本名滕贞甫）如今已调入省里，老藤曾长期在大连工作，还曾很长时间担任文化工作领导。他的文学创作也颇有成果，近年有长篇小说《战国红》获辽宁省第十五届精神文明建设“五个一工程”奖，中短篇小说《熬鹰》等广受好评。

新世纪小说创作颇受瞩目的还有于永铎、王希君、李广宇等。20世纪八九十年代活跃的一批作家有些已经搁笔，有些转入散文或其他文类。还写小说且有成就的有徐铎、王树真、袁本立（长篇《鸭母队长》）、姜吉顺（长篇《我看见的疼痛》）、鞠庆华（长篇《穷汉岭》）等，基本上都开始长篇写作。

总体而言，大连的小说创作缺乏年轻作者的出现。当然，我们也看到，“80后”作家辛酉的小说出手不凡，引人瞩目。他的中短篇小说多刊发于《北京文学》《鸭绿江》等主流文学期刊，尤其是小说《闻烟》被获奥斯卡奖的日本导演泷田洋二郎选中，颇具影响。

侯德云、左岸等的小小说创作

以侯德云为代表的小小说创作，渐成大连文学创作的重要一翼。他的小小说创作已成为国内翘楚，还带动瓦房店市作家，形成一个小小说创作的群体。另外，左岸等作家也创作小小说。

侯德云

侯德云出道时以杂文为主，出手不凡，在多个报刊开设专栏。1990年，开始小说创作，以小小说为主。巧的是，他的小小说处女作是在《海燕》上发表的，责编是我。小说名为《W 的喜剧》，时在 1990 年。

整个 20 世纪 90 年代和 21 世纪初，是侯德云小小说创作的高峰期。仅我收存的侯德云的小小说作品集就有《谁能让我忘记》（大连出版社，2003 年）、《简单的快乐》（北方文艺出版社，2005 年）、《红头老大》（河南文艺出版社，2006 年）等多种。可以看出，除本地出版社，还有多家外地省级出版社出版他的作品，说明他的作品受到普遍的肯定和欢迎。其间还出版了小小说理论专著《小小说的眼睛》（大连出版社，2004 年），是他研究国内小小说创作名家的专论。

侯德云

至于侯德云的代表作则比较多了，在他最初的小说集中就可列出很多，如《二姑给过咱一袋面》《冬天的葬礼》《手很白》《父亲的白条》等多篇。获各种奖的作品、被选入选本的作品、被选作阅读或试卷的作品就更多了，如果一一罗列出来，读者会觉得无趣，作家会笑我不会写文章了。

一般认为，侯德云的小小说构思巧妙，这固然不错。小小说在一定程度上就是构思的艺术，尺幅之间完成叙述，完成作家的表达。很多中国作家深受欧·亨利的影响，有所谓“欧·亨利式的结尾”，但技巧在侯德云这里并不重要。他的作品，初读让人发噱，但是，过一会儿，会突然觉得悲从中来，比如，那个等待二姑再给自己一袋面的蚊腿，多么可笑！可是，突然，笑不出来了。他怎么会这样？蚊腿的存在，多么可怕亦复可怜！还有《一块木板的存在方式》，那块从工地借来的木板，最后以一条长凳的方式存在于“我”家，又置于楼道拐角。工地居然拒绝这块被借出木板的返还！可笑吧，但一想，就笑不出来了。难道不会产生悲从中来的感觉？

侯德云的小说有种悲悯情怀，这种悲悯不仅是对身处底层大众的艰窘生存境遇的同情，更是来自对我们习焉不察的日常生活的观照，是一种大悲悯。

后来，侯德云的创作又向短篇小说、中篇小说发展。最新的情况是，2020 年第 10 期《鸭绿江》杂志刊发了“侯德云小说专辑”，发表了他的短篇小说《无妄》和中篇小说《把兄弟》，并配发了评论家洪兆惠的评论。

左　岸

有些让我们感到意外的是诗人左岸，他竟然在写了多年诗歌后，开始了小小说创作，且成就斐然，令人刮目。短短数年间已有几十篇小小说发表，并被各种选刊转载，进入各种排行榜。

熟悉左岸诗歌的读者应该知道，左岸写小说，从他的诗歌中可见端倪。比如受到好评的诗歌《一个小女孩在火车道边睡着了》，虽只有短短七行，却包含了丰富的内容，极具情节性。他的小小说创作更为严谨，对史实和细节的考究堪比论文写作，比如《巡洋舰上的猫》，写的是 1894 年的甲午战争，涉及起码三个方面的知识，一个是巡洋舰，一个是猫，一个是甲午战争。作者写猫、写敌舰与我舰燃煤的差异等都下足案头功夫，使之符合实际，在这样强大的真实背景之下虚构他的想象王国。

> 猫的嗅觉是靠分布在鼻腔后部黏膜上及筛状细胞部位的嗅神经来实现的。嗅黏膜面积有三十多平方厘米……当气味随吸入空气进入鼻腔之后，就能刺激嗅细胞发生兴奋冲动，沿嗅神经传入大脑引起嗅觉。比如当暴风雨快要来临的时候，猫会坐立不安，它的耳朵会来回移动，这样船员就能提前做好防护准备……

左岸的小小说更多奇思妙想，比如《十元钱上的一个电话号码》，“我”在一次购物之后，揣着店员找回的十元钱，无聊之际，拿出那张陈旧得不成样子的纸币把玩起来，却发现了一个笔迹模糊的 7 位数字。“我”想，这应该是一个电话号码，但又想，本市的电话号码 10 年前即已升级为 8 位数。在好奇心的支配下，“我”将号码升级为 8 位数，打了出去……若干的可能性在前面等待我们。

左岸的小小说是在细微的日常中发现隐藏的波澜，比如《修鞋摊》《一颗坏牙》，等等，硬是平地起波澜，于看似荒诞中展示世态人心。左岸的小小说有很强的张力，在细节的真实和事件的荒诞不经之间有着巨大反差，给读者带来愉悦和惊喜。

宁春强

宁春强不写诗，只写小说，偶有散文。说起来，宁春强也是个独特的存在，他在学校里做了 16 年的数学老师。后来，他进入党政部门，就是开始做官。按说，这两个行业都不适合搞文学，但他不仅写小说，而且写出了名堂。他的小说集《远山有绿色》2004年出版，其中有一部分是短篇小说，大部分是小小说。后来，他干脆专门写小小说。

宁春强虽进城生活、工作多年，但他的兴奋点始终在乡村。乡村是他生命的起点，也是他文学的原点。石门，这个我们屡屡在他作品中看到的地名，终成一个强大的存在。包括他的一系列乡土散文，一概“实名制”为石门。其实，石门不石门不要紧，那只是作者的一种偏好和情愫，要看的还是作品的质地。

宁春强的小小说的最大特点是在微末之中发现人性的光辉，举凡生活中那些可见的低微，那些看似不堪的人生中，常常闪射夺目光彩，照亮作品，照亮人生。《雁阵》中的狗娃、《香水湾》中的狗剩、《绿泉》中的满良，虽有各自不同的人生，但都在看似卑微中，挺直脊梁。宁春强小说的另一个特点是追求语言的诗意，向传统致敬。

马廷奎

马廷奎的小小说写作比较早，1999年即已出版了小小说集《老尤之侃》，他应该是大连作家中较早出版小小说集的作家。他的小小说题材集中在两个方面，都是他比较熟悉的领域：一个是农村生活，一个是机关生活，各有天地。小小说集中名篇，即作为书名的《老尤之侃》，写的是机关生活。老尤者，经多见广，常有滔滔宏论，让一众后生小子大开眼界。这天，他又对副县长开会期间本局局长的行为发表高论，局长看似失礼举动，被他解读为局长的高招，为本局赢得利好。结果嘛，自然是啪啪打脸，似有讽刺之意，却也并非全无道理。作家对机关生活有深切体悟。取材于农村生活的《挑大粪》写的则是“文革”期间的故事，可为时代镜鉴。

七　戒

七戒和丛棣，之所以将两位放到一起，是因为他们都是瓦房店市作家。再加上前面的侯德云、宁春强，还有牟春利，可称为“瓦房店作家群”，或“瓦房店小小说作家群”了。把这两位放到一起来说，还有一个原因，他们两个都为诗人。这一点，又和前面的左岸相像。

七戒当然是笔名，他还有个笔名老汤，本名汤仁宗。七戒是火车司机，见多识广，又博闻强记，但这些他只在辩论时用，写小说就写小说，不卖弄知识。他的小小说大概可分为两个系列：一是火车司机的经历见闻，一是乡村生活。七戒的本事是把日常口语操弄娴熟，就像听故事，但听完却于不知觉间感到一种什么东西横压过来，心里一沉。他似不怎么经营悬念，颇得白描之趣。

丛 棣

丛棣与七戒相比，显得很理性。他有一篇长文《写几个身边的人》，写的是瓦房店市几个文友，对几位文人的把握和描述，很见功力。他的小小说也体现他的思维特征，虽然说小小说创作，或者说文学创作不排斥理性，但把握不好分寸，会使艺术效果大打折扣。丛棣在这一点上很成功，他对分寸的拿捏准确到位。他的小说多写市井生活，揭今日世相，读起来流畅自然，不落斧凿之痕。

牟春利也来自瓦房店市，笔名老木或木然。他以一种厚朴之态写作小小说或散文。近年，知名作家津子围也笔涉小小说写作，进一步拓展自己的艺术空间。还有年轻一些的张海龙，在小小说创作上亦有成就。

网络作家

大连的网络作家数量不多，但作品质量较高，代表性作家有高晓虎、李鹏飞等。

高晓虎，笔名高拙音。其代表作品有长篇小说《寂寞江湖无归春》《龙战三千里》《魔海情天》，中篇小说《决战靖国神社》，诗歌集《酒》等。其长篇小说《龙战三千里》曾获大连市优秀文艺创作奖，作品反映的是历史上著名的万历朝鲜战争，日本侵占朝鲜后，明朝毅然出兵“抗日援朝”，战争历时七年，战胜不可一世的日本，取得重大胜利。作品在网上大受欢迎。

李鹏飞，笔名李枭，近年更为活跃，先后出版《禁城一号》《信仰》《盗墓高手》《刺杀》等多部长篇小说，繁体版《寻陵记——楼兰古国》《寻陵记——决战六盘山》等在台湾、香港等华语地区出版。目前已有《信仰》等两部长篇小说与中影集团签约。读者认为其创作的长篇小说取材独特，有侦探小说的特点，且镜头感极强，逻辑严密、紧凑，有深厚的历史凝重感，尤以人物性格刻画细腻而在国内谍战类小说中独树一帜。李鹏飞曾被媒体誉为“大连网络文学的领军人物”“大连新生代作家的代表”。他的文风以骁勇诡秘见长，近年来主攻谍战、历史题材的创作。2019年，李鹏飞所著《无缝地带》入选国家新闻出版署和中国作家协会在京联合发布的“2018年优秀网络文学原创作品”推介名单。

诗歌：云蒸霞蔚　气象万千

在中国当代文学历史上，大连的文学创作有两个高峰：20世纪50年代属于戏剧，或者说是话剧；80年代属于小说，即中短篇小说。这两个时期，大连都有相当数量的作品，在全国范围内引起广泛影响，比如由话剧改编成电影，比如小说获全国奖。

大连诗歌的崛起当在21世纪，当然这只是一个大概的描述，其标志是出现了一批具有一流水准的新诗人，如颜梅玖、宁明、李皓、苏浅等。还有从20世纪80年代即开始创作并有优秀作品发表的诗人，如麦城、左岸、任惠敏、张昌军等。这其中相当一部分诗人屡屡在《诗刊》《人民文学》《十月》等国内一流刊物发表作品，在各出版社出版的作品年选中，也屡屡出现大连诗人。这种情况在以前是不可想象的，或偶有出现，也系凤毛麟角。在我的藏书中，有1981年、1983年、1986年三年的诗歌年选，其中并无一个大连诗人。情况在21世纪大为改观，前述诸诗人都有作品进入各版本的诗歌年选，同时还有其他诗人经常会进入各出版社的各种年选。总之，能在顶级刊物经常发表作品，能进入各出版社的作品年选，已是大连诗歌界的常态。可以说，这些诗人已跻身国内一流诗人行列。大连文学创作的第三个高峰呼之欲出。

近年大连文艺界出版了两套丛书，其中都有“诗歌卷”，出版的时间分别是2005年和2017年。两本诗集中出现的诗人分别为90位和50位。前一本只收入作品，没有录入原发报刊，也没有作者简介。后一本保留了作品原发报刊，增加了作者简介，使之资料性更强。在只有50位诗人的诗集中，有8位的诗作发表在《诗刊》，在“简介”中了解到，加上这8位，大连共有15位诗人在《诗刊》发表过作品。这15位诗人是：

陈美明、季士君、姜秀莎、李皓、宁明、任惠敏、宋文军、苏浅、汤仁宗、万斌、颜梅玖、杨庭安、臧思佳、张昌军、宗晶。除此，还有鹰之，一个特立独行的诗人。他们在《人民文学》《十月》《作家》等有影响的综合性刊物，及《星星》诗刊、《中国诗人》、《诗潮》等专业诗刊发表作品是普遍现象，他们获各种诗歌奖和进入诗歌年选的作品更多。这些都足以说明我市诗歌创作在整体上达到的水准。

诗人崛起、诗歌大量发表，同时各种诗歌活动也频繁举办。借助新媒体和新的传播方式，比如公众号、微信群，诗歌社团、组织也以新的面目出现。另外，古典诗词爱好者组织的各种社团和活动也较为活跃，有诸多爱好者参与。其中，公众号“六瓣花语”最为突出，刊发原创诗歌，品质高雅，诗艺纯熟，覆盖宇内。

2020年夏，由辽宁新诗学会编辑，吉林文史出版社出版的《辽宁诗界》“夏之卷”是大连诗人专号，共计发表大连110位诗人的作品，是对近年大连诗歌界一次最为全面的展示，可谓极一时之盛。

本章摭拾有代表性诗人，略做陈述，以表本市诗歌创作概貌。

现代诗写作

颜梅玖

2009年，颜梅玖开始诗歌创作。2015年，凭《守口如瓶》获人民文学奖之优秀诗歌奖，另一位同时获奖的诗人是她的前辈李琦。颜梅玖先后出版诗集《玉上烟诗选》和《大海一再后退》。曾以笔名“玉上烟”知名诗坛，现客寓宁波。

颜诗大抵有如下几类：一、《与父书》《哥哥》一类，情感与大众接驳，更易唤起广泛共鸣。细节刻画精到，令人不敢直视。每读，都会激起内心的轰鸣，直逼出泪水。二、《洱海之夜》《灵隐寺》一类，涉笔地理、历史、人文，情感饱满，款款而出，视野辽阔，思想深邃，顿觉天高地远，荡气回肠，而在内心深处又响起泠泠之音。把宏大叙事与内心体验自然融为一体，一笔一笔，直达情感的峰值。三、《子宫之诗》《乳房之诗》一类，以女性身体入诗，虽非独创，却有其独到处。那种深处的痛楚，常为表面词语遮盖，引人误读。

颜梅玖

读《洱海之夜》，会感觉内心的汹涌，感觉喉头发紧，眼眶湿润。洱海成为一个巨大的情感载体，“载不动，许多愁”。酒成为另一个媒介，诗酒风流几成中国文学、诗歌的一个传统、一个符号。写豪饮，如李白；写深情，如苏轼；写伤恸，如杜甫；写纵情，如“竹林七贤”。我们可以从历代诗文中看到酒的各种姿态，体味到文人的内心波澜。在颜梅玖这里，酒在月下一如洱海，有不尽的缱绻，有辽阔的哀伤。当哀伤辽阔之后，感觉到的除了哀伤，还有更宏大的东西在澎湃、汹涌，动荡不已。洱海作为一个形象，成为一个巨大的依凭。

洱海之夜

（我）喝一杯酒的时候
我知道我在洱海
喝两杯酒的时候，我知道我在洱海
喝数杯酒的时候
我仍然知道我在洱海
南腔北调时，我想发信息告诉远方的人我见到了洱海
推杯换盏时，我率先像一小片洱海
在月下摇晃起来

读到这里的时候，我们也俨如作者醺醺然，随洱海摇荡起来，情感闸门轰然打开，裹挟着酒的气息，扑面而来。令人想到奔放的《逍遥游》，想到对酒当歌的李白，那种辽阔、深邃，引人遐思、神往。颜梅玖的诗歌善于造境，易于引起大众读者的共鸣，真正做到雅俗共赏，品位卓尔不群。

当然，更能引起读者共鸣的是更为“通俗易懂”的《哥哥》和《与父书》一类。作品以饱满的情感张力，迅速与大众经验对接，使读者高度参与，共同完成亲情叙述。

我们诗坛这样的诗歌太少，诗人们往往追求诗艺的高超，追求哲学和神性，但远离读者，成为自说自话。这样的诗在颜梅玖的写作中不是主流，所以难能可贵。她的作品让我想到余秀华的《我爱你》《一包麦子》等很多篇，都是这样，令普通读者易于感知、易于获得共鸣，俗谓“接地气”。余秀华笔下那棵提心吊胆的“稗子”，那个不敢长出白发的“父亲”，与颜梅玖的“哥哥”和“父亲”有异曲同工之妙。

颜梅玖的诗歌代表作《子宫之诗》《乳房之诗》等，以女性器官入诗，引起争议。诗评家李黎在一篇文章曾描述这种争论的情景：在一个诗人小聚的雅集上，持肯定意见的“正方”与持反对意见的“反方”最后不欢而散，以摔酒瓶子的激烈方式告终。在中国，艺术上涉及性、裸体，一直都是敏感区。要表达什么似乎已不重要，重要的是写了什么。在传统的观念里，女性的不完美——器官的缺失和损毁——无疑是悲剧，但不完美为什么还要受到伤害和质疑？

颜梅玖的诗有一些小的系列，比如前述“女性之诗”，还有“之远”系列，“与……无关”系列，“西湖行”系列。这些小的系列，并非只是为了命名的方便，每首诗在内容上都有些许关联，可作整体看。其中，“西湖行”之《灵隐寺》一举罗列了历史上9次遭逢的火灾，才写到今天大雄宝殿庄严肃穆的氛围、虔诚的信众，最后完成自我的精神洗礼：“长久，长久地熬煮过”。让前面的铺垫不单是简单的罗列，也是情感的铺垫，诗艺纯熟。整个“西湖行”系列都不是单纯写风景，都融入诗人的情感体验与独特认知。

2016年，诗人颜梅玖的第二部诗集《大海一再后退》，由长江文艺出版社出版，收录诗歌百余首。

> 颜梅玖的写作从女性独特的视角出发，不回避经验性写作可能存在的陷阱，凭借肉身的敏感丰富了自我的领悟与体验，但巧妙地摆脱了宣泄和自白的限制，开始向形而上层面的突进和提升。她描摹、书写日常的人与事，以此开掘人性被遮蔽的某些黑色地带，在诗歌语式和词语组合上进行了别具匠心的冒险性实验，节奏多变，用语细密、沉着、尖锐，甚至诡异，具有精准的穿透力，达到了新奇又不失贴切的艺术效果，从而在对个体之痛的抚摩中完成了对时代创伤的揭示。

这是汪剑钊对她的评价，颇为中肯。

苏 浅

苏浅无疑是大连诗人的重要代表。迄今已出版诗集《更深的蓝》、《出发去乌里》、《我的三姐妹》（合著）等。她也是目前为止唯一参加过诗刊社举办的“青春诗会”的大连诗人（2006年，第22届），参加这个活动虽然不是评奖，但在诗坛有着崇高地位，一直为诗坛看重，视为评价诗人的一个客观标准。

苏 浅

苏浅的诗手法现代，思维跳脱，通常没有叙事因素，或者说情节因素。只是通过一个个虚拟场景进入诗境。有时看起来具体的场景，也完全追求的是意象的组合，追求的是情感逻辑，自由开放。这让她的诗更为纯净，但同时也离大众读者远了一步。个人的思考被遮蔽、隐藏，输出端谨慎有序，不大开大合，却张弛有度，撒得开又收得拢。

尼亚加拉瀑布

当然它是身体外的
也是边境外的

当我试图赞美，我赞美的是五十米落差的水晶

它既不是美国，也不是加拿大的
如果我热爱，它就是祖国
如果我忧伤
它就是全部的泪水

短短的，只有七行。诗的空间感完全建立在情感之上，却又有很强的逻辑。第一句诗显得很突兀:“当然它是身体外的”,但当我们读到最后，“如果我忧伤/它就是全部的泪水”，终发现，“它”与“身体”的联系，泪水当然是从身体流出来的。这样，不仅使整首诗逻辑严谨，更是放大了自己的情感体验。不仅如此，第二句“也是边境外的”，对应的是“如果我热爱，它就是祖国”，可谓石破天惊之句，打破了我们惯常所见爱国语汇与祖国意象。显然，在这里诗人并非要表达爱国情怀，而是超越了国家界域的人与自然的关系，表达的是人类共有的体验和情感，是站在“人”的角度的“世界观”，巨大的尼亚加拉瀑布完全成了情感（情绪）表达的载体。

诗人、诗评家邵勋功这样评价苏浅：

苏浅的诗，疏朗而博雅，稍不经意就会遗漏她自觉或不自觉的思想。文化走向是她给予我们的瑰宝，她的细致入微和流

淌出来的清新，是她个人情愫的体现，也是她哲思阅历的结晶。

邵勋功评价的诗是苏浅的《在黄昏》：

落日也作为一种开始存在。
可是那从未通过落日而到达过天边的人
不这样想。

不完美的落日也需要
呼应一次不朽——

哪怕是在暴雨中，落日内部的波澜无人感知

落日并不是在灰烬中掩埋我们度过的每一个无用之日

它要透过我们自己的眺望一次次从无止境中
缓缓溢出——

宁　明

飞行员出身的诗人宁明，被誉为“中国飞得最高的诗人”。这样的命名符号清晰，辨识度极高，但也难免有些吃亏，好像借了“飞”的光。但既已“飞”到常人难及的高度，也确实“看”到非一般的景致，我们也理当认真对待诗坛所赐予他的这顶桂冠。

宁　明

毫无疑问，宁明是个高产作家，或者说高产诗人。截至2012年，已有19部诗集问世，被选入各种选本100多次，获各种奖若干。

现代诗的写作者都在追求诗艺的精进和超拔，追求意象的繁复不可捉摸，导致与普通读者拉开距离，或者有诗人干脆声言：不为读者写作。显然宽厚的宁明不是这样，他的诗纵或有我们读不懂的时候，但没有拒人千里之外的疏离感。他的诗离生活太近，触目即是，有时感觉不像诗。一杯茶、一杯酒、一棵树、一棵草，都可入诗，但又决不杯水风波。生活中的细节，都能被他唤醒诗意，融入人生况味。他犹如蜜蜂，有极强的酿造能力。他能为一群叽叽喳喳的麻雀写十几首诗，每一首都有相近的主题，都有关联，却面目清晰，各有所本。

翻开他的诗集，触目可见这样的题目：《一场台风》《一根稻草》《一树繁花》《一棵玉米》《一只鸟》……在追求新奇、追求独特、追求创意的诗歌写作中，这样的题目未免太平常，但他硬是让司空见惯变得跌宕起伏、卓荦不群。

一棵玉米

这棵玉米，终生未婚
它怀中抱着的孩子
常被误解成春天的私生子

一棵孤零零的玉米
偶尔只能和路过的风说说话
它不像玉米地里的那些玉米
在耳鬓厮磨时，常发出欢快的声响……

写一粒在春天偶然撒进土里的玉米，在秋收邻近时忧心忡忡，渴望被农夫发现，收割归仓。读来未免令人心疼。成长时没有陪伴，即便已经结出果实，仍担心被无视。一个平平常常的题目，被诗人注入深切同情，顿生光彩，意味深长。

这首诗让我想到诗人余秀华那句“一棵稗子提心吊胆的春天”，两者几乎形成互文。一棵担心被铲除，一棵担心不被收割，却共同指向“异类”生存的艰难。

虽被誉为“中国飞得最高的诗人”，但宁明的目光投向大地，投向人生。读他的诗，眼前就会浮现出一张笑眯眯的脸，隐含智慧，充满善意，包容豁达。宁明的诗多为短制，清新隽永，有温度，有光泽，有张力。在近乎白话的文字组合中，完成诗意的抵达。他也有一些长诗，多为歌颂英雄模范人物——罗阳、焦裕禄、杨靖宇等，体现出气势和磅礴的力量，与其短诗有很大不同。

诗评家李黎这样解读宁明的诗歌：

> 他谦逊、正派、乐观，有人缘又不失原则。这样的品性造就了他诗歌温润又朴锐的品相。前者是说他的诗歌如玉，不炫目但暖心，味甘、性平、气匀；他写诗就是把矿石摩挲成美玉，是摩挲而不是磨制，说明不是强制，而是冲融且充满深情。后者是说他诗像朴刀，淳厚中有锋芒，平和中在追求力量——思想的力量，这是他诗歌的道，雅致而朴素中显见赤子之心。

李　皓

李　皓

李皓少年成名，中学时即以《男生宿舍》获全国大奖。《男生宿舍》写的是他高中住宿时的生活体验。2010 年，李皓出版诗集《击木而歌》。嗣后，他的诗歌创作进入高峰期，佳作迭出，长诗《我得坐车去一趟普兰店》颇具影响力。从“出国旅游的时候我是中国人”

领起，最后到“在普兰店工作时我是墨盘乡人”作结，每一小节后都以“我得坐车去一趟普兰店 / 就像我从未去过一样”作为区隔，也作为强调，就像歌曲里面的副歌，反复出现，一唱三叹。

我得坐车去一趟普兰店（节选）

出国旅游的时候我是中国人
在徐州念军校时我是东北人
在东北师大读研时我是辽宁人
在鞍山沈阳当兵时我是大连人
在大连做记者时我是普兰店人
在普兰店工作时我是墨盘乡人

我得坐车去一趟普兰店
就像我从未去过一样

我一遍一遍不厌其烦地向人们
解释墨盘乡在古镇城子坦的北面
虽然我父母现在住在城子坦
但我是生在墨盘乡的乡下人
解释现在的普兰店市就是当年
旅大市下辖的新金县。虽然我们
一家三口住在大连，但我不是
正宗的大连人，我是普兰店人

我得坐车去一趟普兰店
就像我从未去过一样

像一个长镜头，由远及近，由高处缓缓下沉，极具画面感。让一首朴素的怀乡诗，有了气势，有了纵深。这首诗确实朴素得紧，如果拆分来看，每一句都近乎大白话，与诗无涉。但这样一些朴实的句子组合起来，竟然就有了情感的力量，有了浓浓的诗意。

诗歌艺术向有两种理路，一种为“不食人间烟火”的纯艺术，不考虑读者能否接受，即普通读者称之为“读不懂”的作品。一种为走大众化路线，接近白居易诗“老妪能解”的境界。艺术向来没有统一标准，不管哪种路数都有好作品出现。“不解”“难解”未必没有好诗，远如李商隐的诗，至今人们还在不断索解，但这一点都不影响李商隐的诗歌成为经典。

李皓的这首诗无疑属于第二种，以白话入诗，以日常入诗。这其实难度一点不小，弄不好极易招致诟病。不像难解之诗，不管怎样批评，似乎天然地是一种“高大上”的存在。在李皓这首诗里，让我们体会到最普通的反复修辞产生的艺术效果，体会到排列最简单的生活现象产生的诗意。

“普兰店”既是诗人的精神原乡，也成为每个读者心中的家乡。“日常”是李皓诗歌的标配，也是他经营诗艺的拿手好戏。

秋天的镰刀

是不是秋风把它吹醒
是不是它闻到了稻谷成熟的香味
那风实在撩人，那香味实在诱人
连钢铁都把持不住

刀刃上的锈
是眼眵，是过往的泪水和汗水沉积的毒
是霉斑，是不愿翻动的往事和情愫被尘封多时
鼓出的脓血

唯有一块石头可以让那颗坚硬的心

复活
硬碰硬才是一种真正的打磨
沙沙的摩擦声中蹦出看不见的火星

一定要有水
镰刀在水的抚摸中亢奋起来
水在镰刀睁开的眼眸里打着转儿，楚楚动人
这时，石头矮了下去

与石头一起矮下去的还有水稻、玉米、大豆、高粱
还有金黄的田野
那是分娩的母亲不再隆起的肚皮啊
磨石上残留的水像极了脐血

诗人通过“磨刀”这一农民生活的日常，感受到丰收的喜悦中所包含的辛苦付出。这种看似信手拈来的题目，在李皓诗中所见多多。

连在单位值班这样索然无味的工作，他都寻绎出诗意。显见诗人对诗歌这种体裁游刃有余的驾驭能力。

左　岸

本名杨庭安。诗人在使用本名时便已知名于诗坛，后来使用笔名左岸的时候，他的诗艺又有了新的追求、新的质地。出版有《一只晴朗的苹果》《灵魂21克》等诗集。他的诗善于捕捉生活细节，体味日常，追求逸趣，发现哲理。难得的是左岸随着年龄的增长仍保有一颗

左　岸

诗心，一颗年轻而敏感的诗心。

左岸诗歌构思精巧，常有神来之笔，尤其结尾，颇有相声“抖包袱”的效果，如《一个小女孩在火车道边睡着了》，结尾“她的耳朵被火车汽笛声咬了一下”，暗示小女孩的不幸命运。《一分钟的鸟》写一只小鸟偶然栖落“我”的肩头，叽叽喳喳地梳理羽毛，结尾“它头也不回地飞远，忘记带走小小的体温”是哲理性很强的诗句，体现诗人对弱小生命的怜悯，也写出小鸟对人的依恋。那种细微的体验，其实是想象出来的，但我们相信它的存在。

大概正是因这样的构思方式，他后来转入小小说创作就显得极其自然了。从这样的角度来看，我们也完全可以把左岸的诗歌当作小小说来阅读。他的大多数诗篇，都有一个“欧·亨利式结尾”，比如《纪念》，写“文革”中老教师因上台先迈右脚而被批斗致残，如今他坐上轮椅，他“不用害怕了 / 行进的时候两个轮子一起滚动”。荒唐岁月对知识分子的身体伤害和精神戕害，是多么深切地痛楚，而这些都被诗人用精巧的构思和精练的语言完美呈现。

左岸诗歌的语言组织打破常规，抽象与具象之间，具象与具象之间，并无逻辑联系，初看不知所云，而整首诗又浑然一体。其参差错落之间，诗意陡然呈现，给人审美的惊喜。比如“向日葵上升到一定高度，会停止飞翔”“山岗离我的怀抱有多远”“女诗人在一张纸上 / 一笔一划孕育这一个小女孩”“纸急了，一把将女孩搂在怀里”，这样的成句方式，在左岸诗中俯拾即是。

左岸的诗歌常见超现实笔法，穿越生死，具有强烈的主观色彩，却无限逼近客观真实。《山岗上走下来一位将军》写一位革命年代牺牲的将军，出现在今天的行人中间：

眼前的一切让他惊诧不已
他感觉与他擦肩而过的这些人
很幸福也很陌生，都朝他投来狐疑的目光

有如影视画面一般，清晰交代了将军乃复活之躯。最后，在一个中学生指点之下，他“又朝原来的山岗走去”，他要“去西柏坡开会”。他看到了今天人们的幸福生活，满意而去。沧桑只在挥手之间。

值得一提的是，左岸除诗歌创作，还擅长诗歌评论，有大量诗评发表。

大路朝天

本名刘浩涌，他是本市第一位获辽宁文学奖的诗人，获奖诗集《写到舒服为止》，但考其声望，似与这个“第一”不侔。究其原因，恐与他的表现手法有关，一如著名诗人李小雨为其诗集所做序言提及，“他的诗带有强烈的后现代印记”，这一特点影响了诗歌的传播。读大路朝天的诗，会让我想到沈阳诗人刘川的诗。虽然大路朝天远没有刘川犀利，但两者诗风颇为接近：口语、断裂感、头角峥嵘。简而言之，不够“美”，而不够“美”的诗如同制造阅读障碍，必然影响到文本的传播。

刘浩涌

传统诗歌中的意象多为美好事物的堆积，比如月色、梅花、杨柳、美酒……凡此种种，极易对接大众经验而获得情感共鸣。在大路朝天这里，《雪后》是这样：

傍晚开始下一场大雪
好像谁把天鹅跟和平鸽
都扒光了羽毛
又把月光搓成了盐末
要用无穷无尽的白
把黑夜填满

太阳出来了
这晴朗的清洁工
固执地
一寸一寸
一点一滴地
让世界恢复
原来的样子

天鹅和鸽子
不知进了谁家的厨房
饕餮的盛宴
裸体的午餐

读大路朝天的诗，常有被锐器搅扰的疼痛感，也会想到鲁迅先生的名言："悲剧将人生有价值的东西毁灭给人看。"他揭橥现实的残酷，不要说骑着仙鹤飞翔，"即便霸气地开一架直升飞机，它也终究要降落/下面是沟壑还是大海，能吞噬这么多的血肉之身和人类理想，从没吐出一星半点的渣子"。但如果就此认为大路朝天是一个悲观主义者，则未免失之偏颇。他敢于直面这样的现实，是一个作家、一个诗人的责任感和勇气。他敢于把自己捕捉到的真相以诗句呈现，于是美感消隐，寒意扑面，让人不寒而栗。

或许，更多读者缺乏大路朝天这样直面现实的勇气，回避这样面目狰狞的诗意的辐射，从而导致其诗歌影响力衰减，包括我，如果不是要做文章，也会把读大路朝天的诗歌视为畏途。这一点和读刘川的诗颇为相像。总之，读"大路朝天们"的诗，除却文学修养，还需具备一种勇气，才能承接这样陡峭的诗意。

当然，大路朝天也不是一味地尖锐，他时而温婉。如《紫花地丁》：

路旁的园子里
盛开着一片紫花地丁
它们每一朵都太小看不清
连成了一块花毯子就有让人亲近的冲动
肯定很多人跨过了矮矮的篱笆
甚至把草地踩出了一条小径

秋天去园子里买苹果
紫花地丁的季节过去了
闻着满园子的果香
我们还把脚步放得很轻

那种细腻和温情如春风拂面，暖意融融。这正是我们通常对诗意的认知，所谓“如诗如画”的“诗”，正是“紫花地丁”的样貌。

孙甲仁

孙甲仁有从军经历，曾在海军服役多年。创作上，小说、诗歌双管齐下，各有成就。已出版小说集《蓝鸟》，诗集《永远的蔚蓝》《御风而恋》《红帆之旅》。

孙甲仁

孙甲仁诗风豪迈，有一股浩然之气，追求哲学高度（不是通常的哲理），这需要学养支撑。如《诸子百家》，形为诗，于内质更逼近哲学。诸子百家出现的年代是中国文化的黄金时代，是中国思想史的源头，是中国文化

的标志性符号，没有大襟怀，没有哲学修养，只凭诗歌技巧，只凭兴趣和热情，是驾驭不了这样的题材的。孙甲仁写列子，开首即为列子画像：“列子御风而行 /——风御我兮我御风 / 无声无息 / 列子满目的笑意 / 豁然而灿烂”。抓住列子最主要特征，其与老庄同道，却又不同于老子的大道无形和庄子的逍遥游。列子洞察环宇，亦洞察秋毫：“看尺短寸长 / 看朝生暮死 / 看愚公移山 / 看夸父逐日”，以最简短的语句，概括列子思想的精华、列子浩茫的视野。

孙甲仁还写孔子、老庄、孙子，等等。这样的诗难写，是不言而喻的，但孙甲仁写来，气度雍容，讲求逻辑和理性，又不缩手缩脚，情感丰沛，收放自如。孙甲仁是将理性与感性结合得较好的大连诗人之一。

孙甲仁的诗歌更多写大海和蓝天，他倾情于那种浩茫的空际，亦醉心于那幽深的蔚蓝。

蔚蓝是他的图腾。看这首题为《蓝》的诗：

这样磅礴的蓝
只能存在于此种沧浪的水中
这样飘逸的水鸟
只能从此种磅礴的蓝中飞出
有褐色的船和白色的帆
行于海面之上　蓝之上
只能把蓝变得更蓝

水成为蓝　成为磅礴之蓝
必须汇集更多的水
拥有足够的深邃与辽阔
这是物理的流动
更是哲学的逻辑

由水而蓝的意义莫过于此
我看蓝的意义 也莫过于此

首句“这样磅礴的蓝”可谓全诗的“诗眼”。这样的情境和感受，让我们想到曹操的《观沧海》，想到毛泽东的“万里长江横渡，极目楚天舒”，甚至陈毅的“临水叹浩淼”，等等。但孙甲仁的着眼点，除了“磅礴”“深邃”“辽阔”这样的空间感和磅礴气势，还有“足够的深邃与辽阔”产生的“蓝”，“蓝”也就不仅是一种颜色，反而包含着力量、雄浑、辽阔和深邃。

其实从孙甲仁已经出版的书中已见出他对“蓝”的痴迷，比如小说集叫《蓝鸟》，诗集名《永远的蔚蓝》。诚如散文家素素给他写的评论文章《比蓝更蓝的蓝是什么样儿——孙甲仁诗中的蓝色世界》，可谓的论。

季士君

季士君的诗有君子之风，温文尔雅，抵向深邃却不陡峭，有悲天悯人的情怀，有一股温暖人心的力量。著有诗集《倾斜》、散文集《城迹》。

季士君

读季士君的诗，眼前浮漾的都是温暖、温馨的气息，他不忍看到伤害，显得不偏不倚、中正融合。使我想到网络词语“治愈系”，想到圆融、圆满、完整、对称、弥合……这样的概念。看：

一根竹篙，将起早动身的河流划出一道伤口
又被追赶而来的清风迅疾弥合
（《在灯火里停泊》）

他不忍心将伤口暴露，哪怕只是一瞬间，也要将其“迅疾弥合”。在这里，他就是那一缕清风，抚慰人心。

左边的树叶被左边的灯照亮
右边的树叶被右边的灯照亮
（《路灯与树》）

那种周到，那种不偏不倚，又会使人想到一个佛教词语“慈航普度”或“普度众生”。那些“众生”，那些普通人，都应该得到光照，得到光顾，脱离黑暗。平等，或者说公平，应是题中应有之义。

倚着渐渐风干的回忆
雨伞仍在惦念
那个曾在伞下躲雨的人
是否正被另一场雨淋湿
（《墙角的雨伞》）

雨伞已然完成了一次使命，往事都已风干，但“雨伞仍在惦念”。读到这里，我感到季士君已有些固执，甚或偏执了。他的“惦念”无边无际，虽委身墙角，却心系天涯。

《倾斜》可视为他的代表作。他已出版的诗集就以此篇命名，足见他对此诗的看重：

山坡是倾斜的
道路也跟着倾斜
我爬山时的身体也是倾斜的

影子也跟着倾斜

树木是倾斜的
树上的鸟鸣也是倾斜的
从树叶缝隙漏下的阳光
也是倾斜的

所有事物倾斜的角度
不尽相同
而我与地平线构成的斜角
约等于自己与人生的角度

我还要倾斜着
向上再攀爬一段距离
直到登上山顶
我才能将自己扶正

从爬山获得灵感，引入对人生的思考，有趣、哲理尽在其中，易获得共鸣。

充满理趣的诗句，在他诗中，俯拾即是。

趁着月黑风高
一只飞蛾
又一只飞蛾
成群结队地
也绕过树的阴影
把一盏路灯上的光亮
搬运到另一盏路灯上
（《路灯与树》）

李黎这样评点季士君：

> 他总是从身边的小事写起，凭借与生俱来的感受力和想象力，将微不足道的事物推向（也是挖掘）深邃与辽阔，直到人生的大义和形而上从微小平庸的事物中跃出，让人内心发出“咯噔”之声，并被诗意和新发现笼罩和震惊。这看似是技艺，本质他内心的沉静。只有深静才能深悟深思，他写作的方式是静观，沉迷，飞升！并让写作回到根上来，即情、思、技。

大连点点

本名姜秀莎，出版诗集《点点印象》。大连点点的诗歌特点是“小”，这不但体现为其诗多短制，也体现为选材上的小角度。文学作品的优劣从来不是以“大”“小”定夺，“小诗”在历史上也焕发过大光彩。唐诗宋词暂且不说了，古典诗词本就简短。我们就说白话诗，卞之琳的《断章》只有四句，却成经典。再晚近一些的，韩瀚的《重量》，也只有四句（她把带血的头颅，放在生命的天平上，让所有的苟活者，都失去了——重量），获全国优秀诗歌奖。

大连点点

大连点点的诗歌虽短小，但不刻意，看不出如贾岛一般的“炼句”和苦行僧般的“推敲”。她从日常生活中捕捉细节，发现诗意，耐人寻味。

数羊

我总在深夜数羊
就是想
把走丢的那只
完完整整地数回来
就差这么调皮的一只了
它肯定还在
有些衰败的草场
游荡
我总在深夜数羊
夜短我短
夜长我长

我们很多人都有“数羊”的经验，那是失眠者的痛苦时刻。但经诗人的巧思，失眠者被失眠纠缠已演变为“我”与“羊”的较量，读来趣味盎然，但却绝不是对失眠的消解。结尾的八个字“夜短我短/夜长我长”，于不动声色中完成对痛苦的表达。

《临街的玻璃》捕捉到生活中的一个瞬间，爱美的女子在临街的橱窗映射自己倩影时，“养在怀中的小鹿/就会乱撞而出”。被自己的美惊艳到的一刻生动呈现，却又瞬时恢复常态，“我必须手疾眼快/将小鹿捉回去/然后无事一样/匆匆瞥过临街的玻璃”。这样一种瞬时变化，也是国人普遍心态的真实呈现。诗人敏感把握了两个瞬间，把一个爱美女人内心微细变化，写得淋漓尽致，令人感慨。

不错，作为一个女诗人，大连点点确实有很多对女性、自我的审视，这再正常不过。但她的目光也不时落在身边的事物上，比如舞台（《戏里》），比如对弈后的残局（《对弈》），比如清晨匆匆走过的街道（《晨》），等等。这些诗引领读者观世相百态，去发现平常事物中的哲理。

有时，她像一个警员或侦探，希望从某些“现场”发现蛛丝马迹，寻求事物的真相。比如《看海》，面对海滩上遗留的脚印，推导情感轨迹，她看到了“爱”和“反抗”。但“有那么一会儿 / 好像被谁施了魔法 / 它们动起来，走快的走快 / 走远的走远”，眼前又是一片空寂。凡间的爱恨情仇终逃不过“魔法”之手，但大连点点要表达的并非幻灭感，她要把握的是“瞬间”的存在。

段文武

段文武写诗是有“段位”的，我读得不多，但都和童年有关，且过目难忘。也不能武断地将段诗命名为“儿童诗”，虽是儿童口吻，写的却是人生况味。

每一位母亲的喊声都是一顿好饭

小强
回家吃饭啦

这是韭菜炒鸡蛋的
喊声

小花
回家吃饭了

这是小鸡炖蘑菇的
喊声

在鸡冠山村
每一位母亲的喊声都是
一顿好饭

段文武

口语入诗，平白如话，贴合“山村”，出自“母”语，孩子的幸福，尽在这“喊”声中。这样的诗难写，这样的诗评更难写，读者一看就懂，几乎无需解读，然而诗人的功力恰在这看似不经意间。“回家吃饭”本不包含吃的“什么”，但诗人硬是给这声音注入内容，诗意呼啸而至。看似自然，却包含诗人的匠心。

请假

老师
我肚子疼
请个假

那时候
经常肚子疼
好像世界上也
没有
别的病

孩子的单纯，当年的世风，都包含在“肚子疼”里。尤其最后三行，力抵千钧。有意思的是，孩子的单纯是通过请假时的撒谎来体现的。犹如那个“薅羊毛”的小品，“可着一只羊”薅，结果让那只可怜的羊惨不忍睹，一望而知。也就是说，孩子在请假时，老师是心知肚明的。但孩子的狡猾在于：我肚子疼，你也看不见；即便知道我是装的，能奈我何！说起来惭愧，当年我也屡屡“肚子疼”。读此诗，发会心一笑。

至于最后三行，既是说孩子请假指向单一、唯一，也隐喻世风。因此，不能将段诗定义为儿童诗。

类似这样表达童心、童趣、童言无忌的诗，还有《把牛找丢了》《追飞机》《洗澡》《小树林》，等等。但也有在不经意间透露一二社会信息的诗。比如《愚公移山》：

我问大人
愚公老爷爷挖山
多么累呀
怎么不搬到
山前住呢
大人说
户口不好移

特定年代的社会现实，一语道破，古代的寓言故事被诗人注入新的内涵。

《故乡》《农具》《看病》等诗与儿童无涉，是对故乡的深情注目。同样语言朴实简洁，构思精巧，不事雕琢。比如《故乡》：

故乡
没有什么了
有一座山
是大家的
有一条河
是鱼儿们的
有几座石碑
是故人的

整首诗以“有”和“没有”作为构思的主轴，看似故乡已远离“我”。但结尾两句突兀而出，给人强烈的情感冲击，也揭示了“根”之所在。前面那些“没有”，都不敌“故人”的“石碑”这个强大的存在。

《看病》可与《故乡》互补：因吃山楂而形成的结石，是故乡留在“我”身上的唯一纪念，所以“我”不想打掉。故乡之爱，以奇特的方式存在。

其他比较重要的诗人还有：默白、白瀚水、任惠敏、阿拜、高云、季福林、张云晓、张秉加、刘新智、姜风清、张昌军、徐连君、张可绣、宋协龙、邵勋功、陈美明、董桂萍、东川、邹广桓、白一丁、宋文军、千稻城、王玉琴、宗晶、臧思佳、郭玉铸、万斌、七戒、李朝宏、李大为、蓝冰、赵强、常华、姜春浩、曾晖、绢华、赵阿琴等，可以开出长长的名单。

古体诗词写作

古体诗词的写作在大连也有不小的群体，有各种社团、学会，也有各种微信公号等，形成良好的创作氛围。今人写古体诗词，难度很大。在白话文教育下成长起来的写作者，熟悉和掌握的是现代汉语体系，从词汇到语法、从说到写几乎固化。古今汉语最大的不同在于单音词和双音词的差别，即古汉语多为单音词，现代汉语多为双音词，这种构词方式极大地限制了写作者的发挥。另外，还在于受教育环境的不同。古人在童蒙时期从“对句”这样的训练方式开始，即所谓“童子功”，而今人的古汉语教学则侧重理解，没有应用方面的训练。如是，今人的古体诗写作，我更愿意视为一种爱好。

既是一种较为普遍的存在，就给他们一席之地略作展示。

宋延萍

秋　画

斜阳古渡系扁舟，题画诗痴不识愁。
又见荷残心落落，莫贪酒足乐悠悠。
一行雁影香笺附，几许蛩声石砚留。
风雅群中忘日月，陶然梦里岁华稠。

仲秋偶成

徐步芳洲暮色新，湖东良夜最宜人。
清歌漫曲诗千首，秋水长天月一轮。
可喜童孙开口笑，偏怜篱菊点头频。
谁嫌露冷催归去？蜜语如铃上绿茵。

宋延萍，笔名紫翡，或美玉紫翡。难能可贵的是，她的古体诗多少还能体味到那种古典韵味。诗中虽也有如“秋水长天”之类词语，但与整体自然衔接、水乳交融。古典语汇运用娴熟，比如“香笺”“石砚”“陶然”“良夜”“斜阳”“扁舟”，等等，单音词如“稠”“留”“频”“荷”“附”等也在诗中运用自如。从语感上非常接近古人的状态，读来韵味尚存。

但其不足也很明显，作品较难展现作者的情感体验，更难要求诗作体现思想或思考。这也是古体诗词写作者普遍存在的问题。

在古人，诗词是表情达意的工具；在我们，是习练格律技巧，尽量做到合辙押韵。我关注到诗词爱好者们的交流，主要着眼格律，少有艺术境界和思想追求上的探求。这不仅是本地，国内的诗词爱好者大致相埒。

宁淑珍

七律·致老公

草色穿帘窥菜墩，菜墩之角有瓜存。
灶前漏雨双双数，床上寒衾一起温。
书箧启开新世界，桃源移向小柴门。
珍珠在手欣何事，齐物逍遥胜酒樽。

宁淑珍的这首诗最为可取之处是，将日常融入诗中，读来自然亲切。因今人写古体诗，所学习的对象为古人，而我们现在的生活环境，迥异于古人，只剩描山画水或师友酬唱尚可继承，自然落入古人窠臼，很难出新。

凭借现代化的交通工具，还有更为迅捷的通信方式，我们游山玩水，很难获致古人的感受，只能袭用前人的笔法，或重温古人的体验，所以，当代的山水诗和游历诗，均乏善可陈。至于师友交游，或可一写，但也限于时空的压缩，难有古人的相思之苦，便难味见面之喜。不要说动车、飞机的便捷，更便捷的是通信手段。可以说，我们现在已不存在“想念”这个问题，古代“日日思君不见君”的相思之苦，已没有了产生的土壤。感情没有发酵的过程，也就酿不出见面的甜蜜。

古典诗词所依托的环境因素几乎荡然无存，也就很难写出情感浓烈的作品。

宁淑珍这首诗的可贵之处在于“俗”，或者说“接地气”。这也是今天写作古体诗的创作者普遍缺乏的一种品质。

闻　见

诗词爱好者闻见的诗词写作颇具特点，以下两首词所写的皆为日常，而词牌却非常见，足见作者对词牌格律用功甚勤。风筝，古称纸鸢，古诗词多见。这首《四园竹·放风筝》“打探春情”句别具情趣，与风筝状态贴切，有此一句，整首词顿生灵动之气。尾句“纵自我，便是云淡风轻”，自然融入个人情怀，让一首“飘”起来的词有了温度、有了分量。

四园竹·放风筝

纸鸢腾空，悠悠趁东风。
一线牵连，袅袅如烟，打探春情。
手一抖，身一颤，羽化轻盈。
俯瞰绿芽草萌。

冷不丁。
仿佛随它飘去，裁下一角心灵。

尘埃一干二净。

神望蓝天，白云相迎。

放风筝。

纵自我，便是云淡风轻。

下面这首《市桥柳·茶聚》相较于《四园竹·放风筝》更沉稳内敛、潇洒自如，颇有“惯看秋月春风”的气定神闲，而“江湖”“杂质”也隐现人生况味。字斟句酌间，不见斧痕，韵味悠长。

市桥柳·茶聚

爱茶友、闲散落座。

铫煎不温不火。

一舀江湖春水，把杂质尘瑟漂滤过。

弯月随香叶浮落。

浅斟酌，谈吐天空海阔。

何时辰？一敛裾，一挥手，各归其所。

闻见诗词多见口语入诗（词），读来亲切自然，同时又喜用典，做到了现代内容与古典意蕴的自然融合，更方便了不熟悉诗词的读者品读、理解。

李　元

李元的词是我最后选入的。此前常读到他与文友酬唱之作，虽很欣赏，却未认真对待。盖因李元有摄影家、书画家的身份，我便轻率地把他的诗词写作视为“玩票”。但频频读到他质地优良的诗作，感觉不宜再把他当作“票友”，便选入下面两首。

忆江南·金州访友

秋声里，飞绪入扁舟。

行到故园同是客，窥帘归雁为寻楼，听曲过金州。

忆江南·寄人

情已老，依旧此山翁。

曲尽笙箫天地憾，樽前风月古今同，谈笑且从容。

这两首是从100首当中选出的，水平整齐，颇难定夺。李元古典诗词功底深厚，诗词更多文人雅趣。李元对诗词格律极为熟稔，似有出口成章的能力。李元古诗词的特点是能很好地把古今汉语融为一体，很从容地表达今人体验、当下世态，诗意盎然。

我们再来看一首怀人词，这首可见作者功力。

沁园春·伤怀中秋节

王嗣元

父逝多年，母走昨冬，魂系祖山。再无人把我，大儿呼唤。顿知苍老，忽失藏湾。冀望来生，轮回何日？梦里椿萱仍善颜。醒回味，看精神气概，约略心宽。

神游踏遍人间，独不敢，重温早晚安。待万天以后，我排生死，慈亲孝子，廉吏文翰。士庶心公，科研辅国，皆赏阳间八百年。真真把，母子缘分寿，酣畅收全。

一首悼亡词，出自肺腑，情真意切，感人至深。

在古体诗领域还有一个群体不容忽略，就是文学圈外那些文人，尤在书法、美术界较多见。比如书法家张本义，还有摄影家李元等，常有以题赠、酬唱等方式呈现的古体诗，更为接近古人的表达。

另，徐敏龙、马明捷、王启钢、王新一、陈家文等的古体诗词写作也不乏可取处。

散文：从内心独白到统览大千

在诸文类当中，散文是一个十分强大的存在，具有极强的吸纳能力，不仅被专事散文写作的作家操持，其他文类的作家亦可轻松涉足，毫无违和感。我们可以看到小说家的散文，由于更善于布局谋篇、结撰故事和细节描写，他们的散文比起散文家来，不遑多让，自成一格。诗人对于语言的敏感，驾驭散文更易出新，更见神来之笔。甚至评论家们也常会放下身段，不作高头讲章，一任逸兴遄飞，行走形象思维空间。

几十年前的大连作家们虽也有散文创作，但除邵默夏的《窗下》等不多篇什，并没有真正的散文家出现。比之小说和戏剧创作，散文成就不突出。

大连散文创作的觉醒是以素素（本名王素英）的出现为标志。尽管初出道时，她也操弄过小说创作，但赖以成名的还是散文。这时，人们记住了大连有个散文作家叫素素，其女性题材写作，得心应手，早期，属于本色出演。素素的成功在于《独语东北》的横空出世，艺术视野的开阔，为她赢得了更广博的写作空间，也调动、激活了她的才华。《独语东北》让她获得鲁迅文学奖，也成为她散文创作的分水岭。自此，历史、文化成为她创作的标签，《流光碎影》《旅顺口往事》等表现地域文化和历史的著作相继问世，也让文学界重新认识，重新定义素素的散文创作。

田樱，1965年毕业于辽宁大学。曾在机关任职，后长期担任大连五矿进出口公司总经理。曾任大连市作家协会副主席，大连散文学会副会长，对推动大连散文创作和散文作者队伍建设做出重要贡献。他以身份之便，积极推动本地作家与海外华人作家交流，比如邀请新加坡作家尤今到访大连。利用工作间隙，田樱创作了大量国际题材的文学作品，著有散文集《榴梿情》《沓厘情》《樱花情》《吴哥情》《草屋情》《木槿情》《希腊情》《樱》《海天片羽》等，是大连散文界的标志性人物。

小说家的散文：邓刚

邓　刚

邓刚以小说名世，但他的散文同样精彩，迄今已出版《邓刚海味馆》（大连出版社，1993年）、《邓刚幽默》（上海文艺出版社，1999年）、《蛤蜊搬家》（上海人民出版社，2007年）、《敢问敢答》（文汇出版社，2003年）、《“字码头”读库：你的敌人在镜子里》（大连出版社，2014年）、《海的味道》（百花文艺出版社，2015年）等多种，形式不拘一格，灵动俏皮，幽默智慧。

邓刚的散文中弥散着作者一贯的机智、幽默，或者说狡黠，给人带来阅读快感，带来思索。因在本市一座三甲医院体验生活多年，他也以生动幽默笔触，叙写医生、医院、医疗故事，为读者答疑解惑。最初以《邓刚带你看医院》为题，在报纸连载，受到读者欢迎。后来，像很多作家一样，邓刚也开设公众号“作家邓刚”，又以《我在医院的所见所闻》为总题，续写医院故事。以致很多作家朋友，很多普通读者都把他当作半个医生，咨询看病、治病相关种种。他也不遗余力提供帮助，甚至以“敢问敢答”的直白方式，为普通读者解答生活中遇到的问题，而不斤斤于布局谋篇，也不追求散文的审美意蕴。这其实与他在小说写作上的追求有异曲同工之处，他常以“最有意思的小说”自许，但他对读者的尊重也常会被认为是对读者的迁就，随口问答，不讲章法，与正统散文背道而驰。

我觉得这是邓刚可敬的地方，在他看来，不管以什么方式写作，读者喜欢最重要。他的很多篇什的构思，都是直面人生困惑，只不过是以“嬉笑怒骂”这样非常规方式展现而已。可以说，邓刚是一个非常接地气的作家，也可以说，他的散文并非“标准”的散文，他是个“非典型”的散文家，但更见性情，更具个性。

读邓刚的这类散文，让我想到先秦诸子，他们流传至今的很多经典作品其实也都是“非典型”，比如著名的庄子与惠子的“濠梁之辩”（《庄子·秋水》）：“子非鱼，安知鱼之乐？”是多么富于智慧，又是多么随意呀！再比如《论语·先进篇》中，孔子和弟子关于个人志向的对话：“暮春者，春服既成”云云，是多么有趣，多么自然。《论语》是一部语录体散文集，但这样的传统，近世已近乎失传。所以面对邓刚这样“敢问敢答”的直白表述，少见评论家置喙。

当然不是说邓刚这样写了就直追先秦了，但我们要承认，敢于以这样的方式面对读者，面对公众，需要智慧，更需要勇气。曾有听众问邓刚：“你有情人吗？有几个？必须回答。”面对这样尖锐问题，邓刚从容不迫：

> ……看来写条子的这个家伙是非要我死在讲台上不可了。连堂堂的美国总统克林顿对这个问题都不敢掉以轻心，因为弄不好就会身败名裂。另外，这个听众居然问我有几个情人，这使我不禁有点愤怒。情人如果像巧克力豆那样三个五个地数，那还能算什么情人吗？我觉得你们实在是太简单太狭隘也太委屈了“情人”这两个字。（掌声）感情是个要命的东西，对一个有感情的男人来说，比要命还要命。因此，无论一个人感情世界是否合法合理，明目张胆地询问，或恬不知耻地自白，都是缺乏文化教养和人格的尊严。我决不会号召人们去寻找情人，但我也决不会说有情人的人都得枪毙。我明白，如果面对这个

> 可怕的问号，我英雄好汉般地拍胸膛说我有情人，肯定会获得你们的掌声。可是，当一个姑娘偷偷爱着一个并不英俊也并不有钱的作家，这是多么美好而又令人心疼。如果这个作家在台上当着那么多的听众，得意扬扬地显摆他有情人，那他是在亵渎一个美好的心灵，同时暴露他对情感的无知和无耻。可是，我要是矢口否认，说我没有情人，那你们相信吗？（大笑）……看来我真得死在台上了！（笑声，掌声）

邓刚的回答，既满足了读者的好奇心，回应了读者的挑战，也给人类的情感一个崇高定位。不仅无损作家个人形象，还提升了读者的思想高度，拓展了他们的精神空间。

这是邓刚在面对公众、面对读者时的现场，而不是坐在书桌前虚拟的情境。我们大陆作家，像邓刚这样善于以演讲的形式面对公众的作家很少，能像他这样受读者欢迎的更少。我是说，能在现场与读者、公众形成有效互动的。这其实是作家生活的一个部分。

正是有了这样的体验和收获，所以，邓刚干脆把他的一本书直接命名为《敢问敢答》。不唯如此，在生活中，邓刚也是这样“敢答”的状态。一次他坐公交车，一个读者认出他来，感到非常惊讶：“邓老师，你也坐公交呀？”邓刚坦然以对：“坐公交便宜呀！”可见，邓刚的作品和他的日常生活体现出高度的一致性。

但如果就此认为，邓刚只是在“花言巧语”取悦读者和公众，那就大错特错了。我们也看到，新冠肺炎疫情发生后，他以一个作家的敏感和社会责任感，及时以公众号为载体，结合个人亲身经历发表自己的观感，引导公众积极面对。当然，其中不乏尖锐和深刻。

总体而言，邓刚不管是写海，写医生看病，写日常琐事，还是写社会问题，幽默是邓刚文章的底色，这是他一贯的风格。而且，他也从不讳言自己的幽默，还雄赳赳气昂昂地宣称自己幽默，真能气死人。

以小说见长的作家，写起散文来，毫不逊色于专门的散文家，如孙惠芬有长篇散文《街与道的宗教》、马晓丽有长篇散文《阅读父亲》等，都有佳评。

“知青作家”：刘益令

大连的文学界似乎缺乏一个典型的“知青作家”，虽然当过知青的作家很多，但这样“标签化”作家的写作未必科学，有着毋庸置疑的指向性。“标签”是对作家创作的一种大致的概括，对读者阅读的一种明确的指引。大连有很多人写了很多知青题材的作品，但没有哪个是凭借知青题材的作品称名文坛，虽然王冬梅、武冬梅写过一些知青岁月的故事，但她们的名声更多源于“知青”而非文学。我这样说，并不是要否认她们的努力和取得的成就。

我愿意把刘益令当作“知青作家”，因为他对“知青”有执念并写出了不同。我们知道知青岁月的艰苦，在很长一段时间里，“知青文学”都在表现这种艰苦，比如叶辛、梁晓声、竹林、老鬼等写的小说，还有邓贤的长篇报告文学《中国知青梦》，等等，从更广阔的背景下写知青的命运。刘益令的写作虽然还没有达到这样的高度和影响力，但他的作品写出了自己独特的韵味。

他也写艰苦，但苦中有乐，不是苦中作乐。比如《夜走山路》，内容稍显繁杂，主人公一边不断发着上山下乡的感慨，一边却咏着辽东山区秀色，显现出与世界友好相处的平和温润。有趣的并不是四季山色美景，而是他独自夜走山路的奇遇。他在潇潇春雨中，在萧瑟秋风里捡到跳上山路的蛤蟆，“春蛤蟆鲜秋蛤蟆肥，吃则补身卖则得钱”。那时，背着一书包的蛙鸣，走在夜路上，该多么惬意，多么充实。他捡到过冻僵的野鸡，捡到过兔子，捡到过一条鱼。黑灯瞎火之际，他也“捡拾”过一条迟眠的大蛇，让他虚惊一场，大蛇却轻轻滑进夜色。他觉得，那是它“来找我寻开心的”，“对我并无恶意”。他说：“我捡到的最不值钱、最没有用的东西是小队会计。”无奈，在一个三九天的寒夜里，他只好把醉卧路旁的会计背回家。而他自己也曾被人“捡”过，在一个夜里，醉眼蒙眬地爬到一棵树上，在树杈上睡了半宿，被行人发现。他竟然把树枝当成自家炕沿儿，真是好身手。运动员出身的知青，肯定与山民有所不同。

捡到过不值钱的东西，也捡过值钱的、救命的东西——半袋大米。那个年代，这是多么金贵的东西！最后，他把这半袋大米扛到饲养点，让失者认领，失者竟是他的一个朝鲜族朋友。朋友喝酒后，骑着自行车，歪歪扭扭把半袋大米遗落在路。酒后走路都有危险，酒后驾车的危险自不待言。好在没有生命之忧，只有失物之痛。失而复得，自然要请客，于是又是一场热闹的世俗狂欢，乡民的淳朴与来自城市的知青的厚道水乳交融。

当初这篇作品在《海燕》上发表时，我是责编，印象极为深刻。如今重读，仍能感到阅读的愉悦，和着隐隐的忧伤。这篇作品也可看作是一个隐喻，概括了一个滨海城市的知青和辽东山区乡民的情感。生活虽然艰苦，但大地高山也给予他温情的回报。

还有《正月十五抹花泥》《四月初八吃打糕》《二月二，堆粮囤》，这些以民俗描述为主题的篇什，从题目就能感受到洋溢其中的节日氛围和欢乐心绪。知青身份在这一刻突出醒豁起来，同时成为融入其中的一个节点。“抹花泥”的传统习俗作为鲜明的乡间符号深刻在知青记忆中，而这记忆，是正值青春年华的少男少女彼此表达爱慕之情的“合法”方式，古风盎然。

还有《短街窄巷》《听墙根儿》，等等，从各种不同角度写乡间日常，写生活中的美好和尴尬，都让人难以释怀。

当然，他还写了不少不是知青的篇章，也各有风情文采。从思想上、感情上，更为达观，尽显成熟老到。

以刘益令为代表的“老高三”，是“文革”中知青下乡的第一代。到1977年，10年间，成千上万名知青奔赴远方，在广阔天地锻炼、成长。他们中很多人成为作家，任惠敏、王冬梅、武冬梅、杜敏、王志仁等，都有诸多散文佳作，记述他们的知青岁月。

武冬梅《我的蒙族额吉》写知青与原住民的深厚情感，王志仁的《昭盟曾给予大连的》写下乡地与原生城市的供需转换。知青们以各自的亲身经历，述说了知青岁月之于个人成长的重要性。

女性写作：任惠敏、绢华、徐明、阿琴

女性写作是文学园地里的一朵唯美的花，散文尤其如此。女作家的散文更多情感、家庭、日常的观照，让她们在整体上有别于男性作家。那些被男性作家所忽略和无视的琐碎，被女作家们悉心捡拾起来，稍加整饬，眉目清晰，楚楚动人。

女性气质在任惠敏身上体现得最为突出。她出道很早，多少年来，文坛风起云涌，花样翻新，她仍款款而行，身上有几分贵族气。

她的散文也如她的诗歌，取材身边事，没有大风景。她写《忧伤》，本是对社会现象的诘问和思考，但从“忧伤”出发，从最细微处切入，使文章更多了温婉、柔弱。社会问题在她这里统统化作绕指柔的内心体验，作家写看到工人砍树，追问之下得知是因树上的鸣蝉影响学生高考。作家的理性思考也直陈要害：

> 不被考场环境所拘，能安安静静地发挥平常水平或超出平常水平，是一个考生必备的心理素质。

但越过思考，女作家还是被“忧伤”困扰，直到朋友给她打电话问她“在干吗”，她直接回答：“在忧伤。”这，或许正是女性的力量，是女作家的艺术价值。面对社会问题时，女作家表现出与男作家不同的

视角。任惠敏写下乡这样严酷的内容，笔下仍是唯美风格。在《来到广阔天地》里，触动她的是那些迎面撞向车头的蜻蜓：

> 汽车启动了，只见一群群蜻蜓离公路很低地飞行，使劲地扑棱着，翅膀是透明的。车灯太亮，蜻蜓向着亮光扑过来。由于车速快，一只只小蜻蜓被撞死。它们都是头部先撞上的，车挡风玻璃发出了敲小鼓一样的声音。

车到驻地以后，其他知青在忙着取各自的行李，她居然拿着脸盆到车上捡起那些撞死的蜻蜓。直到第二天，她还在想着自然课上老师曾讲过，可以将死去的动物制作成标本。整篇文章看起来更像一次郊游，作家津津有味地同情那些可爱昆虫时，已然把下乡这个重大主题淡然处之。

女性作家那种抓取题材的能力，令男作家望尘莫及。任惠敏写亲人，写恋人，写友人，那种细腻真切，令人动容。她也写历史，写文化，她的散文集《一池碧水》第六辑“远古与今天”就是。她写李白，从自家居所着眼，引出《独坐敬亭山》：

> 我家窗外有一座山，郁郁葱葱，峰峦叠翠。家中只有我一个人，特别安静，一天到晚它看着我，我看着它，看着看着，李白的诗就从山上升起来。

多么自然。任惠敏是把日子过成诗，她的散文也有了诗的韵味。她写李白，也是自况：

> 其实他是一个简单的人，坐在草垛上，用目光抚摸叶子的忧伤；他是一个浪漫的人，用小舟把江面划了一个大口子，把月亮抱进去了；他是一个思想犀利的人，敢触碰朝廷的脊梁。

诗意满满，举重若轻。

大连还有一位女作家，也是身兼诗歌和散文写作，她是李华，笔名

绢华。绢华的散文相比于任惠敏的，更多一些理性色彩。1993 年出版的散文集《为你飘起红裙子》，书名即是其中的一篇，而且置于篇首，足见作者对此篇的偏爱。裙子无疑是经典的女性衣饰，而红色则是热情的象征。20 世纪 80 年代，曾有一部颇有影响的电影就叫《街上流行红裙子》。无论在影片里，还是绢华的散文中，“红裙子”都具有象征意义。其实还有一部电影，叫《红衣少女》，改编自铁凝的小说《没有纽扣的红衬衫》。可以看出，女性作家对衣着有很高的关注度。

在历史上，服饰的变化常常具有很强的时代性，甚至是革命性。比如战国时期的“胡服骑射”就是历史上赫赫有名的服装革命，离我们最近的服饰革命就发生在“文革”结束以后，正是前述几部作品产生的时代背景。服装的样式、色彩，这些今天看来正常不过的事物，在当年却具有革命性意义。

在绢华的散文中，“红裙子”无疑隐含了作家的诸多情感：

> 春夏季节，我穿上它，会变得比任何女人更富有。经历了风雨与爱恋的红裙子，经历了人生之旅山水之游的红裙子，我会更加珍藏它，挥洒它，把所有迎着的坎坷和艰难走过去。

与那两部电影不同，绢华的“红裙子”是穿在自己身上，是感情的寄托，是爱的宣言。她表达了炽热的情感，也展示了理性思考。

大连向有“服装之城”的美誉，爱穿敢穿也曾是大连女人的标签。女作家自不会置身事外，徐明干脆出版了一本《城市霓裳》，虽不全都是服饰演绎，也足见衣饰的分量。她的另一本散文集为《城市灵感》，其中亦不乏对衣着美的热爱。从这两部书来看，徐明无疑是城市书写者，关注流行元素，写作对象是物质丰富、生活多元的现代社会。

作为女性作家，徐明的散文更多几分雄强，热烈奔放。有时质朴稚拙，不追求含蓄蕴藉。比如她写《徐明看球》，一定把自己名字放进标题，颇有行不更名坐不改姓的江湖气概。球迷气质，城市风格，一览无遗。

然后，就是这座以足球闻名的城市的看球风采：

> 一些男人在奔跑，而另一些人在掀起狂涛，几万只喉咙的拼命嘶叫汇成奇特的海啸。那生命的活力冲腾飞扬，正如尼采所说的“一种高度的力感”一下子把你卷进激情的旋涡中。

一任情感倾泻而下，横冲直撞。

女作家阿琴也是多面手，悠游于诗歌、散文、歌词三界，读过她的《永远的景色》和《在咖啡色的阳光里》，都是散文、诗歌兼收。阿琴的作品具典型的女性气质，细腻、敏感，有极强的捕捉细节的能力。由于曾经的生活，阿琴的作品在书写优雅的女性时，会陡起波澜，令人生出疼痛之感。比如《永远的景色》，写庄河冰峪沟入口处矗立水中的一对山石。她起笔却写江南，写无锡，写苏州，写杭州，写到西湖断桥时，“那个下午”令她“怎么也雀跃不起来了”，盖因一首《竹枝词》：“女郎送别断桥西，不忍轻分掩袖涕，归家只恨桥名恶，愿得成双成两堤。”她想到北方家乡的冰峪沟，并记述了冰峪沟之行初见那两块山石的情景：

> 就在船到渡口要下船的那一刻，眼前出现了一对高达几十米的山石，孤零零地站在水中央。仔细看去，山石是由两块石头组合而成并紧紧地靠在一起的，中间的暗缝里，已生出绿色的枝叶。两块石头一高一矮，如同一对情深的爱人。它们相依相偎，轻声呢喃。

这样的场景深深打动了她，让她不能自已，感慨万千：

> 我不知道它们是在哪一次沧海桑田的变迁中相遇，然后相互抚慰着伤痕累累的生命在这儿安家，还是前世早有约定在此厮守一生？

读来惊心动魄，心底掀起波澜。《永远的景色》是一篇优秀的抒情之作。

此外，还有杨道立、杜敏等女性作家，都有对都市生活的独特描摹。

乡土写作：修成国、郭淑萍、沙里途

乡土情怀是每个作家都无法割舍的，几乎每个作家都写过他们的家乡，写那里的风土人情，写那些美好或并不美好的记忆。有的作家还则会把乡情写作当成创作的母题，不断延伸拓展。

在大连作家中，修成国、郭淑萍、沙里途是乡土写作的代表。

修成国

修成国的家乡在吉林省，他后来当兵离家，再后来到大连定居，怀念家乡成为他乡情散文的基调。他最初的几本散文集，主题几乎都是乡情，或者以乡土之情为主，兼及其他，比如《麦黄杏红》《水绿山青》，从名字就可看出浓浓的乡土气息。

散文集《乡情赋》直接把主题作为书名，更为醒豁，更为突出。书中，作家以第一辑的13篇文章作为主打，而开篇的《乡情赋》更像一篇纲领性的综论，这里取文中的句子来概括乡土之情："仁父慈母的养育之情""兄弟伙伴的手足之情""山水田园的留恋之情""乡土文化的陶冶之情""村姑乡妹的爱恋之情""父老乡亲的信赖之情""爱乡及国的忠贞之情"。这几乎可以算作修成国对乡土写作的指导思想和写作指南，体现了作家的理性思考。

《韵味淳美的东北大鼓》无疑属于乡土文化，有"一方水土养一方人"的说法，其实，一方水土也滋养一方艺术。这种艺术植根于乡土，也融入了作家的乡土记忆。

故乡的音乐可能有些单调有些原始，然而听起来是那么亲切那么动听；故乡的小戏是那么传统那么通俗，然而，是那么热烈那么淳美。

如同很多民间艺术形式，东北大鼓的演出也极为简朴，通常两三人搭伴。因为很多鼓书艺人都是盲人，常需要一个助手，为之引路兼演出助理。给作者留下深刻印象的是艺人的惊人记忆力。“一部长书，总要说上十几个或几十个晚上，每个晚上要说三四个小时。”与评书不同，鼓书不仅要“说”，还有唱，而且曲调繁复，达几十种之多，让作家敬佩不已。于是，作家在欣赏这些传统的民间艺术时，也接受着生存和人生的教育。作家在文中细述了一位蓝先生的说书过程：三弦、鼓板，说、唱，穿插交替。观众完全沉浸其中，大鼓艺术的魅力尽显。

《乡情赋》中，书写乡情的篇什不少，如《双黄蛋与蝼蛄》《巧捉田鼠》是写乡下消灭田间害虫的，《喜杀年猪》是写年俗的。生活中的大事小情，在作家笔下得以一一呈现，为我们展示了东北平原乡间生活的原始图景。

修成国的乡情写作不限于生养他的那块土地，凡他生活过的、接触过的乡村都会成为他的书写对象。用现在颇为时髦的词语来说，是“共情”，比如《稻熟辽南》就是。

郭淑萍

虽然迟至2014年才出版自己的散文集《乡村五月天》，但作家郭淑萍坚持业余写作几十年。她直到从乡政府领导岗位退休，一直没有离开家乡，所以她自称是“一个快乐的村妇”。我敬佩她这样说的勇气和底气。

郭淑萍写庄稼人的艰辛能逼出读者的眼泪，尤其是《解放鞋》，看得人心酸、心疼。一个女孩子心仪一双解放鞋，成为她日思夜想的愿景，“是那个年代大人小孩都向往的高贵”。写平时都是穿母亲纳鞋底，手工做的布鞋，如果有朝一日能穿上“那水波纹的黑胶底，那草绿色带胶

的鞋边，那绿帆布的鞋帮，还有那绿色的鞋带”的解放鞋，那将是多么令人扬眉吐气的一件事。但全篇大部分篇幅，作者都在不厌其烦地写“我”和爷爷放猪。为了多挣工分，爷爷阻挡了“我”报名上学，并允诺“秋天给你买一双解放鞋”。终于到秋天，终于穿上用放一年猪换来的解放鞋。那种喜悦必须与人分享，必须要看到小伙伴羡慕的眼神。可是到了小伙伴家，“他们都不往我脚上看。为了吸引人家注意，我故意用脚在地上划来划去，还是没人发现，我就哈下腰装作系鞋带”。终于引来小伙伴母亲的目光，她羡慕地问：“你买解放鞋了？”可是“我”的骄傲没有持续多久就被小伙伴的一句话击得粉碎，他只“轻轻地说：‘过了年，我就上二年级了。’”于是“我默默地走了”，“再也兴奋不起来了”。是啊，牺牲了一年的光阴，让“我”一下子比小伙伴“小”了一年级呀！这对一个小孩子的自尊是多么大的伤害！那一双在地上划来划去的脚，写尽一个八岁孩子曲折的心事。

乡间生活虽说艰苦，但更多的是欢乐，是劳作后的收获，是节庆日的欢愉，是亲情的抚慰，是日常生活的点点滴滴。比如《乡村五月天》，以端午为核心，写农历五月的乡风民俗，热气蒸腾，生机勃勃。比如《母爱》，写自己嫁为人妇，与婆母之间的情感交流，又获得一分“母爱”，写尽人情之美。还有干脆以《罗列乡俗》为篇名，写民风民俗，也是传统文化的一种。那是鲜活的文化，是有力量的文化。

沙里途

要说乡土写作，作家沙里途当仁不让。因为沙里途这个名字本就是一个村庄的名字，是都兴瑜袭用了这个名字。我在写此文时，稍想了一下他的本名，以免弄错。我们不去探讨是沙里途跟都兴瑜沾了光，还是都兴瑜占了沙里途的便宜。仅此一端，足以窥见沙里途的思乡之切。他要背负家乡，行走天涯。

沙里途有一本散文随笔集《关门草》，是对乡情的集中书写。作家善于捕捉生活中的细节，并赋予细节生命，使之在作品中复活。就说这用作书名的“关门草”，关门草就是含羞草，用手指触摸，植物的叶子就会卷曲闭合，好似含羞一般，是一种很受欢迎的观赏植物。说来比较有趣，作家“曾经拥有一盆带着少女羞赧神韵的含羞草”，因“朋友送我一株绰约华贵的杜鹃，被我细心地栽培死了，却从那腐土败叶间意外地收获了这株草”，于是作家开始养草。作品的结尾，作家写道：“其实，家乡的原野长满了绿生生的含羞草，老百姓都叫它关门草。”至此，完成了对家乡的情感叙述。一株普通的观赏绿植，之所以受到作家的尊崇，在于它既有随遇而安的生命韧性，又有着朴实的娇羞，而这些特点不正是那些山野居民的精神特征吗？那并不是一株普通的观赏植物，那是家乡的山野，家乡的风景。

沙里途的乡土写作，往往从城市的角度回望乡村，回望父老乡亲。他已在城市生活多年，却不能忘怀生养他的父母和那片土地。那片土地给予他生命，也赋予他质朴、善良和真诚。《妹妹的来信》《父亲留下的》，甚至《自费出书》，都是这样。

诗人的散文：宁明

以“中国飞得最高的诗人”驰誉文坛的宁明，同样是中国飞得最高的散文家。与他诗歌取材广泛不同，他的散文主打“飞行”。无疑，他的散文以独特视角取胜，他是从云端看地球，看世界，看城市村庄，看河流山脉，但他不是旅行家，他是飞行家、战斗机驾驶员。

宁 明

他要面对驾驶舱里面繁复的仪表，要听从来自地面的指挥，要巡视航线以及随时可能出现的敌情。于是，我们看到了和普通乘客全然不同的天空：《偏航》《鸟撞》《大速度转弯》《编队》《超低空》《低气象》，等等。不错，这完全是飞行专业领域的词汇，但宁明的文字舒缓、沉稳，从容不迫。不管涉及高难驾驶、飞行技术，还是公众所不熟悉的专业知识，在宁明笔下都温情有加，读来不仅毫不枯涩难解，反而有种新鲜的亲切感。他这样描述“低气象”：

> 既然是被叫作“低气象”，总不能像“高气象”那样天高云淡、碧空如洗、阳光灿烂……这些美好而让人心旷神怡的词汇与低气象永远无缘。低气象，它要求云底高或能见度要达到飞行员所飞机型的最低气象条件。
>
> ……
>
> 对于辽南某机场来说，云底高二百米或能见度两公里。

通过形象的描述和具体数据，我们很容易就明白了“低气象”这个冷僻词语的含义，以及对于飞行员训练的重要性。

我们知道，飞行员驾驶飞机飞行，除了要熟知飞机性能，还要有娴熟的驾驶技术，并且要借助气象条件。所以，宁明的“飞行散文”很多都有对气象条件的描述，气象条件对于飞行实在是太重要了。我们乘坐飞机时，经常会遇到气流产生的震动，这时空乘会发出提示，要大家系好安全带。那个时候机舱里往往特别安静，等待飞机安全穿过，而这些对飞行员来说，不过是日常。对于驾驶战斗机的飞行员来说，需要面对的气象条件和飞行环境远甚于此。宁明写《低气象》，写《第一次夜间穿云》，把特殊气象条件下的飞行写得惊心动魄。驾驶员要保持精力的高度集中和心理的绝对稳定，这样才能保证飞行安全。作为文学作品所需的心理描写，在宁明这里却成为“刚需”。

当然，宁明的散文并非“飞行驾驶指南”。作为一个飞行员，他固然需要娴熟的驾驶技巧，同时也获得了常人无从体验的独特感受。他的全新体验和微妙感受，让读者感到新鲜有趣，打开了一个全新的领域，拓展了读者的审美空间。

2020 年 9 月 3 日，宁明在朋友圈发文纪念他首次在《海燕》（2006 年第 5 期）上发表散文《大海有多高》和《第一次夜间穿云》。若没有驾机从高空直向海面俯冲的经验，怎会写出《大海有多高》这样的文章？其中包含的生命体验，非文字所能描摹。可以说，飞行员驾驶着飞机，也是在驾驭着自己的生命。

《同是蓝天插翅者》记录了这样惊心动魄的事实：

> 自 1960 年以来，世界范围内由于飞鸟的撞击至少造成了 78 架民航飞机损失、201 人丧生，250 架军用飞机损失、120 名飞行员丧生。

我们知道，世界上大大小小的机场都有各种驱鸟方式，但这却并非为了保护鸟类，而是为了人类的安全。作家作为“飞行者”发出这样语重心长的感慨：

> 同在一片蓝天下飞行的插翅者，人类至今还听不懂鸟儿的语言，无法进行彼此间的交流。若能听懂鸟语，我一定会以一个普通飞翔者的身份与鸟儿们做一次平等、友好而又推心置腹的深刻交谈。

降低了人类高高在上的惯常姿态，以平等的视角对待鸟儿，已非“悲天悯人”这样的词语可以概括。

有意思的是，宁明散文第一次出现在《海燕》上的时候，编辑在他名字前面冠以“特级飞行员”的身份标识，之后某期再出现时，虽不再以“飞行员”标注，作品也常常被归以“军旅”这样的类别。我想，这也是宁明从军人到作家的进阶之路，当他的军人身份被淡化之后，他就从军人蜕变为文人，那时他以一个纯粹的作家身份出现，与是否现役无关。

作为诗人散文家，宁明的散文时时闪射着诗的光泽，《送战友》写双胞胎兄弟勤务兵每天为“我”拉窗帘，“两年间，开开合合 600 多次，每天都是他俩送我一轮新鲜的太阳，每晚又都为我轻轻把夜色推向窗外”，写离别之际的感情迸发，让人情怀激荡，接受情感的洗礼。

文化散文：侯德云、古耜、余音

其实在大连，学者型作家很少。素素自《独语东北》向学者化方向转变较为成功，出版有《流光碎影》《旅顺口往事》等著作，都有扎实的案头功夫，也有相应的田野考察。此外，还有几位作家值得关注，如侯德云、古耜、余音等。

侯德云

侯德云以杂文起步，登上文坛；以小小说名世，成为这一领域国内顶级阵营的一员。但勤于读书、善于思考的侯德云并不满足于此，又向文史方面拓展，新颖的视角，灵动的文笔，广博的知识面，颇为引人瞩目。

侯德云

近年出版的《天鼓：从甲午战争到戊戌变法》，可见侯德云遍览群书，剔除成见，以史料为基础，全新解读晚清这一重要历史时期。此书的出版也受到学界的关注，历史学家端木赐香专门撰文予以推介，评价甚高。端木赐香为安阳师范学院历史系副教授，著述丰富，尤重晚清研究。端木赐香认为，侯德云的这本书谈的虽是“老话题老人物，但是，每篇都不乏新意”，而所谓的“新”，便是新的视角、材料、阐释和文风。要达成这些，尤其前三者，是大多数学者所追求的。并非专业学者的侯德云如何做到这些呢？我们从该书出版后《大连日报》记者对他的专访中得窥一二：

> 从对晚清史发生强烈兴趣到书稿完成的8年多时间里，精读的国内外晚清史籍和人物传记，至少在百部之上。这些著作中的大约半数左右，直接成为《天鼓》的参考书目。我所看重的晚清史研究者，唐德刚、茅海建、雪珥、马勇、吉辰、蒋廷黻、徐中约、戚其章、郭廷以、张鸣、端木赐香、汪荣祖、王尔敏等等，以及包括《剑桥中国晚清史》在内的“海外中国学”中的晚清史籍，能搜罗到的大部分我都精读过。对《天鼓》而言，最重要的史籍，包括王芸生编著的8卷本《六十年来中国与日本》，茅海建《戊戌变法史事考》《戊戌变法的另面：〈张之洞档案〉阅读笔记》等多部著作，雪珥《绝版甲午：从海外史料揭秘中日战争》《李鸿章政改笔记》等多部著作，宗泽亚《清日战争》，吉辰《昂贵的和平：中日马关议和研究》等等。

“青灯黄卷”一向是对学者苦读精研的一种形象表述，涉猎广博的侯德云不会不知道其中辛苦。但他执意要踏入这一领域，全在于对一些陈陈相因的史家叙述颇为不满。他的写作也不是心血来潮，而是他读史的心得积累，于是他从一个作家的角度解读历史，为还原历史面目做出自己的努力，也为晚清史的研究吹进一缕清风。

他的文化随笔、读书笔记，除了成书出版，如《寂寞的书》《那时我们长尾巴》等，还在一些报刊的专栏以及自己的公众号“老侯讲故事”中呈现。

古　耜

古耜（本名田末）向以评论名世，近年亦涉足散文写作。作品多关文史，凭其多年积淀，写作呈现出专业化、学者化倾向。比如对萧红、萧军的研究，早年以论文出之，晚近则以散文发表，是本市散文队伍崛起的实力派。

余　音

余音的创作向两个方向发展：一个是纪实文学，已取得不俗实绩；一个是学术研究方向。其间杂以散文写作，亦不脱学术根柢。其对于晚清人物和史事的研究迭有新见，引起学术界关注和好评。2008 年 10 月，他应邀参加中国社科院等组织召开的“纪念戊戌变法 110 周年学术研讨会”，对戊戌变法暨北京大学史的诸多问题提出全新诠释。成为本市由作家而进入学术研究的第一人。

此外，孙海鹏、王勇等的文史写作亦各有成就。

教师的散文：宋文一、格格、崔新月

2016 年第 9 期《海燕》为几位教师作家出了小辑，请知名作家素素写了点评。这几位作家是宋文一、格格和崔新月。

通常，人们习惯把中小学教师出身的作家称为“教师作家”，而把大学教师出身的归为学者。不错，这几位作家都是中学教师，同时他们也都曾担任过教研员，都从事业余文学创作，且都专攻散文。这样，从表面上看，他们有了共同点。其实，找共同点这种论说方式是评论家干的活，这样便于对所要描述的对象有一个方向性或趋势性的把握。

作为语文老师，会写作是一个优势，但并非所有语文老师都会写文章。所以，业界有“下水文”这样的说法，即作为老师要率先垂范，亲自写文章，为学生作榜样、标杆。世人每以“学生作文”嘲讽初学，其实，学生作文自有学生作文的要求和难处，也不是每个作家都能写好学生作文。以往中高考结束，会有好事媒体邀约知名作家写应试作文，其结果往往并不理想。会写作文的老师也并不等于能写好文学作品，这其实是两种类型的写作，而身在一线从事语文教学的老师，能不落窠臼，晋身文学创作队伍，委实不易。一个作家不会写应试作文，不会影响作家创作；一个老师不会写应试作文，却是学生的损失。而会写应试作文的老师再从事文学创作，“语文”“老师”“应试作文”这些统统都会成为障碍。

由于这样的原因，语文老师的写作确实会有一些共性。从选材到笔法再到艺术追求，都有相近之处。作为有严格语言训练的作家，他们都追求文章结构的严谨、语言的典雅、叙述的舒缓，等等。他们在保有创作个性的基础上，在艺术风格上有趋势性的相近。对此，我倒是乐见其成的。说得大一点，期待他们能形成风格接近的一种流派。在风格和流派形成之前，我们还是逐一检视一番他们的作品。

宋文一

宋文一的作品散淡、雍容，有一种随遇而安的自如。作为有丰富教学经验的语文老师，他竟然不厌其烦地把教学过程写进散文作品，这需要勇气，也需要智慧。在《理想的下午》中，他居然两次把试卷内容写进去。我想到金圣叹评《水浒》，打虎不好写，施耐庵非要写两次，写了景阳冈武松打虎，又写沂水县李逵打虎；写了江州城劫法场，又写大名府劫法场，如此，体现出作家的才华和勇气。《理想的下午》原为台湾作家舒国治的一本散文集，被宋文一编为阅读试题，同一套试卷中，文言文阅读出自《史记》中的“赵氏孤儿”。

这样两道“阅读题”之所以同时出现在这篇散文当中，盖因宋文一正读初三的儿子做过这张卷子。这天，宋爸爸专门带儿子出门体会我们这座城市的“理想的下午”，又带儿子走进剧院去欣赏京剧《赵氏孤儿》。

这哪是带儿子逛街，分明是带有强烈实验色彩的现场教学。如此这般，父子二人，其乐融融地度过一个“理想的下午”，丝毫感觉不到教学的枯燥，感觉不到试卷的压迫，没有生硬的说教，更没有声色俱厉，有的是温文尔雅，是趣味横生。谁说写教学就一定枯燥无味？不仅如此，宋文一还写《汉字大美》。从仓颉造字到简化字，从常用字到年度汉字，其实就是大家都很熟悉的汉字演变历史，居然也被他写得韵味十足，洋溢着美感。甚至还能体会到中国人的骄傲。

我们知道，作为语文试卷，“阅读”是重头戏，不仅有现代语文，也有古文。为了阅读题更适合考试要求，作为出题人，常要对原文进行修改。不仅现代文需要修改，古文也需要修改。宋文一就曾修改过司马迁，而改过之后，居然天衣无缝，毫无违和感。在和我讲起时，一向谦和的宋老师不免流露出得意。

格　格

格　格

女作家格格（本名魏新华）的创作，明显体现为两个阶段。前期的作品追求语言的美感，典雅、书卷气，时有华丽。她放大自己的艺术感受，唯美倾向突出。其实，这从选材上即可看出，她的早期作品多为风景名胜游览和对日常生活细节的描摹，较少关注社会性内容，比如《西栅：激动被谁叫醒》《陪你一起看草原》等。晚近的创作，以《三十里堡》《透过光阴的尘埃》等为代表，一改轻柔唯美品格，深度介入历史文化，作品顿生沧桑之感，更为厚重起来。

三十里堡是金州重镇，但如今人们提起这个名字，更广为人知的是苹果，其历史被掩埋既久。在《三十里堡》中，作家通过对史籍的钩沉和实地踏勘，为我们拂去历史烟尘，还原三十里堡曾经的故城旧貌，还原它曾为驿站的历史蛩音。上万字的篇幅，从容有序，延续了唯美典雅语言特色的同时，更为质朴自然，尽显沉稳雍容，笔力雄健。

> 长条形的窗板用铁丝或铁环连接着，整齐地排列在窗边，只等日落时分，一块挨着一块排好，再用一根铁条斜插固牢。据说，这是老街上所有店铺的基本装备。由此，你才可以咀嚼出辽南方言中“关板儿”一词的绵长滋味。每一块窗板的开启或闭合，都让窗有了活泼的生命，参与小镇今昔的岁月，观望小镇当代的生活。它不再是一个单调的建筑结构，而是小镇的一个符号，一些隐喻，甚至一种精神了。而它收纳了多少的欣喜，目睹多少的流连，只有窗板上木纹的裂痕或许可以作答。

看起来无关紧要的微小细节，作者也从容不迫，一丝不苟，有画面，有色彩，似乎也带着音响，历史在我们眼前复活。“关板儿”这一典型的方言词语使作品有了宽度，覆盖了辽南。阅读这样的文字带来审美的愉悦，引领读者进入历史现场。

崔新月

崔新月的作品相比于前述两位多了几分狞厉和沧桑，这或许与个人经历有关，而无涉审美追求。比如《嘶哑》，单看题目，即让人产生不适感，但这写的却是他的母亲。推想作者在写下这个题目的时候，心里或许痉挛了一下。通常人

崔新月

们写母亲，犹如写故乡，或许不完美，但在回忆的时候，在形成文字的时候，那些瑕疵都会幻化为审美符号。作者把这不完美拿来作文，不是固执，是深爱，是刻骨铭心的记忆。写深挚的母爱，写生活中的困厄，是经久不衰的主题。作者选取了一个独特角度，把这些以“嘶哑”的嗓音传递给我们，一个母亲的形象浮现眼前。

他的《背景》则更为深刻一些。从自己并非全日制本科毕业切入，强调了教育背景、家庭背景对一个人的重要性。“我”读中小学时，没有家庭背景；工作之后，没有大学背景，这些都在不同程度上对“我”造成伤害。终于，“我”当上中学老师，成为儿子的背景；儿子考上大学，成为“我”的背景。背景既是真实的存在，也是精神的依托。卑微的心态描写，使作品略显压抑。

其他散文家

赵冬妮

赵冬妮有散文集《从一数到一》（作家出版社，2006 年）、《跑题》（广西师范大学出版社，2009 年）等，有诗集《以一个词走近你》（中国文联出版社，2006 年）。

评论家宁珍志这样评价赵冬妮：

> 《从一数到一》是纯粹的知识女性写作文本，从题材到语言风格都突破了“小女子”写作的视野，竭力发掘和展示知识者的内心情愫，呈现出现代物质生存与人的精神生存之间的种种困惑与矛盾。而对童年经验的表达，故土家园的守望，则有着个人风采的声音。作者的文字常常进入思辨之中，向着哲学、政治、历史、自然领域渗透，试图在灵魂与现实、善与恶、上升与沉沦之间划出量度；个人情怀借助现实生活的表达只是表

象，而进入哲学语境，凸现当代强大的人文关怀才是作者的最终创作意图。文本在情感与知性之间穿行，游刃有余，当胸中的块垒被搬掉之后，即戛然而止，决不拖泥带水，使得文本的叙述干净、清澈、不染杂质。这种宽泛大器的文学视野与个人呈现，在近年来辽宁的散文创作中显得独树一帜，对于女性写作来说，尤为难能可贵。

王　陆

毕业于辽宁师范大学中文系，1978 级，后又毕业于北京国际关系学院。重要散文作品有《一九七八之恋》，这篇散文发表于《散文》杂志 2003 年第 3 期，后来荣获全国散文一等奖。2020 年，《散文》杂志创刊 40 周年，计划选百人百篇佳作辑为《照见两如初》刊行。王陆此篇得以入选，同冰心、季羡林、孙犁、汪曾祺、王蒙、史铁生等名家并列。作品写考上大学后的经历，有一种参与历史进程的崇高感。

《朝鲜之歌》里的朝鲜，与我们熟知的朝鲜没有什么不同，不同的是王陆的父母，作为中国人，在年轻时曾在朝鲜生活了 16 年。所以，当作家有机会踏上这片土地，“不会像某些游客，用窃笑，用揶揄，但也不会像父母和哥姐那样，总有耿耿缠绵”。

> 朝鲜人的方向沉闷而独绝。沿途而往，草痕石迹，枯硬连绵，非同一般。你似乎透不过气来，或者，你会鄙夷。可是你有什么理由啊？看到一根鱼刺穿透了蝴蝶的翅膀，你的眼睛不也是随之疼痛吗？

《我属鼠》属回忆录性质的系列文章，以编年的方式将个人、家庭、诸般经历一一呈现，近乎史，可为镜鉴。

王陆散文涉猎广泛，关于文学、音乐、舞蹈、美术、旅行，都专业精深，语言铿锵，叙事冷峻。作品多发于《散文》《南方周末》，代表作品还有《蝴蝶有声》等。

兰　溪

信奉基督教的兰溪，散文弥散着宗教光芒。她已出版《枫林叶雨》《生命的芳香》《心灵的圣殿》《回归伊甸园》等多部散文集。作为一个作家，兰溪曾游走以色列、澳大利亚等国家，走访宗教圣地，体验宗教文化。她的作品充满博爱、平等、自由等思想，给作品增加了人文精神。

杜　敏

杜敏的《悠悠琴思》，写在特定时代背景下，人与物（小提琴）的情感纠葛，表达痛失父爱的巨大失落。岁月更替，作者将这份无着的父爱转化为对女儿的母爱。或可补充一句，杜敏的父亲是当年的市委副书记，“文革”中受迫害致死。作者虽写得较为克制，未做过多渲染，但读来让人百感交集。

董晓奎

董晓奎出道很早，散文写作也独具特色，呈现出与其年龄不符的成熟老到。与很多女性作家不同，她创作初始即很少闺阁情调、女性心绪，而把笔触探入社会。如《我的承诺可以和岁月抗衡》，办公楼对面窗口趴着的似有所期待的老人，触发了董晓奎对人生的思索：

> 我不敢诠释人生。可我总想，人的一生应该是这样度过的：在年轻的时候，积极地追赶、攀援，发挥才智，挖掘潜力，求建树，求成功，求绚烂。如此，在晚年之后，才有余情有余姿漫游田园与山林……

这样的书写算不上深刻，但也足够警醒，其实也是很多人没有想明白的人生道理。董晓奎的语言也在典雅中透着铿锵之音，与一众女作家不侔。

曲圣文

曲圣文的《黄昏的祭奠》《最美的音乐》《我的城市，我的乡村》等，记述了“文革”时期的遭际，疼痛已不再尖锐，情感也已淳厚。抚今追昔，有恍若隔世之感。那些刻骨铭心的往事，都沉淀为对生活的深邃理解。

周其波

周其波的作品不多，但很有特点。他对光影、气味的敏锐捕捉，写出个人的独特体验，唤醒的是我们共同的记忆。《老屋里的味》通过弥散在空间中的气味，再现往昔底层人家的日常，有浓重的烟火气。《节日里的阳光》亲切温暖，明朗深沉：

> 我们都大致地有这样的感觉，同样的季节、同样的日子、同一时辰里的阳光，在不同的年份里所给予我们的感觉会多多少少地有一些相同。尤其是节日，这种感觉就更加强烈。

新时期的大连散文创作，还有一些代表性人物：周莹、周昌辉、蔡永武、刘增山、车向弘等，亦各有华章。

杂文、随笔写作

杂文、随笔的写作有个有趣的现象，女性作者很少，在我们大连亦是如此。从几种文集来看，曾任《新商报》总编的马力成为硕果仅存的女作者。我们不妨就从马力谈起。

马力写过一篇很有名的杂文《“卡拉”未必“OK”》颇有影响，针对的是当时出现的遍地“卡拉 OK”现象。我们知道“卡拉 OK”作为大

众娱乐方式，在引入我国后，曾经蔓延城乡，冲击了高雅艺术的空间。如今，二三十年过去，“卡拉 OK”虽已风光不再，但娱乐文化乃至低俗文化仍对高雅文化形成持续冲击。作为记者出身的作家，表现出的敏锐和责任感，至今仍散发着理性的光芒。

本市的杂文、随笔写作，从 20 世纪 50 年代的王凡开始，到 80 年代迎来一个高峰。报纸作为主要发表园地，短小精悍的杂文、随笔非常受欢迎。这一时期的杂文、随笔作家主要有王凡、曾祥明、单泽润、李博、于景宁、郭兆文、伍友明、吴政、汤家康、张景勋、赵延德、冯越、马力、高挺之、侯文学、侯德云等。

1990 年 4 月，于景宁、王绍斌主编的《大连新时期杂文选》出版，是大连杂文家作品的首次结集出版。

相对于散文创作，大连杂文、随笔作者的数量较少，在全国有影响力的作家也较少，尤其是年轻作者更少，主要集中在报社，属于工作需要的新闻写作。杂文的作者队伍比较齐整，多集中在文化单位，整体素质较高。

于景宁是大连杂文、随笔写作的一个代表。他是重点中学老师，后来做了校长，有很高的文学素养。他的杂文不仅经常刊登在《人民日报》《光明日报》等报刊，还有作品被选入《全国青年杂文选》（中国青年出版社，1986 年）。他也是大连最早出版杂文集（《窗外事谈》，东北财经大学出版社，1988 年）的作家。他的杂文用语典雅，追求美感，形同美文，比如《弄潮真当立涛头》：

> 人之所好，大约总同地域有关，诸如草原牧民之赛马，江上人家之竞舟。滨海之城自然是无“原”驰骋，无“川”争流的了。

与之风格相近的是曾祥明，也是一位语文老师，其文也常登《人民日报》等大报，引经据典，迭有新见。如《水清也有鱼》一文，只有 400 多字，却引述了柳宗元《至小丘西小石潭记》、王国维《人间词话》、

《诗经》等典籍，文气十足。

但杂文在本质上是要具备“战斗力”，即源自鲁迅的“投枪、匕首”的文风传统。侯德云的《我们是“害虫”》写的是人类对环境的破坏，这是一个老生常谈的话题。但侯德云的文章角度独特，把对环境造成破坏的人类比作“害虫”，更为直观地揭示了现实的残酷。害虫对植物的破坏有目共睹，而人类的破坏力远甚于那些被人类定义为害虫的虫子。读文章的时候，眼前犹如有一只虫子在爬，这样的“视觉”冲击力，足以促使人们去反思自己的所作所为。文章的结尾还讲到爱因斯坦一封被埋在地下的信，那是致 5000 年后的人类的。

> 科学家们估计，到那时候，把信从地下挖出来的，很可能是老鼠。

文章戛然而止。所谓力透纸背，大抵如此。

杂文通常篇幅很短，所以非常讲究写作的角度。王健的《那是你家的东西》，角度就较为独特。他写的是单位里一个专门败人兴致的人，招致人们抵制的现象。整篇文章有如小说一般，有人物，有对话，有情节，有高潮，波澜起伏。文章最后借作家刘玉堂的一篇文章作结：

> 现在的人都怎么了？说一句表扬别人的话就那么难？那是你家的东西？用完了就没了？可挖苦起人来又是那么大方，不挖苦白不挖苦似的。

揭示文章主题。杂文通常以说理为主，但这篇文章通篇好似讲故事，作者应该有写小说的经验，或具备写小说的才能。只是觉得，这个题目加个问号会更好。

杂文的说理形式多样，设定一些情境，也是一种说理的方式。侯文学的《漫话人生“三看”》就是这样。文章设定的三种情境，分别是在

“贫民家”“监狱”和“火葬场”，以此来“劝说”某些人的贪念和不切实际的幻想，朴实、恳切、通透。如此“接地气”的角度，很容易流俗，显得层次不高，于是作者通过引经据典以提升文章的品级。如“不戚戚于贫贱，不汲汲于富贵”，如“不受尘埃半点侵，竹篱茅舍自甘心”，如“千秋万岁后，谁知荣与辱”，等等，贴切有力，文采顿生。

报告文学（纪实文学）：时代的映像

五六十年代报告文学

20世纪50年代，女作家安娥在大连体验生活，创作了《苏联大嫂》等系列作品。本市作家中，张琳创作的中篇报告文学《火车女司机》，曾由中央人民广播电台播讲，后由上海新文艺出版社于1954年出版。张福高创作中篇报告文学《人民的新旅大》，由知识书店于1951年出版，较为全面地反映旅大地区解放后的建设发展。

同时，也有批评性作品出现。如黎光原作、邵默夏改写的《厂报事件》，揭露了当时造船厂某些领导工作上、作风上的官僚主义问题。

20世纪50年代初的作品，基本上表现了那个时代的特征，赞美新生活、新事物。内容单纯，主题鲜明。

1958年后，社会上风行写史：家史、村史、厂史等。比如，大连造船厂有记述建造万吨轮历程的《海上巨龙》，大连机车车辆工厂有《不倒的红旗》，大连纺织厂有《百日罢工》，大连海港有《海港史话》，复县得利寺公社有《果园史话》，复县驼山公社有《骆驼山下》，复县文化馆编印有《复县家史选》，等等。同时，还有个人著述。如业余作者周莹写的反映金纺工人家史的《一个女工的血和泪》，长征老干部黄良诚写的反映红四方面军长征史实的《悲壮的历程》，等等。这些作品多因时而作，主要为配合当年的“忆苦思甜”教育，对其起到积极作用。

五六十年代大连的报告文学，尚未形成写作规模，也没有很成熟的作品出现。

八九十年代报告文学

新时期以来，作家们的视野更为开阔，反映生活更为广泛，艺术上也有探索，不乏有一定影响的作品。

重返文坛的老作家张琳，以一个作家的敏感和责任感，深入工厂企业、海岛、农村，写出系列报告文学，后结集为《五彩星光》（大连出版社，1991 年）。张琳还有写“富农子弟”如何带领乡亲共同致富的《烈马驾辕》，写淘粪工人的《最干净的人》，写一个养猪专业户创业历程的《志气》，等等，具有鲜明的时代特色。

作家王传珍出版有报告文学集《秋天的云》，大多为短篇作品，但覆盖范围很广。其写作对象包括了作家、编辑、导演、作曲家等文化人，也有农民乐队这样的新生事物，还有哑语翻译这样冷僻的领域。作家晓凡评价说：“只要一过目，那人物那场景、氛围、细节，甚至连同感情色彩，都会长久地嵌入你的记忆。”

女作家杨道立的报告文学在选材上也颇有特点，诸如作曲家、农民乐队的演奏员、农业科学家、残疾人、华侨、小品演员等都是她关注的对象。其中《中国有个乔老爷》，写著名词作家乔羽的生活经历、写作生涯，彰显出其人格魅力。这些篇章汇为《杨道立报告文学选》出版。杨道立的另一个身份是导演，尤其是担任大连国际服装节大型晚会导演的经历体会，令她写出《一个节日和一座城市》。她参与地方文化建设，留下了珍贵史料。

作为时任金州区文联主席的孙传基，关注的重点多为金州本土人和事，比如声名赫赫的田径名将徐永久，文化老人刘占鳌，杰出女企业家梁静枝。孙传基于 1992 年出版的报告文学作品选集《我的热土》，为各界英杰扬名，为金州古城立传。

崔梅出版了报告文学、散文合集《第二道风景》。她的关注点又有所不同，作为资深新闻工作者，崔梅的笔下出现的一些人物并非光彩照人，而是生活在社会的夹缝中。如中医大夫赫连锁、农药厂厂长王正权，他们虽然在今天有名望，有地位，但他们的经历坎坷波折，令人感慨，心生怜悯。

张景勋多年来从事报纸副刊的编辑工作，以其工作便利，采访了各行各业的模范先进人物。《郭安娜》写郭沫若的日籍夫人郭安娜的生平事迹，内容系统、全面，较有影响。

蔡永武的《家教忧思录》，通过45个具体案例，揭示青少年犯罪的家庭根源，读来触目惊心，引人思考。

结集成书的作品较有影响的还有常万生反映部队援建大庆油田的长篇报告文学《油城铁军》，王守昱、李藕堂合著的表现无产阶级革命家关向应的《不死的关向应》，刘新智的反映三个战士画家成长历程的《朗卓红传》等。

单篇作品中，季福林的反映火葬场劳模刘学事迹的报告文学《那死者，那活者，那火葬场》荣获“全国首届报纸副刊好作品”一等奖。于泽生描写企业家李桂莲的作品《清泉，在砂石底下》获《辽宁日报》副刊一等奖。任向军的《美丽的心灵》获1981年的“鸭绿江作品奖”。这些作品在当时都曾产生一定影响。

此外，张玲的《企业家身边的女人》、张国巨的《走出谷底》等都为优秀之作，逞一时之新。

还值得一提的是在公安系统工作的曲怡琳，极善写案情报告文学，颇有影响。

总之，20世纪八九十年代的报告文学，主流对象多为成功的企业家，各行业的英模。

新世纪报告文学

进入新世纪，本市的作家开始关注重大题材、专业领域、社会热点等，充分发挥报告文学即时性强、关注度高的特点，向专业性迈出有力步伐。

鹤蜚（本名孙学丽）的《大机车》，为有百年历史的大连机车厂作传，扎实厚重。余音写出“维和”系列（《中国维和警察》《维和高官传奇》等），被翻译到国外。由大连晚报记者（杜敏、梁红岩、郝岩、王希君）联合出品的《横渡渤海海峡世界第一男人——张健》是当年的热点。刘永路写了张学良胞弟《张学思将军》，黄瑞写了长篇报告文学《为了这方土地》《商路》等多部。于永铎为反映驻守北国边陲军人事迹而写作《洛古河畔红豆红》，紫金为表现 2010 年“7・16”大连特大原油火灾救援故事而写作《泣血长城》，张燕燕为反映大连化工厂历史而写作《大化厂，大化人》。还有马晓丽反映光学专家王大珩的长篇传记《光魂》，周波平表现工程院院士、隧道专家的长篇传记《王梦恕传》，等等。这些作品多为重大题材，鸿篇巨制，视野更为开阔，追求深度和广度。

《大机车》

《大机车》是这一时期纪实文学的重要收获。作家鹤蜚历时两年，采访，搜集史料，亲临现场，感受着工人们的智慧和汗水，感受着历史的变迁。作品以时间为线索，全面梳理了大连机车厂的百年历史，历数了一个普通企业为我国的机车事业发展做出的巨大贡献，成为我国民族工业发展的缩影，为东北老工业基地振兴提供了样本。作品资料翔实、脉络清晰，内容扎

《大机车》

实厚重、热情洋溢，高扬时代主旋律，具有鲜明的时代色彩和鼓舞人心的力量，为出版界近年少见的描写工业题材的优秀之作。《大机车》体现了作者强烈的责任感和使命感，体现了一个作家的崇高追求。作品出版后，广受好评，屡获嘉奖。

大连机车厂（现为中车大连机车车辆有限公司）是具有百年历史的老厂，也是殖民统治的产物。作品全景记述了大连机车厂从一个修配厂发展为国内机车生产骨干企业的历程，记述了工人阶级在斗争中成长，在生产中成长的生动故事。作品的重点在新中国成立后，以五次技术革新为脉络，讲述了从第一台蒸汽机车、内燃机车的问世，到电力机车等更新换代产品的批量生产投放市场的探索创新轨迹。大连机车厂经历了从研修到研制，从替代进口到批量出口，从单一品种到多元化经营的一次次重大转变。它凝聚着大连机车厂几代人赤诚的爱国情怀和勇于担当的历史责任感，以及坚忍执着、勇于创新的追梦精神。

20 世纪 50 年代，知名作家安娥曾到大连机车厂体验生活，并创作了一系列报告文学作品。60 年后，又一位女作家鹤蜚来到大连机车厂采访写作。作为当事人，鹤蜚感受到一种荣耀、一种激励。相隔半个世纪，先后有两位女作家来到大连机车厂，体验生活，从事创作，让机车人感到亲切，也对作家充满期待。鹤蜚在这里不是待一天两天，不是写一篇两篇文章，她是要完成一部机车的史传，完成机车人的形象塑造。

看她对全国劳模毛正石的描写：

> 毛正石路过新机车时，站在那里看了好久……每有新机车出厂，他都会去看看。尽管从机车建造初期到组装成整机，他都是全程跟踪，但每次机车出厂前，他还是会去看看，这已经成了他的习惯。每一次他都会默默地站在远处端详着，打量着，对待一台台崭新的即将远行的机车，就好像对待自己即将出嫁的女儿，既满心喜悦，又万般不舍……

然后，写到他的女儿：

因为晚婚，50 岁的毛正石女儿才 2 岁，2 岁的女儿是毛正石捧在手心里的宝。如今，忙碌的工作之余，女儿成了他最动心的牵挂。他经常会长时间地看着女儿，有时看着看着，不由得流下泪来。毛正石告诉我说，他有时会莫名地悲伤——似乎他内心有太多的遗憾与不舍，他悲伤的是不能陪女儿走得太久，毕竟女儿还太小，而自己已经年过半百。

两段文字相距不远，我们看到一个有血有肉的人物形象。他热爱工作，热爱生活，也爱自己的孩子。作者虽没有过多渲染，但我们深受感动。而这一节文字的小标题则是《硬汉也柔情》。

作为一个“硬汉”，在面对鹤蜚采访时，毛正石数度落泪。这激起女作家的好奇：“我突然想起还不知道他女儿的名字，我打电话给毛正石”“他声音里透着幸福，他说：‘我的女儿叫毛一诺’，‘一诺千金’的‘一诺’。”作家记下这个细节，由此，毛一诺，一个 2 岁孩子，也成为这部作品里年龄最小的主人公。一部钢筋铁骨、车轮飞奔的作品，彰显速度和力量的同时，插入这样一个细节，顿生的刚性化作绕指柔的韧劲和温情。

《维和高官传奇》

与《横渡渤海海峡世界第一男人——张健》一书相似，《维和高官传奇》（群众出版社，2003 年）的作者余音也有记者经历，富有采访经验的记者，在写作报告文学方面有先天优势。与《横渡渤海海峡世界第一男人——张健》一书不同的是，维和作为跨国的国际行动，普通记者很难到达现场，写作完全靠采访完成。当然，绝大多数报告文学的写作都是采访后进行的，这不是决定作品优劣的因素。但这对作家提出更高的要求，立意、视野、文笔，这些才是对一个作家的考验。从这个意义上来说，余音是合格的。让我们引以为骄傲的是，一个大连作家，没有北京那样的区位优势，却可以驾驭如此重要的题材。

联合国维持和平部队成立于1956年。联合国维和行动的主要目的是遏制冲突的扩大或防止冲突的再起，并为冲突的最终政治解决争取时间、创造条件。根据联合国宪章，所有联合国成员都要提供联合国安全理事会所需的部队和设备。“维和警察”是“联合国维和民事警察”的简称。维和警员由联合国各成员国的民事警察管理最高部门（中国由国家公安部负责）推荐，经联合国维和警察总部严格考核、录用，原则上任期一年。抵达任务区后，所有警员都要打乱国别，重新编入新的警队，归联合国维和任务区警察总部统一指挥。“联合国维和警察”与“联合国维和部队”成员所佩戴的蓝色贝雷帽上面都印有“UN”（即United Nations，是联合国的英文字母缩写），但执行的任务却不相同。维和警察的主要任务是为联合国机构及其工作人员提供行动支持和安全保护；打击犯罪、维护社会治安；指导、培训当地警察；保护人权、要人警卫等。

2000年1月，中国政府向联合国东帝汶任务区首次派遣15名维和警察。22年来，中国已分别向联合国东帝汶、波黑、科索沃、阿富汗、利比里亚、海地、苏丹、南苏丹和塞浦路斯9个维和任务区以及纽约联合国总部派遣维和警察2600余人次，是安理会常任理事国中最大的出警国。

余音所写的“维和高官”的人物原型，是2001年1月，我国派驻东帝汶参与联合国维和行动的成员。主人公叫廉长刚，其在驻东帝汶维和警察部队担任“三号首长”——东帝汶维和警察总部行政总长。作品全面细致地叙写了廉长刚作为指挥、调动联合国维和部队的首长所面对的各种复杂局面。英语本科专业，美国密歇根州立大学刑事司法专业刑侦方向硕士，有基层公安部门领导经历，廉长刚的知识结构、求学背景、工作履历等，为他应对复杂局面、解决棘手问题打下了基础。

廉长刚从递交第一份建议报告开始，履行他作为行政长官的职责，他思路清晰、严谨有序、务实高效。个人形象逐步树立起来的同时，也向世人展现了他所代表的国家形象。余音作品的成功之处在于塑造了一个全新的中国维和警察的形象：具有国际视野，知识完备，有极强的沟通协调能力，指挥若定。

> 3月27日，廉长刚作为东帝汶维和警察总部行政总长走马上任。虽然他的心中洋溢着成功的喜悦，但他的脸上仍然不露声色，中国人的谦逊掩盖了他胸中怒放的心花，而肩上的重任又使他感到高官之路并不平坦，面对维和行动中的各种挑战，面对欧美国际部下们挑剔的目光，他只能一往无前地向前走，而且不能在行动中表现出任何的怯懦、任何的失误……

余音的语言准确、简洁，不夸饰，有克制，与题材相吻合。尤其表现国际题材的作品，分寸感格外重要，在这方面，余音做得好。

余音在2003年出版了《维和高官传奇》和《中国维和警察》后，又在2010年出版了《中国维和警察传奇》。紧接着，在2011年，又出版了《中国维和警察纪实》（英文、法文版），全球发行。由此，他也成为出版中国维和警察图书最多、影响力最大的当代作家。

《横渡渤海海峡世界第一男人——张健》

《横渡渤海海峡世界第一男人——张健》

《横渡渤海海峡世界第一男人——张健》由大连晚报的四位记者联合完成。张健是北京体育大学教师，在2000年8月间，从旅顺老铁山陈岬角下海，历经55小时22分，游过123.58千米，在山东蓬莱阁东海岸登陆，完成一项壮举——横渡渤海海峡。

这件事尚未开始就吸引了世人的目光，各路媒体纷纷聚焦这段直线距离109千米的海域，期待奇迹在这里诞生。杜敏、梁红岩、郝岩、王希君作为大连晚报资深记者，有过多次重大题材采写经验，如对早些年“大舜”号海难等事件都有过深度报道。他们各自除本职工作范围的写作外，还有擅长或喜好的写作领域。比如杜敏的散文写作，王希君的小说写作，郝岩的影视写作。而这次写作更是一次见证，记者们参与、目睹了张健横渡渤海海峡的全程，作品的现场感更强，更具感染力。看一段张健即将上岸的描述：

> 由于张健游泳的方向距离预定的登陆地点偏差了两百多米，迎候他的人们蹚着海水，随着他前进的方向一会儿奔向东面，一会儿又回头奔跑。欢呼声、掌声和脚下哗哗的海水声伴随着涌动的人流，汇成了狂欢的场面……

海水中游泳受到海风、潮流等因素的影响很大，这也是张健的实际游程超过直线距离十几千米的原因。由此造成的跌宕起伏、峰回路转，都被记者们一一捕捉，收入文中。因为是一个社会关注的热点事件，当年图书出版也受到读者欢迎。

《洛古河畔红豆红》

于永铎的《洛古河畔红豆红》（人民出版社，2017 年）是一个奉献者的故事。对于作家来说，写这样主题的作品意味着挑战。不是说其他作品就没有挑战性，而是这种类型的作品，所见多多，已然给人刻板印象，要写好，难；要出彩，更难。

《洛古河畔红豆红》

这是一个戍边故事。“戍边”这个词如今俨然已有了古意，隐含着“偏远、艰苦、严峻”，乃至“险恶”这样的意味，充满挑战。对于戍边者来说，不要说肩负守卫国家、保卫边疆的重任很艰巨，即使生存本身也无比艰巨。于永铎作品所写的，是驻守黑龙江源头洛古河畔的一位年轻警官——不对，因为很快他的未婚妻也将告别优渥的生活，来到这里，与他成婚，两人共同面对荒寒环境，共同守卫家园。这里，一年中只有三个月的无霜期，冬季最低零下50摄氏度，极寒天气，寒冷漫长的冬天，是对生活在这里的人的最大考验。而在这样恶劣的环境里，这个叫贾晨翔的年轻警官和他的妻子，已经坚守10年。他们为在这里出生的孩子取名“北北”，体现出一种豪迈和深情。他们的精神，一如洛古河畔的红豆，在严酷的自然条件下，结出红色的果实，闪射着坚韧的光芒。

《泣血长城》

紫金（本名孙震青）的《泣血长城》所写的更是大场面，她记录的是2010年7月16日，大连特大原油火灾救援。参与现场救援的人员达万人，亲临现场的有省市领导，有公安部的领导，有来自除大连外全省13个市的消防官兵。这是关乎一座城市命运的重大救援，面对如此重大的题材，不要说写，单采访就是巨大挑战。被采访的对象分布在本省多个城市，甚至外省。虽然作者就职于公安系统，似有一定便利条件，但也受制于纪律，更不要说奔赴各地。

作者历时四年，采访387人，走遍大连市和其他城市十几个参加救援的单位。作者以女性的细腻、敏感和悲悯，以优美、精细、充满张力的语言，以饱满丰盈的情感，艺术而真实地再现了上万名英雄血战火场，用生命保卫城市、保卫人民的悲壮故事。

令人敬佩的是，作家并没有回避现实中存在的各种问题或不合理现象，但这些毫不影响作家书写赞美英雄的主题。或者可以说，这样更接近真实，也更突显了英雄的价值、英雄的悲壮色彩。从情感上拉近了英雄与普通人的距离，使英雄的形象更真实、更丰满。英雄从来不是一个抽象的概念，没有人生来就是英雄，离开火灾救援现场，他们和我们普通人没有区别。作家所做的努力，并非拔高，而是还原。这种创作原则，除却作家的坚守，也该拜时代所赐。我们摆脱“假大空”“高大全”既久，作家们看到的是平凡中的伟大，看到英雄身上闪现的人性光泽。

《泣血长城》

比如，当一群对参加救援行动充满期待的战士赶到现场之后，他们被现场的景象惊呆了：

> 孟布特最先从惊恐中清醒过来，他对摄像员说：打开机器，大家都说一句话……停了片刻，他又说：也许是最后一句话，留给家里。镜头一一扫过战士们的脸，没有一个人说出半个字。孟布特忽然想起了妻子，他掏出手机给她发了一条短信：我爱你，也爱我们的女儿陶陶！然后，就关了手机，指挥消防车开向了地狱。

读到这里不禁动容。消防员的每次救援行动都会面对死亡，但真正要面对这两个字的时候，人还是会回到本真状态。他们也是普通人，惊恐是他们的第一反应。绝非像影视当中，人濒死之际还絮絮不止交代身后事。

真实是艺术的生命，于报告文学或纪实文学而言尤其如此。作品中，我们看到作家努力还原现场，还原人物形象所做出的努力。

《大化厂，大化人》

张燕燕的长篇作品《大化厂，大化人》写本市一个大型国企。最早为大连化工厂，后来随着企业的发展，名称迭经变更，但其简称一直为“大化”。作者对大化厂、大化人十分熟稔，透着朴实真诚的感情。作品是从我国的化工专家侯德榜写起，针线绵密地一步步落到大化。作品全方位地记述了大化发展的历史与化工专家侯德榜密不可分的联系，尤其是侯德榜独创的“侯氏制碱法”在大化实施的历程。可以看作是为侯德榜立传，为大化立传，为中国化工工业立传。作品史料详实，文风朴实，情感真挚。

《大化厂，大化人》

《野战师素描》

新世纪，中短篇作品亦不遑多让，作家们各擅胜场，奉献出精彩之作。写小说出身的军旅作家马晓丽以《野战师素描》为我们呈现了新时期的新军人形象，作品在结构上以近乎“散点透视”的方式，分别从士兵、军官、记者等不同角度，较为全面地展示了一支部队的风貌。作家举重若轻，文笔灵动，塑造了现代军人的群像。作品由“记者”起，再由“记者”作结，结构严谨有序。犹似一个伏笔、一个“包袱”，至结尾处，人物形象、作品主题訇然而现。处处显示一个小说家的深厚功力，也体现出一个军人的崇高荣誉感。

《纵横万里任穿越》

周波平的《纵横万里任穿越》写我国道路桥梁、隧道工程专家，工程院院士王梦恕的事迹。作为本市长期从事城市建设和管理的业余作家，周波平早年从事小说、报告文学创作，体现出激情满怀的潇洒文风。而此篇则激情内敛、扎实厚重，体现出与内容相吻合的笔致。作品由邀请王院士到大连参加论证会而相识写起，一步步走进王梦恕的壮阔人生，显示出作家驾驭宏大题材的能力。

《救命之恩》

相比较而言，儿童文学作家于立极的《救命之恩》，题材并不重大。于立极作为驻村扶贫干部，在村里获知一个救命的故事，关于两个乡村女孩之间的纯真友情。一个大暴雨之夜，在洪水暴发之际，一个女孩给另一个女孩家打了一个电话，救了一家数口。故事中的双方都表现出善良的情愫，对友情的珍惜。救人女孩的自尊自重，被救女孩的知恩图报，被救父亲的义举，都令人动容。

讲到报告文学，黄瑞是不能忽视的存在。他向以高产闻名，常以敏锐的嗅觉捕捉社会中涌现的兴奋点，并以长篇形式呈现。黄瑞是大连文学界不多的以报告文学作为写作方向的作家。除前述《商路》《为了这方土地》，还创作了《威廉警官》《黑土魂》《情满人间》等多部作品。近期，他又有反映大连盐化集团历史的长篇报告文学《大盐滩》问世。

相比于早期更多新闻记者为主流的创作队伍，进入新世纪后，大连的报告文学创作队伍，更多小说家介入。比如，马晓丽、鹤蜚、于永铎、紫金、于立极等，都在小说创作领域取得成就。马晓丽更是以短篇小说《俄罗斯陆军腰带》获得第六届鲁迅文学奖。还有王树真、周波平、张燕燕、刘长富等，也都有小说创作的经验。作家们的介入，提升了报告文学的文学品格，使之质量上有了飞跃。

儿童文学：姹紫嫣红开遍

大连的儿童文学是发展最快的一个文学类别，也是水平很高的一个文学类别，迄今已有车培晶、刘东两位全国优秀儿童文学奖得主。依此标准来看，大连的儿童文学创作仅次于小说创作，而领先于其他类别。

大连的儿童文学创作虽起步较晚，但在20世纪50年代已经有《我和瓦夏》这样的作品入选1956年度中国作协所编年选。但当时，大连尚未出现专门的儿童文学作家，创作数量有限。大连的儿童文学创作真正得到发展是在20世纪80年代，在整体上呈现出繁荣局面。

1983年9月24日，中国少年儿童出版社、陕西人民出版社、广西人民出版社协作编辑出版的《可爱祖国丛书》丛书颁奖大会在大连市举行，大连作家宋一平的《我的家乡——旅大》获优秀作品奖。

1986年5月8日，辽宁省首届儿童文学作品评奖揭晓，大连作家滕毓旭的诗歌《湖滩上有对天鹅》、于颖新的儿童小说《猫哥》获优秀作品奖；季福林的散文《海岛的孩子》、宋一平的童话《聪明的小猕猴》、蔡永武的童话《槐姑的传说》获佳作奖。

也是在1986年，先后有本市作家宋一平的儿童文学集《祖国的宝岛——台湾》《鸟乡小客人》由中国少年儿童出版社出版，滕毓旭的《我是小乖乖》《老虎怕山雀》由四川少年儿童出版社出版，尤异的《古峡幽灵》由贵州人民出版社出版。

1989年10月10日，在辽宁省第三届儿童文学评奖活动中，大连作者季福林的朗诵诗《希望之光》、于颖新的小说《山喜蛛》获一等奖，滕毓旭的组诗，蔡永武、宋一平、尤异的小说获二等奖。

尤为可喜的是，出现了滕毓旭和尤异两位优秀的作家。可以这样说，在20世纪80年代和90年代，滕毓旭和尤异领衔大连儿童文学创作，或者说，他们是双峰并峙的情状。单从出版来看，的确如此。据张琳在《大连文学五十年》里的统计，新时期以来，至90年代中期，在十几年的时间里，大连共出版各类题材的儿童文学作品共42部。其中，尤异的作品有10部，滕毓旭的作品有17部（包括合著和编著）。两人作品共27部，占总数的64%，这是相当惊人的数字。而其他的15部作品（包括合著、合编）则分属十几位作者。殊为难得的是，他们两人的创作，不仅数量多，且保持了一贯的水准，有广泛影响。

滕毓旭：大连儿童文学的领军者

滕毓旭

滕毓旭不仅是一个优秀的儿童文学作家，还是一个儿童文学事业的开拓者、推进者。他对大连儿童文学的贡献体现在以下几个方面。

其一，是他自己的创作。他自1957年开始发表作品，几十年来，笔耕不辍，成果丰硕。如今已出版儿童诗集《春光染绿我们双脚》《有趣的动物》《绿色的梦》《我是小乖乖》《老虎怕山雀》《谈天说地唱儿歌》《老鼠坐上火箭炮》《童年的相册》《森林童话》《会跑的山》《趣味植物儿歌》《滕毓旭儿童诗》《滕毓旭儿歌》《北方孩子》《狗熊做气功》《昆虫小夜曲》《少年英杰之歌》《英雄之歌》《希望之歌》等21本；科幻文学作品《神秘的蛇岛》（合作）、《水族魔术师》、《兽国大力士》、《植物七彩城》4本；长篇科学童话《瘸腿狮子阿古》；长篇报告文学《神奇的永恒》。滕毓旭还主编《蓝风筝长篇科学童话》《糖葫芦书架》《金房子科普丛书》《快快乐乐学成语》等丛书，并牵头组织编写《儿童文学》《儿童文学作品选读》《幼儿文学选萃点评》等教材，供中等师范学校使用。同时，滕毓旭还编写了《奇岛历险故事》《迷你格言》《歇后语金库》《有趣的大千世界》《小学作文四部速成》《儿童格言》等8本儿童读物。迄今，已出版各类图书90多本，属于高产、稳产的作家。

滕毓旭的创作以儿童诗、童话等低幼读物为主。如今他已年逾八旬，仍时有新作，保有童心，实属难能可贵。

他的作品深受孩子们的喜欢和市场的好评，有儿童诗《火烧云》《时间雕刻刀》，歌词《祖国给我一片爱》，儿歌《小猫的眼睛》等十几篇作品，先后被收入各级各类教材，成为行业标杆。

其二，是他推动了本地区儿童文学事业的发展。滕毓旭不仅勤奋写作，还热切关注本地儿童文学创作。在他的积极努力下，1990年1月，大连市儿童文学学会成立，选举滕毓旭为会长。同年6月，大连市儿童文学学会即举办了大连市首届儿童文学作品评奖，这对本土儿童文学创作是极大的鼓舞激励。此后，各种儿童文学活动不断，营造了良好的创作氛围，一批年轻的创作者也不断涌现。滕毓旭极力推动，为本地作家出版作品提供各种机会，或单部作品，或成套丛书，以各种形式不断呈现。

滕毓旭主编各类丛书有：

1.《中国幼儿文学选粹点评》（海燕出版社，1987年）

2.《糖葫芦书架》（丛书12本，与车培晶主编。辽宁师范大学出版社，1995年）

3.《儿童文学》（牵头并统稿供师范大专班使用之教材。开明出版社，1996年）

4.《儿童文学作品选读》（牵头并统稿供师范大专班使用之教材。开明出版社，1996年）

5.《金房子科普天地》（丛书8本，与车培晶主编。辽宁师范大学

出版社，1997 年）

6.《快快乐乐学成语》（与张秀美主编。辽宁师范大学出版社，1998 年）

7.《蓝风筝长篇科学童话》（福建教育出版社，2000 年）

丛书覆盖面广，为本地作家提供了机会和舞台。

其三，是他对年轻作家的发现和培养。滕毓旭除了个人勤奋创作，还热心扶植新人。大连年轻一代儿童文学作家，大都受惠于滕毓旭的指导和鼓励。举凡车培晶、刘东、满涛等一大批有成就的作家，都曾得到滕毓旭的帮助和提携。

1993 年，车培晶从大连教育电视台调入《少年大世界》担任编辑，滕毓旭是主编。这一年对于车培晶具有革命性意义，同样，对于大连的儿童文学创作也意义非凡。

童年随父母下乡的车培晶，在恢复高考后考入大连师范专科学校（现大连大学）美术专业。毕业后被分配到中学担任美术教师。20 世纪 80 年代初期开始发表文学作品，工作迭经变动。到 1993 年，他已初露锋芒，被爱才的滕毓旭调入《少年大世界》。同是这一年，在滕毓旭的鼓励之下，车培晶自费出版了自己的第一本书《神秘的猎人》。车培晶自己这样描述：

> 1993 年初夏，在滕毓旭老师的鼓励与怂恿下，我咬咬牙拿出几个月的工资，自费出版了我的第一部小说集——《神秘的猎人》。

和当时大多数出版物差不多，这本儿童文学作品集毫不起眼，甚至有点粗劣寒碜。但正是这样一本“长相”粗朴的书，获得了中国作协第三届全国优秀儿童文学奖，标志着大连的儿童文学创作进入新的时代。车培晶也因此成为大连儿童文学创作的标志性人物。

获得中国作协第六届全国优秀儿童文学奖的刘东也特别感念滕毓

旭，将之视为恩师。滕毓旭推荐刘东进《少年大世界》时，他已经离开杂志社，但他的话还是有分量的，他是凭名望在尽力。说起来，刘东也是幸运的，除了滕毓旭，他获得了更多的助力和推手：

> 事隔多年我才知道，当时想进杂志社工作的远不止我一个人，而且都很有实力。怎奈，外有赵（郁秀）老师、滕（毓旭）老师这样的重量级人物力荐，内有满涛先生的“接应”，还是让我在这场激烈的竞争中，浑然不觉地胜出。

刘东因为重病失去了参加高考的机会，在家里延宕多时，进入《少年大世界》让已经有一定写作经验的刘东如鱼得水，在做好编辑工作的同时，打开了儿童文学创作的大门。大连的两位全国优秀儿童文学奖获得者都出自同一单位，这在全国大概也不多见。

我在分别采访车培晶和刘东的时候，他们都十分诚恳地提及滕毓旭对自己的提携、关怀和鼓励，也在各自的文章中屡屡表达这样的情感，让我十分感动，也为大连文学界有这样的前辈感到幸运。这需要一种坦荡的襟怀，也要有慧眼识珠的本领。

其实，刘东提到的满涛，也是滕毓旭调入杂志社的。满涛在一家医院从事电力工作，以前从事成人文学创作。《少年大世界》创办后，滕毓旭将其调入，在滕毓旭的引导下，满涛也走上儿童文学创作之路，成为一名优秀的儿童文学作家。

其四，是他创办了少儿期刊《少年大世界》，从而给本地的儿童文学创作和中小学生作文提供了宝贵的园地。经过多年经营，杂志社已由最初的发行一本刊物，发展为发行多本刊物的集团。

由于滕毓旭在儿童文学创作领域成绩突出，1987 年，他被大连市文联、文化局记二等功一次。

尤异：科幻文学创作的翘楚

新世纪初，国内某网站曾举行过一个“中国科幻作家最新人气排行榜”，在进入排行的80位作家中，大连儿童文学作家尤异以3620票名列第29位。或许这个评选覆盖面有限，但也在一定程度上反映了尤异在中国科幻文学领域的影响力。

尤异，1942年5月5日生于黑龙江省宾县，1964年毕业于东北师大物理系。曾任中学教师，吉林师院物理学讲师及中文系副教授、现代文艺研究室主任等，后来调入大连大学，任图书馆馆长。

1954年，还只是个中学生的尤异即开始发表作品，崭露头角。几十年来，已出版有长篇小说《周岚和她的学生》，长篇科幻小说《在阿拉法星上》《神秘的信号》，中短篇小说集《古峡幽灵》《来自太空的威胁》，中篇小说《未来畅想曲》《大青山上的魔影》《大洋里飘来的秘密》，以及《尤异佳作选》等40余部著作。短篇小说《毁灭》《第六感官的复苏》《蓝色的诱惑》《最后的沉沦》等较有影响。童话《彩虹姐姐》获全国第二届优秀少儿文艺奖，《孙悟空遨游太空》获全国优秀少儿读物奖，科幻小说《我和机器人》获上海儿童文学园丁奖。

1978年，尤异获吉林省优秀教师称号，同年，他出席全国科学大会，被授予先进科技工作者称号，为全国劳动模范。1979年，他加入中国作家协会，2001年被大连市委、市政府授予优秀专家称号，享受政府特殊津贴。

尤异是我国科幻文学和儿童文学界的一位优秀作家。他的作品在国内、外广有影响。20世纪50年代，在初中读书时期的尤异就开始发表作品。当时他只有14岁，那些文笔清隽、出手不凡的尝试，可谓后来蜚声文坛的练笔之作。60年代他从大学毕业，在教学之余开始发表科普作品。70年代初是他科普创作的旺盛期，不仅国内多家出版社竞相出版他的作品，而且部分作品曾在香港出版。70年代后期，他步入科幻创作，很快成为我国科幻文学界颇有影响力的作家。80年代初，他又在教育、生活积累的基础上转入现实题材的中长篇儿童文学创作。

尤异的文学创作，从科普开始，进入科幻，又转入现实，涉猎面广。他是由自然科学领域进入文学创作的，我们很自然会想到成就和影响更大的叶永烈。叶永烈毕业于北大化学系，读书时期即参与著名科普读物《十万个为什么》的写作。尤异的创作路径，与之相像。对自然科学知识的系统学习为尤异的科普写作打下扎实基础，而卓拔的文学才华和丰富的想象力又为他的科幻创作插上翅膀。

随着影响的扩大，受到外界关注也越来越多。尤异曾受邀在北师大举办科幻小说创作的讲座，受到好评。

尤异发表于1989年第10期《少年科学》上的科幻小说《CM闹剧》，写了一个顽皮少年偷了叔叔的发明报复老师的故事，引发各路专家各种论证，颇具讽刺意味。科幻作品虽为科幻，实则影射现实，颇具现实意义。作品发表后，被收入《中国当代儿童文学精品库·科幻小说卷》，由农村读物出版社于2012年出版。

类似的作品还有《孙悟空遨游太空》《我和“机器人”》等，都借助科幻间接反映社会现实，给人们启迪。

其他作家的创作

宋一平

宋一平曾多年担任《海燕》的编辑，长年坚持业余创作，以儿童文学为主。已出版有长篇儿童小说《飞虎队演义》《小响马和大响马》，出版游记散文《可爱的家乡——大连》《祖国的宝岛——台湾》，还有中篇小说《鸟乡小客人》等。

《飞虎队演义》反映的背景为伪满洲国末期的辽南，时间即抗日战争的后期。故事的主角是一群饱受鬼子、汉奸欺压的孩子，他们被有正义感的爱国僧人收留，练功习武，以图报仇雪恨。抗联组织得知后，派战士来给他们当队长和联络员，由此他们也进入抗日队伍，承担着各种力所能及的战斗任务。故事情节跌宕起伏、惊险曲折，人物刻画生动鲜明，有很强的可读性。之所以能写这样一部长篇，也与宋一平的个人经历有关，他年幼时曾在村里，像大孩子一样扛着红缨枪在村口站岗。间接的经验刺激了作家的想象，完成了这样一部优秀作品。

宋一平也是20世纪80年代为数不多的几位专门从事儿童文学创作的作家。

季福林

诗人季福林也是热心于儿童文学创作的作家。他与儿童文学作家滕毓旭多次合作，先后完成了长篇科普报告文学《神秘的蛇岛》、长篇报告文学《神奇的永恒》等纪实类作品，还与韩宗凯合作完成了长篇散文《黄金海岸风流歌》。作为一个诗人，他也没有放弃自己的老本行，为孩子们创作了朗诵诗《希望之光》。其单篇作品多为散文，有很强的抒情性。

《神秘的蛇岛》写位于旅顺附近渤海海域的一座小岛，在不到一平方公里的土地上，盘踞几万条蝮蛇，引人瞩目。两位作者数度亲临踏访，搜集大量一手素材，以纪实散文的方式呈现给读者。作品以探访经过为主线，融知识性、趣味性于一体，有客观纪实描述，有知识性内容的介绍，使读者有身临其境之感。

于颖新

于颖新的第一部长篇小说《斑斓少年》是以家乡为背景的少年叙事。作品中虽有浪漫的“斑斓”色彩，但现实的残酷和成人世界的丑陋，也在一点一点浸润着纯洁的少年，将他们雕刻成各式各样的成年人。作品成功塑造了韦成芝、程约玲等人物形象，在他们身上体现了作家对生活的深刻理解。以碧流河为背景，强化了作品的地域色彩。作为老一代作家，作品语言有书面语和方言杂糅的特点，一方面凸显地方特色，另一方面却使行文不协调，影响了表达效果。

和滕毓旭相似，于颖新也曾办过少儿期刊，初名《神童画报》。图文并茂的形式，给少年儿童阅读提供一种新的选择，也给孩子们发表作文和绘画作品提供了园地。

宋一平、季福林、于颖新等作家的创作，多以表现本土背景和地方特色为主基调，体现出经验色彩，也体现出对家乡的深情。

于立极

于立极是与刘东几乎同时出现的优秀儿童文学作家。其代表作品《美丽心灵》《龙金》等出版后，获得众多荣誉。《美丽心灵》被翻译为英文出版，是本市第一部被翻译成英文的儿童文学作品。

于立极的父亲于颖新是大连儿童文学的前辈，受家庭影响，他从小就喜欢写作。18 岁时发表处女作——抒情长诗《十八岁的歌》，但他并没有成为一个诗人。他在出版了自己的第一本书——散文诗集《致爱人》之后，开始转向儿童文学写作，并且起笔不凡。最初的作品，如短篇小说《绿太阳》《生命之痛》等，发表后即获好评并获奖。

大学毕业后，于立极到大连医科大学工作，后来担任《大连医科大学学报》主编。这样的工作环境和条件，让他开始从一个新的角度认识人生，审视文学创作。恰好他办公室隔壁就是心理学博士姜潮，时任组织部部长，后来担任大连医科大学校长。姜博士发表在报纸专栏上的文章触发了于立极的灵感，于立极要把心理咨询和小说创作结合起来，从而对孩子们有更多帮助。这就是长篇少年心理咨询小说《美丽心灵》创作的起点，但最初是以短篇小说的形式在刊物上发表。第一篇《自杀电话》发表在《儿童文学》杂志，时间是 1998 年。

于立极的作品首先获得了编辑的热情肯定，然后受到读者和专家好评，还获得了杂志的年度奖，并被收入各种选本。这对他是个极大的鼓励，但他并不急于成功，他对文学创作的原则是一定要写和别人不一样的作品。所以这部作品他写了 16 年，到 2014 年才结集成书。作品以心理咨询为载体，打开了青少年隐秘的内心世界。作品的创作建立在作家对心理学的充分研修的基础上，作家还曾开展心理咨询实践，从而解决了知识问题、技术问题。这样的一种创作态度，源于于立极的文学观，即文学要有创新，还要承担社会责任。

写于立极还不应该忽略他书法家协会会员和美术家协会会员的身份，但是我更感兴趣的是他还是个武术习练者。这些丰富了他感知世界的方式，也为他的创作打开方便之门。为新中国成立 70 周年创作的长篇小说《解放区的天》，初名为《红缨如风》，“红缨”就是红缨枪，“如风”是枪舞起来的状态。“枪”是冷兵器时代的“百兵之王”，其功能远非其他武器可比。于立极驾驭这样的题材自是游刃有余。

满　涛

同样来自《少年大世界》的满涛，最初写成人文学，是《海燕》的重点作者。调入《少年大世界》后，在滕毓旭的指导下，他转向儿童文学创作，成果喜人。在写了一系列中短篇作品之后，他陆续出版了《一条会飞的鱼》《我不是差学生》《神秘的男老师》《超级五班的男生们》《超级五班的女生们》等多部长篇，颇有一发而不可收之势。

满涛的儿童文学作品还是会有成人文学的影子，比如作品中会出现诸如父亲、爷爷这样的角色，或成为儿童主人公的背景，或作为儿童视界的对照，以强化儿童主人公的存在意义。比如短篇小说《透明的红螺壳》中的父亲，比如长篇童话《精灵王子变成了一条大鱼》中的老海爷爷和疯奶奶。这样的人物设置，为作者展开情节提供了便利，同时也使儿童世界不那么单纯。

满涛的儿童文学作品的另一个特点是选材大多涉及海洋，写海，写鱼，写船，写与这些打交道的人。不管是现实题材的作品，还是超现实的童话，都是如此。除前述作品，还有短篇小说《鱼王》《鱼旺的期盼》，长篇小说《飞翔的七色鱼》，等等。

王茵梦

女作家王茵梦也来自《少年大世界》，笔名钟墨。她的文学创作也始于成人文学，出版有《钻石王老五的艰难爱情》（改编为电视剧《艰难爱情》）、《私人生活》等长篇小说，还发表有中短篇小说《孽债》《爱上一只蜗牛》等。儿童文学创作以中学生题材为主，重要作品有《经过藤萝》《只是菊花不愿意》《一个人的玫瑰》等。她还创作“无敌王小猪”系列作品，包括《灰姑娘的浪漫事儿》《我是王小猪我怕谁》《淑女不是那么好当的》3 册。还有“我的青春有点痛”系列，包括《单爱》《不哭》《西城》3 部。作品特色鲜明，多次获奖，受到中学生们的欢迎。

葛　欣

葛欣是一位高产作家，出版有“阳光女生杜小默”系列、“嘻哈兔玩作文”系列、《星期八心灵童话·球星狗》等 20 余部儿童文学作品。还将培养女儿的经历写成《我要当个好爸爸》等。

李希军

李希军，笔名李孟杰。1994 年，发表第一篇童话作品《孙悟空大战米大王》，入选《当代中国少年儿童报刊百卷文库》。此后，又陆续发表了《宇宙足球赛》《香蕉狗》《回唐朝》等数百篇作品。

更年轻一些的作者傅天豪在中学生时即已出版长篇小说《不酸的青苹果》。

此外，刘枚升出版有长篇小说《淘气生和麦克老师》，笑含（本名刘亚玲）出版有童话《歌歌兔的快乐密码》《优优鼠在行动》等，林锡胜出版有《刺猬、大象与葵花》《有独特见解的狐狸先生》等童话多部。

从事儿童文学创作的作家还有刘成德、戴鸿杰、丛敏、王代红、王家莲等。

总之，大连的儿童文学创作涵盖了儿童文学的各个门类，各有代表性作家和代表性作品，呈现出多姿多彩、姹紫嫣红的局面。

《大连市优秀文学作品选集·儿童文学卷》首次将儿童歌曲的歌词纳入书中，体现了编者对儿童文学新的认知。书中收入阿琴、杜希英和张树礼的歌词作品多首。

三位作家中，阿琴擅写诗和散文，同时也有歌词创作，都有不俗成绩。选入本集中的《星海谣》等三首歌词都由作曲家谱曲，由歌手演唱，扩大了影响。

作家杜希英也是创作的多面手，有小说、剧本、散文、诗歌和歌词创作的经验，甚至还擅作曲，涉猎范围广，作品数量大。所作词歌曲有多首谱曲演唱并获奖，其中《孝心到永远》曾在中央电视台综艺频道播出。

张树礼则是专门的词作家，成果丰硕。其《爱的翅膀》："阳光下爱的翅膀 / 带着微笑飞翔 / 飞过高山大海 / 一路洒下爱的阳光 / 照亮你的心灵 / 照亮我的梦想 / 幸福就在身边 / 我们把歌唱……"词句朗朗上口，阳光明媚，健康向上。

群体篇

小城文坛，星光闪烁

说城“小”其实并不是指城市建成区规模、人口数量，也不是GDP指标，而是行政级别。相对于它们的上级大连[1]——这个副省级的城市，瓦房店、金州、普兰店、庄河、旅顺等的确是毫无疑问的“小城”。但若较起真来，这些“小城”的资历可要比大连这个“大城”还要老呢！当然，不是看它们的资历，而是相对的独立性。文化人的活动集中在小城内，所以，我们要给这些小城一些笔墨，以展示大连文学的全貌。这里着重描述瓦房店、普兰店、金州（开发区）和庄河几个区域涉及的作者队伍和作品数量。其他未单独列出的县市（区），将以体裁或其他方式，将个别作家归类。市内各区虽各有组织体系，但人员流动自如，已然感觉不到区域界隔，不再单独论述。

四座小城，在文学创作上虽诸文体皆备，全面发展，却也各呈不同风貌。为突出各自特点，遂摘取一端，置为标题，未免以偏概全，相信读者诸君当可体察。

瓦房店篇：小小说创作，蔚然成风

30多年前，三个爱好文学的年轻人在瓦房店相遇，促成了一个油印小册子的产生——《三叶窗》。这成为三个年轻的文学爱好者进军文坛

[1] 截至2021年底，大连市下辖中山区、西岗区、沙河口区、甘井子区、旅顺口区、金州区、普兰店区7个区，瓦房店市、庄河市2个县级市，长海县1个县，为行政区；高新区、金普新区、长兴岛经济区属于功能区。这里将大连市的这些下辖县市（区）作为统一的下属单位来看，是一个笼统的提法。虽然按现行体制，这些地区在干部层级上有差异，但行政区都属于大连市的下一级单位。

的号角，也是他们在文学长途上留下的第一行足迹。这三个人是：当年在文化馆工作的文学青年，如今的大诗人麦城（本名王强）；当年的大学生，如今知名的文学评论家王晓峰；当年的农村女孩，如今的诗人、作家董桂萍。

这本小册子里面收入王强和董桂萍的诗歌，以及王晓峰的评论。这对于三个人来说，具有奠基的意义。如今，王强成了大诗人麦城，王晓峰成为知名评论家，董桂萍也成为特色鲜明的诗人、作家，沿袭了最初开启的路径。

1986 年 11 月，瓦房店市第一届文代会召开，成立瓦房店市文联，并出版内刊《金刚石》。如果说前述三个年轻人的行为是一种个体的、民间的努力，瓦房店市文联则从组织上、行政上予以规范和强化。而最终，这两股力量必将形成合力。

先说瓦房店市文联。当时文联主席卢全利，是文学评论家。张清，时任编辑，从事文学评论和文学创作，出版有《张清文集》。当时文联副主席林丹，是很活跃的作家，不断推出新作。1990 年 10 月，大连市文联与瓦房店市文联共同举办“林丹作品研讨会”，来自北京、沈阳、大连的作家、评论家出席。林丹迄今已出版中短篇小说集《日月》《花季》等，长篇小说《下级军官》《老镇》《古城》等，散文集《五彩海》等，是那一代作家的代表。

瓦房店市文联的刘军小说写作颇具特色，出版有短篇小说集《手谈》。其代表作短篇小说《手谈》发表于《北方文学》，后被《小说月报》转载，影响极大。小说写的是抗日故事，背景是“复城”。

我注意到，如今的瓦房店市文人在虚拟文本的时候，常以诸如“复城”这样模糊的词语指代瓦房店，以示“过去”或隐语“虚构”。抗日题材难写，在于战争的双方已近乎脸谱化、模式化的作品横行，突破很难。刘军选择了一个很巧妙的角度：侵略者军官和被侵略、被占领方的教书先生对弈。这是一盘不对等的棋局，占领者、侵略者具有强大心理优势，手握生杀大权。一个文弱书生凭借心志，凭借不屈服的英勇气概，当然还有棋艺，最后拼尽全力赢得对局。短短 2000 多字，展现几为千军万马的对垒，写得惊心动魄、荡气回肠，体现了作者不凡的艺术功力。

著名作家邓刚在为刘军小说集作的序中高度评价这篇小说：

> 短篇《手谈》几乎可以说是神来之笔，两千多字，抵得上成千上万言的描写侵略战争的巨作。

刘军对方言和地方文化有深切的了解和把握。他创作的特点之一就是精练，无论语言还是情节，绝不拖泥带水，精心构思却不着痕迹。

张国巨是这一时期瓦房店市又一位代表性作家。小说、报告文学等每有佳构。小说《风至，归来兮》、报告文学《走出谷底》等曾获奖。张国巨对瓦房店除贡献了文学创作外，还贡献了一个极具影响力的景点命名——仙浴湾。

这一时期，还有一位重要的诗人严厉。她的诗比较长，有一咏三叹、铺排渲染的古典韵味，但其诗的意象建构、意境营造又颇具现代意味。如《舞者》《迎接一天一次的诞生》等，都是这样。她后来成为瓦房店市领导，作品写得不多。

侯德云的到来，开启了瓦房店文学的新局面。他是从普兰店来到瓦房店的，先是在报社任职，后来到瓦房店市文联，再到后来担任文联主席兼作协主席。他最初以写杂文知名，在很多报刊开有专栏，优质高产。后来开始写小说，而且是小小说。不想，竟一举成名，且一发不可收拾。迄今已出版小小说集《红头老大》《简单的快乐》《谁能让我忘记》等多种，还有理论著作《小小说的眼睛》。《二姑给过咱

2016 年 8 月，作家侯德云在瓦房店读书沙龙举行文学讲座

一袋面》《一块木板的存在方式》《谁能让我忘记》《我的大学》等诸多作品皆成小小说经典。他的多篇作品被选入各种选本，被选入教材和试卷，被评论家评论，迭获大奖。

侯德云已然成为国内小小说领域最重要作家之一。其实，他在写小小说的同时，也写短篇小说，但因其写小小说的名声太大，已掩盖了创作短篇小说的成绩。同时，他在散文、随笔领域也有创获，出版有《自己的事情》《寂寞的书》《那时候我们长尾巴》等多部散文随笔集。

近年，侯德云出版了一部学术色彩浓郁的书，我不好再叫它随笔了。那是用随笔的形式完成的学术探讨，书名叫《天鼓：从甲午战争到戊戌变法》。很多年前，作家王蒙首倡“作家学者化”，作家们自觉不自觉地向这个方向努力。如今，终于看到我们本市作家写出有学术价值的著作。这不仅仅是“学者化”，是已经“化”为学者了。

侯德云对瓦房店市文学的贡献不仅有自己的创作，更有对当地作家的引领。他创办“读书俱乐部”，鼓励作家们读书；创办《深阅读》，力推“非虚构”写作，这些举措提升了瓦房店市作家的学养，很多人成为多面手，都能写一笔评论。比如老汤、包晗、丛棣、木然，等等，都在完善自己创作的同时，写出各具特色的评论。作家们写出的评论，有独特的观点，生动有趣，对读者、作者大有裨益。侯德云还鼓励作家们写“大块文章”，比如张国巨的长篇连载《千年梦回是老街》，简直是一个村庄的村史，内容包罗万象，再现了时代旧景，笔调清新。

《深阅读》

丛棣的长篇纪实散文《北京，北京》和木然的长篇纪实散文《长春，长春》可视为“姊妹篇”，分别写各自的亲身经历，裹挟着青春，有深刻的时代印记。

这些作品篇幅虽长，却都扎实厚重，可

读性强。与之相类的还有丛棣的《写身边的几个人》，仿如压缩了岁月，沧桑感扑面而来。这些厚重之作，都发表在每年两本的《深阅读》和《辽南文学》上。

许是受到侯德云的影响，瓦房店市的文学创作，小小说成绩突出，成为区别于其他县市（区）的一个显著标志。除侯德云外，宁春强的小小说创作也成绩斐然，出版有《远山有绿色》，其代表作《雁阵》广受好评。1998 年，大连市文联和郑州市《小小说选刊》联合举办“侯德云、宁春强小小说研讨会”。宁春强近年仍笔耕不辍，迭有新作。

此外，老汤、丛棣、木然等的小小说也各有特色，每有新作发表即成为选刊类关注的标的。举凡《小小说选刊》《微型小说选刊》等权威选刊，常会见到瓦房店市作者集合的盛况。

除从事小小说创作的作家外，从事小说创作的还有董桂萍、张守利、孙宏亮等。

散文在素素之后少有“大作”，但不乏佳作。前面提到的张国巨、丛棣、木然等的作品，都堪称佳作。问题是，前述作家多以小说创作作为自己的“主项”，散文似为“兼项”，瓦房店市还缺乏专事散文写作的作家。比如宁春强的“石门”系列很有特色，但他的艺术追求仍是小说，散文写作颇有“无心插柳”的意味。

偶见写诗歌和歌词的作者焦永权的散文，亦有出彩处。如《感慨复州》，对一座古城的咏叹，见出作者的文学修养与深情。其写旅游感怀的《闲话旅游》，写出旅游者的种种情状，亦颇多趣味，令人莞尔。

瓦房店市的诗人，除严厉、董桂萍，还有刘洪波、老汤、包晗、丛棣等。

《三叶窗》中的两位都早已离开瓦房店，留守的只有董桂萍。董桂萍年少成名，17 岁时以诗歌《乡村，在热烈地谈论着大连》获大连市征文奖。更早的时候，她在辽宁《新少年》发表诗歌处女作。后来，诗歌、小说双管齐下，各有成就。小说《陈麦子你别发芽》在《青年文学》发表，引起较大反响。

从瓦房店走出去的文人阵容强大。

麦城，著名诗人。著有诗集《麦城诗集》《词悬浮》《历史的下颚》等。先后出版日文版诗集《麦城诗选》、英文版诗集《麦城诗集》、瑞典文版诗集《钻石里的一滴泪》。

孙郁，鲁迅研究专家，现代文学研究专家。曾任北京鲁迅博物馆馆长、中国人民大学文学院院长等。现任北京市作家协会副主席、中国鲁迅研究会会长，著有《鲁迅与周作人》《新旧之变》《在民国》《民国文学十五讲》《聆听者》《往者难追》等 30 余部著作。

素素，散文家。任大连市文联副主席、大连市作家协会主席[1]。著有散文集《素素心羽》《独语东北》《流光碎影》《旅顺口往事》等 10 余部。散文集《独语东北》获第三届鲁迅文学奖。

王晓峰，文学评论家。任辽宁省文艺评论家协会副主席、大连市文联理论室主任、大连市文艺评论家协会主席等。著有文学评论集《大连文化散论》《生活里的文学和艺术》等，随笔集《喜欢玉一定喜欢阳光》等。

荒原（本名王滨），作家、编辑。曾任《芒种》编辑，沈阳市作家协会副主席。著有长篇小说《紫泥湖》等，小说集《故乡人风》等 3 部，长篇报告文学《球迷现象》等 7 部，散文随笔集《戈壁牧歌》等 7 部。

迟福铎，诗人、歌词作家，任职于大连群众艺术馆。辽宁省音乐文学学会副主席、大连市音乐文学学会会长。出版有诗集《思念炊烟》、歌词集《爱上你，我很幸福》等。

普兰店篇：小城涌动诗潮

在大连市所属县市（区）当中，尤其是“北三市”中，普兰店比较特殊。一是建制较晚，1945 年，始设新金县。在明代，分属金州卫、复州卫；清朝时期，沿袭明制，分别隶属于复州、宁海县。二是“身份”

[1] 包括素素在内，书中所涉及的任职情况，都截至写作时，即 2020 年底。

多变，先由新金县改为普兰店市（1992年），又改为普兰店区（2016年）。其实从名称上即可看出，“新金”是从“金县”衍生而来。这样看来，它的“资历”与其他县市（区）相比就比较“浅”。不过，普兰店的朋友也不必悲观，我们不讲历史，讲文学恰从“新金”开始，主要是新中国成立之后的这几十年。

纵览普兰店近几十年的文学创作，大体可分为“新金时期”和“普兰店时期”。

“新金时期”大体上从20世纪50年代开始到70年代末。这一时期，整体影响力不大。据曾任新金县文联主席的姜凤清介绍，本区60年代的作家，小说方面有刘树猷、马云祥、于泽生等，诗歌有晓牧（本名王汇元）、张崇谦等。50年代的也有，但影响不大。

时任中宣部副部长兼文化部代部长贺敬之同志为“新金县文学艺术界联合会”题字

20世纪70年代，文学气氛渐渐活跃，出现沙仁昌、刘元举等一批颇有实力的作者，形成了一个比较活跃的创作群体，一时有“新金帮”的说法。主要作者除前述两位，还有张崇谦、马云祥、姜凤清等年长一些的作者。此一时期，下乡知青中也出现一些文学爱好者融入这个群体，主要有高满堂、史卫国、刘汝达等。

这一时期影响最大的是沙仁昌。沙仁昌，1947年生，普兰店安波镇人，1972年开始发表作品，主要发表在《辽宁日报》、《辽宁文艺》（《鸭绿江》前身）、《旅大日报》等报刊。重要作品有《熟悉路线》《蚕花》《八面出击》《霜叶，如火的霜叶》等小说、散文。至“文革”结束，发表

沙仁昌

短篇小说、散文30余篇，被省作协誉为“农民作家”。1978年，考入旅大师范学校，毕业后进入大连市文联工作，担任过《海燕》编辑、副主编和主编。1991年，出版中短篇小说集《天女木兰》（沈阳出版社），2003年，出版长篇小说《天女峪恩仇》、长篇纪实文学《写给母亲》（大连出版社），2010年，与人合作出版长篇小说《口袋里的美国》（中国社会出版社）。

此外，比较有影响力的作者还有从事诗歌创作的张崇谦、姜凤清等，在《辽宁文艺》《辽宁日报》《旅大日报》等报刊上发表大量作品。从事小说、散文创作的主要有马云祥、刘元举等，刘元举小说处女作为《红缨枪》，时代特征明显。还有于泽生，写作体裁比较驳杂，诗歌、散文、小说都有，但主要发表在本地报纸《旅大日报》上。还有从普兰店地区进入市内工作的，从事儿童文学创作的滕毓旭，从事诗歌创作的滕广强、季福林等，作品较多，有一定影响。还有当时在《旅大日报》任副刊编辑的安丰金等。

普兰店市文联工作会议

“普兰店时期”的标志是普兰店市文联的成立，还有内刊《古莲》的创办，以此聚集了一大批文学爱好者。这一时期最主要特征是涌现出一批诗歌写作者，其中一些人后来成为国内知名诗人，如颜梅玖、李皓等。此外，还有曾晖、姜春浩、王宝成、张丛波、赵万斌、赵普秋、倪海霞等。对于一个县市（区）来说，实属难得，蔚为大观。

在此，不得不提到一个人，就是时任普兰店市文联主席姜凤清。作为一个诗人，他的引领、辅导，对一众年轻的文学爱好者起到至关重要的作用。直至今天，他还对往日弟子耳提面命，表现出一个长者的责任感，也表现出其对文学艺术的热爱和尊重。一位作者疫情期间发表了一首表现同情心的诗作，因缺乏推敲，个别词语使用失当，被他发现，便毫不客气地指出。作者也虚心接受姜老师的指正，改过之后，重新发表。正是这种良性互动，营造了良好的创作氛围，那些年轻的诗心才得以勃发。

还可提及的是，这批作者还在中学读书时，都积极参加校园里的文学社团活动。包括后来从事儿童文学创作并成绩斐然的于立极，后来写诗也写评论的大学老师李大为，还包括李皓、曾晖等，当年都受益于校园里的文学社团活动。李皓正是因中学时期创作的诗歌获得了全国一等奖，给予他巨大鼓励，为后来的诗歌写作做了很好的铺垫。而于立极、李大为和曾晖，还得益于父子传承，得益于良好的家庭环境。

20 世纪 80 年代是属于作家们的黄金时代，也是中学生们的黄金时代。诗人们大都出版过个人诗集，如曾晖的《失语的灯笼》、姜春浩的《夜吟》、王宝成的《经年之约》、赵普秋的《飘逝的梦》等。

除了诗歌，还有一批写小说的高手。他们是梁淑香、王树真、侯贤奎、马廷奎、刘洪安、刘红梅等。

梁淑香的故事颇多戏剧性。1978 年年初，在农村务农的梁淑香写过一篇小说，投给《人民文学》。《人民文学》原本打算发表，派编辑朱伟——就是后来担任《三联生活周刊》的主编的那个朱伟——专程到辽南，找到梁淑香，要她修改。由于当时尚未全面否定“文革”，内容又要肯定“文革”，批四人帮，所以稿件无疾而终，未获发表。这对梁淑香是个重大打击。但此时，海燕文学月刊社获知此稿，便派编辑蒋成文来见梁淑香，对她给予鼓励、肯定。经过一番修改，小说最后以《没有寄出的信》为题，在《海燕》1979 年第 1 期发表，署名“初萌”。《海燕》于 1978 年 10 月复刊，当期并无小说，所以这也是复刊之后最早一批发表的小说。

1984 年，梁淑香离开故乡，也告别了农民身份，到山西当了一名老师。业余时间，她不断有作品发表，先后出版了中短篇小说集《故乡梦》、长篇纪实文学《难忘岁月》、长篇小说《辽南往事》，还有电视剧剧本《萧肃肃》等。近年她也偶有新作问世。她的作品文笔朴实，有浓郁的生活气息。还记得她前几年在《海燕》发表的一篇小说，写一个会算命的老太太，判断自己临终之际的折腾。写得非常生动，人物刻画真实，语言流畅。

多年从事新闻工作的王树真，每有豪情，也屡有大手笔。1985 年开始文学创作，发表短篇小说。迄今，已写出多部长篇小说和纪实文学，还有电视剧剧本。长篇小说有《猿人》《有这样一个中国女人》《貔子窝 1894》《青泥洼》《清明上河图》等。

长年在地质队生活的刘洪安写了多篇关于地质队员生活的作品，有了自己的题材特色。大概由于多年野外生活的经历，他的小说多悲剧色彩，有苍凉之美。如短篇小说《永远的微笑》，写一个女地质队员大芹子的悲情故事。大芹子是地质队最丑的女人，“她嘴唇阔大，上牙床凸出，拱得上唇外翻，翻成一抹凝固的微笑”，但她内心美好，追求爱情，然而，她婚姻不幸，最终死于癌症。作品中不断出现的地质词语，强化了人生的艰难。刘洪安对底层社会有深切体验和同情。他曾对我说过，要给地质队每个死去的人都写一篇，是为“地质队员的墓志铭”系列。《永远的微笑》是这个系列的第二篇，小说开篇就是“大宝跃上那座裸露着紫色页岩的山包”，这是他们在山间测量；“陡峭的断面上呈拱形排列着肉红色的石英岩”，这是人物活动的背景和工作环境。当“第四纪黄土”“灰岩”这样硬核词语拥挤在身边时，我们感受到一种压抑，生出沧桑之叹。

侯贤奎出版过长篇小说《师长的女儿》。有军人生涯、爱好文学的侯贤奎，其实是个成功的企业家。马廷奎的小小说颇具特色，出版过小小说专集《老尤之侃》。刘红梅以短篇小说为主，曾在《上海文学》发表过作品。

写散文的主要有马述勋、董晓奎、郭淑萍等。马述勋出版有散文随笔集《岁月飘香》《心旅印痕》《晚情漫笔》等，是比较高产的散文作家。董晓奎年少成名，涉笔散文、纪实等，出版有散文集《春风·阳光·女人》、文化著作《韵味·大连方言》等。郭淑萍出版有散文集《乡村五月天》，记述乡居生活，朴实深情。

还有一位作者，叫王天民，当年在《大连日报》举办的全国散文大赛中获得一等奖。

普兰店产生两位《海燕》的主编，一位是写小说的沙仁昌（1999 年—2003 年在任），一位是写诗的李皓（2011 年—2021 年在任）。

普兰店产生大连市唯一的“文学一家”——曾祥明、郑红（夫妻）一家，包括儿子曾晖，儿媳倪海霞。曾祥明以杂文知名于大连文学界，郑红、曾晖和倪海霞都以写诗为主。

大连市文联领导李勤明（左一）、季福林（左二）参加普兰店市作协作品研讨会

普兰店的安波镇以温泉闻名辽南，大连市文联和海燕文学月刊社的很多文学活动都在这里举办。

从普兰店走出的作家、诗人有如下几位。

刘元举，后来写出多部颇具影响的报告文学、纪实文学作品。以《中国钢琴梦》和《爸爸的心就这么高——钢琴天才郎朗和他的父亲》最为著名。曾担任辽宁省作协文学期刊《鸭绿江》主编。

沙仁昌，作家。出版中短篇小说集《天女木兰》、长篇小说《天女峪恩仇》、长篇纪实文学《写给母亲》、长篇小说《口袋里的美国》（与人合作）等。曾任《海燕》主编。

颜梅玖，诗人，现寓居宁波。出版诗集《玉上烟诗选》《大海一再后退》。2015 年，凭组诗《守口如瓶》获“人民文学奖”。

李皓，诗人。出版诗集《击木而歌》，散文集《一个人的词典》《雨水抵达故乡》等。曾任《海燕》主编。

此外还有儿童文学作家滕毓旭，诗人、曾任《大连晚报》副总编、市文联副主席的季福林等。

金州篇：古风余韵，谱历史新章

金州是大连地区的资深古城，城墙虽早已无存，但历史是在那里的，历史的文化血脉流淌至今。因为这历史，今天的金州文人仍心心念念，也着实给金州的作家们提供了足够的素材。

金州作家对金州历史文化的书写通过两种方式完成，一种是纪实，一种是虚构。

纪实作品有徐铎的《古今沧桑话金州》，王国栋的《故园·大连古城》，还有女作家格格的中短篇散文作品《三十里堡》《透过光阴的尘埃》等。老作家孙传基也多有金州的散文书写。

徐铎是土生土长的金州人，受惠于这方水土，对古城有深厚感情。

他的《古今沧桑话金州》，分别从“名胜古迹”“仁人志士”和“风物传说”三个方面，全面、系统地展示了金州城的历史，可视为关于金州的“通识”读本。

王国栋的《故园·大连古城》是对大连地区古城的历史文化的系统梳理，金州古城是其中的重要篇章。其对历史的考究，既有对史料的爬梳，也有合理的想象，不失理据，不乏趣味。

而格格的《三十里堡》等作品，则为真正的历史文化散文。以其优美的文笔引领读者缓缓进入历史长廊，见世事沧桑。其《透过光阴的尘埃》写最后一任金州副都统阎福升的悲壮人生。格格作品既有女作家的细腻笔触，也有与历史题材相应的雄健笔力。

以金州为背景创作的虚构作品，则更多一些。

徐铎的长篇小说《天兴福》就是以金州为背景创作的。小说以真实的历史人物、历史事件为原型，展开想象，重现当年风云。小说的主人公邵勤俭，原型就是金州富商邵尚勤。天兴福也是邵家固有商号，名字未改直接用在作品里。作品写了邵家在战乱年代的创业历程，邵勤俭具商业头脑，善于经营，同时又深明大义，具家国情怀。作品追溯金州商业文化渊源，第一次为“连商”作传。小说厚重大气，洋溢着民族自豪感。

徐　铎

作家王金杰以真实历史人物为原型，创作的长篇历史小说《民国“财神”：张作霖智囊王永江传奇》，再现了清末民初的东北大员王永江的传奇人生。在那个历史时期，金州为东北，也为中国贡献了诸多重要人物。之后，作家王金杰又出版长篇历史小说《陨城》，可视为其续篇。

女作家宇涵豪（本名张丽）的《烽火金州 1894》则以 1894 年发生

宇涵豪

的中日甲午战争为背景，写了在特定历史时期发生在古城金州的传奇故事，体现了作家丰富的想象力和驾驭历史题材的能力。

于永铎把目光聚焦于尚未被充分认识的“望海嵎大捷”，以长篇小说《旗猎》叙写了中华民族历史上第一次抗倭大捷。主人公刘荣冒用父亲刘江之名替父从军的故事充满传奇色彩，而他率兵抗倭大胜，取得了彪炳史册的功绩。

前述几位作家，除格格专事散文写作外，其他几位都以小说创作为主。

徐铎的写作始于20世纪80年代，早期代表作品为中篇小说《脊美鲸》《旋风网》等。他的创作选材多以“海”为主，兼及历史题材。春风文艺出版社于1993年出版《徐铎中篇小说集》，这也为他后来的长篇小说写作打下基础。以2011年《大码头》出版为标志，徐铎进入创作的第二个高峰，陆续出版《留在城里的知青》《一九六〇年的爱情》等多部长篇小说。其《大码头》出版后，被改编为话剧，在多地巡演。徐铎的作品叙事从容，有厚重的历史感。作家兼擅书画，精通地方文化，作品有书卷气。

于永铎是近年颇受文坛瞩目的作家。他的写作以叙事体为主，有长篇小说《爱情后时代》《悲情东北》《跳舞者》《蓝湾之上》等多部，长篇报告文学《洛古河畔红豆红》《战毒》等。

于永铎

他关注重大题材，善于驾驭长篇。作品在传统写实的基础上融入现代手法，有浓郁的时代气息。由春风文艺出版社和大连出版社联合出版的《蓝湾之上》，是以大连经济技术开发区建设为背景的长篇小说。作品敢于直面现实，热情拥抱改革。作品既讴歌为改革开放做出巨大努力的干部群众，亦不回避现实中的种种丑恶。主题尖锐深刻，情节跌宕起伏。得意与失意，爆发与落魄，形成鲜明对比和强烈反差。社会的每一次进步都有艰辛付出和各种牺牲，人性在其中得到淋漓尽致的展现。

女作家宇涵豪出手不凡，以长篇小说登上文坛，先后出版《宫主天下》《烽火金州1894》等长篇历史小说。词彩华丽、想象丰富，情节扣人心弦，颇得侠义、传奇等小说之精华。因其小说有较强的情节张力和传奇色彩，宇涵豪出道后，很快转入电视剧剧本创作，并多有斩获。

金州，包括开发区，写小说并有一定影响的作家还有刘宪茹、赵清田、高奇志、梁静枝，等等。

这里我要拿出一点篇幅给梁静枝。与其他作者不同，梁静枝小学尚未读完，靠新中国成立后扫盲班认识1500字。这样的文化基础，读书看报尚须借助字典、词典，搞文学创作不啻于痴人说梦。不仅如此，梁静枝一直是一个农民，成天与泥土打交道，读书看报的机会也很少。但她喜欢文学，喜欢写作。为实现自己的梦想，她坚持读完了两年业余中专课程。又参加“山西刊大”的函授学习。她利用所有的机会和时间，武装自己。她翻烂了3本《新华字典》，终于把喜好变成现实。由最初的发表短篇小说，到后来出版《烽火青春》《神秘的蝴蝶》等长篇小说。她的写作过程，在著名作家常万生为她的书写的序中，在《海燕》主编毕馥华

《烽火青春》

为她的书写的跋中，都有详尽介绍。梁静枝又不是个普通农民，她担任一个村党支部书记 16 年，带领全村致富，成为先进典型。她蝉联三届全国“三八红旗手”、四届辽宁省劳动模范，连任三届辽宁省人大代表。这些荣誉是对她工作的高度肯定，也意味着巨大的付出。

还须补充一笔的是，长篇小说《烽火青春》是以当时的辽宁省妇联主席王哲为原型创作的。王哲革命历程的起点是山东，后来辗转到了陕北。为追踪革命先辈的足迹，梁静枝在年近八旬之际，跨海赴山东，重走王哲所走过的路线，一路从山东到了陕北，完成了长篇纪实散文《记忆缝起的碎片》，发表在 2013 年《海燕》。

基层作者为完成文学创作要克服很多困难，很多人的写作过程都是励志故事。和梁静枝相似的还有孙传基，他也有 20 多年的农村工作经历。尽管后来出版多部文学作品，加入中国作协，担任县市（区）文联主席，但他每每以农民自居，可见他对自己经历的尊重，对底层社会的体认。有意思的是，他曾写过关于梁静枝的纪实文学《奇女子梁静枝》，也可谓惺惺相惜。还有工人出身的作家周莹，在 20 世纪八九十年代，她的作品曾风靡一时。她曾到很多单位演讲，尤其是学校，广受欢迎。这对于一个业余作者，是一种殊荣。

邵勋功（左）和日本作家松冈环（右）

金州的诗歌创作水准很高，邵勋功、季士君、大连点点、王金杰等，放到大连，乃至放到全省，都毫不逊色。其中季士君和大连点点在本书中有专门论述，此处不赘述。

周莹之后，金州的散文很低调。优秀的散文作家赵

冬妮、格格，不事张扬，作品扎实，一直在“用作品说话”。包括写诗的季士君，写小说的徐铎、于永铎，每有精彩篇章呈现。

写金州一定要写一写邵勋功，他不仅是一个诗人，还曾担任金普新区作协主席，他更大的贡献是为作家服务，为作家举办讲座、开研讨会、举办笔会，为作家出书提供各种方便，为作家作品写序、写评论推介。我一直认为他有海纳百川的度量，作家，尤其是诗人，通常都很有个性，兼容性较差，但在邵勋功这里好像不存在。虽然他只是金州区作协主席，但他举办的活动往往覆盖全市，乃至会请到全国的知名作家、评论家，足见他的影响力、号召力。

庄河篇：小说创作，独树一帜

庄河的文学创作在20世纪八九十年代达到一个高峰，其标志是孙惠芬的出现。孙惠芬从20世纪80年代开始发表作品，而且出手不凡，引发文坛关注。随后几年，她的小说已陆续登上《上海文学》《青年文学》《作家》这样的主流文学期刊，当然不消说本地的《海燕》、本省的《鸭绿江》。她的小说处女作就是在《海燕》发表的。一时间，庄河的小说创作也渐成气候，出现了宋钧、姜弢、张彬、高金娥等一众实力干将。这样喜人局面的出现，让庄河市文联和《海燕》兴奋不已，终联手推出一期“庄河作者征文专号”。当时的《海燕》文学月刊还是专门发表小说的《海燕·中短篇小说》，所以实际上也是庄河小说的专号。这在文学圈也是一件大事，有评论家在《人民日报》发表评论文章来说这事。关键这期作品质量过硬，

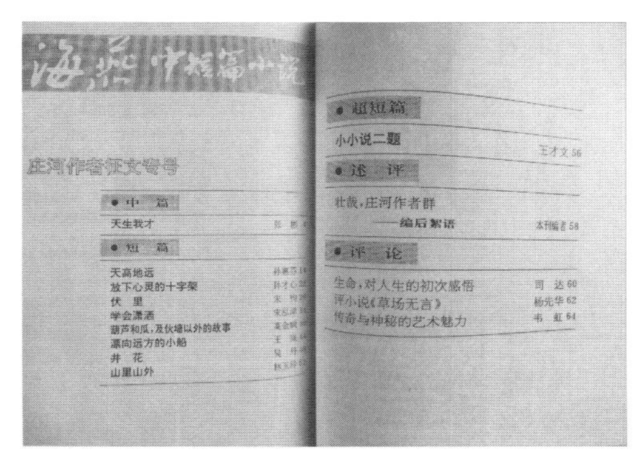
庄河作者征文专号
● 中篇
天生我才
● 短篇
天高地远
放下心灵的十字架
伏里
学会潇洒
葫芦和瓜，及伙墙以外的故事
漂向远方的小船
井花
山里山外
● 超短篇
小小说二题 王才文 56
● 述评
壮哉，庄河作者群
——编后絮语 本刊编者 58
● 评论
生命，对人生的初次感悟 司达 60
评小说《草场无言》 杨先华 62
传奇与神秘的艺术魅力 韦虹 64

1991年第7期《海燕》目录

孙惠芬的短篇头题《天高地远》发表后即为《小说月报》转载。由几人共同构思、王岚执笔的两篇小小说则被《小小说选刊》转载。可谓轰动一时，也让其他县市（区）艳羡不已。

这不得不提当年的文联主席王岚，是他极力促成此事。庄河除了出作家，其他条件一般，不似虽偏远但有温泉的普兰店，也不比条件在县市（区）中首屈一指的瓦房店。当时从大连到庄河要坐半天的长途客车，一大早上车，到达庄河已经过午，很是辛苦。纵使这样，《海燕》的几位编辑多次往返，终成一编。

因为王岚的积极、热心，《海燕》的笔会也多次在庄河举办。这样，让庄河的作者有了更多与编辑接触的机会，也多了和全市作者交流的机会。文联是穷单位，没有多少钱。所以，去庄河办笔会，都是住条件一般的农机招待所。好在那里离长途客车站很近，下了车，步行不远就到。

1990年，我到《海燕》后，很长时间负责联络庄河作者，所以经常去庄河。庄河的笔会也都由我负责联络。一次笔会正赶上县[1]里召开什么大会，规模较大，王岚主席也是参会者。于是，他领我们几个编辑去会上蹭饭。他和那些人都熟，跟人说，这几位是从市里来的，好像我们是领导似的。因为人多，总会有参会人员缺席，领我们去，似乎也避免了浪费，大概也只

庄河的笔会，曲圣文（左二）与李寿良（左一）、于厚霖（左三）、邓德丰（左四）合影

[1] 1992年10月，庄河撤县改市，这次笔会的时间是1991年春天。

有他能想出这样的主意。

从文化馆出来的王岚喜欢说说笑笑，是自来熟。一口浓重的庄河话，老远就能听到。他什么都能写，尤其喜欢小说，出版过小说集《王岚中短篇》。

女作家张彬文笔老到，生活经历丰富，作品写农村，也写工厂，生动活泼中不乏老辣。那期“庄河作者征文专号”的中篇小说是她的《天生我才》。补充一句，当时《海燕》发稿，通常每期一个中篇小说，三万字左右，其余为短篇小说和小小说。能上一个中篇，说明相当有实力。小说《天生我才》写一个“不是念书的料”的小人物，却在社会上如鱼得水，混得风生水起。小说一定程度上反映了现实生活，读来有趣，也让人心生感慨。

高金娥发表作品时只是个十几岁的小姑娘，但很有文学天赋。她写的乡村生活、乡间人物鲜活生动，她的一些小说，单看题目就很打眼。比如《葫芦和瓜，以及伙墙以外的故事》《心中的舟没有舵》《七月不是秋》《小镇那个无雪的冬季》等，充满生活情趣又极具张力。她作品的语言也非常生活化，非常有韵味。

似乎现在该说说男作家了。宋钧、姜弢、孙才心、宋泓津，等等，其实力不在女作家之下。

宋钧的厚重真对得起他名字中的这个“钧”字，让我们想到与这个字相关的成语，都是厚重和有力量的。他的小说就是这样，扑面而来的沧桑感。他的小说大抵写农村生活，如《辽南把头》《伏里》《抗价》，强烈关注现实，反映民生艰辛，不乏尖锐深刻。后来出版了长篇小说《斑鸠》，仍保持着这样的风格。评论家陈晓明在《五十年代的另类生活传奇——评宋钧长篇小说〈斑鸠〉》一文中，给予作品极高评价：

> 个人的生活史和命运史倔强地从历史格局中突显出来，我们仿佛看到另样的50年代的人物，另类的50年代的生活情调。
>
> 这部小说以富有传奇性的手法写出一个人的传奇故事。这

是一个关于身份变换的故事，是一个人如何丢失了自己，走在人生的歧路上却又无法回头的故事。……

……

小说最为动人之处，在于写出了50年代中国人真切的人生，写出了一种我们的文学中已经中断很久的浪漫情调……

作为生活在偏远县城的作者，姜涛一出手竟是以先锋姿态，实在令人刮目。看小说标题：《无限乐观的错觉》，仅此一端，足见我们对庄河“偏远”“闭塞”甚至“落后”的刻板印象是多么靠不住。小说写的是美院学生的故事——这就担得起“先锋”的配置，如果一个乡村故事“先锋”起来，将是多么可怕，又多么可笑！所以，文学创作是一个综合工程，从选材到笔法，从形式到内容，到主题，必须匹配。可以说，在这篇小说里，姜涛把这套玩得很溜，很成功。

孙惠芬出版第一部小说集的时候，她还在庄河文化局工作。后来她到大连，进了海燕文学月刊社，再后来，她离开海燕文学月刊社，进入辽宁文学院。作品一部接一部，这时她已不单单属于庄河，也不属于大连，她属于辽宁。

像孙惠芬一样，离开家乡各有成就的作者还有：现居大连的沙里途（本名都兴瑜），曾任《现代女报》副总编，出版过多部长篇小说和散文集；庄河的周立民，获得复旦大学硕士、博士学位后，留在上海工作，成为巴金研究专家，著述丰富；孙才心，出版多部长篇小说。他们都是家乡的骄傲。

写庄河的文学创作，不能不提及一个人——周美华，以及她创办的《庄河记忆》。

2012年，一本名为《庄河记忆》的内刊创办，周美华担任主编。主要编辑人员有写小说的姜涛，这时他已名为姜弢。这时我才知道，他擅长绘事，在编辑部担任“艺术统筹”。还有孙德宇，一个有正式工作的

2015 年 1 月 25 日，《庄河记忆》举办编者和作者联谊会

2015 年 5 月 10 日，大连市委宣传部文艺处处长李英姿（右二）和《海燕》副主编曲圣文（右三）到《庄河记忆》编辑部与大家座谈

年纪也不算轻的热心人，他凭自己的兴趣和勤奋，采写了大量稿件，已然是地方文化的学者。

《庄河记忆》这本内刊的宗旨在于“记忆”，通过“口述实录”这种文体，搜集民间记忆，保留历史文化。其实，这类作品很多都是美文。

同时，这本内刊还辟有文学栏目，发表了大量文学作品。其中，最为突出的是张淑清，让我印象深刻的是她写小时候的“馋”，想必她是有刻骨铭心的经历。文学作品中的细节，很多来自生活体验，是很难凭想象产生的。故事可以编，细节编不出。张淑清非常善于描写人物，语言很有力量。比如，她这样写一个人摆脱不掉要干的活：“那活就一五一十摆在那里。”她写邻居到她家请她母亲念信、写信，带来一包饼干作为答谢。她和弟弟本已躺下，但因馋放在桌上的饼干而无法入睡。后来弟弟实在忍不住，跟妈妈要饼干吃。妈妈无奈，只好拿了一块给弟弟。此时的“我”虽然一动不动躺在那里，但“我”的精神、“我”的灵魂已经站立起来。她把特殊年代里孩子的行为、心理刻画入微，画面感极强。她写乡民宴席，“那一场热闹，会在凡俗日子里盛开好几天”，很有张力。相信假以时日，张淑清能够写出成功的作品。

还有曲丽娜、王国军的散文写作，王嗣元的古体诗词写作，千稻城（本名孙道如）的诗歌写作，周美华的小说和散文写作，等等，都很有特色。

从庄河走出去的文人有孙惠芬、周立民、沙里途等。

孙惠芬，辽宁文学院专业作家，辽宁省作协副主席。著有中短篇小说集《孙惠芬的世界》《伤痛城市》等，长篇纪实散文《街与道的宗教》等，长篇小说《歇马山庄》《上塘书》《吉宽的马车》《秉德女人》《寻找张展》等。作家出版社 2019 年出版“孙惠芬长篇小说系列”七卷本。中篇小说《歇马山庄的两个女人》获第三届鲁迅文学奖。

周立民，上海巴金故居博物馆常务副馆长，巴金研究会常务副会长兼秘书长，巴金研究专家。著有《另一个巴金》《巴金手册》《精神探索与文学叙述——新世纪文学论稿》《五四之子的世纪之旅——巴金评传》《巴金画传》《巴金〈随想录〉论稿》等，谈话录《冯骥才周立民对话录》。另有编著多种。

2015 年 5 月 26 日，在上海财经大学图书馆学习共享空间，周立民出席“青春 · 梦想”巴金生平展

沙里途，曾任《现代女报》副总编。著有散文集《东北风》《碧流河》《关门草》《鸟的概括》等，长篇小说《龟裂》《步云山》等。

江山代有才人出

20 世纪 80 年代真是文学的黄金时代！人们思想活跃，创作氛围浓郁，新人不断涌现，佳作迭出。全国优秀短篇小说评选、全国优秀中篇小说评选应运而生，推波助澜，极大地鼓舞了作家们的创作热情，文学生产力空前发达。如同历史上那些伟大的时代，人才以集群的方式集中出现，或者出现后因某个因由而聚集。

在大连，我关注到三个现象，一是大连师专文学人才群体出现，产生一批在全国都有影响的作家、学者；二是新叶文学社的建立，刊发一篇轰动全国的评论，产生一位鲁迅文学奖得主；三是一群本土作家因文学、饮酒而形成的一个群体，此虽为人津津乐道，却鲜有评论论及。三个现象形成原因各不相同，呈现形式有别，却各具风采。

文学与酒的缠绵

有一年，《海燕》在安波镇办笔会。那时的笔会一般一周左右办一次，安波镇是副主编沙仁昌的老家，又有温泉，《海燕》在那里办过很多笔会。那天晚餐临近尾声，很多人酒足饭饱离席而去，剩下的人会聚到一桌。虽然这些人也都吃饱，但还在喝。这时的喝酒已不同于初始阶段，有板有眼，礼敬有加；也不同于高峰期间，大呼小叫，豪气干云。这时喝酒，都显得很大度，谁要是喝少了，或者不喝，也都是轻松地调侃，不会强逼硬刚，这样的气氛适合聊天吹牛。

有趣的是，这些能喝酒的人也是写作的高手。聊天的内容，聊来聊去，还是离不开文学。大家就开始说，某作家某作品当中的某个句子如何如

1991 年 10 月，安波笔会大合影

何。记得他们说过一个女作家写家居空间逼仄，写的是“拥挤的幸福”，大概是这样一句话。我惊叹他们的记忆力，然后，有人开始背那些名篇。有人叫好，有人不服，气氛热烈。

这时高满堂站出来，他开始背座中刘汝达某年某月某日在《大连日报》上发表的一首诗。不错，刚才背名篇的是刘汝达。这让刘汝达有些不好意思，却让在座的张福麟赞叹连连，张福麟说了一句土语“真是那个虫”，意为，天生是个文艺人才。张福麟好像不喝酒，但他和我一样，喜欢那种氛围。

既要喝酒，总要吃点东西佐酒。刘汝达有“高论”，他说，这时其实早已吃饱，但又不能不吃点东西，于是就拣凉拌黄瓜里面的蒜瓣，很小的那种，见出小说家捕捉细节的能力。他还有“高论”，当时徐铎也在场，刘汝达就指着徐铎说，徐铎，你是金州区著名作家，又说自己，我，刘汝达，是汽车配件公司著名作家。既有对“著名作家”称谓的调侃，也有对自身定位的认知，或许也有一种隐隐的不甘。

后来，我知道他们是一个“团队”，最初是五个人：沙仁昌、刘汝达、徐铎、安端和高满堂。依年齿，分别称“一哥、二哥”，直到“五哥”。因是五个人，又被誉为“大连五虎”。“哥”和“虎”这样的命

名，会让人联想到梁山或江湖，而他们的队伍也逐渐扩大，后来又是在一次笔会上，于贵华、孙甲仁成为新成员。那次笔会的特殊之处在于，它是一次“飞行笔会”，是《海燕》组织的“华东之行”，这时应该在20世纪80年代中期。再后来，又有刘宪茹，甚至素素等女作家加入。

可以看出来，他们是大连文学创作的中坚力量，尤其是小说创作。还有，就是他们的酒量，每个人都是一斤左右的量，如果气氛好，可能会更多。

刘汝达曾在《安端其人其文》中描述过他们一起喝酒的情形：

> 那次一位文友乔迁新居，让我们几位去“温锅”，喝了不少酒。在人家掰手腕，把人家的凳子都掰散架了，酒杯也打碎了。出来后，借着酒兴，安端要和我摔跤。我说，你根本不是对手。安端就火了，非摔不可。

结果，西装革履的“二哥”和“四哥”就在那楼门口拉开了架势，几个回合下来，哥俩一起倒在门口的一湾水里。下班回来的邻里看着这情景，都会心地笑了。他们知道这不是打架，这更像小孩子的游戏。确实是这样，刘汝达曾在文章中写道：“我们有时都像小孩子一样，安端喝酒喝到一定份上，更像一个天真可爱的大孩子。”其实，他们当中哪个不是这样呢？如果不是这样，怎么会一起喝酒，喝完酒还摔跤，弄脏了衣履也不会生气。

他们虽都人到中年，有丰富的人生阅历，却都葆有童真。那不是装出来的，那是骨子里的东西，在特定情境中会被激发出来。比如喝酒，和好朋友一起喝酒，那种东西就会迸发出来，感染众人。

徐铎也曾在《茹：我爱你……》一文中描述过他们喝酒：

> 那个夜晚，我们开怀痛饮，清平世界，朗朗星空，直到喝到了腿脚软绵绵地仿佛踩上了虚无的云雾之上，我们很神圣，

> 我们挽起了手臂，像是一二·九运动中的革命者，在我们这个城市很有名的一条马路上，我们高唱《国际歌》，在我们城市上空的平流层回荡。人喝醉了，唱歌却不走调，而且唱出了无产者的悲壮激昂，慷慨凝重。那时候，已经过了午夜，马路上已经很少有行人，我们的歌声惊动了一位领导，他打电话通知派出所，到现场看看到底是些什么人？半夜三更的他们想干什么……警察到了现场，警察一眼看得出来，这些人不是不三不四的人，不三不四的人，也根本不会唱《国际歌》。在马路上，一群喝到了临界的人，表情庄重，将情绪发挥到了极致，进入到了挥洒发泄状态，又没有扰民，更没有触犯法律，让他们唱吧，一群中年男人，能有一次这样的发泄，多么的难得如此尽情。

徐铎的文字激情洋溢，一如他小说中那种饱满丰沛的情感，散发着雄伟的力量。

一般我们习惯于用“性情中人”来描述他们这种类型，既不失理性，又个性勃发。虽有某些看似“出格”的地方，又全然不同于酗酒的市井之徒。

还要说一句，在刘汝达的那篇文章中，还写到一次瓦房店笔会，就在房间里，高满堂和安端曾摔过一次跤。那次是安端向高满堂发起挑战，刘汝达主动担当裁判。于是，挪开了床和桌子，“四哥”和“五哥”过了一次招。狭小的空间里，两人扭作一团，最后同时倒地，被刘汝达裁判为“平跤”，未分胜负。

“摔跤”是当年一代人年少时锻炼身体的一种方式，在我们这个城市里，有不少这样的师傅。他们当中肯定有人练过，即便没有师承，那时好勇尚武也是一种社会风气。由摔跤而演变为打架，乃至打群架，在街巷里时常可见。

刘汝达在他的小说中经常描述摔跤或打架，比如在《死灰》《胥子喝粥》等小说中，都有摔跤的精彩描写。不同的是，《死灰》的主人公是下乡知青和当地农民，《胥子喝粥》的主人公是城市青年和小流氓。种种迹象表明，刘汝达颇精于此道，应该系统练过，但未曾求证。刘汝达小说的这些描写，使他的作品弥漫着昂藏之气，成为他小说的审美符号。

刘宪茹是另一种类型。他当过兵，复员后在地方工作，当时担任局级领导。于是，他喝酒之后就扮演领袖，在安波镇驻地房间的阳台，向楼下挥手，喊着“人民万岁”，声震乡野。他是个极有才华，也极其聪明之人。他的去世，令朋友们伤心难忘。徐铎专门撰文悼念，在那篇文章里，徐铎展示了刘宪茹的书法，字真是漂亮，才气自笔端溢出。给我留下深刻印象的是刘宪茹在《海燕》征文的获奖作品《祖祖辈辈留下了我》，扎实厚重。

沙仁昌，时任《海燕》副主编，后来担任主编，是他们中最年长者。他出道早，成名于20世纪70年代，但可惜当时可供发表的园地极为有限。其实，他是有些吃亏的。但他心态好，人随和，喝足之后，一贯笑嘻嘻的，看到谁都笑容可掬，也和“一哥”身份相合。

于贵华极善于点菜。见识了于贵华点菜，我终于理解为何很多饭店在一个时期有点菜员之设，这确实是门学问。他先点凉菜，然后才是热菜、主菜。我也说不出怎么个好，看他点得头头是道，驾轻就熟，心里佩服得紧。他说话，口音很重，夹杂着山东口音，出口之时，有如从什么容器中倾倒而出的感觉，骨碌碌的，形成连续不断的冲击力。晚近，他凭多年积累和亲身经历，完成《潜入绥芬河》《华哥的故事》等长篇叙事文学作品。

不管是草创时期的“元老”，还是后来入伙的新军，孙甲仁都是年龄最小的一个，却也是最显老成的一个。在我的印象中，他不曾醉过。和他交流时，他很谦和，说是自己最年小，总得想着照顾大家。其实，到现在为止，他是经商和写作双丰收的一个，晚近的诗歌愈发老辣厚重，境界高远，呈现上升的态势。

素素有文《比蓝更蓝的蓝是什么样儿》赞孙甲仁：

> 在这个城市，甲仁有一群文坛老友，我也算其中一个，他一直管我叫姐。……时光过去了几十年，仍然没有一个人出群走散。
>
> ……
>
> 文坛老友们个个都是酒蒙子，甲仁家里正好有酒的生意，文友加酒友，顺理成章，而他成了最佳买单者。但在我的记忆里，每次喝酒只见别人醉，没见甲仁醉。因为在这群人里他年龄最小，约定俗成似的，每次都是他负责清醒地送醉鬼们回家。又因为在酒桌上只有他是最克制的，所以还一直享有两个昵称："假人儿"、"小老人儿"。假人儿，"甲仁"的谐音。

在他们中，文名最盛者，非高满堂莫属。他由文学到电视剧，如今已成国内影视剧编剧大家，担任的社会职务也不少，名头都很大。这里就不占用篇幅一一罗列了。

安波笔会期间，曲圣文（左）与徐铎（中）、李寿良（右）探讨作品

最令人感动的是徐铎。他身有残疾，生长于文化深厚的大连古城金州。文学之外，还兼擅书法绘画，已多次举办书画展，出版过书画集。但文学是徐铎的最爱，我觉得一个词可以形容——孜孜矻矻。他在60岁左右出版长篇

小说《大码头》，由此开启了写作第二春，后又出版长篇小说《留在城里的知青》《一九六〇年的爱情》《天兴福》《母亲》，以及长篇纪实散文《古今沧桑话金州》、长篇纪实文学《我的母亲徐英莲》等。其长篇小说《大码头》被改编为话剧上演，反响热烈，同时，包括《大码头》在内的多部作品也被改编为影视剧。他在文学创作上的这种坚守，令人动容。

1997 年，大连市文联组织出版“枫叶文丛”，集合本市 10 位中年作家作品。其中 5 部，即出自这个群落的成员，分别是：刘汝达的《辉煌》、徐铎的《海狼》、于贵华的《大海角斗士》、安端的《龙头舢板》和孙甲仁的《蓝鸟》。这是他们唯一一次以文学的形式集聚，如果有一天，他们能再次以文学作品集结，将是文坛一段佳话。

写他们的时候，我想到了“竹林七贤”，想到成就了王羲之《兰亭集序》的曲水流觞，想到“太白遗风”，想到很多很多。但我不知该如何命名这几位可爱的文人。他们喜欢喝酒，喜欢文学，不能想象，假如在他们的生活里没有了文学，没有了酒会怎样。

枫叶文丛

文学和酒塑造了他们的人格、情怀和格局，使他们视野开阔，境界高远；使他们的文学作品元气满满，真气浩浩；也使他们在各自的工作岗位上，拿得起、放得下，游刃有余。

其实，对他们来说，写多少诗文不重要，喝多少酒也不重要；在一起谈文学才重要，在一起喝酒才重要；在一起一边喝酒，一边谈文学才重要。

“师专作家群”的崛起

“师专作家群”，确切地说，应该叫“师范学校作家群”，因为77级入学时，校名为旅大师范学校。1978年，学校升格为专科，校名相应改为旅大师范专科学校。1981年，随旅大市改名为大连市，校名也随之改为大连师范专科学校。1986年，在合并了其他几所学校后，形成了现今的大连大学[1]。

也就是说，恢复高考之初，大连大学还只是一所中专学校，到1986年，它还只是一所专科学校。作为一所地方高校，即便放在大连，也属“非著名”高校，置诸全国，更是“不上数”。20世纪90年代，毕业于大连大学的周立民，在报考复旦大学研究生的入学面试环节，曾反复向考官解释大连大学。

正是这样一所学校，在一个时期产生了一批国内知名的作家、学者，不能说不是一个奇迹。其代表性人物是：散文家素素，曾获鲁迅文学奖；著名鲁迅研究专家、作家孙郁，曾担任北京鲁迅博物馆馆长、中国人民大学文学院院长；著名作家、编剧高满堂，获电视剧飞天奖、金鹰奖等多种奖项。他们在学校时，竟然还在同一个班级，这实在令人刮目。还有获全国优秀儿童文学奖的著名儿童文学作家车培晶，入学时学的是美术专业；还有曾任大连市作家协会副主席、《新商报》总编辑的马力；还有入学时已是知名作家，后来担任《海燕》副主编、主编的沙仁昌；还有知名评论家、作家王晓峰，入学时专业为数学专业；还有写诗的孙严厉，等等。不错，他们都是在1977年考入旅大师范学校。

其实说“考入”也不是很确切。他们中的很多人报考时并未报这所学校，而是被“捡漏”捡了进来。比如，孙郁是因为家庭问题，素素是

[1] 大连大学历史沿革：1949年10月，旅大师范学校。1978年12月，旅大师范专科学校。1981年3月，大连师范专科学校。1986年11月，大连大学师范学院。

因为遭遇车祸，影响了录取。他们在入学之前即已有作品发表，是复县文化馆（今瓦房店市文化馆）的重点培养对象，报考的学校都很高。

师专作家群代表：素素（左）、孙郁（中）、高满堂（右）

另外，搞文学创作的人，有些不擅长考试，报不了大学，只能退而求其次报中专。大连当时只有师范学校有文科，这些有文学特长的人没有别的选择。旅大师范作为地方中专，招生范围是本市，于是水到渠成。

他们中有些人在入学以前有作品发表，尤其沙仁昌，当时已是知名作家。沙仁昌所在的新金县（今普兰店区），文学创作气氛活跃，有“新金帮”的说法，盛行一时。他自然是其中的重要一员，而高满堂当时也下乡在新金县，与一班文友熟稔，还有他同师张崇谦的故事。高满堂的故事当中，还有一个或可一提。1977 年恢复高考之际，他们下乡知青几个好友合影留念。很巧的是，合影的三个人当年都考上了。其中的周其波考入“瓦师”（今大连瓦房店师范学校），擅写散文，有作品发表。

1977 年的高考，在辽宁省，大学和中专是一张卷，可以同时报考。刚恢复高考之际，很多人在懵懂之间，尚弄不清大学和中专的区别，志愿填报缺乏科学严谨性。所以，由于各种原因没有被大学录取的考生，就被一众中专学校“收留”。我当时所在的三堂公社，最后被旅大卫生学校录取了 5 人（或 7 人）。

我想也许是这样，被旅大卫生学校录取的大都是理科考生，而被师范学校录取的大都为文科考生吧。因为是中专，所以后来他们也都通过各种途径获得大学本科和研究生学历。比如孙郁，1982 年，考入沈阳师范学院中文系，1988 年，获文学硕士学位。他们比普通考生多付出了很多努力，在取得文学创作成就的同时，也获得了相应的学历，再次证明了自己。

今天看来，那确实是个特殊的年代，从前没有，以后也不会再有，所谓因缘际会，大抵如此。但作为一所以培养教师为职责的中专学校，在当时一定也不会感到是一种幸运。对待一批有文学创作才华，入学前即已有文学作品发表的青年，素素说：“（老师）看到我们写的东西，只感到十分惊讶，在我们面前都不敢轻易说什么。”

不仅因为是中专，还因为是师范学校，文学创作并不会受到特别的眷顾。但共同的兴趣爱好，生机勃发的青春，还有全社会对人才的期盼，种种因素形成了良性的刺激。他们在这里已然崭露头角，个人才华熠熠生辉。虽然学校里没有文学社团，但他们自发形成的文学沙龙仍然是有效的文学场。

两年的中专生活很快过去。素素毕业留校，孙郁去沈阳读书，高满堂被分配到大连第五十一中学教书，车培晶被分配到大连第五十二中学担任美术老师，其他同学也都各就其位。当时大学、中专毕业都是分配工作，师范学校的大部分同学都是到中学担任老师。

素素工作四年后，1983 年 12 月，调到《大连日报》文艺部做编辑，按她自己的话说，她“一直干了 27 年编辑，到退休，从未挪过地方”，这 27 年也是个大题目。素素说：“我一直感恩。而我也培养了无数业余作者，许多人的处女作是我编发的。”2004 年，她以散文集《独语东北》获第三届鲁迅文学奖，任大连市作家协会主席。

孙郁在沈阳毕业后到北京工作，先后在《北京日报》文艺部、鲁迅博物馆和中国人民大学工作，曾担任鲁迅博物馆馆长、中国人民大学文学院院长等重要职务，现任北京市作家协会副主席、中国鲁迅研究会会长。著有《鲁迅与周作人》《新旧之变》《在民国》《民国文学十五讲》《聆听者》《往者难追》等 30 余部著作。

高满堂后来进入大连电视台，开启了他影视剧编剧事业，代表作品有《闯关东》《北风那个吹》《钢铁年代》《温州一家人》《老农民》《老中医》《老酒馆》，等等。获遍诸如飞天奖、金鹰奖等众多重要奖项，成为中国电视剧创作领军者之一。

车培晶离开中学后，跟随儿童文学作家滕毓旭创办《少年大世界》，后到大连教育电视台、大连电视台工作。1996 年，以短篇小说集《神秘的猎人》获中国作协第三届全国优秀儿童文学奖。

沙仁昌毕业后到大连市文联工作，在海燕文学月刊社先后任编辑、副主编、主编、社长等。其间出版多部作品。曾担任大连市作家协会副主席。

王晓峰毕业后到中学任数学老师。1981 年，考入辽宁师范大学中文系。工作不久调入海燕文学月刊社任编辑，后到大连市文联理论室任副主任、主任等。出版多部文艺评论著作，成为大连市重要的文艺评论家之一。曾担任大连市文艺评论家协会主席。

马力后来担任《新商报》总编、大连市作家协会副主席。

孙严厉后来担任过瓦房店市副市长。

这些应该还不是全部，但足够惊艳，也足以令这座城市感到自豪。

辽师的新叶文学社 [1]

20 世纪 70 年代末、80 年代初，高校里面的学生文学社团十分活跃。辽师也是这样，新叶文学社成立的时候，中文系很多班级也有自己的文学社。77 级、78 级学生中不乏各路高手，手写、刻钢板都具专业水平。在主楼的东侧、食堂的对面有一座小印刷厂，那座建筑的外墙，就成了作品发表的园地。每到吃饭的时间，学生们都会聚集在那里看最新的作品。我还收藏了一本不知哪个班级的文学社的油印刊物，叫《蜜蜂》。

---

[1] 新叶文学社由辽宁师范大学中文系 77 级、78 级学生创办，属文学院的学生社团。2003 年改名为绿岛文学社。

作为覆盖全校的社团，新叶文学社的成立是大事件。新叶文学社聘请老师作为顾问，除第一期是刻钢板、油印之外，其后出版的都是铅印本。杂志的封底还印着“工本费”或“纸墨费”，定价从 0.25 元到 0.30 元不等。

1979 年出版的《新叶》创刊号比较有意思。除常规的小说、散文、

1982 年 6 月 10 日，78 级毕业前夕，新叶文学社全体同学留影。董学仁（一排右一），刘兴雨（一排右二），林雪（一排右五），巩其庄（二排左一）

1982 年 6 月 10 日，78 级毕业前夕，新叶文学社诗歌组同学合影。董学仁（一排右二），刘兴雨（一排右三），林雪（一排左三），巩其庄（三排左二）

诗歌和评论外，还有一个《外院校作品选登》栏目，发了两篇作品，其中一篇是沈阳师范学院宁珍志的诗歌。他是大连人，大学毕业后在沈阳工作，历任《小学生》《文学少年》编辑，《鸭绿江》编辑部主任、副主编，《文学大观》主编等，中国作协会员，出版著作多种。

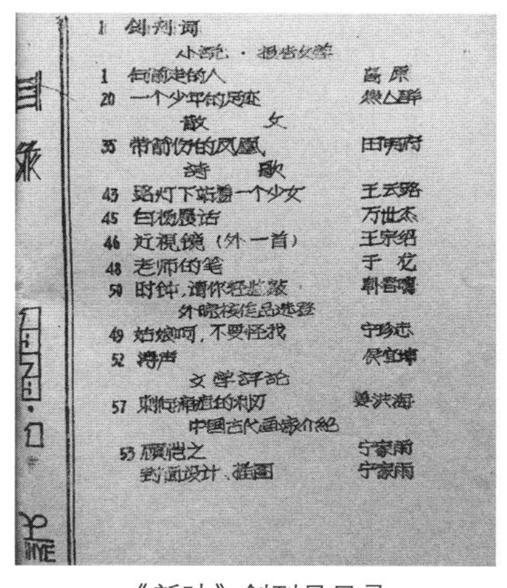

目录

1 创刊词

小说·报告文学

1 向前走的人 高原

20 一个少年的足迹 [illegible]

散文

35 带着伤的凤凰 田明府

诗歌

43 路灯下站着一个少女 王云路

45 [illegible] 万世杰

46 近视镜（外一首） 王宗绍

48 老师的笔 于戈

50 时钟，请你轻些敲 [illegible]

外院校作品选登

49 姑娘啊，不要怪我 宁珍志

52 涛声 [illegible]

文学评论

57 刺向痈疽的利刃 姜洪海

中国古代画家介绍

53 顾恺之 宁家雨

封面设计、插图 宁家雨

《新叶》创刊号目录

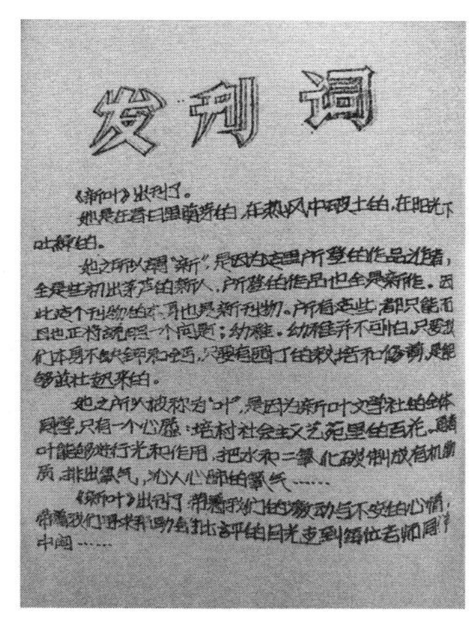

发刊词

《新叶》出刊了。

她是在春日里萌芽的，在热风中破土的，在阳光下吐绿的。

她之所以称“新”，是因为这里所登的作品之作者，全是些初出茅庐的新人，所登的作品也全是新作。因此这个刊物的本身也是新刊物。所有这些，都只能说明也正好说明一个问题：幼稚。幼稚并不可怕，只要我们本身不缺乏锐气和勇气，只要有园丁的栽培和修剪，是能够茁壮起来的。

她之所以被称为“叶”，是因为新叶文学社的全体同学只有一个心愿：培植社会主义文艺苑里的百花。绿叶能够进行光和作用，把水和二氧化碳制成有机物质，排出氧气，沁人心脾的氧气……

《新叶》出刊了，带着我们的激动与不安的心情，带着我们 [illegible] 走到 [illegible] 老师同学中间……

《新叶》创刊号发刊词

这一期还有一个栏目是《中国古代画家介绍》，介绍魏晋时期大画家顾恺之，而作者是编委之一宁稼雨[1]。不仅如此，当期刊物的封面设计、插图也出自他手。中文系同学有美术才华本不足奇，有意思的是，若干年后，宁稼雨考取南开大学的研究生，后来留校任教，所授正是魏晋南北朝文学。

稍显遗憾的是，创刊号为油印本，线描图案尚可一看，略复杂点的图便模糊难辨。当期刊物有一首有些唯美品格的诗歌《路灯下站着一个少女》，配图形象难以辨认。出刊后，社长巩其庄发了一句感慨：“这哪里是什么少女，这是‘路灯下站着的魔鬼’。”

1982年6月，《新叶》出版第6期，在“算做后记”中，对编委会变动做了交代：原主编巩其庄，副主编王鸣铎、田明府因毕业而离开编

[1] 目录中“宁家雨”为“宁稼雨”。

委会。同时，组建新的编委会：刘兴雨（主编）、董学仁（副主编）、李昀（小说编辑）、林雪（诗歌编辑）、师晓伟（评论编辑）、曹宇（戏剧编辑）、魏进臣（散文编辑）、高凤伟（美术编辑）。

1982 年 6 月，《新叶》第 6 期

与 78 级编委不同，新一届编委全部为中文系同学。在此前的第 5 期《新叶》“致读者”中，有对 77 级离校的告别和编委会变动的说明。其时，77 级的王宗绍、高原、刘越、姜洪海、韩春明、刘淑荣不再担任编委。新的编委由巩其庄、王鸣铎、田明府、刘兴雨、董学仁、林雪、李昀、刘大伟、师晓伟担任。

最初的出版物上并无编委的介绍，到 1980 年第 1 期封底，开始有这部分内容。其时，主编为巩其庄，副主编为王宗绍、王鸣铎，编委有高原、刘越、韩春明、姜洪海、田明府、刘淑荣、宁稼雨。其中，王鸣铎为外语系学生，其他均为中文系 77 级和 78 级学生。

除此，还有顾问：代一、李体秀、汤家康、季福林、高云。其中，代一为中文系老师，后担任中文系主任。李体秀为《辽宁师范大学学报》主编。汤家康为《大连日报》编辑。季福林为工人诗人。高云为《海燕》编辑、诗人。

编委中，姜洪海曾在浙江省刊《东海》上发表评论，在校园引起轰动。高原的小说在《新叶》发表后，又荣登《海燕》，并在当年国庆节的晚上由大连电台播讲，在校园也反响强烈。他另有一些作品，在《新叶》发表后又得到在文学期刊上发表的机会。

新叶文学社成员中，林雪是最为卓越的诗人。她的诗歌作品在学校的征文发布后即引起极大反响，成为知名的校园诗人。她还参加过 1988

诗人林雪在金州谈诗

年诗刊社第八届“青春诗会”，诗集《大地葵花》获第四届鲁迅文学奖(2004年—2006年)。诗作被选入《朦胧诗选》《20世纪中国女性文学精粹》等多种选本。2006年，林雪被诗刊社评为新时期十佳青年女诗人。出版诗集《淡蓝色的星》《蓝色钟情》《在诗歌那边》《大地葵花》《半岛》《林雪的诗》等。

2005年，“纪念大连解放60周年”《大连优秀文学艺术作品选·诗歌卷》就收入林雪在校时所写诗歌《某个今晚》。其《某个今晚》写于1981年3月，时为大二学生。诗如下：

这是快乐的初春吗？
没有鸽翅
没有嫩草
甚至晴空里响亮的雁叫

我猜着了苹果园隐隐的春意
树枝包围了他
他遮住了横笛

我宽容地一笑，就不再停留
那是他的王国和王国里的自由
但假如，假如我宁静地歇在那儿
沉默，让竹管的快乐融进我甜蜜的忧愁

我必须离开吗？离开那片园地

让身后的寂寞重做我的前驱
我们哀怨多却总是缺乏动作
用孤独窒息自己。一枚
占不住枝头的病果

她的诗被认为是“朦胧诗”一派，既是诗人才华的显现，也是时代的产物。她最初引起校园轰动的诗歌作品是辽师1981年的“五四”征文。她的获奖诗歌为《跷板与草坪》（组诗五首）。在1981年第5期《新叶》中刊发获奖作品的同时，还配发了署名“尧兰”的诗评《沉静的思索，蓬勃向上的诗情》，给林雪的诗歌以积极的评价。评论者认为，林雪的诗“健康、明快、蓬勃向上”，“喜欢并热烈地赞颂着‘伟大的沉静’和‘高贵的单纯’”。算是抓住了林雪诗歌的要害，切中肯綮。而“尧兰”当是“摇篮”的谐音，喻义明显。

《渤海大学学报》2015年第4期王晓岗《诗人林雪笔下的他乡和故土》从一个角度对林雪的诗歌给予评论：

诗人林雪善于在感性直觉中扑捉审美意象，又善于在叙述与抒情中表现深刻哲理。回顾故乡的历史、展现故乡的现在、思考故乡的未来，在视觉和味觉中全面感知故乡景象，并对生活在那块土地上的人们给予理性关注，这是林雪诗歌的重要特色。故乡之外的活动即是旅途，林雪的旅途就是诗歌创作的过程，在这个过程中，林雪展示了她对祖国大地、山川、河流，以及人民一如既往的爱的思索，这种爱与思索同故乡之爱是一致的。

申平如，1982年毕业于辽师中文系，1980年开始发表文学作品，今成为国内小小说创作的翘楚。毕业后曾任赤峰《红山晚报》副总编等，后南下广东，任职《惠州晚报》副总编、惠州市文联秘书长。出版有中篇小说集《追赶太阳》，短篇小说集《独狼》，小小说集《怪兽》《头羊》

《红鬃马》等。多次获全国小小说优秀作品奖。2002年，获郑州《小小说选刊》“小小说八大家”称号。

宁稼雨大学毕业后，考入南开大学中文系研究生，毕业后留校任教，2000年，获该校博士学位，现为南开大学文学院教授、博士生导师。主要从事中国古代文学的教学和研究工作。研究领域主要涉及三个方面：一、中国古代文言小说研究，代表作有《中国志人小说史》《中国文言小说总目提要》；二、中国古代文学与文化的研究，代表作有《魏晋风度》《魏晋士人人格精神》；三、中国叙事文化学的研究，代表作有《先唐叙事文学故事主题类型索引》等。

刘兴雨在杂文写作领域有一席之地，担任《本溪晚报》副总编。著有杂文集《追问历史》，在国内颇有影响。该书出版后，多次再版，并荣登各地畅销图书排行榜。还有杂文集《刘兴雨集》，是“中国杂文百部”当中的一本，入选作品涵盖了从鲁迅、胡适等现代作家到当代作家的权威选本。这本书作为向中学语文教师推荐的读本，已重印多次。

新叶文学社成员后来坚持写作并有一定成就的还有一些，比如中文系79级的董学仁，曾在杭州的《西湖》杂志连载《自传与公传》，颇有创意，受到好评。中文系78级的邹广桓，毕业后任职于大连广播电台，写诗不辍，自成风格。中文系77级的王宗绍，毕业后任职于《大连日报》，后来从事文学批评写作，在本市也有影响。同为中文系78级，写诗歌的李阳、张玉珠，后来都做了文艺领导，曾先后担任大连市委宣传部文艺处处长。张玉珠还开启了歌词写作，屡获大奖并出版了歌曲专辑。中文系78级焦永权，毕业后在写诗的同时开始歌词创作，成绩可观。

新叶文学社贡献了一位全国知名的诗人，以及一批文学人才，它还有另一个贡献，就是1982年，即78级毕业离校之后，刊发了诗人徐敬亚的长篇诗论《崛起的诗群》。长达4万字的篇幅，以新锐之气，以全新视角，以丰沛的才华、激情，引起广泛而持久的反响。当年，《崛起的诗群》与谢冕的《在新的崛起面前》和孙绍振的《新的美学原则在崛起》被誉为“三个崛起”，对以“朦胧诗”为代表的全新审美观做理论建构。从这个意义上说，《新叶》作为一本学生刊物，积极参与了诗歌写作的现代化进程。

借助徐敬亚的雄文，《新叶》一战成名，引起广泛关注。据时任《新叶》主编的刘兴雨回忆，2007年8月24日，《辽宁日报》文化观察版以将近整版的篇幅发表了编辑许维萍的长文《为诗潮激荡的大学岁月》，在《校园诗歌为新诗发展开拓了新空间》一节中记述了《新叶》的情况：

> 在第七期上刊发了《朦胧诗选》编者之一的高岩推荐的诗论——一篇徐敬亚写舒婷诗歌的万余字评论《她的诗，请你默默读》，《新叶》由此开始在大学生中产生影响。接着，在1982年12月底出刊第八期诗歌专号，刊发了北岛、顾城、王家新、梁小斌、骆耕野、高伐林等人的诗歌作品，旋即在诗歌界产生了巨大反响，接到了大量要求订阅的信件，不仅有大学生的，还有诗界专家学者的。甚至，他们还接到了瑞典皇家人文科学院院长、斯德哥尔摩大学汉学系主任、诺贝尔文学评奖委员会毛姆奎斯特教授，即马悦然（中文名）的来信。信中专门谈了对新诗的看法：“我个人认为反对新诗的呼声根源于‘代沟’的存在，但如果没有‘代沟’，就不会有任何进步。”

2008年，评论家丁宗皓在《30年诗歌的三个角度》中写道：

> 大学生诗歌是一个重要景观，并在80年代成为辽宁诗歌的生力军。辽宁大学生诗歌发展较早，和中国先锋诗坛有特殊渊源。1982年，辽宁师范学院中文系学生董学仁、刘兴雨等在文学社刊物《新叶》上发表了徐敬亚的毕业论文《崛起的诗群》，引起了各方面的关注。

大连文学的家族写作

人类进入现代社会，分工更为专业、细化，不必像传统社会那样，守着秘方，子承父业以维持家族生计。现代社会强大的教育体系和广泛的知识普及给年轻人提供了诸多的择业可能，使他们不必拘囿于祖传手艺。但前辈的经验积累和基因遗传，还是顽强地影响着后代的工作选择，由此形成的各种类型的“世家”在世界范围内也普遍存在。在文学创作领域，历史上不乏家族传承的成功范例。比如我们熟知的“三曹”父子、“三苏”父子，还有外国的大仲马、小仲马父子和勃朗特姐妹等，都传为美谈。

在大连也有一些家族的文学创作现象，为文学的百花园锦上添花。

曾祥明一家的文学创作

2002 年 12 月，大连市作协在普兰店举行文学表彰会，授予曾祥明、郑红、曾晖、倪海霞一家“文学一家”称号。这在大连，在辽宁省，是唯一一家。曾祥明和郑红是夫妻，曾晖和倪海霞是他们的儿子儿媳。全家两代四口人都从事文学创作，各有成就，至为罕见。

1960 年，曾祥明毕业于辽宁大学中文系，长期从事教育教学工作，就职于重点中学新金二中。在高考竞争愈演愈烈的年代，这所位于县城的中学成为很多市内学生家长的焦点。在无法进入市内更好的高中时，这里成为他们的选择。按我们时下对高考的认知，这样一所传统名校，理应像衡水中学等以高考闻名宇内的中学那样。但在高考成绩令世人瞩目的同时，新金二中还设有一众文科生向往的文学社，而这个文学社的教师顾问就是曾祥明老师。

熟知教育教学规律、有丰富写作经验的曾老师，不仅把学生引入大学校门，还把文学的种子播撒在学生心中。时至今日，已是知名诗人、大学教授的李大为仍念念不忘中学的恩师，念念不忘当年的文学社，念念不忘风华正茂的青葱岁月。在那样的年代，同学们感到幸运，他们遇到了曾老师，所谓在对的时间遇到对的人。文学，为莘莘学子的青春增添了一抹亮色，也成为学生们繁重学业的解压阀。

曾老师也是一个作家。他擅长杂文写作，堪称大连杂文写作第一人。夫人郑红是他辽大中文系校友，也是同事，真是令人艳羡的神仙眷侣。文学是他们交流的媒介，是他们的事业，也是他们的日常。

作为他们的儿子，曾晖应该感到幸运，但也承受着一般家庭不会有的压力。父亲曾祥明是个严格的老师，也是个严谨的父亲，对儿子曾晖很少表扬。

在我们编辑部的一次座谈会上，我曾与曾先生有过一面之缘，他不苟言笑的风度给我留下深刻印象。他的发言像一个学者或者大学老师。他逻辑严谨，思维缜密，语言简练，一如他的杂文。

我们看他的杂文《水清也有鱼》，题目就独具一格，一反“水至清则无鱼”的常说。其立意针对社会上的“凡事不必过分认真，该糊涂时不妨糊涂”的庸俗社会学，提出反诘：难道真的“水至清则无鱼”吗？他引用柳宗元《至小丘西小石潭记》，“潭中鱼可百许头，皆若空游无所依”，证明“水至清”云云，并非事实，而只是一种借口。一篇400字左右的短文，尚不及中考作文字数的上限，但立论新颖、言简意赅，体现出作家扎实的基本功。这篇短文发表在1992年的《人民日报》上。

曾祥明的文风犀利中透着儒雅，读起来有极高的舒适度，如读美文。这需要极高的语文素养，可不是引用几句经典名言那么简单，非有深厚腹笥不可。如《水清也有鱼》，写到环境对人的影响时用“入洁室脱鞋，入幽境敛声，新沐者弹冠，新浴者振衣”，清新雅致，朗朗上口。其中“新

沐者”“新浴者”来自屈原的《渔父》“新沐者必弹冠，新浴者必振衣”。前面两句根据这两句附会出来，却也天衣无缝，如出一体。

杂文因鲁迅开宗立派，以“投枪匕首”闻名于世。后继者莫不以此为标杆，彰显担当和责任，需才华和勇气兼备。杂文虽系小品，却关注国计民生，聚焦精神文化，实乃小中见大。千把字，乃至几百字，无不掷地有声，所依赖者无非针砭时弊的勇气和知人论世的敏锐。三言五语，直击要害。

曾夫人郑红作为语文老师，同时写诗。她更大的热忱在对儿子曾晖的关注上。学校里有一处阅报栏，上面每天更换报纸。郑老师每天课余都会去阅报栏前看报，看那上面有谁发表了什么作品。看了，就会回来对曾晖说，以此激励儿子。当然，当她看到曾晖的作品发表时，也会适时表扬。曾晖以写诗为主，已出版诗集《失语的灯笼》等。

本省评论家宁珍志这样评论曾晖的诗歌：

> 曾晖的诗从关注现象开始，使感觉扩展，词语瞬间鱼跃，奔向复杂化和理性化的审美高端，单一浮表的意象立即叠满理性况味，像是负重远航的船舶，吃水很深。……风中的芦苇不仅仅是“过时”和“秋天之一”，更是青春履历的品读咀嚼和个性张扬所付出的代价。曾晖的诗，通体暗喻、转喻连用，字句下坠，掷地有声响，有色彩，有品质的分量，绝非无锚无缆随风而去的扁舟。

如此，曾晖倒是得其父杂文笔致。我也注意到，曾晖的诗歌多为短制，很少洋洋洒洒的长卷。纵不是惜墨如金，也是“止于当所止”，绝不拖泥带水。以下是诗歌《在人间》的片段：

人间
有好多用旧的时光

屏住呼吸，听父亲的上海牌手表
有他的心跳呢

母亲的连衣裙
在春天的风里
那么生动

新金二中
藏在瘪了一个角的铝制饭盒里
饭菜犹香
……

怀旧是永恒的主题。在一个少年的眼里，那些“用旧的时光”是那么生动，一如母亲的裙裾，在我们眼前荡漾、闪回，时而模糊，时而清晰。笔触细腻，感觉准确，调动起我们的视觉、听觉、触觉和嗅觉，是全方位的、立体的。

小站
不仔细看
地图上普兰店三个字是找不到的

很多列车像发达了的朋友
斜视着扬长而去
从不停留

有人在这里
远走他乡
有人荣归故里
上上下下的一刻

瞬间

演完了一生……

人到中年的曾晖，常会发一些人生感喟。虽没有多么深刻，但看了也叫人牵肠挂肚，内心不觉掀起波澜。小城车站，小车站，是离别的意象，也是荣归的标签。这里浓缩了人生。

倪海霞进入这个家庭似乎是个必然——她也写诗，可以用“酷爱”来描述她对诗歌的执着。她去人家玩耍时，看到糊墙的报纸上有喜欢的诗歌，居然要把那块“诗歌”从墙上给抠下来！曾晖和倪海霞恋爱时，曾信心满满地说自己中考语文 138 分，没有想到，倪海霞的中考语文竟然是 148 分，这让曾晖尴尬的同时，也佩服得五体投地。倪海霞有着女孩子的细心，保持着写日记的习惯，当然也保留着早年的日记。令人惊奇的是，她的日记中还保留着本地诗人邵勋功的诗，让我想起高满堂背刘汝达诗的情景。善于学习的人，总能看到他人的优点，总能发现身边的光。

这样的家庭，得到“文学一家”的嘉奖，实至名归。

于氏祖孙的三代传承

2019 年国庆期间，大连电台财经广播推出《我家住在大海边》栏目，通过有代表性的人物，来展现新中国成立 70 年来大连这座城市的变化。文学创作活动延续了三代的于颖新家族被选中，进入电台直播间，讲述他们家族几代人与文学的渊源。

2019 年祖孙三代接受大连电台专访

文学创作作为一种爱好、一种终生追求的事业，在一个家庭传承三代，在大连，于家首屈一指。

于颖新是于家第一代作家，他发表第一篇作品时17岁，是师范学校毕业后刚做小学老师的时候。于颖新的儿子于立极，如今比父亲更有知名度，成就也更大。他发表第一篇作品是在18岁，是一首50行的长诗。于立极的女儿于凤仪发表第一篇作品是在小学四年级，是一篇作文，发表后即获首届冰心作文奖。

三代人的写作都起始于青少年时期，而今，于颖新已年逾八旬，仍笔耕不辍。2017年，他出版66万字长篇小说《灵魂之约》时，已79岁高龄。孙女于凤仪在读大学时就出版了自己的第一部长篇小说《浮生以南》。作为家庭中坚，也是文学中坚的于立极，早已是国内知名的儿童文学作家，他的目标更高。2015年，他出版了历时16年完成的“中国首部写给孩子的心理咨询小说”《美丽心灵》。而出于对故乡貔子窝（今皮口镇）的难舍乡情，他创作了自己迄今唯一的一部成人文学作品《青丘国》。

祖孙三代有不同的人生经历，创作起始的背景不同，艺术上也各有追求，但在奔赴文学的路上孜孜矻矻、矢志不渝的精神却一脉相承。

于颖新

1938年，于颖新出生于新金县的一个小村。这个小村有一个好听的名字——潮河，因小村被一条随潮汐变化的小河环绕而得名。这个叫作潮河的小村是于颖新生命的原点，也是他创作的源泉。与大多数作家一样，他的第一篇作品来自亲身经历。上小学的时候，他拿着父母给的5万元（旧币，相当于后来的一元）去明阳，当时叫“坎下”，去赶集。摊主看着这个“大面额”，说自己没有零钱，要去附近的村里找零。他的这5万元，在当时就是“大面额”。他担心这个摊贩骗取他的钱，就趁人家不注意，偷偷跟着。当他远远看到这个人确实是找人换零钱时，顿觉不好意思，赶紧偷偷返回原地。那个摊贩回来后把零钱找给他，他长舒一口气，却又感到赧颜，觉得自己错怪了这个并无贪念的摊贩。这件事在他心里发酵，他想到了鲁迅的《一件小事》，于是写了小说《一件难忘的小事》，发表在《辽宁文艺》。这件事在当地引发轰动。

当时于颖新刚从师范学校毕业做小学教师，不久他就被调到一所中学去当老师。不仅社会地位、工作和生活环境改变了，他从事文学创作的信心也更坚定了，从此开始了长达60年的文学创作历程。迄今已出版短篇小说集《猫哥》、长篇小说《斑斓少年》《灵魂之约》等多部。1995年，加入中国作协，圆了他的一个梦。

长篇小说《斑斓少年》写的是于颖新热爱的故乡，写的是他丰富的人生经验，小说出版后受到好评。他的每一部作品都有故事，都凝聚着心血。短篇小说集《猫哥》出版后，还在做老师的他，赠送每个学生一本。后来出版长篇小说《灵魂之约》，光请人打字就花了4000多块钱。几十年来，他一直手写，乐此不疲。文学创作过程的愉悦能抵消劳累，减轻痛苦，带来精神上的充实和人生的丰盈。

于颖新小的时候并不知道作家为何物，一个农家孩子，很小就帮家里干农活，捻种，锄地，施肥。但他是个有“理想”的孩子，他记着父母讲古时读书人中状元的故事，就梦想着自己有一天能中状元。这个自己没有实现的梦想，他又寄托在儿子于立极身上——他当初并不支持于立极进行文学创作，而是要儿子好好读书，考一个理想的大学，而且，他不让儿子看课外书，怕儿子受到爱情的启蒙。没有想到的是，于立极这个争气的儿子，实现了他的两个理想，既考上大学，又当了作家。我想，

于立极幼儿时与父母合影

他在内心应该是希望儿子继承父志的。

1968年出生的于立极，生长环境远胜于父辈，而且这时他们已生活在小镇皮口，于立极就读的中学就是位于皮口的新金一中。于立极至今记得当时学校有个文学社，叫“海浪花”。他也记得，几个几乎同龄的文学爱好者们：就读于新金二中的李大为、曾晖等，在普兰店；就读于新金三中的李皓等，在城子坦。于立极赶上了好时代，父亲是一个作家，周围有同龄的文学爱好者，对自己也是一种激励。1986年，于立极18岁时，自己的处女作发表了，是一首50行的长诗《十八岁的歌》。他记得那本刊物是福建的《牵牛花》，是冰心题写的刊名。有意思的是，那一期是刊物的终刊号，却是于立极文学的起点。

让人想不到的是，于立极的第一本书竟是散文诗集《致爱人》。不知作为父亲的于颖新看到儿子的这部作品，是否会反思当年对儿子的禁锢。

在《致爱人》出版10年后的2003年，于立极才出版了他第二本书，中短篇小说集《龙金》。其实，到今天为止，于立极的创作量也不大，这让我感到意外。在我的印象里，从事儿童文学创作的作家，创作量都比较大。于立极不是这样，他每每以10年之期来完成一个目标。他广受好评、屡被推荐、多次获奖的长篇小说《美丽心灵》的写作，竟达16年之久。这本书最初以单篇作品的形式，在《儿童文学》等刊物发表。为创作这部作品，他苦修心理学，在报上开设心理咨询专栏，终使这部作品获得广泛认同，成为常销书。

于立极的另一部长篇小说《青丘国》的创作历经10年。为了写这部长篇，他在省市作协领导的安排下，到他家乡小镇挂职锻炼，为创作体验生活，搜集素材。他的写作意在再现历史，保留记忆。只是，那里的貔子已不复存在。他由家乡貔子被“团灭”，家乡人民的抗日，虑及人类社会的未来。这是一部描写家乡的大书。

2007年，于立极（右）与铁凝（中）、阮梅（左）参加鲁院第六届作家班开班典礼

让我感兴趣的是，作为作家的于立极还有广泛的爱好。他打太极拳、写书法、绘画，而且都有很高造诣。他给很多书设计过封面，我收藏的梁静枝的长篇小说《烽火青春》（大连出版社，2000年）就是他设计的封面。这些爱好给于立极的生活增添了情趣，丰厚了一个作家的艺术素养。

作为家族第三代写作者的于凤仪，在写作上没有了前辈那些重负和羁绊。她以年轻人喜欢的题材，径直进入自己所构想的古代生活，一任思绪翻飞，文采张扬，精心营构精神家园。她读大学时出版的长篇小说《浮生以南》，是高二时开始写的。想想，一个即将面临高考的高中生，在人生的关键时刻却在写小说，也是一种人生冒险。用于凤仪妈妈的话说，每次人生重大选择时，她都会作点妖。虽然母亲认为她高中阶段写小说是不务正业，但还是每每发着朋友圈。作为父亲的于立极在女儿写作上则是以另一种方式给予鼓励、支持，他要女儿写日记、读书，甚至为了让女儿写好日记，特意买鸡崽养着，于凤仪一篇获奖作文就是养鸡的成果，潜移默化是最好的教育方式。

于凤仪的写作在家里是半公开状态，在学校却尽人皆知。同学们都在读她写好的章节，还不断提出意见。可以说，于凤仪的写作是一种开放式写作。虽然已经出版了自己的长篇小说，但于凤仪并不打算以写作为职业，而是作为自己的业余爱好。

于凤仪小的时候，看到家里的书柜上摆放着爷爷和爸爸的书，感到很自豪。在她眼里，作家是伟大的。

常氏父子的历史写作

常万生在书房

常万生以写长篇历史小说闻名，而且多写帝王和英雄。最早写的是战国时期的赵武灵王，就是成语“胡服骑射”的创造者。胡服骑射改变的不仅是服装制式，更重要的是改变了当时人们的观念和文化，以适应时代的需要。赵武灵王的改革思想和开放心态，为赵国的兴盛奠定基础，称霸一时。这部小说是常万生创作历史小说的起点，成书于 1987 年。

写历史小说，可以说是常万生的夙愿。我们知道，赵国位于今河北省，所以，河北又有“燕赵大地”的称谓。其中的“赵”就是彼时的赵国，“燕”位于河北北部、北京一带，那里有丰厚的历史积淀。常万生出生在河北省饶阳县，从幼时便受到老人“讲古”的熏陶。那些英雄豪杰在他心底扎下了根，那些笑傲古今的故事激荡着一个少年的心，这激发了他对历史的想象和文学的兴趣。

小学六年级时，常万生告别了老家，到吉林省敦化市跟父母一起生活。考上高中后，他的作文得到老师的青睐。更幸运的是，后来名满天下的著名作家张笑天成为他的语文老师，使他学习语文的劲头更足了。遗憾的是，高考后，他没有被心仪的北大中文系录取，而是被东北师范大学历史系录取。

名师会聚的大学校园给常万生打下良好的专业基础，为他日后的文学创作建构了宝贵的知识体系。幼时听到的那些故事，在这里被重新叙述，更饱满，更宏大，也更厚重。几年下来，他摘录的读书卡片数千张，约60万字。可喜的是，大学二年级时，他就通过研究，写出历代新政权开启之际轻徭薄赋的论文，作为学生代表在吉林省史学会年会上宣读。这对他是巨大的鼓励和肯定。

“文革”使常万生中断学业，以至毕业后分配到一个部队。了解到这些，我在想，难道这也是上天为他后来从事历史文学写作所提供的必要经历吗？因为历史几乎就是战争史，在今天，部队是距离战争最近的地方，是有战争积淀和战争文化的地方。部队生活的历练，不能说是历史文学写作的必须，却一定对历史认知大有裨益。

他从《赵武灵王》起步，一发而不可收，几十年里，竟然写出19部、600余万字的长篇历史小说。这样的写作量对于专业作家也颇为可观，而他还要承担单位的工作，难度可想而知。

常万生戎装照

在继承了父亲志业的儿子常华眼里，父亲常万生对于创作的投入和痴迷到了严苛的程度。常华清晰记得某一年的除夕夜，别人家都在热热闹闹放鞭炮，而一家之主常万生正端坐案前，进行一部作品最后的冲刺。临近午夜，父亲终于放下手中的笔，离开案头，

常万生作品

带领孩子们去燃放烟花，欢度除夕。

总体来看，常万生的历史小说创作，除《赵武灵王》《断头肥鼠李斯》等，大都集中在汉代、唐代。比如汉代的《西楚霸王》《汉宫飞燕》，唐代的《唐太宗李世民》《女皇武则天》《口蜜腹剑李林甫》，等等。有意思的是，他专注于中国历史上的“汉唐盛世”，却并不让帝王专美，还把目光投注于各种历史角色，为我们认识历史提供了更为全面的视角。

中国历史悠久，有辉煌的文化，因此也形成了以文学书写历史的传统，作家们往往立足现实，以史鉴今。比如常万生的《赵武灵王》，写的是帝王霸业，侧重写帝王“改革”的勇气和智慧，从而使尘封的历史和固化的认知获得新的生机。这不是简单的“配合形势”，而是对历史的尊重，是对历史的重新认识，也是通过历史叙述，为改革开放推波助澜。

常万生的历史小说写作，不仅受到读者欢迎，也受到专家学者的好评。比如《女皇武则天》，1986 年于辽宁教育出版社出版后，被评为“北京 1986 年十大畅销书”之一。而后，其缩写本在《大连日报》连载，吉林文史出版社 1995 年再版。《贞观天子》，1986 年于春风文艺出版社出版，获沈阳军区“建军 60 周年优秀文学作品奖”。其后的创作，多次获得大连市文艺创作优秀长篇小说奖、吉林省优秀图书奖等。长春出版社 1998 年推出 220 万字 9 卷本《常万生史传春秋系列》。该系列后由台湾年轮出版社再版。

更为可贵的是，常万生在创作了大量作品的同时，把儿子也培养成了一个作家。我们知道，文学创作难以通过教授而取得成功，但阅读的兴趣是可以培养的，写作能力是可以习得的。尤其当这个老师是父亲，而儿子又有着对父亲的崇拜时，那是“作家班”“培训学校”之类无法与之相提并论的。在家庭里，耳濡目染的熏陶，力量是无敌的。

常华在很小的时候，就对作家爸爸心怀敬畏。如今人已到中年的常华，提起当年父亲在除夕夜端坐案前的背影仍激动不已。父亲的行为，已成为刻进幼小孩子心中的丰碑。

作为父亲，常万生当然乐观其成，他发现了常华的阅读兴趣和写作能力，便注意引导。常氏父子都不否认在创作问题上父亲对儿子的指点和引导，常华在文章《父亲与我》中这样写道：

常华近照

> 的确，我无法回避这样一个事实：父亲的言传身教，满书房的文史典籍，给予我如母乳般的营养，着实痴迷和感动了我年轻的生命，使我受益终生。……您不仅创作了400万字的16部书，更营造了一个家庭的文化氛围。……作为一个在浓郁的人文空气里熏陶了二十余年的幸运儿的由衷感激。

作为父亲，常万生看到了常华身上的潜质，看到了写作基因的延续，内心涌动巨大的喜悦。在常华上大学时，父亲常万生给儿子准备的礼物，是两块可以用合页连接的木板，用作简易书架。

常华作品

父亲的心血结出的果实，是常华大学四年，在如期拿到毕业证书的同时，出版了自己的第一本书，20多万字的诗歌散文集《唐诗神韵》（吉林教育出版社，1997年）。这是一本有创意的作品，既有对唐诗的解读，又有新的创见。这样一种创作思路指引了常华文学创作的走向，他后来的创作也基本延续这样的思路，陆续出版了《唐诗密码》《宋词密码》《元曲密码》等多部著作，成为一个真正的作家，而成为一个作家是他很小的时候就萌生的一个愿望。

常华说，他到电视台应聘，那本大学毕业出版的书起到重要作用，书是父亲常万生给常华大学四年布置的任务。为此，常万生给常华准备了诸如《辞海》《唐诗一万首》等30多斤的书。书成之后，常万生又通读书稿，指导常华修改。当手捧常华的第一本书的时候，常万生激动得热泪纵横，这要比他自己出版一本书还要高兴，还要激动，还要有成就感！不错，写到这里，我们很容易想到法国作家大仲马的名言，小仲马是他最好的作品。置诸常氏父子，又何尝不是如此！

在常万生的笔下，历史被激活为生动的人物和故事；在常华的笔下，诗歌氤氲在厚重的历史之中。从文学创作角度看，两人并不相同，或者说差别很大，完全不是一个领域。但毫无疑问，父子二人的文学创作有一个共同的指向：历史。历史成为他们父子的宿命，常万生的小说完成了对历史的重构，常华的诗歌、散文，借助历史回到现场。

大连的其他家族写作

李博、李大为父子

山东人李博，青年时代从哈尔滨来大连定居，不久又下乡到新金县插队，再后来返城回到大连。曾担任一企业报总编，同时从事杂文、随笔写作。晚近出版古体诗集《李博诗存》。如今，年届八旬，自谓“读书之暇，偶亦作文，俾排遣寂寞耳”。近年发表《飞来的野蔷薇》等，回忆下乡生活，铭记艰辛岁月中的美好瞬间。

担任大学教职的李大为，继承父志，以多面手驰骋文坛。有意思的是，李大为所上中学，正是作家曾祥明执教的省重点中学新金二中，也是曾晖就读的学校。曾老师在这里建立了文学社，会聚了李大为、曾晖等一众文学爱好者。诗歌是他们的共同爱好，也使他们成为校园里的公众人物。

李大为考取辽宁大学之后，成为辽大诗社的社长。校园诗人在当年盛极一时，李大为正逢其时。大学中文系相比于高中文学社是一个更大的文学场，也是层次更高的文学场。李大为在完成学业的同时，诗艺也大有长进。随着文学素养的提高，文学评论也进入李大为的兴趣范围。

李大为思维敏捷，有才子气，诗歌有酣畅淋漓的古道热肠。喜爱喝酒的李大为，诗中有纵笔天涯的豪情万丈；有古典情怀的李大为，诗中有贯古通今的缱绻。他写《楼兰姑娘》，写《梦回春秋》，情感裸裎，一如赤子，对美好事物的向往，对真善美的追寻，表现得淋漓尽致。

李大为还擅长文学批评，曾出版《女性化的写作姿态——萧红论》。作为家族中第二代写作者，可谓“青出于蓝而胜于蓝”了。我想作为父亲的李博，应该赞同我的观点，而且是乐见其成的。

李庆皋、王桂芝夫妇和其子李广宇

李庆皋是辽师中文系教师，王桂芝是海燕文学月刊社编辑，他们联手创作历史题材长篇小说，有《姑苏侠影》《风流皇帝》《风流皇妃》《李商隐全传》《苏东坡全传》《残酷的夏夜》等多部著作。《残酷的夏夜》获第三届大连文艺优秀创作奖。

李广宇从事过多种工作，曾作为志愿者赴贵州支教一年，在当年颇有影响。他从事小说创作多年，近年收获颇丰，有小说在《天津文学》等主流文学期刊发表。

张福麟、张晓帆父女

出生于1941年的张福麟如今已年过80高龄，一生坎坷。在小说创作上颇有成就，曾在《上海文学》《作家》等重要刊物发表作品，出版有小说集《绿岛》。当年他也是《海燕》的重要作者。其女张晓帆有才女的美誉，成为《大连晚报》的“一支笔”，擅长驾驭重大选题，亦善于小说创作。

葛欣、葛嘉竹父女

葛欣多年从事儿童文学创作，迄今已出版《阳光女生杜小默》系列、《嘻哈兔玩作文》系列等30多部著作。他的女儿葛嘉竹受父亲影响，热爱文学，发表作文100余篇，有作文获冰心文学奖作文奖，已出版了两本书。

仇大川、王成贤夫妇

仇大川，曾作为知青下乡桓仁县，从事过多种工作，后担任《大连日报》副刊《星海》的编辑。他还从事小说创作，作品在《青年文学》《上海文学》《东海》等主流文学期刊发表。小说《山的规矩》获1984年“鸭

绿江作品奖”三等奖。他们也有作品共同署名发表，如短篇小说《老歌》等。

高书堂、高满堂兄弟

家族写作不仅能在代际间传递，还能在兄弟姐妹之间互相影响，比如高书堂、高满堂兄弟。当然作为作家，高满堂的名声远非哥哥可比，但高满堂却是由哥哥引入文学中的。

1977 年高考，哥哥高书堂给弟弟辅导了一篇作文，与后来的高考作文基本吻合，让高满堂获得满意的分数。1981 年，他们兄弟俩合作小说《后窗》在《海燕》发表，那是他们的处女作。作品发表后，被《小说选刊》转载，这也是《海燕》第一篇被《小说选刊》转载的作品。

做了一辈子语文老师的高书堂，不仅帮助弟弟考上大学，是个好老师，在文学创作上也颇有可观。他文笔细腻，善于刻画人物，擅长小说、散文。高书堂的中篇小说《鸡肋》获第四届大连文艺优秀创作奖。

董太锋、董桂萍兄妹

哥哥董太锋行伍多年，从事小说和话剧写作，有《大海碗》等多部作品行世，也有话剧作品搬上舞台。妹妹董桂萍名气更大，或者说是少年成名，十几岁时就以诗歌震撼大连文坛，后又获辽宁文学院进修机会，知识、视野进一步拓展。董桂萍写诗，也写小说，皆可称赏。其《陈麦子你别发芽》在《青年文学》发表，引起较大反响。因家庭曾徙居黑龙江，故兄妹的创作都有“东北味”，特色鲜明。

在奔赴文学的道路上

文学创作同其他艺术门类一样，以“艺无止境”标识其终极目标，吸引着万千艺术家全力以赴。当然，这里的“艺术家”是泛泛而谈，并非给每一个创作者的艺术造诣“定级”，而且我也不具备这样的“资质”。他们在奔赴艺术殿堂的道路上，会有阳光，也会有风雨。其实，这也和其他行业没有什么不同。不论成绩大小，他们的努力值得尊重和记忆。

一篇作品和一群人的命运

1954 年第 8 期《旅大文艺》发表了本市业余作者汤凡的短篇小说《一个女报务员的日记》。小说描写一个年轻的正在热恋的女报务员面临工作调动时发生的故事。一如那个时代，人们单纯、热情，对未来充满美好向往，却又可能面临着各种挑战。小说的情节并不复杂，日记体的写法在当时也较为常见。加之作者就职于邮电局，作品所写就是他熟悉的身边生活，这也是很多作家处女作或早期创作的共同特征。但是，谁也没有想到，作品发表后即引来出人意料的反响。

《旅大文艺》第 9 期发表了一篇批评文章《这是什么样的爱情》，这篇文章引爆舆论，掀起更大波澜。不仅本市文人涉身其中，更有《辽宁日报》主要领导亲自动笔，甚至惊动中国作协专门开会讨论，最后，中国作协主办的《文艺报》发文，终结讨论。前后历时八个月，可谓影响巨大。后来是反右派斗争，斗争过去以后，《一个女报务员的日记》的作者却没有再度动笔创作。放眼文坛，如果我们只看到诸如王蒙、邓友梅、陆文夫、刘绍棠等作家们虽经磨难又重出江湖、闪耀文坛的辉煌，而忽略“汤凡们”的存在，无疑会使我们的反思失去重量。

一篇作品的发表

1954 年创刊的《旅大文艺》是《海燕》的前身，时任主编的著名诗人方冰，就是《歌唱二小放牛郎》的词作者。1946 年 5 月，方冰由延安解放区来大连。副主编是一直任职于文联的张琳，当年是个只有二十几岁的小青年。而大名鼎鼎的方冰，也不过刚届四十，是人生最美好的年华。

作为一个初创的市级文学期刊，所发作品大多为本地业余作者。编辑们若能从自然来稿中发现一篇好作品会喜不自胜，能发现一篇有提升空间和改造可能的作品也会高兴半天，而汤凡的小说恰恰属于前者。用张琳自己的话说，读到作品后，他“简直是欣喜若狂了，当下决定勿需改动就在第 8 期发表”。当然，他还只是副主编，按程序和规矩，稿件还要经过主编方冰（同时兼任文教局长、文联主席）的审阅。没有悬念，方冰主编同意发表。出于对这样一篇作品的重视和对作者的厚望，在“本期内容摘要”中对此作品做了这样的说明：“这是一篇富有感染力的短篇小说。作者通过一个热恋中的女报务员如何服从国家调动的故事，写出了一个少女的可爱性格。”

需要强调的是，这期的“本期内容提要”在《旅大文艺》存续的两年（1954 年 1 月—1955 年 12 月）里只出现这一次。同时，副主编张琳还以“沙石”为笔名写了一篇同期加评《读〈一个女报务员的日记〉》，予以推荐。幸运之门似乎正为这个年轻人打开。

作品的内容是这样的：在邮电局工作的青年女职工李淑英与从外地调入大连的男青年张昆产生恋情，正当他们感受着生活的美好和爱情的甜蜜时，一纸调令要把李淑英从大连调到旅顺。故事围绕公私利益冲突展开，最后以牺牲个人利益，服从组织安排完结。当然，女主人公工作积极，屡受表彰。第一篇日记就是记述她在不知情的时候，要在职工大会上翻译一篇俄文的表扬信。巧的是，这篇表扬信恰是表扬她的。内心的激动、喜悦、害羞交织的心绪，在作者笔下得以生动呈现。因为是日记体，第一人称的视角让读者一窥主人公的内心世界。作品以细腻的笔触塑造了一个青年女工的形象，文风朴实无华，有很强的真实感。

作品描写了爱情，而后出现的批评文章不无以此置疑作品的格调和思想倾向，当时最为流行的词语是“小资产阶级情调”。“小资产阶级”毕竟还“小”，尚不构成作品的致命伤。因此，编者理在“同期加评”中，赞誉作品“多么生动地写出了一个女孩子初恋的心情”。

作品表现了牺牲个人利益，服从工作安排的大局观，很有积极意义，也具时代风貌。而且，作品写得并不生硬，很生活化，人物丰满，细节生动。作品虽显稚嫩，却没有公式化、模式化之弊，可谓一股清新之风。

作为一本地市级文学期刊，《旅大文艺》一向把发现和培养年轻作者作为办刊宗旨。当时，一个年轻作者横空出世，他们没有理由不为之欣喜并充满期待。

一石激起千层浪

作品发表之后，果然引起很大反响。编辑部收到很多读者来信，很多是表扬，也有批评。其中，一篇措辞犀利、调门很高的批评文章《这是什么样的爱情》，对作品大加挞伐。批评者认为，这篇小说宣扬了不健康的、没有政治基础的爱情，表现了浓厚的小资产阶级情调。其还认为，同期的点评文章对小说的褒扬是一种无原则的赞美，“将会给读者以有害的影响”。副主编张琳拿着这封长达3000字的“读者来信”去请示主编方冰。

方主编的意见多少出乎意料：第9期全文发表。只是要在文前加一个“编者按”，在阐明刊物观点的前提下，强调该文也代表一部分人的意见，因此决定发表，以展开讨论，“这样对读者、作者、编者都有好处”。紧接着，在第9期就刊发了这篇“爆款”文章。

文章刊出后，编辑部又收到26篇讨论稿。大部分意见肯定小说，也有少部分认同《这是什么样的爱情》中的观点。于是编辑部又在第10期上全文发表了观点相左的两篇文章，又发表了一个综合十几位读者各种意见的“来稿综述”。同时，在这组稿件前面又加了“编者按”，欲对讨论予以指引。

到这时，刊物还掌握着讨论的主动权，各种意见都限于学术范围，讨论也还在正常的轨道上运行。

在第11期的《〈一个女报务员的日记〉讨论》专栏又发表了两篇针锋相对的文章。一篇是旅大教师进修学校教师的《这是什么样的批评》，反驳《这是什么样的爱情》的观点；一篇是《旅大人民日报》编辑的文章《〈一个女报务员的日记〉是一篇不健康的作品》，亦观点明确，直言不讳。

这时，编辑们也还有底气，因为他们在“编者按”中说：“本期又收到讨论稿33篇，其中肯定这篇小说的来稿29篇。”

但是，讨论已进行了三个月，编辑们想见好就收，准备结束讨论。于是在“编者按”中说：“为了节省时间和篇幅，我们准备召开一次到两次座谈会，进行讨论。下一期，在本刊上发表总结。”

如果事情到此为止，也不失为一次成功的、被动的“策划”。由一篇作品而引发如此广泛参与的讨论，对刊物来说，是一个成功的出版营销案例，尽管当时还没有这个商业概念。但事与愿违，座谈会没有开成。

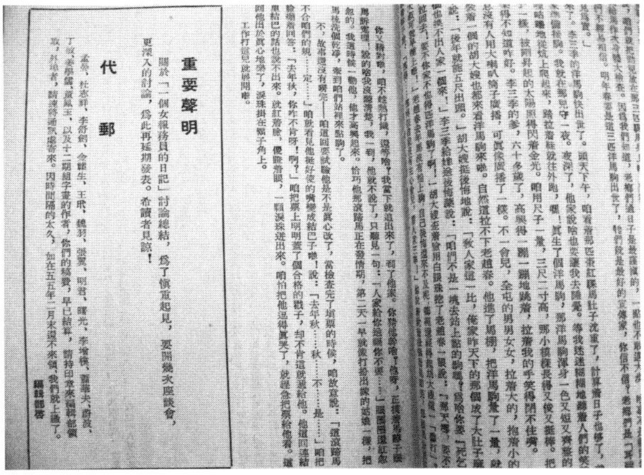

重要聲明

關於「一個女報務員的日記」討論總結，爲了慎重起見，要開幾次座談會，更深入的討論，爲此再延期發表。希讀者見諒！

代郵

孟奚、杜志罪、李舒劍、佘雛生、王戈、魏羽、張翼、明若、曙光、李增筷、蕭華夫、蔚茂、丁敏、姜學儀、黃鳳玉，以及十二期組字畫的作者，你們的稿費，早已結算，請持印章來編輯部領取，外埠者，請速將通訊處寄來。因時間隔的太久，如在五五年二月末還不來領，我們就上繳了。

編輯部啓

关于《一个女报务员的日记》讨论总结延期的声明

1955年2月，《辽宁日报》接连发表了《评〈一个女报务员的日记〉

和〈旅大文艺〉对它的看法》《为什么〈旅大文艺〉不应该推荐〈一个女报务员的日记〉》两篇文章。两篇文章不仅其作者身居要位，且都是万字左右的“大块文章”。两篇文章对小说做了全面的否定，而且提升了“调门”，不仅批评、否定了小说，还指责编辑部“受到了资产阶级思想侵蚀”。

在这样情势之下，《旅大人民日报》紧跟省报，全文转发了这两篇文章，还组织了一批文章并召开了业余作者座谈会。当然这个座谈会已不是当初《旅大文艺》准备召开的那个座谈会，其主题就是批判小说和编辑部。

总之，《一个女报务员的日记》的性质已俨然不是“小资产阶级”了。《旅大人民日报》也发表了措辞严厉的批评文章。

此时，编辑部已陷入全面被动。年轻气盛的张琳心有不服，就给《文艺报》写了一封信，以期得到权威部门和专家的专业解读和支持。

《文艺报》的权威声音

张琳等来中国作协所属的《文艺报》的回信，告诉他，编辑部已阅读了全部有关文章，已经得出结论，不久《文艺报》《文艺学习》将发表评论文章，而且，文章的观点代表了时任主编秦兆阳、侯金镜等的意见。

很快，1955 年第 4 期《文艺报》发表了署名文章《关于〈一个女报务员的日记〉的批评和讨论》，《文艺学习》发表了署名文章《不能简单地了解人的生活和感情》。两篇文章认为《一个女报务员的日记》没有什么错误的思想倾向：“作品的主导思想还是积极的。而且，这些思想原则大体上也还是通过比较生动的艺术描写体现出来的，并不是概念化的、简单的说白。因此，作品具有一定的感染力和教育意义。”

在此，需对当时的背景略做补充。

1954 年 9 月，山东大学《文史哲》月刊发表《关于〈红楼梦简论〉及其他》一文，批评俞平伯研究红楼梦的观点和方法。自 1954 年 10 月

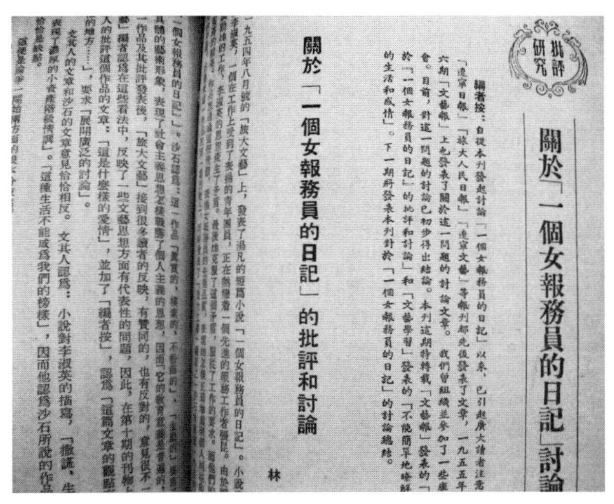

批評研究

關於「一個女報務員的日記」討論

編者按：自從本刊發起討論「一個女報務員的日記」以來，已引起廣大讀者注意
「遼寧日報」「旅大人民日報」「遼寧文藝」等報刊都先後發表了文章，一九五五年
六期「文藝報」上也發表了關於這一問題的討論文章。我們曾組織並參加了一些座
會。目前，對這一問題的討論已初步得出結論。本刊這期特轉載「文藝報」發表的「
於「一個女報務員的日記」的批評和討論」和「文藝學習」發表的「不能簡單地瞭解
的生活和感情」。下一期將發表本刊對於「一個女報務員的日記」的討論總結。

關於「一個女報務員的日記」的批評和討論

林

《关于〈一个女报务员的日记〉的批评和讨论》

31日起，全国文联和作协主席团先后举行八次联席扩大会议，批判俞平伯研究《红楼梦》的错误和《文艺报》的错误；12月，改组《文艺报》编辑部，决定批判《红楼梦》研究中的错误和进一步批判胡适派唯心主义错误。此后，掀起了一次批判运动，绵延数年。在这样的背景下，任何文艺问题都变得敏感。给张琳回信的自是“改组”后的《文艺报》无疑。也是出于谨慎，在肯定了《一个女报务员的日记》这篇作品的同时，也对《旅大文艺》和沙石的“错误”提出了批评。

在《旅大文艺》未及时做出总结而遭遇更严厉批评时，《文艺报》和《文艺学习》上的文章，算是为作品《一个女报务员的日记》定性定调。

命运的玩笑

如果事件到此为止，应该算有惊无险。但谁也没有想到，两年后开始了反右派斗争。命运给人开了一个大大的玩笑。20年，是历史长河中的一瞬，但对于一个人，却是一大把的人生岁月，足以改变一个人的命运。

1978年12月，辽宁省文联和作协在沈阳连续举行座谈会，为本省受迫害的作家和受到错误批判的作品平反，其中就包括汤凡和他的作品《一个女报务员的日记》。

在《文艺报》终结了那场讨论后，我们迎来一个短暂的文艺春天：1956年的“百花齐放”。在这样宽松祥和的日子里，《一个女报务员的日记》进一步得到肯定。辽宁人民出版社出版的小说集将这篇小说收入。1999

年，为纪念新中国成立50周年，辽宁省作家协会编选了一套辽宁省50年来优秀作品丛书。短篇小说卷将这篇作品收录，并在序言中特别提及。一篇不足万字的小说经历了命运的跌宕起伏。

社会正在回到正轨上来。据张琳文章，为小说所累及而成为右派的，大都回到原来岗位，有的“官复原职”，有的甚至得到晋升。但是，事件的主人公汤凡，作为一个工人，自然无官可复。由于家庭子女多，生活困顿，终日为衣食忙碌，汤凡已了无写作的心境和环境。获得平反后，他只发表了一篇小说，再无新作。

如今，又40多年过去，当年针锋相对的双方大都已经作古，还在世者也进入人生暮年。那些去世者，我已无缘拜访，也不想再去打扰硕果仅存的耄耋老人。揆度当年，普通读者、开批评先声的批评者，以及高级知识分子、《辽宁日报》总编诸人，断不会料到后来的结局，那样的结果亦非他们本意。但一石激起千层浪，一篇平常作品的发表，一篇批评文章的出炉，引发连锁反应，十数人的命运就此改变。

数学系毕业的文学评论家

不可否认，最初对王晓峰产生兴趣，除了作为同事、同乡、同学这样的俗常因素，还有一个很重要的原因，就是他最初毕业于一所中专学校的数学系，后来又考取一所大学的中文系。

王晓峰

我们知道，擅长文科的人，通常数理方面要差一些。极端的例子很多，比如说著名明史专家吴晗当年高考，文史和英语满分，而数学0分，由于过于“偏科”，被北大拒录，于是转投清华，被清华破格录取。著名学者钱钟书，高考

英文满分，而数学15分，1929年考取清华大学外文系。这样的传奇，在民间广泛流传。这种现象揭示了一个道理：人们的专长，或者说思维，是有很大差别的。有人偏于数理逻辑，有人偏于文史。或者说是逻辑思维和形象思维的差异。但是，凡事都有例外，也有一些人文理兼具、思维平衡。看来，王晓峰就是这样的人。

隔着眼镜，王晓峰目光显得深邃，人到中年即已开始稀疏的头发，又使他显老。后来，他索性剃了光头，不为青丝白发所扰，不仅一扫衰老之相，反而更显一种霸气。由于常年吸烟，他的嗓子听来总不利索，沙哑、暗沉。这一切，愈益与一个文学评论家的形象吻合，冷峻，深沉，不苟言笑。当然这只是表象，他其实极喜欢开玩笑。瓦房店市文联主席、作家侯德云曾写过自己与王晓峰一起出差开会的经历：

> 记不清是几年前，五年，要么六年，在沈阳郊区棋盘山的什么宾馆，开一个什么理论研讨会，我和晓峰，住同一个房间。报到那天的晚饭之后，晓峰回房间泡茶。我稍稍奇怪，说，你怎么敢晚上喝茶？不怕睡不着啊。他诡秘一笑，说，你不懂，这茶叫普洱，有助于睡眠。在那以前我从未喝过普洱，不禁心头一喜，说，还有这好东西啊，给我倒点儿。其实也就一杯，最多两杯，好家伙，晚上把我折腾的，跟当年第一次喝咖啡一样，整夜睡不着，翻来覆去，直到凌晨。半夜时分，我听见晓峰似乎从沉睡中醒来，口中喃喃，要不你开灯看书吧。你瞅瞅他，现在知道关心我了。我倒是很想开灯看书，又一想，咱是谁呀，敢打扰王老师休息，忍着吧，忍着。更严重的后果是，第二天上午的研讨会上，我不断打盹，几次差点睡过去。晓峰一直偷着乐。乐得像小孩一样，一脸孩子气。后来，以及后来的后来，他真的像小孩一样，把这个在他看来特别好玩的故事，散布得到处都是，听者无不开心。事后回味，其实我也开心。朋友之间，总要积攒一点逸闻趣事才好。

当然，能开得起这样玩笑的，非知己不可，但也足见他内心那种顽劣和狡黠。开玩笑是一种智慧，当然，他的智慧集中体现在他“术业专攻”的文学批评上。

王晓峰像一个蝶泳运动员，全力展开双臂扑进水里，以全身的力量拥抱他所面对的作品，调动他的知识积累细致入微地解读作品。他的评论融入了他的理性精神，也融入了他火热的情感。韩少功在谈论钱穆的时候有个观点，他认为如果钱穆先生下过乡、当过知青，对问题的看法或许就会改变。不错，生活经验对于作家来说，很重要；对于一个学者来说，也同样重要，使他做判断或下结论时，不会为理论所拘囿。

当过知青的王晓峰在同龄人中有着丰富的人生体验。他曾语重心长地对我说，当初做知青时挨饿，要抢下一个饼子，就往那上面吐口水。另一个人只好放弃。他的家庭也在“文革”中受到一定冲击，他有个生病的弟弟，这些，都在影响着他看人看事。

他评论的作品有小说、散文、诗歌、儿童文学，还有影视作品。虽然覆盖面很大，但也不能说是跨界。他评论着力最多的是大连地区的文学创作，大连地区几乎所有的作家他都有过相应的评论，重要作家则有过多篇评论。2011 年结集的《大连文化散论》，评论部分所涉及的大连作家近百人。他为该书单独打出一页“说明”，强调：“我不认为写大连文学的批评就没有学术价值，就没有‘学理’。”他野心勃勃，他要通过自己的努力，从学理上构建起“大连文学”的概念。

他知道，只凭作家作品的评论合集，尚不具备构筑地方文学的理论框架，他向理论方面努力。举凡重要的批评流派，他都有所涉猎。其实他从涉足文学批评之始，就有这种愿景和实践。他早期的批评文集《王晓峰文谈》（大连出版社，1993 年）即可见出端倪。全书分为“描述”篇、“阐释”篇和“批评”篇。其“描述”篇，是从宏观上全面审视当代小说。其“阐释”篇，是从微观层面剖析当代小说的写作方法和技巧。而“批评”篇，不仅着眼大连的作家，王蒙、王朔等具有符号意义的作家，都在他的视野之中。

以第一部分“描述”篇为例，这一部分共包括《当代小说的城市世界》《当代小说的变态世界》《当代小说的动物世界》等9个专题文章。但这绝不仅仅是选材上的归类，而是探求表现人与这个世界的关系的途径。当然，亦包含作家对世界的认知。在《当代小说的城市世界》中，王晓峰通过对部分描写城市生活的小说的剖析，表现出他对作品的体悟，也表现出他对城市（世界）的认知：

《王晓峰文谈》

> 新时期文学所描绘的城市并不是人类生存的天堂，但不少作品却明白无误地表露过：城市如果是一个火坑的话，人类也应该义无反顾地跳下去！

可以看出，王晓峰早期的研究更多着眼于小说，而且他本人也有过创作小说的尝试。在1997年出版的一部作品集《离婚》中，列有“中短篇小说”达17篇之多。这多少有些出乎我们的意料。相比于他的文学评论，他的小说创作谈不上成功。我想，这个作品集之后，他应该再没有过小说写作。作为一个富有鉴赏经验和写作经验的评论家，他理应对自己的潜质有清醒的了解。这或许是一种遗憾，或者说是宿命。

喜欢文学的人都有一个作家梦，而写小说无疑是实现作家梦的最佳途径。同一部文集中，还有一组散文，其中有一篇就是《我与“作家”》。当他第一次听见有人称他为“作家”或“青年评论家”后，他“高兴得好几天心里都美滋滋的”，接下来，他讲述了自己的生活阅历和从事过的工作，但令他“心志不改、热情不减的就是想当作家。”

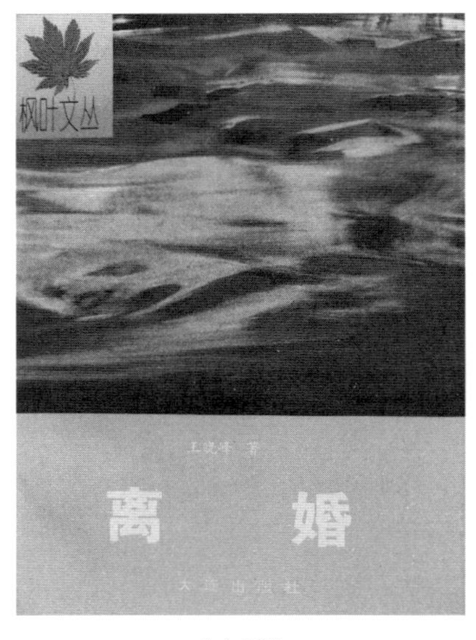

《离婚》

但是，他第一次高考时，为什么上了数学系？是为了离开农村的一种被动选择？当然，既然选择了，他还是有这个能力读下来的。能读是一回事，喜不喜欢则是另一回事了，但这似乎可以解释他第二次参加高考时的选择，中文系似乎离作家梦更近一些。

其实，放弃了写小说并不意味着放弃了作家梦。后来，他曾相当长时间担任大连市作家协会秘书长，后来又兼任大连市作家协会副主席。更多的是为作家服务，或者说，为帮助更多人实现作家梦。

除了文学评论这个他的主打项目，王晓峰的文学创作成绩也颇可观。计有小说、散文合集《离婚》、长篇报告文学《七彩梦》、散文随笔集《喜欢玉一定喜欢阳光》和杂文集《有话好好说》等。

其中，《喜欢玉一定喜欢阳光》是他晚近的作品，也是反响较大的作品。玉涉收藏，亦关文化，加诸个人感悟，自是有延展的话题。看起来，王晓峰也确是行家，对玉诸如材质、雕工、造型、掌故等专业领域，都头头是道，俨然资深玩家。但细看却不然，不是他不专业，而是他往往借题发挥，或者说他始终都没离开文学。比如，在赏玩黄白老玉圆雕童子《锣鼓福晋》时，从材质引出关于玉的常识，又到文学的常识、生活的常识，并强调这是受法国理论家安托万·孔帕尼翁《理论的幽灵：文学与常识》的启发，这就不简单了。他说，“依我的看法，这本书在阐释文学的‘十万个为什么’……”如此这般，至于那块玉是不是黄白老玉似乎已不重要了。王晓峰确实抓住了我们时代的一个短板，就是缺乏常识，或者说忽视常识。再比如，他喜欢说“读玉”，这可不像一个

玉器收藏家或玉石经销商的口吻。然后，他又引经据典，董桥对于小说中故事重要性的强调，昆德拉对小说意义的分析。这还没完，后面又是20世纪30年代作家骆宾基的小说如何如何。还有，他还和本市小说家陈昌平就玉雕艺术有过交流，并取得共识。借此，他认为，玉雕属于有故事有思想的艺术品。从这样的“姿势”来品读玉，把玩玉，已然与普通玩家拉开距离。此外，他所写的或赏玩的玉雕都有一个名字，而有些名字显然不是商家所为。比如《我……》，“我”的后面居然是省略号，这应该是他对这件玉雕作品的命名。他对文学浸淫太深，他是在品味另一种文学，是通过玉来印证文学，他仍在知人论世。这本书的好玩之处显然不止于此。所以，我认为，这仍然是一本文学书，千万不要把它当作“收藏指南”。

必须承认，王晓峰对文学的认识确实有独到之处。一次，他对我说，文学（世界或事业）是由经典作家和业余作者共同构成的。当时我有些不解，我们读书不就是要读经典吗？业余作者也值得读？后来，大量地接触基层作者，接触基层作协的组织机构，我恍然明白他这个说法的意义，我想这也是他不遗余力地关注、扶植业余作者的原因。

我想起当年我们办笔会的时候，本市作家刘汝达调侃自己是汽车配件公司的著名作家，说徐铎是金州区著名作家。大家哈哈一笑。刘汝达是针对当时“著名”泛滥的一种反讽，一如郭德纲“非著名相声演员”的调侃。其实，都是强调作为“非著名”的存在价值，或者所谓“著名”通常都是从“非著名”而来。王晓峰的说法，当有这样一层意思在。

这些年，王晓峰帮助过很多作者，我是从他的文章中得知。比如，他给很多人写过序，也写过评。那些作者有一些我没听说过，因为他的序或评我才开始关注，或者留有印象。作为早期的大连市文联文艺理论研究室副主任，到后来的文艺理论研究室与创作室合并的创作研究部主任兼任大连市作家协会副主席、秘书长，再到后来担任大连市文学评论家协会主席，王晓峰把关注的重点放在本土作家的创作，似乎理所当然。

作为生于斯长于斯的文学工作者，是其职责所系。但其投入的精力与情感，又不仅仅是职责，更有他的雄心和热忱。这源于他对文学、对家乡的执着之爱。

从另一个角度，我想这也和他曾经的经历有关。在艰苦的知青岁月里，他在粗糙的马粪纸上做着文学梦，得到的却是一次次的退稿。高考改变了命运，他告别了乡村，告别了青春的怅惘，一切是从《三叶窗》开始的。

那是1982年，王晓峰读大学的时候。在小城瓦房店，三个文学爱好者以稚嫩、执着和激情开启了文学的大门。其标志性事件是，一本被命名为《三叶窗》的油印诗歌合集诞生。三位作者是王晓峰、王强、董桂萍。王晓峰为这本诗集写了序，说起来，他写序言的经验也很丰富。王强，年轻一些的读者不很熟悉，他是后来的麦城，享誉诗坛的诗人。董桂萍就是那个年少成名的乡下女孩，如今的诗人、作家。

这篇序言被王晓峰收入《大连文化散论》（大连理工大学出版社，2011年）第三章“大连文学评论”的第一篇。可见，他是多么珍惜这篇短文，多么珍惜那段岁月，多么珍惜曾经的友情。

或许可以做这样的猜想，当看到一个个业余作者恭敬地站在自己面前的时候，他是否想到了当年的自己？

我一直认为，从事文学创作或文学批评是需要阅历的，仅有书本知识远远不够。我看着他沧桑的脸和微驼的背，就会联想到他的生活境况。读他的作品，我也会这样想。

我们应该算作同事。1990年，我到海燕文学月刊社做编辑，他任大连市文联文艺理论研究室副主任。虽然杂志社是独立建制，但还归大连市文联领导，也在一座楼里办公，或楼上楼下，或比邻而居。天天见面，多有交流。而且，由他领衔组织的文联和我们杂志的编辑共同完成了一本文学评论集，我的很多评论随笔也都在他主编的《大连文艺界》发表。直到搬离那里，我们同事15年。需要补充一下，他在到大连市文联文艺理论研究室之前，是在《海燕》做编辑。

我们是正宗的同乡，虽然我们没有同时生活在那里。我们也是大学同学，只是他入学的时候，我应该已经大四，因为他比我多读了一个数学系。还有，按传统的算法，我们算同龄，都属猴。

这样一些原因，我们有共同的话题。

他有着堂吉诃德般的不屈不挠，他是个理想主义者。

附：

王晓峰著作

《王晓峰文谈》（文学评论集），大连出版社 1993 年版

《灯下偶记》（文学评论集），春风文艺出版社 1995 年版

《离婚》（小说、散文合集），大连出版社 1997 年版

《七彩梦》（长篇报告文学），辽宁人民出版社 2003 年版

《看法》（文学评论集），天津社会科学院出版社 2003 年版

《当下小小说》（长篇文论），文化艺术出版社 2008 年版

《生活里的文学和艺术》（文学评论集），人民文学出版社 2008 年版

《大连文化散论》（文学评论集），大连理工大学出版社 2011 年版

《喜欢玉一定喜欢阳光》（随笔集），大连出版社 2013 年版

《有话好好说》（随笔杂文集），大连出版社 2014 年版

名家篇

邓刚：当代文学的大连坐标

邓 刚

翻开中国当代文学史，我们会尴尬地发现，举凡重要作家、有影响的作品以至文学活动，作为重要的工业城市大连往往付诸阙如，很少染指。当然，如果硬要说也不是绝对没有，比如1962年8月，中国作协在大连召开的“农村题材短篇小说创作座谈会”，名流云集，意义重大，影响深远，史称“大连会议”。但这会议除了是在大连召开，会议的核心几与大连无关。时光荏苒，到1983年，因一个作家、一部作品的出现，改变了中国当代文学的地理版图，从此，大连在中国当代文坛有了一席之地。这个作家是邓刚，这部作品叫《迷人的海》。从本市走出的评论家周立民说过，“幸好，我们这座城市还有邓刚和他的《迷人的海》一系列小说”。

1983年第5期《上海文学》，在头题的重要位置刊发了邓刚的中篇小说《迷人的海》。这篇3万字的作品在文坛激起的反响，令几十年后的人们很难理解，或者说只有艳羡和瞠目结舌的份儿。我们翻看当年常见的文学评论类刊物，比如《文学评论》、《文艺报》（当时还未改为报纸）、《当代作家评论》等，评论可谓铺天盖地，而且多来自知名评论家和作家。如丁玲、刘白羽、张同吾、滕云、李清泉、黄子平、洁泯、李炳银、雷达、李作祥、林为进，等等。有的期刊还以专辑或小辑的方式集中刊登几位评论家的评论，比如《当代作家评论》1984年第1期，

1989 年，邓刚（左）与刘白羽（右）

就集中了彭定安、殷晋培等评论家的文章，同时还以《时代的脉息 民族的风格——辽宁大学学生谈邓刚小说》为题，发表了大学生的座谈提要，而在其他文学期刊、各种报纸、各大学学报上发表的评论文章则无法具体统计。

为此，邓刚受到文坛耆宿巴金、周扬、丁玲、冯牧等的接见和好评。丁玲在临终前对人民文学出版社强调，她最后的一部书的序文一定要写邓刚的海，出版社按照丁玲的要求，将丁玲最后一部书的第一篇文章定为《漫谈邓刚同志的海》。中宣部文艺局的理论家李准在一次文学创作会上讲到，《迷人的海》不仅在思想艺术上达到一个新的高度，就其文体及叙事艺术也深深地影响了整整一代作家。

一篇作品引起如此广泛的关注，不仅因为作品优秀，还因为当时的背景。其时，文坛正发起对现代派、存在主义等的批判。时任文化部部长的朱穆之在《文艺报》撰文指出：

> 近几年来，有一些同志积极鼓吹抽象的人性、人道主义、人的价值、异化、萨特和存在主义、现代派等等。

1983 年，在棒棰岛，邓刚（右）与冯牧（左）

不仅如此，象征也因被冠以现代派的表现手法而充满危机，以象征为主要表现手段的邓刚小说面临的境地可想而知。出人意料的是，邓刚的小说几乎赢得众口一词的称许。

在众多赞美声中，有一个声音后来盖住了所有声音，这就是著名作家王蒙一言以蔽之地把1983年称为“邓刚年”，赢得文坛广泛认同。这说法的确立，不仅因为王蒙时任《人民文学》的主编，更是因为邓刚的作品深入人心，不仅赢得文学大家的首肯，还受到广大读者的好评。回望20世纪80年代，以这样的方式命名的作家应该还有，但肯定不多。试想，如果每年都有一个作家获得这样的命名，整个80年代也不过10个。对一个作家来说，这是至高的荣耀。

今天来看，邓刚也当得起。“邓刚年”命名的依据，最主要的就是《迷人的海》，当然还有短篇小说《阵痛》《芦花虾》等知名度较高、质量一流的作品。如众所知，《阵痛》获得了1983年全国优秀短篇小说奖，影响更大的《迷人的海》继获得首届《上海文学》奖（1982年—1983年）后，又获得中国作协1983年—1984年优秀中篇小说奖。而且两篇作品排名均靠前，在评委无记名投票选举的获奖作品中，《阵痛》排名第四，《迷人的海》排名第三。而这两篇作品在继1982年的《刘关张》和《八级工匠》双获省政府一等奖后，于1983年双获辽宁省政府一等奖。加上其后的《龙兵过》获省政府一等奖，邓刚创造了辽宁文学的一个奇迹。

1996年，邓刚（左）与王蒙（右）

大连，这座年轻的城市，也给了城市之子、大海之子极高的礼遇。邓刚凭借在文学创作上所取得的优异成绩，先后荣获1983、1984年度大连市劳动模范、1984年度辽宁省劳动模范，并于1990年荣获首届大连市“金苹果”终身文学艺术成就奖。《海燕》前主编毕馥华这样评价邓刚的获奖：“这是大连文学这么多年的积累，结出的‘大苹果’。”

邓刚当年受关注之高，不仅体现在大量的评论和高规格评奖，还被记录在时任中国作协领导张光年的日记当中。在海天出版社 1998 年出版的张光年日记《文坛回春纪事》（上、下册）中，我们能够看到很多条关于阅读邓刚作品的记载。仅 1983 年 7 月到 1984 年 5 月，就有 7 条是关于邓刚作品的。这一时期，正是中国作协筹备第四次会员代表大会的紧张时期。关于会议的文件、人事安排，还有中国作协日常的各种事务，作为主持作协工作的负责人，工作异常忙碌。1984 年 2 月 24 日他的日记这样记载：

> 下午看完了邓刚的短篇《阵痛》，很好，还看了冯牧为《小说选刊》写的推荐《阵痛》文。

当天上午，张光年参加（或主持）作协党组会，下午“5 时半再到北纬旅社”，同短篇小说评委多人交流。邓刚的短篇是他在一个短暂的休息时间里抽空读的。要知道，出生于 1913 年的张光年，这时已是 70 高龄，精力、体力，都是一种考验。

这条日记还记录了一个有意思的信息，文坛另一位同是作协领导的评论家冯牧竟然为《小说选刊》写推荐这篇作品的文章。这在一定程度上反映了当年的文坛重视优秀作品，重视推介新人。出生于 1919 年的冯牧，这时也已年过六旬。

再往前，1983 年的 7 月 31 日是我摘抄的最早的一条：

> 看了《上海文学》第五期上邓刚的中篇小说《迷人的海》，写采参、鲍的“海碰子”生活很迷人，性格是雄健的，独特的，惜缺乏时代色彩。

在 1984 年 5 月初的日记，有两条与邓刚作品有关，是讲小说《龙兵过》：

> 1984年5月3日，今天看了邓刚不太短的短篇小说《龙兵过》，非常好，读之惊心动魄。这次短篇评奖对他的作品未取此篇而取《阵痛》，可惜了。

这应该也是实情。评选过程我们不清楚，但他对小说的欣赏，溢于言表。

接下来的1984年5月6日，这样记载：

> 腹泻没劲，上午11时安东来帮我沐浴，头昏没敢洗，介绍他翻阅《龙兵过》。

张光年在自己身体不适的情况下，仍向来人推荐他所欣赏的作品。

张光年的日记有很多阅读作品的记载，一般都很简略。有的甚至只有记录，没有评价。像对《龙兵过》这样的记载，极为罕见。

有一条日记很简单。当天上午是作协党组会，可见文章仍然是他抽空读的。1984年2月21日：

> 下午看了邓刚的短篇小说《芦花虾》，很好。

这些日记出自一位德高望重的文坛前辈，对初出茅庐的邓刚来说意义非凡。这意味着，邓刚的小说在当时所达到的高度。

开埠百年的大连是座年轻的城市，充满活力和创造精神，为中华人民共和国的建设做出了自己突出的贡献，也为国家贡献了各界众多杰出的英才，但历史短暂，积淀浅薄，尚没有形成自己的城市文化。就文学层面而言，还没有出现像北京的胡同、上海的弄堂那样一些符号化的城市形象，那样具有广泛认知度的城市标识。邓刚小说《迷人的海》的出现，塑造了"海碰子"这样具有鲜明地方特色的文学形象，是对当代文坛的一大贡献，也是对大连这座城市的艺术化呈现。

1984年4月，邓刚（后排左一）随中国作家代表团访问日本，团长为与张光年（后排左二）。团员还有丛维熙（后排右三）和陈祖芬（前排右二）等

翻开《迷人的海》，扑面而来的是大海的气息：火石湾，半铺炕，老海碰子，小海碰子，瑰丽的海底世界，鲜活的水生动植物，潜流暗礁，狂风恶浪，蓝色的海，黄色的岸……

邓刚作品最突出的特点就是象征手法的运用。对此，本省评论家李作祥这样评价：

> 在这篇充满激情的小说中，我们显然还感到一种思想上的新的素质，那就是象征。我以为这篇小说中有一种从生活深处升起的象征主义。小说中的海，是现实中的海的描摹，但作为一种艺术境界，它又不单纯是海，它是一种象征。有人说那象征着我们四化的征途，可以这样说，但也不可以说得太死，如果说得太死，那就不是象征，而是比喻，而象征的特点则是含有更宽广的意味，因而也就带有含义上的不确定性。

“不确定性”恰恰是我们多年来文学创作所缺少的状态。尤其在当时，文坛经过了“伤痕”，经过了“反思”，都是主题的突破，在表现方式上仍不脱与政治和意识形态的紧密联系。文学创作亟须一种方法意义上的突破。邓刚以他勇敢的实验，打开艺术探索的大门。

作品中，大自然的宏阔、苍茫、伟力、粗粝，张扬着一种男性之美，阳刚之美。大自然作为情节元素，作为审美对象，而不单单作为背景出现。大海的壮美无疑是这部作品成就的一个重要组成部分。我们以往看到的文学作品，在表现人与自然搏斗的时候，大自然常常面目狰狞，是作为人类的对立面，作为“敌对势力”出现的。而邓刚作品里的海，固然葆有自然的狂野属性，是人类的对手，但同时又为人类提供资源和展示的舞台。因而，人类在与其搏斗的同时，也表现了对它的尊重。比如作品中的老海碰子，他对大海的认识，充满理性，也充满感情。海在他的眼里，野性而充满善意。当大海向人类发出警示的时候，海碰子们会尊重大海的意愿，选择退避三舍，敬而远之。这丝毫不减损海碰子们作为好汉的伟岸形象，反之，更使海碰子们增添了理性色彩，闪射出智慧的光芒。

1978 年年底，日本影片《追捕》在中国上映引发轰动，高仓健成为民众偶像。可以说，高仓健当时是颇具精神价值和内在品质的偶像，也由此产生了一个响亮的口号“寻找男子汉”并持续发酵。不能说邓刚的小说就是这思潮的产物，但它的出现客观上回应了民众的呼唤，顺应了社会的精神需求。邓刚作品中的“海碰子”作为中国当代文学史上的独特形象深入人心：一老一少，两个海碰子置身苍茫天地之间，出没惊涛骇浪之中。

滕云《〈迷人的海〉——〈北方的河〉》（《当代作家评论》1984 年第 5 期）这样写道：

似乎在这里进行的，只是人的生命力和大自然的搏斗。人与人的关系只是在大自然面前两个海碰子的关系。人与社会、

> 人与时代的关系，仿佛被长天、大海、高山隔开来了。然而读着作品，我们又分明感到，两个海碰子并没有和时代、社会隔绝，非但不隔绝，我们还感到那汹涌着的，既是大自然之海，又是大时代之海，当代社会生活之海。

看似两个人，却给人千军万马的伟力，仿佛人类经过层层擢拔而挑选出来的精英选手，在和大自然进行一场角力。犹如我们在读《冰岛渔夫》《老人与海》《热爱生命》，还有《鲁滨孙漂流记》，那些人类的勇夫在严酷的自然面前，表现得从容不迫、不卑不亢。他们孤独的身影，有一种悲壮色彩，呈现出孤独之美。

现在要说小说的开头。一定有读者记得“蓝色的海，黄色的岸”这八个字。中国当代文学作品中的优秀之作不少，但能让读者记住其中语句的极为有限。“蓝色的海，黄色的岸”可媲美“面朝大海，春暖花开”这八个字，大家都知道，后者是海子的诗句，形象鲜明，画面优美，境界开阔，流传很广，但毕竟是诗歌。有谁的小说里面能有这样的句子？邓刚的这两句，蓝、黄对比，海、岸对立，一如“海上生明月，天涯共此时”般宏阔。更主要的是，这样的句子，视角是哪里？是在空中俯瞰，大气磅礴，张力无限，顿增辽阔壮美。虽然整体而言，作品的语言风格不是这样的，但开篇的八个字无疑为作品的整体风格定下基调，雄奇壮阔。

作家邓刚以他极富地域特色的文学作品，为大连这座美丽的城市确立了独特的地理标识及富有审美意蕴的人文标识。

翻开尘封的1983年的《上海文学》，《迷人的海》赫然入目。题图是沪上名家施大畏的手笔，细致的笔触为作品增色。翻到最后，在写作时间的后面，是“刘家桥”三个字，让我心里一暖。真得感谢编辑的用心，保留了作品的原初状态，保留了作家的生活痕迹，也保留了城市的地理符号。

刘家桥位于大连市区繁忙的出市通道华北路上，是居民集中、商业较为繁华的区域之一，有多条公交线路经过这里，向西北方向几公里就是周水子国际机场。但住在这里显然并不是考虑机场的远近，或交通的便利，而是因为邓刚当年的工作单位——大连机电安装公司就在这里。邓刚因为结婚，单位分给他一套房子，是从一个完整的套间当中分割出的一个部分，当时这样的住房形态是一种普遍现象，能得到就算幸运。邓刚的这套房子的大房间有 9 平方米，小房间有 6 平方米。他在这里住了大概五六年的时间。虽然在这里居住时间不长，但一些重要的作品都在这里产生。除了《迷人的海》，还有《阵痛》《芦花虾》《龙兵过》等。30 年后，邓刚面对我的采访，十分感慨地说："这是块宝地。"是啊，一共只有十几平方米的空间里，产生了一批在中国当代文学史上的重要作品，可以说，这十几平方米是单位产量极高的房间，是创造价值极高的房间。

如果我是城市的管理者或文化部门的负责人，我会在这里挂上一块牌匾，写上如下文字："《迷人的海》诞生地 ×× 年—×× 年，作家邓刚生活于此，完成《迷人的海》等小说。"而且，我要把这书印成装帧精美的小册子，作为礼品，赠送给造访这座城市的友人。因为《迷人的海》所呈现出的精神气质与我们这座城市极为吻合：包容大气，智慧勤劳，活力四射，勇往直前。

对邓刚来说，刘家桥给他留下的是深刻而美好的印象。新婚燕尔，佳作迭出，在经历了几十年的痛苦磨砺之后，生活在这里出现了重大转机。由于《迷人的海》等系列小说，邓刚告别了这里，也告别了工作了 20 多年的大连机电安装公司。

不过，还要提到的是，作为一名工人，邓刚也足够优秀。在 1984 年，春风文艺出版社出版他的第一本小说集《迷人的海》的同时，中国建筑工业出版社出版了他的技术专著《焊接技术》。作为一名中学辍学的工人，这也是个奇迹，或者可以说，邓刚在自己所涉足的领域达到了同行内的

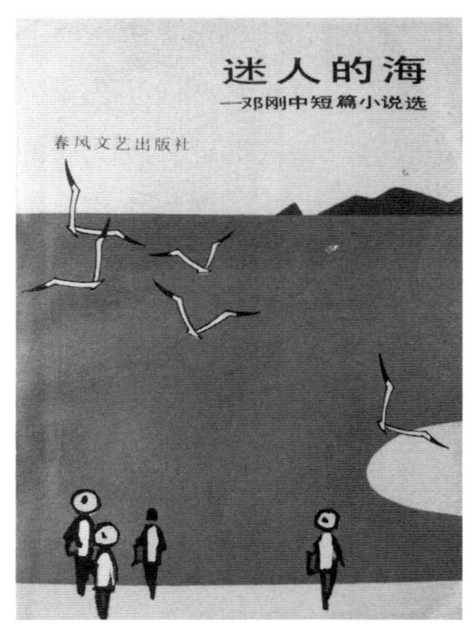

《迷人的海》

较高水平。他的智慧、勤奋，他一往无前的精神，都堪称我们这个城市的形象代表，他应该是这座城市的形象代言人。

最先发现邓刚代言价值的是中央电视台。在2001年，中央电视台《见证》栏目投资拍摄大型记录片《一个人和一座城市》。第一辑共选择了10位作家，其中有刘心武和北京、方方和武汉、何立伟和长沙、阿成和哈尔滨等，所选的大连作家就是邓刚。该记录片通过个人叙述视角，集中展示城市的历史变迁。邓刚的那个纪录片在电视台播出后，反响热烈，是重播次数最多的作家之一。

在搬进刘家桥之前，邓刚的住处在大连市沙河口区淮海街62号。他在这里长大，并在这里生活了30年。其实，我们在邓刚后来出版的长篇小说《曲里拐弯》中，能看到这个区域的影子，黄河路，民勇市场，马栏村……也能看到少年邓刚的影子。

淮海街是位于黄河路与盖州街交会处附近的一条小街，与黄河路平行，在黄河路北侧，而今被新建的婚庆广场切断。东面，在昌平小学的门前；西面，街道依旧。但邓刚说，当年的楼院犹存，只是现今已改为淮海街52号。

让邓刚津津乐道的还有个小插曲。邓刚在这里发表了一些作品之后，引起文坛关注。时任《北京文学》编辑的刘恒曾莅临这条小街，找邓刚约稿。以后，他们在各种场合见面，这里都会成为一个话题。可见，当年这里的情形给刘恒留下多么深刻的印象。而作为作者，邓刚也凭此回味20世纪80年代的作者和编辑的关系，回味当年的文学盛况。确实，那是文学的黄金时代，是一代人的金色记忆。

由于在文学上的成就，邓刚在1983年离开了工作20多年的大连机电安装公司，也离开了刘家桥，这个给他带来无上荣耀的宝地。

此后，他进入大连市文联，成为专业作家。1984年，参加中国作协第四次代表大会，当选为中国作协理事。顺理成章，他又相继担任辽宁省作协副主席和大连市作协主席，直至退休。

在离开刘家桥之后，邓刚又先后在中山区麒麟西巷、石道街、转山屯住过。1996年，他搬进了位于联合路附近的科学家公寓，并在此“定居”，而此处距他“世居”的淮海街不过千米之遥。如果没有高楼阻隔，邓刚在科学家公寓可以时时回望千米之外的苦寂童年和沧桑的青春岁月。

《迷人的海》虽获殊荣，但发表过程并非一帆风顺。稿子完成后，邓刚先投到国内一家大型期刊。但几个月过去，竟然一点动静也没有，邓刚有些着急，就把稿子要了回来。在收到退稿的当时，邓刚立即重新包裹转投《上海文学》。所以，邓刚一直对《上海文学》满怀感恩。当然他也没有记恨退稿的杂志，因为那样一部大胆创新的作品，在当时确实面临风险。

评说《迷人的海》还有一个问题不容回避，但也无须纠缠不休，就是很多人提到的《迷人的海》和海明威的《老人与海》的关系。评论家们有的言之凿凿，有的大胆假设、小心求证，也有的含混提过。似乎读过海明威，借鉴了或模仿了《老人与海》，作品的艺术价值就要打了折扣。其实只要读完这两篇作品就会知道，无论在艺术手段上还是情节内容上，两者都大相径庭。但也有人从另一角度解读，说鲁迅的《狂人日记》也受果戈理的影响，但并不影响其伟大。不过，在邓刚酷爱文学的年月里，海明威的作品在中国还属“禁书”，也就是说，创作《迷人的海》之前，他并没有读海明威作品的机会。邓刚自己也坚称在写作之前并没读过海明威的作品，他喜欢的和读的更多的是杰克·伦敦、马克·吐温、莫泊桑等作家的作品。笔者并不是要做一个判官和鉴定者，只是试图还原一段历史，写作者自有他坚持的道理，评论家亦有自说自话的理由。

像很多作家一样，邓刚在成为专业作家之后，有了更广阔的视野，有了更好的创作条件，也有了更充分的时间。加之丰厚的生活积累和写作实践，他陆续创作了长篇小说《白海参》《曲里拐弯》《灯红酒绿》《未到犯罪年龄》《山狼海贼》《绝对亢奋》等。保持了一个作家旺盛的创造力。

邓刚近照

前些年，邓刚在大连的一所医院体验生活，写了一系列带有科普性质的文章，介绍医学知识，指导看病流程，十分接地气。有人以为，老作家恐已江郎才尽。不想，这两年邓刚又连连在《人民文学》《中国作家》等刊物发表小说，仍是他擅长的短篇，仍是他熟悉的题材。作品发表后，即获《小说选刊》等选刊青睐，予以转载。尤其《老疯头》，更是获得在《新华文摘》（2020年第13期）转载的殊荣。

不仅如此，邓刚还开设个人公众号，以频密的节奏发表对当下生活的关注。比如新冠肺炎疫情期间，面对公众的恐慌，他以自己的人生阅历和在医院“见习”的经验，连连发文，为读者答疑解惑。仍是他惯有的笔调，睿智、幽默、不乏犀利，体现出一个作家的责任和担当。

附：邓刚主要文学创作成果

期刊发表

《心里的鲜花》（小说处女作），《海燕》1979 年第 4 期

《有这样一个姑娘》（短篇小说），《海燕》1980 年第 2 期

《刘关张》（中篇小说），《春风》1982 年第 4 期

《八级工匠》（短篇小说），《鸭绿江》1982 年第 11 期

《大年初一》（短篇小说），《海燕》1983 年第 1 期

《阵痛》（短篇小说），《鸭绿江》1983 年第 4 期

《在荒野上》（短篇小说），《海燕》1983 年第 11 期

《芦花虾》（短篇小说），《鸭绿江》1983 年第 9 期

《龙兵过》（短篇小说），《青年文学》1983 年第 9 期

《迷人的海》（中篇小说），《上海文学》1983 年第 5 期

《鱼眼》（短篇小说），《鸭绿江》1984 年第 6 期

《沉重的签字》（短篇小说），《鸭绿江》1985 年第 10 期

《全是真事》（短篇小说），《人民文学》1986 年第 2 期

《曲里拐弯》（长篇小说），《小说界》1987 年第 6 期

《我叫威尔逊》（短篇小说），《鸭绿江》1988 年第 2 期

《未到犯罪年龄》（长篇小说），《小说界》1989 年第 1 期

《虾战》（短篇小说），《人民文学》1990 年第 11 期

《左邻右舍》（中篇小说），《中外文学》1991 年第 1 期

《远东浪荡》（中篇小说），《小说界》1994 年第 1 期

《桑那》（中篇小说），《十月》2001 年第 5 期

《情杀》（中篇小说），《章回小说》2002 年第 1 期

《七六年精神号》（中篇小说），《北京文学》2004 年第 2 期

《山狼海贼》（中篇小说），《时代文学》2005 年第 3 期
《蛤蜊搬家》（中篇小说），《上海文学》2006 年第 11 期

图书出版

《迷人的海》（中短篇小说集），春风文艺出版社 1984 年版
《龙兵过》（中短篇小说集），中国文联出版公司 1985 年版
《邓刚中短篇小说集》（中短篇小说集），山东文艺出版社 1986 年版
《白海参》（长篇小说），人民文学出版社 1987 年版
《曲里拐弯》（长篇小说），上海文艺出版社 1989 年版
《没到犯罪年龄》（长篇小说），四川文艺出版社 1989 年版
《邓刚海味馆》（散文随笔集），大连出版社 1993 年版
《灯红酒绿》（长篇小说），上海文艺出版社 1993 年版
《邓刚幽默》（散文随笔集），上海文艺出版社 1999 年版
《趁爱打劫》（散文集），人民文学出版社 2004 年版
《山狼海贼》（长篇小说），北京十月文艺出版社 2006 年版
《远东浪荡》（中篇小说集），北京十月文艺出版社 2006 年版
《绝对亢奋》（长篇小说），上海文艺出版社 2009 年版
《你的敌人在镜子里》（随笔集），大连出版社 2014 年版
《海的味道》（散文集），百花文艺出版社 2015 年版

影视剧

《碰海人》（电影，与达理合作编剧），长春电影制片厂摄制，1984 年上映

《站直啰，别趴下》（电影，据邓刚小说《左邻右舍》改编），西安电影制片厂摄制，1993 年上映

《狂吻俄罗斯》（电影，据小说《远东浪荡》改编），北京电影制

片厂摄制，1994 年上映

《澳门雨》（电视剧，与简嘉、吕雷合作编剧）

作品获奖

《八级工匠》（短篇小说），1982 年获“鸭绿江作品奖”

《阵痛》（短篇小说），1983 年获全国优秀短篇小说奖

《芦花虾》（短篇小说），1983 年获“鸭绿江作品奖”

《迷人的海》（中篇小说），获首届《上海文学》奖（1982 年—1983 年）

《迷人的海》（中篇小说），获 1983 年—1984 年全国优秀中篇小说奖

《渔眼》（短篇小说），1984 年获《鸭绿江》庆祝建国 35 周年“丰收奖”

《沉重的签字》（短篇小说），获 1985 年“鸭绿江作品奖”

《曲里拐弯》（长篇小说），1992 年获首届“东北文学奖”

《站直啰，别趴下》（电影），获“第一届北京大学生电影节”最佳影片、中国广播电影电视部优秀影片奖

《邓刚幽默》（散文集），2000 年获辽宁省第二届散文创作一等奖

达理："在初春的日子里"

达理夫妇

达理是马大京和陈愉庆夫妇创作时署的笔名，在大连文学界则习惯于用"男达理"和"女达理"分别指称他们两个人。他们出道时，男达理在辽宁师范学院（今辽宁师范大学）图书馆做管理员。当时我正在辽宁师范学院中文系读书，他们的小说《在初春的日子里》发表时，校园里十分轰动。阅览室里的《鸭绿江》被翻烂了，不仅中文系的同学读，其他系的同学也读。爱情这个主题在当时新鲜度非常高，强烈地吸引着万千青年，更何况小说写得精彩，有很强的艺术感染力。

当时，正是"伤痕文学"滥觞之际，看 1978 年、1979 年，甚至 1980 年的全国优秀短篇小说获奖作品，我们就可窥见一二。在这样的背景下，突然出现一篇与"主流文学"不同类型的小说，又是与青年天然亲近的爱情题材，受欢迎程度可想而知。

男达理很傲，这是大家的共同感受。比如，非中文系的同学去借书，想借除四大名著之外的中国古典文学作品，但不知道除了这几本之外还有什么书，只好笼统地说："要古代的。"于是，男达理同志就很不客气地把"古代的"《红楼梦》放到他面前。据说男达理对不知书名的同学很不屑，似乎也诉诸语言，一时让外系同学很尴尬。不过，这一点，却令心高气傲的中文系同学很欣赏、很受用，好像自己也跟着高傲了一回。

男达理的进步实在太快，没容我们骄傲多久，他就调入大连市文联，成为专业作家。而且，在1981年，就是我读大四的时候，达理就以他们的《路障》获全国优秀短篇小说奖。出道短短几年时间就达到人生的巅峰，实在令人刮目。有意思的是，关于这次评奖，在张光年的日记（《文坛回春纪事》第329页）里也有记载：

> 1982年2月8日今天看了三个短篇：一、林斤澜的《头像》，看不大懂；二、王安忆的《本次列车终点》，立意有可取处，描写细致而不够精练；三、达理的《路障》，有较强的现实感。

最终，这三篇作品都获奖，而达理的小说在获奖的20篇作品中排名第六。仅隔一年，1983年，他们又凭小说《除夕夜》（《人民文学》1983年第5期）获全国优秀短篇小说奖。

在这之前，达理在《鸭绿江》发表并引起轰动的《在初春的日子里》，在当年就获得《鸭绿江》杂志“庆祝国庆30周年征文”三等奖。接下来，他们又在1982年、1983年分别以《广厦》和《让我们荡起双桨》获“鸭绿江作品奖”，1983年在《上海文学》发表的小说《无声的雨丝》获得首届上海文学奖，1985年发表在《芙蓉》上的《爸爸，我一定回来》获得第四届（1985年—1986年）全国优秀中篇小说奖。

从发表达理作品的刊物来看，它们属于当时主流纯文学期刊，比如《人民文学》、《上海文学》、《收获》（1984年第3期《亚细亚的故事》）、《钟山》（1986年第1期《眩惑》）、《中国作家》（1986年第6期《你好，哈雷彗星》）等。从另一维度体现文学界的认可和作家的地位。

这一回，他可以傲视文坛了。不对，应该是他们。他们确实有这个资本，不论从年龄、学历，还是从生活阅历、写作才华，他们都有可预期的美好未来。

马大京和陈愉庆，一个北京人，一个南京人。但他们有诸多相近之处，他们都出生于1947年，都是知识分子家庭，都受过良好的基础教育。他们都有金色的童年，陈愉庆曾做过中央人民广播电台的少年播音员，录制过《星星火炬》《小喇叭》这样影响广泛的少儿节目。马大京是个出色的小提琴手，还是优秀的摩托车运动员。用当下流行说法，他们已经赢在“起跑线”。高中毕业两人同时考入北京大学中文系，这就不足为奇了。

大学毕业的分配，让他们天各一方，也让他们见识了中国社会的底层面貌。正是经历了这样一些磨难，才让他们对社会有了更深的体验，有了自己观察生活的角度，形成了自己写作的特点。

所以，达理的作品很多是反映知识分子生活的，同时又面对尖锐的社会问题，不局限于书斋和校园，这使他们的作品有了深度和广度。

达理

他们当然不满足仅有的这些体验，从事专业创作以后，他们一直保持着到基层体验生活的习惯，那是他们创作的源泉。比如，《无声的雨丝》是他们在北京机场体验生活的产物，《广厦》是他们到北京住宅壁板厂体验生活时产生的，到金州纺织厂，他们写出了《“亚细亚”的故事》……其实体验生活，也不是我们国家所独有，也具有普适性。加拿大作家阿瑟·黑利写《钱商》《汽车城》《航空港》等，都是用很长时间到那里体验生活，了解企业的管理和运营，了解各个环节的具体情况；阿瑟·黑利的成功，很大程度上得益于对专业领域的熟稔和细致的描写。而在我们国家文艺界，体验生活更被当作文艺创作的规律。达理是虔敬躬行者，而现实也给予他们丰厚的回报。

大概他们也没有料到，他们本着体验生活的目的下去，之后，竟然被推“下海”了，直接去担任公司的管理者，参与企业的经营管理。用达理的话说，他们原来只想像以往那样以作家的身份去调查采访、体验生活，但一到基层，汹涌而来的大潮便猝不及防地把他们席卷进去。就这样，他们也开始坐在谈判桌前与外商谈生意，搞技术项目引进。两个满怀改革热情和美好理想的书生，挫折和失败自是难免。陈愉庆这样总结他们的失败：

> 我们是怀着一颗万分虔诚的心情期望在有生之年能看到改革的成功。但我们毕竟是书生，对改革进程中的许多艰难环节都没有认识和准备。

然而，正是这样一段并不完美的经历，成就了《眩惑》和《你好，哈雷彗星》这两部长篇小说。

《眩惑》

除了为写作而到各处体验生活，达理面对的日常和家庭其实也同我们普通人一样，家庭绝不仅仅是两个志同道合的人（当然这也很重要）这么简单，他们的女儿也跟着他们受了委屈。两个人经常要去体验生活，女儿就成了拖累，不能总寄放在邻居家。所以，他们经常把女儿送回北京。正读小学的女儿就这样，一阵北京，一阵大连。孩子聪明，学习好，本有机会评上三好学生，却因为户口不在当地而没有评上，这让孩子的自尊心很受伤。为人父母的两位作家很感愧疚。所以，最后他们决定将孩子留在北京奶奶家，给孩子一个安稳，给自己一个安慰。这也是他们把女儿的名字作为署名的一个重要原因，马达理正是他们女儿的名字。孩子是他们生命的延续，文学作品是作家生命的一种延续。

这个细节来自1984年《海燕》上的一篇报告文学，作者是当时的编辑，后来做了多年主编的毕馥华。这是她当年去达理家里采访所写。下面直接引述一段原文：

我也像其他读者一样，对他们两人在创作过程中怎样执笔写作感兴趣。当我问及这个问题时，他们不约而同地抿嘴笑了，避而不答。经我再三要求，愉庆只好回答我："一般的情况是，构思的时候一起研究，构思得很细，哪儿怎么写，用什么细节都构思好了。然后谁有把握，谁先写；第二个人再修改、润色。"

"有争议呢？怎么办？"我知道这是一个既幼稚又愚蠢的问题，我还是问了。

"会有争议的。有时我们为一个问题争得脸红脖子粗，连笔尖都戳断过。一般地说，总会最后统一的。暂时统一不了的，就先放下来。"愉庆腼腆地说。

又是一个有趣的细节。毕馥华的报告文学，让我们得以窥见达理夫妇作为作家的创作过程。

我们知道，达理的文学创作，不局限于小说，还有话剧和电影，而且他们从文坛起步就是这样。中国当代文坛有相当一部分作家，在文学上取得一定成功后转向影视，比如刘恒，比如朱苏进，还有辽宁的林和平等，但是小说、话剧、影视同步的作家还极为少见。

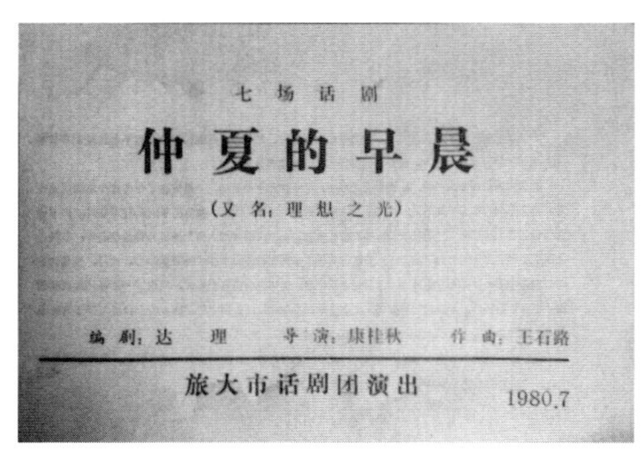

《仲夏的早晨》剧票

达理最早的话剧《仲夏的早晨》（又名《理想之光》），由大连话剧团1980年首演，

1983年收入春风文艺出版社出版的《获奖剧本选（1980—1981）》。后来，中国儿童艺术剧院以《理想之光》公演。1984年，电影《碰海人》（与邓刚合作编剧）上映；1985年，电影《无声的雨丝》《姑娘，望着我》同时上映；1986年，电视剧《爸爸，我一定回来》获第六届全国优秀电视剧飞天奖。

当然，他们创作影响和成就最大的还是小说。

起点很高的达理，其创作不仅受到读者的欢迎，也理所当然地受到评论界的关注。我们知道，达理的作品有一个贯穿的主线“改革”，从最早的获奖作品《路障》，到后来的长篇小说《眩惑》《你好，哈雷彗星》，都是描写改革所面临的困境和改革的必要性，达理也是国内较早关注这一领域并取得一定成就和影响力的作家。如前所述，他们为了体验一个企业的改革进程，曾一度“下海”，参与了创办公司的过程。这样的生活经历和创作历程，似乎也坐实了他们“改革题材作家”的头衔。诸如张韧、蔡葵、刘思谦、牛玉秋、陈美兰等一众评论家无不以此定义达理，对达理进行过专访的评论家傅汝新、应红，也多从这一向度与作家对话。

·4· 文艺报 ·综合新闻·　1987.9.12

本报专访

力作出自改革阵痛的体味

——访作家达理夫妇

本报记者·应红·

北京市实行专业作家合同制一年见成效

应红采访作家达理《力作出自改革阵痛的体味》

对此，达理有自己的看法。在接受评论家傅汝新的访谈时，马大京说：

> 我们的两部长篇（《你好，哈雷彗星》《眩惑》）被纳入“改革题材”小说，我们对“改革题材”的提法是不赞成的，这不是一般的概念问题，而是观念问题，观念导致你作品的视角等

一系列问题。改革是我们这个时代的精神，我们似乎无法把当代生活中的哪一部分生活认作是改革生活，哪一部分不是改革生活。……因为社会生活是浑然一体的。

这是很有见地的观点。其实，达理的作品更是从现实出发，从生活实际出发，面对的是社会当中所存在的问题。一如同属写“改革题材”的作家蒋子龙、张洁等，他们的写作都体现了作家直面生活的勇气，体现了一个作家的责任感、使命感。所以，马大京又说：“我是主张文学贴近时代的，要有时代感、现实感。我们前期的中短篇，尤其是近两年的几部长篇，都以城市改革为背景。”可见，他并不回避“改革”这个概念，这个提法。对一部作品也好，对一个作家也好，如何命名和定义，历来都是评论家的一项重要工作内容，这便于归纳和评说，也给读者阅读指引。所以，我们看到的更多的是把达理的创作归为“改革题材”。其实，这也没有什么不好，或者说，这反映的是作家创作的实际。

评论家蔡葵在一篇文章中说：

达理的另一部长篇《你好，哈雷彗星》，也是写中年知识分子投身改革功当罪罚，动辄得咎的遭遇。它和《眩惑》不同的是，虽然也写了人们的内心纠葛和灵魂撞击，但却更偏重于故事情节的叙述。小说的最大特点是善于从生活真实出发，通过北方沿海城市中外合资经营葡萄酒罐装线合同的签约，叙说了改革的艰难与复杂，从而具有当前改革生活的真实感、贴近感和亲切感。这也许正是作者们有过一段改革生活的体验，使小说带有纪实逼真的美学特点。如果说《眩惑》中戈群购进“地中海号”和周云峰进口旧衣，确有不妥和失误之处；那么这部小说中三星公司引进葡萄酒罐装线，则完全是合理合法的。但结果却同样悲惨，这就增加了矛盾的尖锐性和生活的严酷性。这两部小说都没有明写保守势力怎样把他们的改革扼杀在摇篮

> 之中，更显示了目前改革深化阶段的特点。改革的成效使反对它的人也改变了态度和方式，而没有人反对改革却又如此步履维艰。这就是生活中存在着微妙的、难以名状的、无形的网。
>
> ……
>
> 而对人的强调，对人的思变求上的要求和自觉的改革意识的描写，则成了创作的中心。这就不是“改革”覆盖文学，而是人物覆盖“改革”。同时改革者的形象也从神化、超人回归到世俗的生活之中，更趋向于普通人，成为各种原色的人自身。我们看到许多优秀作品，就正是通过对普通人的描写，来揭示改革的思想基础和生活根据的。

我想，这和达理当初那段“体验生活”关系密切，或者说，就是那段生活的真实描写。当然，小说作为文学作品，作家的创作还是围绕人物，围绕故事展开，让我们看到的是更广阔的生活场景，而改革则是这个大时代当中的一个命题。其实这样的小说创作难度更大，更具挑战性，没有相当的功力和素养，难免写得枯燥生硬，使艺术品质降低。达理无疑是这一创作领域的成功者，他们遵从文学创作规律，热情拥抱生活，从而取得艺术上的成功。

所谓文学即人学，一部成功的文学作品，无不以人物为中心，塑造成功的人物形象。综观达理的作品，无论什么题材，无不以塑造人物形象为要务。比如《路障》中的市委书记秦越，面对城市建设遇到的难题、阻力，表现出一个领导者的担当，光彩照人。小说既有理想的映射，更有现实的基础。再比如《无声的雨丝》所描写的水暖工柳茵，勤恳工作，任劳任怨，维护着自己的尊严。达理的创作都来自生活，基于情理，展示人性的光辉，人物有感人的力量。

说到“改革题材”，改革就是要面对现实困境，面对挑战。“硬汉形象”是积重难返年代人们的一种期盼，《乔厂长上任记》中的乔厂长，《新星》中的李向南，都是对这种需要的一种呼应。但社会生活是复杂的，人性也是复杂的，现实所需要的改革人物也是多样的。从审美层面来说，人们需要看到更丰富的人生景观。可以说，达理是在这个层面上进入“改革题材”的。

一个作家的人生阅历会影响创作的走向，包括选材、审美意识、主题，在多个方面都会留下这种痕迹。达理作品的人生痕迹就是“知识分子”，这是他们作品的底色。一方面，他们作品很多主人公都是知识分子，或知识分子类型。另一方面，即便不是知识分子，他们身上也有知识分子的气质，人物身上的理性、达观等都映射出作者的审美追求。

1987 年 8 月 19 日，《人民日报》文艺部和《文艺报》在京联合召开座谈会。参加座谈会的有王蒙、钱李仁、唐达成、范荣昌、李瑛、鲍昌、谢永旺、李国文等作协领导、评论家和作家近20人，达理应邀到会并发言。8 月 22 日，《文艺报》以《把改革题材文学创作提高到新的水平》为题，对这次高规格座谈会进行报道。

其中，达理的发言如下：

> 去年（1986 年），我们流淌般写出两部长篇及一些中短篇。集中地、直接地、正面地反映了一批书生在改革大潮中的沉浮起落和苦乐悲欢。中国大地澎湃而起的改革大潮，将我们从书房席卷而去。我们再不能以通常的方式去搞什么调查采访和体验生活，而是猝不及防地变成了这一场伟大变革的直接参与者。这段历程，虽然步步坎坷，磨难重重，但我们却异常清晰地意识到，自己的命运同改革命运再也无法分开了。我们与创造新生活的普通知识分子和群众风雨同舟、患难与共。我们感到充实和满足。在作品中，我们飞扬的灵感和激情，通篇透露的情绪与愿望，表现的时代心理，及大变革带来的不可避免的强烈的历史阵痛，都是我们直接从现实生活中获得的真切感受。对于新旧体制的摩擦造成的深刻的痛苦和创伤，我们也在作品中揭示了，但却无力抚平它。对此，我们殷切地期望新体制能尽

早取代旧体制，政治体制的改革能够成为经济体制改革深入发展的保证；同时也认为应当关注理论界、经济界、新闻界的朋友们为改革做出的贡献。向他们求教，增强哲学意识，提高理论素质，寻找心理上的支持和理论上的共鸣。

1988年，达理旅居美国，一度停止了写作。2007年，陈愉庆再度执笔创作中、长篇小说多部，2009年第2期《当代》发表了她的《多少往事烟雨中（之一）——回忆我的父亲陈占祥》，引起了人们对当年的“梁陈方案”的反思。“梁”就是大名鼎鼎的梁思成，“陈”就是陈愉庆的父亲陈占祥。“梁陈方案”就是关于北京城建设的那个著名的方案，但最终没有得以实施。有这样一位父亲，作为知识分子家庭背景出身，可能就不仅仅是得到良好的教育这么简单。科学家的责任和担当，知识分子的勇气，这些素质在她的身上和作品中都得以呈现。

只是，这些作品都没有获致当年那样的反响和讨论。

附：达理主要文学创作成果

期刊发表

《在初春的日子里》（短篇小说），《鸭绿江》1979年第6期

《路障》（短篇小说），《海燕》1981年第10期

《卖海蛎子的女人》（短篇小说），《人民文学》1982年第9期

《让我们荡起双桨》（中篇小说），《鸭绿江》1982年第10、11期

《广厦》（短篇小说），《鸭绿江》1983年第5期

《除夕夜》（短篇小说），《人民文学》1983年第5期

《无声的雨丝》（中篇小说），《上海文学》1983 年第 9 期
《“亚细亚”的故事》（中篇小说），《收获》1984 年第 3 期
《爸爸，我一定回来》（中篇小说），《芙蓉》1985 年第 1 期
《亚细亚女人》（中篇小说），《收获》1984 年第 3 期
《眩惑》（长篇小说），《钟山》1986 年第 1 期
《你好，哈雷彗星》（长篇小说），《中国作家》1986 年第 6 期

图书出版

《达理短篇小说选》（小说集），春风文艺出版社 1984 年版
《“亚细亚”之恋》（中短篇小说集），中国青年出版社 1985 年版
《你好，哈雷彗星》（长篇小说），中国文联出版公司 1987 年版
《眩惑》（长篇小说），人民文学出版社 1987 年版
《多少往事烟雨中》（长篇纪实），人民文学出版社 2010 年版

影视剧

《仲夏的早晨》（七场话剧，编剧），1980 年大连话剧团演出

《碰海人》（电影，达理与邓刚合作编剧），长春电影制片厂摄制，1984 年上映

《无声的雨丝》（电影，编剧），深圳影片公司、香港海联影业公司摄制，1985 年上映

《姑娘望着我》（电影，编剧），北京电影制片厂摄制，1985 年上映

《爸爸，我一定回来》（电视剧，编剧），1986 年播出

作品获奖

《在初春的日子里》（短篇小说），1979 年获《鸭绿江》庆祝建国 30 周年优秀作品奖

《路障》（短篇小说），1981 年获全国优秀短篇小说奖

《让我们荡起双桨》（中篇小说），1982 年获“鸭绿江作品奖”

《广厦》（短篇小说），1983 年获“鸭绿江作品奖”

《除夕夜》（短篇小说），1983 年获全国优秀短篇小说奖

《无声的雨丝》（中篇小说）获首届《上海文学》奖（1982 年—1983 年）

《爸爸，我一定回来》（中篇小说）获第四届（1985 年—1986 年）全国优秀中篇小说奖

《爸爸，我一定回来》（电视剧），1986 年获第六届“飞天奖”儿童电视剧二等奖

素素：走进城市历史，形塑城市文化

素 素

1974年某天，当还叫王素英的素素走进中山广场的大连宾馆时，她不会想到，从此她将和这座城市结下不解之缘。当时，她还是复县赵屯公社的一名社员，因为一篇散文被《辽宁文艺》选中，编辑约她到这里谈稿。都市光影，城市中心的宾馆和广场，对一个农村少女当是无比新鲜，也给她留下深刻印象。

大连宾馆对面的中山广场，是这个城市繁华的起点。2005年，这里设立了“大连市测绘基准点”，意味着中山广场成为大连现代化城市建设的原始点，也就是大连的“中心”所在，大连市由此向外扩散和发展。让这个城市没有想到，也让素素没有想到的是，对大连人文和历史的追溯以及完成这种追溯的责任，落在素素身上。

2008年，素素的散文集《流光碎影》出版。这本书正是对大连市人文和历史的追溯，只是她所选择的角度是建筑，她把这本书中的一章专门留给中山广场的建筑群。这时的素素已在这座城市生活了20多年，已写作并出版了10本散文集。有了丰富的生活阅历和写作经验，她把目光投向这座城市的历史和文化。

如果要追寻素素探求大连历史文化的缘起，应该从2001年出版的《独语东北》说起。从那时开始，她把目光投向自己生存的这片土地。

这体现了一个作家的雄心和责任，也为她自己的创作确立了一个新的方向。

2009年，在文艺界团拜会上，素素（左）与大连作协第一任主席邵默夏（右）

我想，当年素素走进这座广场的时候，周围那些庄重的建筑一定引起她好奇的目光。在素素心里，对城市的印象，除了火车、汽车、电车、马路和广场，应该就是中山广场的模样。素素后来进入大连的大学读书，大学毕业后留在大连工作，她所供职的大连日报社距中山广场咫尺之遥，举目可见。那时，大连日报社在世纪街，通往中山广场的路叫鲁迅路。这样一些宏大的词汇，令人视野开阔，也让这座文化并不丰厚的城市生出贯古通今之概。

当然，大连是没有多少“古”的，在文化人眼里，留存至今的都是珍宝，是文化遗产。有幸随素素和朋友们一起郊游，在营城子偶遇一处古城门遗迹，她当即下车，拿着当时尚未普及的小巧相机，前后左右拍照。当时街上似乎还保留一些旧时建筑，素素还在一个书店买到一本地方风物的书，我们好像还参观了一个博物馆。于我就是多了一次郊游体验，在素素那里却是一次素材搜集和“回到现场”的体验。那应该是在20世纪90年代中期。几年后的2001年，她的《独语东北》（后来获鲁迅文学奖）出版。虽然这本书中尚未出现营城子、牧城驿等，但书里已经有了《笔直的阴影》《有浮雕和穹形门的城市》这样写大连的篇什。毕竟，大连也是东北的一部分。当然还有一些泛东北风情描写，也涵盖大连。比如火炕、二人转，等等。

毫无疑问，《独语东北》是素素最重要的著作，它代表了素素的文学成就，也意味着素素写作进程中的一个重要节点、一次重要转型。这部作品之后，即便她写出比这更优秀的作品，也无法与这本书相提并论。

《独语东北》

这和该书是否获奖无关，而关乎作家创作的走向和定位。

此前，素素已经出版了《北方女孩》《素素心羽》等多部散文集，其文学成就已获得文坛认可。但审视这些著作，我们会发现，除“女性”这个主题比较清晰外，其他方向则较为分散，诸如“城市”“文化”等，并没有获得更多关注和更清晰的指向。所以，作为一个志向高远的作家，不会满足于既有成绩而裹足不前。

我们欣喜地看到，从《独语东北》开始，作家素素有了明确的方向，就是“历史”和“文化”。有了明确的写作方向，阅读就会更集中，效率也会更高，这其实是作家向“学者化”迈出的重要一步。

作家的“学者化”问题是20世纪80年代初，作家王蒙首先提出来的。那篇发表在《读书》杂志上的文章，引起广泛而持久的影响，极大地促进了我国作家向“学者化”的努力，全面提升了作家队伍的文化素养和思想水平。与此同时，一批学者也在向作家方向发展。这种双向的合力，在20世纪90年代前后，出现了文学界所期待的局面。

研究哲学的周国平在出版了《妞妞——一个父亲的札记》之后，有向文学转型的趋势，写作并出版了一系列的散文著作。一时成为受读者和市场欢迎的作家。时任上海戏剧学院院长的余秋雨，在1991年辞职，放弃了戏剧专业研究，开始考察历史文化，陆续写出《文化苦旅》《山居笔记》等一系列文化散文。“历史文化散文”或“大历史散文”等概念就此诞生。余秋雨也一跃成为图书市场的符号，进入各种排行榜。虽一路争议不断，但他所开启的全新写法，还是深入影响了散文写作。周国平和余秋雨的成功，代表了学者向“作家化”的演进。

更多的作家也在向“学者化”迈出坚实的步伐，素素就是其中之一。她以“读书——踏勘——写作”的方式，完成了对东北文化的解剖和立体展示，结晶为《独语东北》的华章，并以此作品问鼎鲁迅文学奖，走上文学创作巅峰。

1991年，为五彩城全国散文大赛，素素（左）请冰心（右）为大赛评委会作顾问

《独语东北》的创作，素素有一个系统的规划。她先是向单位请了半年创作假，然后去图书馆找来相关图书，闭门谢客、专心读书，做足案头功夫。接下来，她开启长达四个月的孤独之旅。《独语东北》的自序中写道：

> 我先在黑龙江走了两个月，最北到过漠河北极村，到过黑龙江源头的洛古河，还跟着一支车队游遍了三江平原北大荒。然后，我又在吉林东部山地和辽宁西部丘陵走了两个月，去延吉就为了看朝鲜女人荡秋千，为了寻找婉容的墓地，为了看长白山的湿润。辽西的干燥则让我知道了人类来过多久，人类已经失去了什么和正在失去什么，辽西强烈地震撼了我……

对东北的全面考察，从书本到实地，从书房到田野，从理性到感性，从历史到现实，成就了《独语东北》，重构了素素的知识谱系。这时，我们可以称素素为一个散文家。

散文集《独语东北》展示出雄强的白山黑水，揭示了东北独具的悠久文化。那些陌生而遥远的民族符号，在素素笔下逐一鲜活，撞进我们的眼帘。素素过往的散文，由于题材的局限，我们看到的是细腻、知性、精巧等这些女性作家常见的语言特点。而在面对辽阔苍茫的原野，面对厚重历史和多元文化的时候，体现在《独语东北》中，素素的语言多了冷峻、强悍，多了刚性和大气。看《煌煌祖宅》：

> 遥远的天边，终于有了座皇都一样的城市，终于有了个可以从容地坐下来谈天说地载文载武的民族，这个民族终于完成了从野蛮到文明的跨越。

这写的是渤海国的都城龙泉府，也只有如此笔力和文字才与这般历史匹配。然而，女性的细腻也时时在粗犷中闪烁：

> 那被匈奴追杀得无路可逃的鲜卑人，在大兴安岭密林深处自己舔干了自己的血迹，一番休养生息之后再次出山，经过一代一代的跋涉，终于登上了中原的政治舞台。他们通过云冈石窟大佛的嘴角，流露了这个民族内心谁也猜不透的笑。

最后一句的精细描写，缓解了前面文字给读者带来的紧张感、压迫感，又和前文水乳交融。

《独语东北》的成功，为素素后来写大连打下坚实基础。

1977年的高考，改变了素素的命运。那一年恢复高考，改变了千千万万青年的命运。素素当时所在的复县赵屯公社，为参加体检的考生提供了一辆解放牌汽车。几十个进入体检线的青年男女，在一辆载货卡车上遭遇车祸。素素也因为这场车祸受伤，影响了录取，最终被当时的旅大师范专科学校“捡漏”。这让素素一直保持着刘海遮住额头的发型，几十年来再无变化。有一次去大连日报社办事，讲起当年高考往事，素素撩开头发，露出前额的一道伤疤，让她的同事、诗人王玉琴当场落泪。写到这里，我也禁不住拘挛一下。我也参加了1977年的高考，并且在体检之后的夜里，坐公社的救护车回到岛里。素素的遭遇，我感同身受。

没有上到一个更为理想的大学，固然是人生的一个遗憾，但大学的规模和级别不会影响一个人写作才华的发挥。况且，大学校园，不知要比乡村环境好上多少倍。这里有图书馆，有老师和同学，具备了一个人才成长最基本的条件。素素没有辜负这座学校，她以自己文学创作取得的成就回报了学校。

上大学之前的乡间生活是素素人生的第一笔财富。素素的第一本书，散文集《北方女孩》，写的就是她的“乡村情结”：

> 那时，我还看不清前方城市的楼头和街角，身后的乡村却是不用回头就如数家珍，心里拖着一条长长的脐带，扭成一个古老的乡村情结。于是它成了整整一本书的母题，不绝如缕。在那里，只有眷恋，没有批判，只写温馨，不写苦难，而我的走出乡村，恰恰是要逃避那苦难。我的乡村在我的文字里是美的，在我的灵魂里却是不忍卒睹，我亲近的是精神意义的家园，拒绝的是萝卜白菜的老家。我在一步一步离开它的时候，爱恨交加，这就是我的矛盾。

素素在写这段话的时候，已经距离那本书的出版将近10年的时间，她写来仍激情难抑。我们虽不知她乡间生活细节，不知她要批判什么，不知她经历的苦难，但也足见她受到乡村生活的影响之大。

单看书名，《北方女孩》不只温馨，还溢出丝丝浪漫。但作为读者，怎会想到那背后有怎样的苦和难？肇始于改革开放农民进城的脚步，延续及今，其中意味自是不言而喻。进城不仅体现为个人意愿，也是社会发展的必然。

《素素心羽》可视为素素对城市的触摸。书中有一篇散文《崇拜城市》，写的是瓦房店，当时的复县县城。也就是说，素素当年崇拜的对象只是一个小小的县城，因为她的父亲在那里工作。不幸的是，不久她父亲在这里去世。《崇拜城市》也可看作是素素给父亲的悼文。我很欣赏这个题目，也欣赏素素的坦诚。对于一个乡下孩子来说，对城市的想象就是对美好生活的想象，对美好生活的向往。我也曾在复县乡下生活了将近 10 年，从瓦房店西郊进入县城所见的第一座大楼是复县公安局，我曾以为那座公安局的大楼就是县城的标志。柏油路、红绿灯、商场，川流不息的车辆、人流，马路旁高矮错落的楼房，一起构筑了一个城市的繁华和嘈杂。但其实，那座公安局的楼只有三层，然而在一个乡下人眼里，它足够高大威严。

素素说她虽人已进入城市，却“发现自己仍然没有办法走近那一条条具体的市井街巷，而只能选择跟我同样性别和身份的知识女性。在整个 1990 年代，我只与这一类女人对话，或者自言自语，她们也便成了这一本书的母题”。所以，《素素心羽》这本书还不是完整的城市经验，却不想，素素因为写都市女性，撞上了“小女人散文”，被捆绑进“小女人”中好一通批。且不说女人未必都“小”，即便“小女人”又有什么问题？犯了哪门子错？所谓“小女人散文”，也不过就是几个早期中产阶级所写的闲适文字，弊病至多是缺少重大社会关切而已。其实在今天看来，那几个女作家所写（鲜衣美食、咖啡美酒，等等）不正是我们所追求的美好生活的一部分吗？

但我们也得服膺“大批判”的力量，经此一役，“小女人散文”销声匿迹。同时提醒了素素，要写出自己独特，乃至独创的东西。她毅然选择了东北，这意味着一种突围，也是对自我的一种挑战。

文学创作一向有“代表作”一说，如果要选一本作为素素的代表作，我以为非《独语东北》莫属。倒不仅仅因为这本书获得了鲁迅文学奖，对于素素而言，这本书为她确立了一个坐标，也让她在众作家中有了辨识度，具有里程碑意义。有学者指出，《独语东北》是对大东北历史的理性观照，表现出一种超越自我、超越历史的文化精神，堪称当代散文领域的艺术精品。

我不太喜欢诸如“精品”之类的命名，这样的说法太笼统。我十分赞同“超越自我”的论断，而这一点对一个作家，尤其一个成熟作家来说实在太难。当一个作家十分娴熟地操弄笔墨，对自己熟悉的题材驾轻就熟时，便容易迷失自我。这时，超越就越发重要。

选择东北作为自己的突破口，素素有了充足的心理准备。而当这一切付诸实施后，她更确认自己的选择是多么正确。我们观念中的“荒蛮之地”其实是一座富矿，有文化、有内涵。对《独语东北》的阐释、研究，成果多多，比如杭州大学王侃教授的《创伤记忆与读城伦理——素素〈旅顺口往事〉阅札》，辽宁大学王春荣、吴玉杰合写的《地理·文化·性别与审美》等文章，都极富理论创见，我不再提供自己的浅见。

我们跟随素素继续往前走。这就有了她的书写大连历史、大连文化的一系列作品问世。具有代表性的作品有《流光碎影》和《旅顺口往事》。

《流光碎影》从建筑进入大连的历史。从内容即可看出，素素为写这部书所付出的艰辛。她沿着远古人们的足迹，一直追踪至今，考察了大连地区各历史时期不同的建筑类型，精心构成全书的历史脉络，也是城市历史的脉络。由狩猎到农耕，由山居而村落，由渔村至城市，犹如蒙太奇镜头在我们眼前一一呈现。中山广场再次进入视野，这次是作为历史，作为文化。只是这一次，素素的目光已退去好奇，变得深邃。那些建筑不再是砖石、木材和玻璃，而成为城市的肌理，藏着城市文化的密码，诉说世事沧桑。

《流光碎影》

几年后，她的又一部关注大连地方历史文化的著作《旅顺口往事》出版。旅顺口向有“半部近代史”之说，那里保留着大量历史遗迹。为保留这些遗迹，素素“一边以作家的身份写旅顺口散文长卷，一边以政协委员的身份写旅顺口申请世界文化遗产提案”，那份提案最后以素素所在的文史与学习委的名义交给了年初的政协大会。在《旅顺口往事》后记中，素素写道：

> 就意义而言，写不写《旅顺口往事》，我认为没有太大关系。我不写，别人也可以写。再说，一直都有人在写。然而，把旅顺口近代战争遗迹申请为世界文化遗产的提案，却一定要有人写，而且应该由我来写。

素素之所以有这样的认知，是因为此前她去了北欧，看了被列为世界文化遗产保护区的芬兰堡。那里就是一处军事遗迹，而旅顺口与其有诸多相像之处。正是那次旅游的意外见闻，坚定了她将旅顺口近代战争遗迹申遗的信心。所以，她在完成《旅顺口往事》的写作的同时，做了一件更重要的事。素素将这份 2009 年 1 月向市政协十一届二次全会提交的提案作为“附件一”附在书后，同时，将大连市文化局和旅顺口区政府的答复作为“附件二”和“附件三”一并附在书后，使这部关于旅顺的散文著作更加厚重，更有历史意义，也更有现实意义。

《旅顺口往事》

《旅顺口往事》全书分列“古港”“重镇”“要塞”和“基地”四个部分，把旅顺口的历史，尤其是近代史的重要事件和遗迹一一排定。要感谢素素的优美文笔，让我们在读这些沉重历史和重温民族灾难的时候，得到些许抚慰。否则，该不知如何应对阅读中产生的不适和痛感。当然素素的文字并没有美化这些，她替我们承受了一些痛感。比如，她写道：“读旅顺口，心脏常常感到窒息般的闷。写旅顺口，手有时会抖得敲不了键盘。

我由此知道了，什么叫不能承受之重。”让我感同身受！很小的时候，我读过一篇写旅顺的文字《永矢不忘》，写的是旅顺的万忠墓，当时我读小学五年级，那篇文章深深刻印在我的脑子里。文章发表在当时的《旅大红卫兵》上，时间是1971年。从那以后，看到“旅顺口”三个字，心就会一沉，包括后来去旅顺旅游、观光，也都感觉旅顺是那么柔弱。可以想见，素素写这部书的时候，精神和心灵承受着怎样的重压。

素素对大连文学的贡献不仅有她的散文著作，还有她作为大连日报社文艺部编辑对作者的培养，以及她作为作协主席对大连作家所做的工作。在微信里，我问她，陈昌平在大连日报社工作过，也是在文艺部吧？她回答：“是啊，而且是我考核的”。看到这句回复，我有些感动。

众所周知，《大连日报》所办副刊《星海》对于大连地区的作者意义重大。很多人从这里开启了文学之旅，直至今天，很多作者仍以在这个版面发稿为荣。几十年来的《星海》副刊，保持了文学的纯粹和品位，培养了众多作者，举办了各种征文。“五彩城”全国散文大赛，请来了当世著名散文家秦牧和夫人紫风。一个地方报纸的副刊，办得红红火火，声名远播，这些都与素素的努力和付出密不可分。

素素说：“我1983年12月调到文艺部，一直干了27年编辑，到退休，从未挪过地方。”“而我也培养了无数业余作者。许多人的处女作是我编发的。”

作为国内知名散文家，素素做编辑有天然优势，与国内一流散文家多有交往。所以，后来还举办过散文名家笔会。

作为大连市作协主席，她推动了“海蛎子组合”七位大连作家进京展评会活动举办。这七位作家是大连作家“60后”的优秀代表。素素邀请李敬泽、陈晓明、艾克拜尔、贺绍俊、孟繁华等一流评论家对他们的作品进行全方位审视评论，对这些实力作家大有裨益。

附：素素主要文学创作成果

期刊发表

《红蕾》（散文处女作），1974 年《辽宁文艺》

《面鱼儿》（散文），1981 年《海燕》

《郊外，幽静的海滨》（短篇小说），《海燕》1983 年第 3 期

《文竹》（散文），《海燕》1984 年第 1 期

《给你一座冰城》（散文），《海燕》1994 年第 3 期

图书出版

《北方女孩》（散文集），大连出版社 1990 年版

《女人书简》（散文集），四川文艺出版社 1994 年版

《素素心羽》（散文集），大连出版社 1994 年版

《相知天涯近》（散文集），上海书店出版社 1996 年版

《与你私语》（散文集），时代文艺出版社 1999 年版

《女人心绪》（散文集），知识出版社 2001 年版

《佛眼》（散文集），浙江文艺出版社 2001 年版

《独语东北》（散文集），百花文艺出版社 2001 年版

《欧洲细节》（散文集），中国旅游出版社 2004 年版

《永远的关外》（散文集），河南文艺出版社 2006 年版

《张望天上那朵玫瑰》（散文集），河北教育出版社 2006 年版

《流光碎影》（散文集），大连出版社 2008 年版

《独自跳舞》（散文集），鹭江出版社 2010 年版

《旅顺口往事》（散文集），作家出版社 2012 年版

《原乡记忆》（散文集），大连出版社 2014 年版

作品获奖

《面鱼儿》（散文），1981 年获《海燕》作品一等奖

《北方女孩》（散文集），1989 年获《当代作家评论》“全国青年散文大奖赛”银奖

《佛眼》（散文），1994 年获中国作家协会“广东杯”全国散文大赛一等奖、1996 年获“第四届辽宁省优秀青年作家奖”

《独语东北》（散文集），2002 年获中国“首届冰心散文奖”

《独语东北》(散文集),2003 年获“第三届辽宁文学奖辽河散文奖”

《独语东北》（散文集），2005 年获“第三届鲁迅文学奖散文、杂文奖”、2006 年获大连市政府文艺最高奖“金苹果”奖

《张望天上那朵玫瑰》（散文集），2008 年获“第三届中国女性文学奖”

《流光碎影》（散文集），2009 年入选“第二届新闻出版总署三个一百原创工程”

《旅顺口往事》（散文集），2013 年获“第八届辽宁文学奖散文奖”

孙惠芬：心中涌动着万丈波澜

孙惠芬

纵观孙惠芬的小说，有两个地理坐标：乡村和城市。孙惠芬小说中的乡村，既有悠远的陈迹往事，更有时代冲撞萌生的新的人物故事和新的思想观念。孙惠芬小说中的城市，约略使我们失望，它没有想象中的那么美好，所以孙惠芬把小说命名为《伤痛城市》。因此，“离乡——进城——返乡”成为她小说演进的路线图。可以说，她在为我们这个大时代造像。在她娓娓的“絮语”中，我们隐隐触摸到时代的脉搏，听到普通人的心跳。

第一次见孙惠芬，是在1990年秋天的庄河笔会上。当时我入职不久，在海燕文学月刊社当编辑，负责庄河片作者的联络和稿件处理。编辑部在庄河举办的笔会，我是联络人。孙惠芬这时已是知名作家，庄河文化局干部，但她为人谦逊、随和、低调。没有想到几年后的1995年我们会成为同事。2014年，《海燕》有创刊60周年刊庆之举，为此邀约本市文学名家写稿。孙惠芬应约撰文，这时她已离开《海燕》多年，成为专业作家。我作为约稿人和她曾经的同事、责任编辑，对她这一时期的经历十分了解，担心她不愿回顾。没有想到，她坦然应允。在《我与〈海燕〉》一文中，她直面过往，真诚和坦率令我感动。文章刊于当年《海燕》文学月刊，后收入纪念文集《海燕之歌》中。

我认识孙惠芬的时候，她已是知名作家，却全然没有架子。孙惠芬给我的印象始终是面色平静、目光和善。在此后几十年的交往中，这印象不曾改变。我知道，这是她的性格，也是她的人品。这时，她已经发表了《水花村少女》《春映河偌大个河》《田野一片葱郁》等多篇反映乡村生活的短篇小说，符合她的阅历，也与她的性格气质相合。但《天高地远》的出现，打破了我们对孙惠芬的既有印象。小说的开头营造了一种压抑、甚至令人窒息的绝望气息：

> 无论春夏秋冬，无论黄昏时分的空气怎样清冷、潮湿，从平顶峪大田归来，总能看见爸爸和奶奶像两尊泥佛一样坐在门口，缩着肩，叉着手，四只洞一样昏暗的眼睛，搜索着对面的荒山、通往屯里的小路，那样专注、痴迷，直到最后一缕霞光跌进山谷，直到我扛着家什，两手空空从田里归来——他们一天中最后的希望泯灭。

小说描写山村一个贫困家庭生存的艰窘，小说所呈现的隐忍乃至绝望的意绪攫住读者的心。在小说结尾，这个贫困家庭的父亲，毫无征兆地举起镰刀砍向自己的母亲，给人强烈的情感冲击。小说写出生活粗粝的质感，写出现实的严酷，展示了孙惠芬创作不同以往的另一种风格：严酷、冷峻，凝重。这需要作家强大的内心承受力，在她看似平静的面容下，心底汹涌着万丈波澜。

孙惠芬从1982年处女作发表，她创作的步子走得稳健而踏实。随后的几年里，她的作品开始在《上海文学》《作家》《人民文学》这样权威的刊物上得到发表。也开始引起文学界的关注，知名文学评论家开始把她作为评论、研究对象。比如，1990年第5期《小说评论》即有知名评论家贺绍俊和潘凯雄合写的评论《心眼多也是可爱的》，评论的是《“中南海”女人》，小说发表在当年的《作家》杂志。一般认为，孙惠芬1986年发表在《上海文学》的小说《小窗絮语》是她成熟的标志。

这距她在《海燕》发表小说处女作的1982年，过去四年时间，而她出版第一部长篇小说《歇马山庄》是2000年。这期间，她发表了一批有分量的中短篇小说，结集出版了中短篇小说集《孙惠芬的世界》和《伤痛城市》。2019年，作家出版社为她出版了“孙惠芬长篇小说系列”。这套6卷本文集，被评为作家出版社2019年年度十大好书。这六部长篇小说是《歇马山庄》《上塘书》《吉宽的马车》《秉德女人》《后上塘书》《寻找张展》。这对一个作家是巨大的肯定。

孙惠芬作品

纵观孙惠芬几十年的文学创作，乡村始终是她关注的焦点和叙事的核心。她对乡村这片母土的熟稔，对这片母土的深情，一一流泻在笔端。那些村镇，那些村镇里的人，那些山，那些水，那些树，那些草，在她身体里面涌动，在里面澎湃，在寻找一个个出口。比如《歇马山庄》中的歇马山，是实有地名。她后来的一篇中篇小说《歇马山庄的两个女人》仍袭用这一名称，颇有“占山为王”的气魄，要将自己的艺术王国“定义”为歇马山庄。果然，后来我们又看到，在《吉宽的马车》中，歇马山庄又不动声色地出现了。写到这里，读者朋友们自然会联想到那些著名作家的标志性写作，比如美国作家福克纳的约克纳帕塔法，那个“邮票般大小的地方”；还有中国作家汪曾祺的高邮，莫言的东北高密乡，等等。我想，孙惠芬也受到影响，她不会没有野心。但接下来，我们并没有看到她一路“歇马山庄”。在她的新作中，我们见识了“上塘”（《上塘书》）、“青堆子湾”（《秉德女人》）等等。其实，这又有什么要紧呢？文学创作，毕竟不是经济活动，不一定非要创一个“地理标志”出来。我这样说，也绝不是要否认莫言、汪曾祺、福克纳，况且那也不是谁想否认就否认得了的。我只是说，作家的创作各有自己的主张，自己的追求。不论从作品选材的方向，还是审美趣味，都是这样。

孙惠芬不仅关注乡村，还关注人们的内心世界。1997 年第 11 期《海燕》刊登了孙惠芬的小说《台阶》，小说写一个老刑警为破案被分配去陪受害女孩每天上、下学，保护女孩，这种过程触动了老刑警内心的隐秘，使他得到了破获案件的灵感。《台阶》看起来是一个刑侦小说，情节却不胜单调，甚至可以说没有情节。作者凭借细致的人物心理刻画吸引读者，也可以说这是“心理分析小说”，或者是“推理小说”。孙惠芬写这篇小说是通过电话采访了那个女孩，就是小说主人公的原型。

《台阶》发表后，评论家古耜说过这样的话（大意）：孙惠芬的小说，证明了文学不会消亡，证明了文学存在的意义和可能性。因为在电影中，那些复杂的心理活动，很难具体呈现。所以，看起来风光无限的影视取代不了文学。

《台阶》是孙惠芬进入城市之后的作品。进入城市，是许多没有进城的人的理想，然而，进城之后，孙惠芬并没有得到她所期待的东西，她彷徨了很久。《台阶》是她进城两年后所写。这一年，她还出版了她的第二部小说集，书名叫《伤痛城市》，是书中一篇小说标题。她重新认识了城市，那些路过的美好，那些短暂的停留，甚至臆想中的城市，被现实打碎之后，才是它的真实面目。

《伤痛城市》

孙惠芬进城之后最重要的收获，是

完成了长篇小说《歇马山庄》。这是她的第一部长篇，人民文学出版社出版。时间是2000年，世纪之交，也是她文学创作的里程碑。

一个作家有了十几年的写作经验的积累，那些沉淀心中已久的更为宏大的东西，就会逐渐形成一股力量，寻找突破口。也就是说，作家的第一部长篇作品，既是作家主观上的追求，也是写作规律客观演进的结果，是水到渠成。作品反映的仍然是孙惠芬熟悉的农村生活，受到时代大潮冲击的农村，告别了往日的规矩，“月月、买子们”向我们展示出全新的生活图景。他们奔突、冲撞，奋力寻找属于自己的生存方式，涌动着时代的潮音。

《歇马山庄》

《歇马山庄》向我们展示了作家全面的才华。小说出版后，获得广泛好评，并获得“曹雪芹文学奖”。这是辽宁省作协举办的省级评奖，孙惠芬的这部长篇是在空缺了两届之后的第一部，也是整个奖项的第二部。获奖既是对作品的肯定，也是对孙惠芬的巨大安慰。获奖后，又有多届空缺，足见这个奖的严谨和标准之高。

接下来，孙惠芬发表了她文学创作生涯中非常重要的一部作品，中篇小说《歇马山庄的两个女人》。作品发表在《人民文学》上，时间是2002年，而《歇马山庄》的获奖也是在这一年。两年后的2004年，《歇马山庄的两个女人》获第三届鲁迅文学奖。与“歇马山庄”的邂逅，是孙惠芬文学创作生涯最重要的节点。对了，她应该还写过一个后来到歇马山庄创业的中国台湾女人的故事，这应该也是“歇马山庄”故事的外延。甚至我觉得，这些年在大连市面风头强劲的“歇马杏”，也是这个故事的一个组成部分。不管后来孙惠芬又写出怎样惊世的作品，“歇马山庄”都是她最重要的作品。这是她文学创作的转折点，也是她人生的转折点。

评论家丁颖对此做出这样的论断：

> 她用全部的生命体验精心建构的“歇马山庄”系列小说，在赓续乡土写作传统的同时，为源远流长的中国乡土文学再续新章。她立足于辽南乡土社会，用朴素晓畅的艺术化文字完成对变革时代辽南乡土心灵的精神凝视，在错综复杂的伦理关系里，深植民间精神和人道主义情怀，在对乡土社会式微的深忧隐痛中，从不放弃对“精神故园”的建构和探求。她的乡土小说，是中国乡土文学的重要收获。

固然，《歇马山庄》有孙惠芬要“证明自己”的意图，但这不会影响到作品的价值。经歇马山庄，作者一扫阴霾，坦途突现。后来，孙惠芬又写过各有艺术特点的书，如《吉宽的马车》《秉德女人》《上塘书》，和进入茅盾文学奖入围作品《寻找张展》。从这些作品中，我们看到了孙惠芬的更多可能性。这种可能性的存在，对于一个作家意义重大。她的每一件作品都是一个创造，不是在重复自己。她不断展示与既往的不同，从小说的题材、写作章法，到作品的主题，都给读者带来新鲜的阅读体验。

对个人阅读趣味而言，我更喜欢《上塘书》。从封面到装帧到插图到笔法，都如婉约江南，不那么东北。这部小说，更像是笔记体，看似散淡随意中娓娓道来，却内蕴深厚，韵味悠长。首先是小说的结构方式，类年鉴、方志的方式，分别从历史、地理、人文和社会的角度展开叙述，而非传统小说以人物或故事作为线索。当然这样的写作方式已有作家尝试，比如韩少功的《马桥词典》，似乎走得更远。所以，对孙惠芬来说，这也不是最重要的。重要的是，她告别了《歇马山庄》的紧迫，变得从容。其实，作为一个小说家，孙惠芬是有些吃亏的，她不太善于经营故事，作品时有沉闷，有点像小众的艺术片。能吸引读者阅读下去的，是她良好的艺术感觉。一个作家的艺术感觉是一种禀赋，这种东西无法习得，却也撵不走它。它就那样顽固地占据着作家的笔端，汩汩而出。从这一维度来说，孙惠芬更适合这样一种方式，这里才是她艺术的舞台。《歇马山庄》是她出道以来的第一部长篇，是她十几年小说写作的一次总结，她不会不用力。但她的才华托住了这股力，使这部长篇扎实厚重。厚重和历史感一直是我们对长篇小说的期待，这股传统的力量足够强大。

但在《上塘书》这里，传统力量被消减，一部“不像”小说，尤其“不像”长篇小说的作品出现。夸张、变形、色彩对比强烈的插图，强化了这种“不像”。当然，这仍然是小说，也有故事，有人物，只是和一般的小说不同，讲着故事，说着人物，“上塘”就会适时出现，阻隔了故事和人物。作为叙述者，作家似乎有意与作品保持着距离，客观、理性地解读上塘，审视乡村。

读这部作品，感觉更像读散文，历史文化散文。人物、故事是背景，主角是这个叫上塘的小村。作家精细地描摹小村的面容、身姿，描摹它的掌纹和笑靥，描摹它的心绪和背影。作家把村子作为主人公，让它在历史和现实中行走，携山带水，呼啸沧桑。但作家落笔从容，时而深入小村腹地，倾听它的心跳；时而登临山顶，俯瞰它慵懒的日常。一个小村活生生站在读者面前。

《上塘书》

这样的小说，读来毫不感觉紧张、压迫，而感到踏实、亲切。我想，孙惠芬应该也很喜欢这部小说，所以才有《后上塘书》。孙惠芬在这里又挑战了一个创作之忌：续作。除非是通俗读物、畅销书，为了迎合读者，为了商业利益，而《后上塘书》显然不是。在写作完成了长篇小说《生死十日谈》之后，孙惠芬内心的另一重焦灼——关于“出走”与“还乡”的重大命题——被唤醒了。

这里要稍补充一下孙惠芬《后上塘书》的创作历程。《上塘书》写作完成后，她写道：

> 我受大连医科大学医学心理学教授贾树华女士邀请，加入她的调查寻访乡村自杀遗族团队。在那次调查中，我听到了二十多位自杀者亲属的碎心讲述，看到了身在贫瘠乡村的人们并不贫瘠的高贵的精神品质，收获了来自生命深处乐观的消息，并因此写下长篇小说《生死十日谈》。

后来，文化学者李小江读了孙惠芬的作品，产生了要写作一部有关“出走”与“还乡”的书的念头。但写了几章之后，李小江发现了问题：孙惠芬的小说只写了“出走”，而没有写“还乡”。面对这个问题，孙惠芬说：

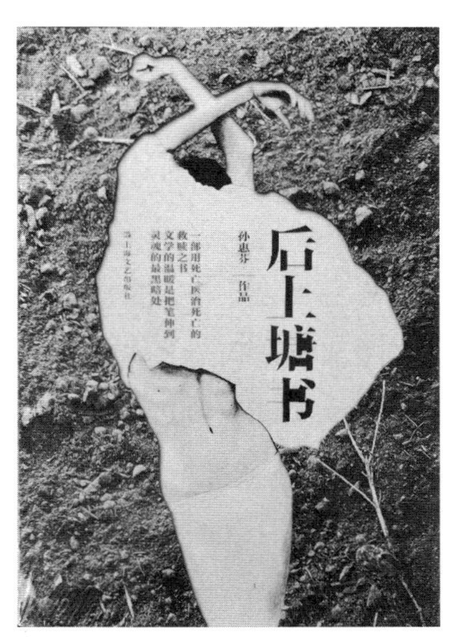

《后上塘书》

> 我当时很是不解，我作品中的人物无一不在经历还乡，《还乡》中的叔叔，《歇马山庄》中的林治帮，《歇马山庄的两个女人》中的潘桃、李平，《民工》中的鞠家父子，以及《吉宽的马车》中的吉宽、黑牡丹……我不解，也没有多问，直到2011年，亲历了无数个无助者诘问苍天的一刻，我才明白：还乡，绝不是形而下肢体的到达，而是形而上精神的求索。

这就是《后上塘书》写作的缘起，而非作家对《上塘书》的迷恋。之所以一定要借助“上塘”这个地名，是因为那里是“起点”，是“出走”，要“还乡”自然要回到起点。

孙惠芬的思路一下清晰起来，在一路前行的过程中，不断展开枝叶，但不改变前进的方向。就如作家在作品中所描述的“上塘的文化”：“在上塘人那里，日子并不是笔直的。它奔着一个方向是不错的，可是它奔着奔着，往往要在笔直的方向上长出一个节儿，鼓出一个包。就像一棵树，长着长着就长出一个节儿，鼓出一个包。”在孙惠芬这里，她始终关注着人的生存状态，物质的，精神的。这就是她创作的方向。

《上塘书》出版后，李敬泽评论道：

> 孙惠芬写《上塘书》时面临的问题来自中国乡土的历史命运和美学命运，乡土已经处于城市的绝对宰制之下，它已经失去了经济上、伦理上和美学上的自足，这场历史巨变在小说艺术中一个意外但必然的后果就是——如果没有时间的庇护，如果你不把它放进记忆中的往昔，就绝不会有高密东北乡、马桥和呼兰河，小说家重绘世界地图的雄心在此意义上已告终结，乡土在中国现代以来小说传统中的中心位置也已终结，小说家变成了进城的民工，他们不得不在一个庞大的新世界中迷茫探索。

评论家高屋建瓴，指出了小说家迷茫的同时，也使读者有些迷茫。但起码我们看到，评论家是把孙惠芬与莫言、韩少功，甚至萧红相提并论。当然，几位作家所描述的对象都是乡村，是不同年代的乡村。

对乡村的关注，对农民生存状态的关注，是孙惠芬一以贯之的写作方向。但“节外生枝”的情况也不是没有，比如《寻找张展》则不属于乡村题材，但关乎生存状态。这触碰了作家的敏感神经。在这里，孙惠芬再次发挥了她擅长心理描写的优势，《寻找张展》在写法上迹近短篇小说《台阶》。推动情节的不是人物的命运，一种探究的心理在支撑小说的整体架构。

关于这部小说，孙惠芬曾在不同场合提到过。《寻找张展》是出版社的一个“命题作文”，这对于作家来说不是一个好的选择。更主要的是，大学生并不是她所熟悉的群体，所以，孙惠芬最初理所当然地拒绝了。但有时你得相信命运，似乎这部小说就该由孙惠芬来写。那天在结束与约稿编辑的对话时，孙惠芬鬼使神差地说了一句：“这是一部救赎小说。”这体现出一个优秀作家对题材极强的颖悟。孙惠芬挽救了这个题材，挽救了编辑，成就了一部优秀小说。但这部作品的写作过程充满曲折，极富戏剧性。孙惠芬在《寻找张展》作家出版社再版序言中，对此有较为详尽的描述。

附：孙惠芬主要文学创作成果

期刊发表

（中篇小说）

《来来去去》，《上海文学》1986 年第 9 期

《盆浴》，《海燕》1987 年第 8 期

《春冬之交》，《青年文学》1989 年第 7 期

《中南海的女人》，《作家》1989 年第 3 期

《灰色空间》，《海燕》1989 年第 4 期

《四季》，《鸭绿江》1990 年第 4 期

《平常人家》，《鸭绿江》1990 年第 10 期

《无字牌坊》，《海燕》1992 年第 3 期

《肥土地》，《小说家》1995 年第 5 期

《异地风光》，《青年文学》1996 年第 1 期

《主旋律》，《清明》1996 年第 5 期

《伤痛城市》，《鸭绿江》1996 年第 8 期

《伤痛故土》，《青年文学》1996 年第 11 期

《欲望时代》，《芒种》1997 年第 5 期

《飞翔之姿》，《珠海文学》1998 年第 6 期

《还乡》，《青年文学》1998 年第 8 期

《播种》，《湖南文学》1999 年第 3 期

《在外》，《长城》1999 年第 3 期

《周末》，《青年文学》1999 年第 12 期

《舞者》，《山花》2000 年第 11 期

《南大沙》，《长城》2000 年第 4 期

《春天的叙述》，《当代》2000 年第 5 期

《歌苦》，《钟山》2000 年第 6 期

《歇马山庄的两个女人》，《人民文学》2002 年第 1 期

《民工》，《当代》2002 年第 1 期

《保姆》，《布老虎中篇文丛》2002 年春天卷

《五月八号的一条红腰带》，《百花州》2002 年第 4 期

《歇马山庄的两个男人》，《北京文学》2003 年第 1 期

《给我漱口盂》，《山花》2003 年第 1 期

《歌者》，《中国作家》2003 年第 3 期

《岸边的蜻蜓》，《人民文学》2004 年第 1 期

《一树槐香》，《十月》2004 年第 5 期

《三生万物》，《钟山》2005 年第 3 期

《燕子东南飞》，《小说月报》原创版 2006 年第 1 期

《天窗》，《十月》2007 年第 6 期

《歇马七日》，《山花》2008 年第 1 期

《致无尽关系》，《钟山》2008 年第 6 期

《悄悄跟你说》，《作家》2010 年第 2 期

（短篇小说）

《水花村的少女》，《海燕》1983 年第 9 期

《沙包甸的姑娘们》，《芒种》1983 年第 8 期

《青映河偌大个河》，《海燕》1984 年第 1 期

《攀过青黄岭》，《鸭绿江》1985 年第 9 期

《岁岁正阳》，《海燕》1985 年第 10 期

《闪光的十字架》，《鸭绿江》1986 年第 1 期

《田野一片葱郁》，《海燕》1986 年第 3 期

《小窗絮雨》，《上海文学》1986 年第 3 期

《孤独者之歌》，《作家》1987 年第 7 期

《接壤》，《海燕》1987 年第 12 期

《乡村纪事》，《短篇小说》1988 年第 1 期

《姥姥，姥姥》，《小说林》1988 年第 6 期

《号外之歌》，《作家》1988 年第 8 期

《暮旅》，《上海文学》1988 年第 9 期

《我的大哥》，《春风》1989 年第 2 期

《十七岁的房子》，《芒种》1989 年第 7 期

《朋友》，《青年作家》1989 年第 7 期

《小城文化人》，《现代作家》1989 年第 9 期

《十五岁的五子》，《上海文学》1989 年第 11 期

《一篇关于“人对物质超越本能与文化心态”的论文》，《北京文学》1988 年第 7 期

《爱到三十》，《海燕》1988 年第 12 期

《天高地远》，《海燕》1991 年第 7 期

《如歌往事》，《北方文学》1992 年第 3 期

《一日风景》，《北方文学》1992 年第 10 期

《距离》，《芒种》1992 年第 7 期

《亲戚》，《人民文学》1992 年第 10 期

《生命之梧》，《芒种》1993 年第 1 期

《升飞》，《清明》1993 年第 3 期

《台阶》，《海燕》1996 年第 11 期

《赢吻》，《北京文学》1997 年第 1 期

《一束绢花》，《鸭绿江》1998 年第 5 期

《金叶》，《芒种》1999 年第 10 期

《女人林芬与女人小米》，《百花州》2000 年第 5 期

《最后的乡村》，《芒种》2001 年第 1 期

《蟹子的滋味》，《小说选刊》2003 年第 8 期

《狗皮袖筒》，《山花》2004 年第 7 期

《天河洗浴》，《山花》2005 年第 6 期

《十点十分》，《作家》2012 年第 10 期

图书出版

《孙惠芬的世界》（中篇小说集），大连出版社 1993 年版

《伤痛城市》（中短篇小说集），春风文艺出版社 1997 年版

《歇马山庄》（长篇小说），人民文学出版社 2000 年版、2007 年版、2009 年版、2013 年版

《街与道的宗教》（长篇散文），陕西师范大学出版社 2002 年版，春风文艺出版社 2011 年版

《歇马山庄的两个女人》（中篇小说集），群众出版社 2003 年版

《城乡之间》（中短篇小说集），昆仑出版社 2003 年版，昆仑出版社 2012 年版

《上塘书》（长篇小说），人民文学出版社2004年版，作家出版社2010年版，上海文艺出版社2015年版，湖南文艺出版社2020年版

《岸边的蜻蜓》（中短篇小说集），中国工人出版社2005年版

《民工》（中短篇小说集），作家出版社2005年版

《吉宽的马车》（长篇小说），作家出版社2007年版

《歌者》（中篇小说集），湖南文艺出版社2008年版

《致无尽关系》（中篇小说集）中国工人出版社2010年版

《羸吻》（短篇小说选）作家出版社2010年版

《秉德女人》（长篇小说）湖南文艺出版社2010年版

《歇马七日》（中短篇小说集），新疆美术摄影出版社2012年版

《孙惠芬乡村小说》（中短篇小说集），大连海事大学出版社2012年版

《生死十日谈》（长篇小说），人民文学出版社2013年版

《燕子东南飞》（中短篇小说集），大连出版社2014年版

《三生万物》（中短篇小说集），台湾出版社2015年版

《后上塘书》（长篇小说），上海文艺出版社2015年版

《寻找张展》（长篇小说），春风文艺出版社2017年版、2020年版

《他就在那》（散文），河南文艺出版社2018年版

《我的稻草时代》（散文），山东文艺出版社2019年版

孙惠芬中短篇小说集七卷本（短篇小说1《伤痛故土》、短篇小说2《异地风光》、中篇小说1《来来去去》、中篇小说2《春天的叙述》、中篇小说3《保姆》、中篇小说4《一树槐香》、散文卷《街与道的宗教》），上海文艺出版社2017年版

孙惠芬长篇系列六卷（《歇马山庄》《上塘书》《吉宽的马车》《秉德女人》《后上塘书》《寻找张展》），作家出版社2019年版

作品获奖

《歇马山庄》（长篇小说），2000 年获第四届曹雪芹文学奖

《歇马山庄》（长篇小说），2002 年获第二届中国女性文学奖

《歇马山庄的两个女人》（中篇小说），2005 年获第三届鲁迅文学奖

《吉宽的马车》（长篇小说），2009 年获第三届中国女性文学奖

车培晶：悲悯情怀铸童心

车培晶

我有些固执地认为，车培晶有一个“完美的童年”，只是这“完美”因社会原因戛然而止，结束得有些残酷，由此形成了命运的落差。河流的落差，会形成壮观的瀑布；而命运落差，则会演绎出各种人生悲喜剧，体现在作家车培晶身上，就是贯穿作品中的悲悯情怀。

“完美童年”的设定并非华衣美食，而是童年那种单纯的快乐，哪怕只有一个短暂的过程。那应该是在小学的时候，车培晶喜欢上了画画。最初他画毛主席像，这也是那时的时尚。后来，他在亲戚的建议下，开始画些英雄人物，如董存瑞、黄继光、雷锋、欧阳海、王杰、蔡永祥等。因为这些英雄人物常常出现在报纸、杂志和书籍中，很容易找到照片和画像。而且，这些英雄大都是人民解放军，同样喜欢枪的车培晶，给他们都配上一支枪也顺理成章。但单独的一幅画已经无法满足他表现的欲望，他一度迷上了电影。

在长长的纸条上画出一幅幅图画，再用筷子做轴将纸条缠作一卷，然后在一个小方木框后面一幅一幅地拉开，让弟弟妹妹和邻家小孩观看。

他制作最成功的一部“电影”叫《小铁锤》，是一个抗日故事。为了给观众更真切的观影体验，车培晶还精心绘制了片头。他使用八一电影制品厂的闪亮的红星，当这颗闪亮的红星出现在“银幕”上的时候，他还会哼起《中国人民解放军军歌》的前奏。不仅如此，既然是看“电影”，当然要有观影场地，就是他们家的一个后院；还要有座位，是家里样式不一的小板凳和马扎，而且座位上还贴着座位号，入场观众要对号入座。对了，一定要有电影票的。这票也是车培晶所“制”，连买这票的“钱”也是车培晶画的。于是，一群小伙伴，拿着车培晶绘制的“钱”买车培晶画出来的“电影票”，坐在他家的院子里，看他给大家演电影。而且，车培晶一边“放映”，一边配音：人物对话、旁白，还有音乐。

这一场电影的放映，他创造了两个艺术空间。一个是他亲手画出并放映的电影，他集编剧、导演于一身，给孩子们制作出一部粗具观赏价值的逼真的电影；一个是他精心营造的观影氛围，足以挑逗起孩子们极大的兴趣。我们完全可以把这个过程看作车培晶儿童文学创作的起点。他的绘画能力，他的文学天赋，他模拟、还原现实的巧思都得以呈现。虽然车培晶真正的文学创作要在十几年后才以文本的形式出现，但早年的电影放映，则是他成年以后营构虚拟世界的一场实景演练。

这是一场预演将来的行为艺术，也是“完美童年”的最好诠释。

在车培晶成为儿童文学作家以后，完成了第一部长篇幻想小说《爷爷铁床下的密室》。小说中，“爷爷的铁床”是一个神奇的存在，那下面可以容纳下一个班级的学生，而在床上的人却浑然不觉。不仅如此，铁床下面还存放着一个远去的时代：旧缝纫机、旧自行车、旧留声机、旧皮箱……当然，作为一部长篇小说，内容绝不会这么简单，作品所反映的是更为壮阔的世界大战。而“爷爷的铁床”不过是带领小读者进入广阔世界的一个“道具”，铁床下面的密室所具备的神秘感不正是符合儿童心理需求的吗？车培晶很好地抓住了少年读者的心理，找到了一个极具日常意味的切口，为少年读者打开进入作品的通道。

这样一部充满奇思妙想的小说，素材就来自车培晶童年的经历。他小的时候，他们家有一张特别大的床，能睡下全家人。同样地，床下也有足够大的空间，可以容得下很多孩子在里面玩耍。这也成为车培晶放映电影的另一个“电影院”：

> 床边带布围子，放下布围子，里面漆黑如夜。用火柴点燃蜡烛，玻璃片上的墨笔画映到了白墙上，观众们骚动起来，都往镜头前面挤——因为没有凸透镜，画面放不大，挤到跟前才看得清楚。放映结束，从大床底下爬出来，“放映员”和观众的鼻孔都被烛烟熏得黑黑的。

甚至，有一次差点把床铺点着。这样刺激、新鲜的体验，不正是每个孩子的“刚需”吗？而且，这样的“刚需”还是由自己一手制造出来的。这不仅满足了自己的创造欲和探求欲，还“造福”一方，给一众小伙伴带来快乐。这与作家的创作何其相似乃尔？

这种“行为艺术”奠基了车培晶的胸襟。虽“幽居”床下逼仄空间，但他的思绪穿透了床板、穿透了墙壁，飘进了广袤的原野。他看到了天空中的飞鸟，看到了森林中的动物，看到了田野上的奇花异草。其实，用“思绪”不够准确，那是近乎成熟的思考。车培晶那时的境界，确乎处于不自知、不自觉的状态，他并未意识到自己的所作所为预示着什么，但无疑他已陶醉于自己营构的艺术世界。

然而，一场声势浩大的运动冲击了他的生活，美丽的童年戛然而止。形成了命运的落差：他的家庭从城市下放到偏远乡村。他从受孩子们欢迎的快乐制造者，变成了受人欺负的弱者。那是一段不堪回首的岁月，但那些痛苦的经历也淬炼了他，给了他更为丰富的体验。不消说，那一段经历为车培晶所提供的创作素材，要远远多于自家那个大床。但即便这样，那仍然是一段不堪的经历，是一段痛苦的体验。

大连市作家徐铎曾这样说过：“我宁要幸福的童年，也不要后来的什么成就！”徐铎是在一篇回忆六一儿童节的文章中，忆及童年家庭的穷困窘迫，写下这话的。既经历过童年的不幸，也体验到成年后的成功，这样的感慨令人深思。

无论怎样看待童年的经历，这经历对一个人的影响显而易见。我们从车培晶创作的文学作品中能强烈感受到这一点。贯穿他作品的“悲悯情怀”不是与生俱来的，既源于他天性的善良，也来自生活的馈赠。

车培晶的很多作品，都包含这样的主题：弱者的抗争。他早期的小说集《神秘的猎人》中的很多作品都是这样类似的主题，比如《狗房子》《墨槐》等，不同的只是恃强凌弱者身份的区别。这些作品的主角大都是人，除此，还有动物，比如长篇动物小说《响尾姥鲨》，主角是响尾姥鲨。在这些作品中，我们能够看到作者对弱者的同情，还有对弱者的强烈期许——抗争。他用自己的笔给予这些弱者、受欺压者以巨大的力量，去对抗那些施暴者。让读者感受到正义的力量，感受到抚慰人心的人文色彩。

追溯车培晶的童年经历，我们发现，他在自述中对“受人欺负”有刻骨铭心的记忆。由于特殊年代家庭受到冲击，他也备受冷落。后来，一家人黯然告别城市，下乡到庄河一个偏远乡村。然而境遇并未改变，他每天依然面对歧视、辱骂，乃至殴打。终于有一次，在忍无可忍之际，他奋起反抗。但仍被一个大块头同学打得鼻子流血，衣服也被扯破。但围观的同学竟无一人帮他！

> 可以想象，我那时候对平等、对亲善、对爱与同情是何等渴望！大山应该为河流让路，让河流去滋润龟裂的心灵，使绿色之河与人们心中的爱树相伴成为永恒，这便构成了我日后儿童文学创作的精神内核。20世纪90年代初期，我发表的一系列短篇小说——《墨槐》《落马河谷的冬天》《白狗》《远方的家乡》《樱子河的月亮》《野鸽河谷》《月宫里的冰雕》《冻红了的鼻子》等，都蕴涵着这一主题，都是对平等、对亲善、对爱与同情的殷殷呼唤。

车培晶文学创作的这样一种倾向，同样为文学评论家注意到。张学昕在《建构儿童梦想的诗学——论车培晶的儿童文学创作》中将之凝练概括为“苦难意识”。张学昕认为，当下的儿童文学创作受到商业化和休闲文化的影响，出现了“淡化苦难，表现快乐”的价值取向。正是在这样的背景下，“车培晶的儿童小说创作中则自觉地融入了苦难意识，这在儿童文学创作中是并不多见的”。古耜在《在探索与扬弃中执着前行——再谈车培晶的少儿小说》中，从读者接受的角度，将车培晶儿童小说中的苦难主题解读为“强化小读者生命的钙质和心灵的承受力”。敏锐的文学评论家都读到了车培晶小说中的苦涩和沉重，关注到车培晶小说中对弱者的同情和悲悯，感受到车培晶小说中对善良和正义的呼唤。

车培晶文学创作中的这种倾向，既有个体经历的经验色彩，又有文学史绵延既久的传统。我们欣慰地看到，车培晶在接下来的文学创作中，既延续了这种可贵的品格，又没有拘囿于个体生命体验，而是把这种特色引向纵深，使他的作品蕴涵着浓郁的人文色彩。

其实，我们放眼看去，车培晶儿童文学创作的这种倾向一直在延续，只是把题材推向更大的空间、更广的视域。比如，发表于2011年《儿童文学》上的小说《小丈夫传说》，故事发生地为乌克兰，背景为乌克兰与波兰之间的战争，也就是波兰入侵乌克兰时，乌克兰人民的保家卫国战争。作为乌克兰人，“小丈夫”在民族危亡之际，走上战场，但小说表现的不是战争的正义与非正义，而是在这个大背景下小人物的命运。这个小人物确实“小”，小到如土豆一般，其寓意不言自明。但作为一个人，他仍然有人的情感，有对美好生活的向往和追求。战争毁掉了这一切，包括他的生命。但他的追求，他的努力，仍有打动人的力量。比如这个“小丈夫”，为了追求心中的美好，小小的身体爆发出巨大的能量，完成了超强的体力劳动。同时，又在密闭的空间里，完成了一卷爱情诗篇。作品自始至终都在表现这个小人物对美好的追求，让我们为之动容。虽然，“小丈夫”牺牲于战火，但他最终死在心爱的人的怀抱，而且也可以说壮烈殉国。所以，作品的境界更为阔大，有了崇高的意味。

或许，我们可以延续车培晶小时候这段放“电影”的话题，来谈谈他的长达 60 集的校园情景剧《快乐的同桌》。这部创作于 2008 年的儿童电视剧，由中央电视台和大连电视台联合摄制，在大连电视台、中央电视台多次播出，并在 2009 年获第二十七届中国电视剧“飞天奖”儿童剧三等奖、辽宁省精神文明建设“五个一工程”奖，同时入选大连市十部有影响作品。我们知道，儿童电视剧的创作，剧本固然有一定难度，更难的是演员。我想，电视剧的成功，除了作为作家的车培晶的写作才能，还有诸多因素在起作用。他做过 13 年初中教师，有足够多的与孩子们交往的第一手经验。他长期在电视台工作，对电视剧的制作、播出等流程有较为全面的了解。还有一条不能忽视的是，他童年“创作电影”的经历，而且，这一经验，有长达几十年的积淀，在潜移默化地影响着作家。

在车培晶的作品中，动物常常扮演着重要角色。有的动物是配角，有的干脆就是主角。这种对待动物的姿态，也与他少年时代的经历有关。而且，孩子天然地亲近动物，这也是动物园存在的要义。

车培晶作品中不断出现狗，这个现在被当作宠物来对待的动物。在车培晶的作品里，它们不仅不是宠物，还扮演了生活帮手这样的角色，属于农耕时代的生产力；还承担着贯穿情节、架构作品的审美功能；当然也少不了作为主人公精神慰藉的情感载体，但已然不同于今天的宠物在人们生活中的地位。因为今天的宠物是生活余裕的延伸，是日常生活的锦上添花；当年的狗是贫苦生活的雪中送炭。短篇小说《神秘的猎人》描写的是日本侵华时期，深山里一个独臂猎人驯养的一群猎狗。经过特殊训练的猎狗素养极高，勇猛无比。最后，这群猎狗在独臂猎人的指引下，炸毁了日军的铁路桥。狗在作品中，已经成为人物行为的延伸，成为人物的一部分。或者说，狗在作品中已迹近主角，一个悲情的主角。在车培晶小说里的狗，不管是主角还是配角，都代表着忠勇，代表着正义，承载着作品主题。

车培晶作品中还不断出现马、牛、驴、骡等辽南乡下常见的家畜。他自己也坦陈："不知怎么，我那时特别热爱牲口，马、牛、驴，还有驴和马交配出来的棕黑色的骡子。一有机会，我就去接近它们，给它们草吃，喂它们喝水。看它们打响鼻、倒嚼，摸它们的软鼻子和光滑的皮毛。"显示了他对牲口生活习性的熟稔，对这些日常动物的感情。车培晶的一些作品题目甚至"主人公"就是他所喜爱的动物，如长篇作品《老骡，老骡》《亲亲我的白龙马》等。

《神秘的猎人》

这些描写都深深打上作者童年的印记。车培晶所说的"那时"，就是下乡农村的那段时光。毫无疑问，生活在乡下，会有更多对大自然的观察体验。比如，车培晶作品中对自然景观的描写就极具特色。比如在早期的小说《野鸽河谷》中，我们看到这样的句子：

> 那是深秋的一个傍晚。雨丝在空中绵绵地扯着，河谷仿佛又下沉了许多。
>
> 太阳在河谷崖上那片密丛丛的落叶松林后面下沉着，如一圆烧红的铁将浸到水里。网状的松枝摇曳着从林隙间筛下的缕缕残光，落到地上时，有微风悄然把它们捧走……
>
> 唢呐声飘向河谷，皱了一片晚霞。

大自然的美，在流溢着诗情画意的同时，也面带凄色，低沉，喑哑，似在抵抗和挣扎，似在低泣和倾诉。这样的特点更多体现在车培晶早期的作品中，在早期，他更多流露出个人经验色彩。到创作《小丈夫传说》，虽然写的仍然是小人物，仍是底层存在，但已然更多明亮照进作品。比如，写战时，“少校率领一个营的新兵埋伏在地主家的葡萄园里。葡萄熟了，香味扑鼻，新兵们不停地咽口水”，不觉间淡化了战争的残酷，缓解了阅读时的压力。相比于早前的作品，这部小说在悲壮的主题之下，有了淡淡的暖色调，给人安慰。

车培晶作品的主题，永远是弱者、幼小、老迈这样的弱势群体所代表的正义、真诚和美好，与丑陋、颟顸、愚昧的貌似强悍的群体对峙。这一特点，在早期作品中更为突出。悲悯情怀是车培晶儿童文学创作的底色。比如，《野鸽河谷》里有两个主人公，一个是哑娃，一个是小孩子见了会被吓哭的丑老汉柳尖爷；《墨槐》的主人公石子是哑巴，被叫作“哑巴石”；《响尾姥鲨》中的响尾姥鲨家族……若单纯从这一角度审视车培晶的作品，车培晶俨然弱势群体代言人。

在大连的诸多儿童文学作家中，滕毓旭作品的底色是善良，车培晶的底色是悲悯，刘东的底色是尖锐。每个作家在漫长的创作历程中，在题材、体裁等方面虽然会有拓展、变化，但会始终保留着最基本的特质，这凸显了十分可贵的个性特征。

大连儿童文学前辈尤异这样评价车培晶的创作：

> 车培晶十分重视创作中的情感逻辑。他笔下的成功人物多是身体和心灵都受到过严重创伤的，而他又把他们置于一个复杂的感情漩涡和矛盾冲突之中，从而使作品中人物的命运紧紧牵动着读者的心。

这个评价可以说是与评论家（张学昕、古耜）的评价殊途同归。

从1984年，在山东《幼儿园》杂志发表连环画《活斧头》，在辽宁《新少年》杂志发表童话处女作《眼镜国》开始，车培晶已走过了将近40年的创作历程。其间，他出版了儿童文学作品几十部，主要为小说和童

话。同时还创作了多部儿童题材的长篇电视剧，在地方台和中央台播出。他的作品深受小读者喜爱，也理所当然地成为出版社的“出版资源”。受到评论界的关注和重视，也是情理之中。除前述评论家和作家，还有儿童文学家梅子涵、专注儿童文学创作的评论家马力等，都有专文论述车培晶的创作。

当然，我们更要提到，车培晶在1996年，凭儿童小说集《神秘的猎人》获第三届（1992年—1994年）全国优秀儿童文学奖，由此也成为大连儿童文学第一人，这是大连儿童文学获得的第一个全国性大奖。

车培晶在谈到《幸福的豆腐猪》写作初衷时，有过这样的表述，说小孩子“过家家”的行为是“人类与生俱来的情感意识，没有大人教，儿童就会了。这只是一种游戏吗？不不不，这是一份珍贵的生存信念和传承意识，儿童热衷而迫不及待地模仿大人的行为，那是在抒发自己的情怀、历练自己的能事、预演自己的明天啊”！他认为，我们的教育忽略了这些，即最基本的生存伦理。他努力用自己的作品来“指导”孩子们学会生活，不仅仅是生存技能，还有如何与人相处，表现了他对少年儿童深挚的情感，对儿童成长的深谋远虑。

附：车培晶主要文学创作成果

期刊发表

《眼镜国》（童话处女作），辽宁《新少年》1984年第7期

《慢半拍》（儿童小说处女作），河南《金色少年》1987年第5期

《墨槐》（短篇小说），辽宁《新少年》1990年第1期

《大年初一》（短篇小说），上海《少年文艺》1991年第10期

《狗房子》（短篇小说），上海《少年文艺》1992 年第 2 期

《野鸽河谷》（短篇小说），北京《儿童文学》1993 年第 2 期

《纸灯笼》（短篇小说），上海《儿童时代》1996 年第 6 期

《红麻山下的故事》（短篇小说），北京《儿童文学》1997 年第 5 期

《老好邮差》（短篇童话），上海《童话报》1998 年第 23 期

《绣花门帘遮着的门》（短篇小说），福建《小火炬》1999 年第 1 期

《装在橡皮箱里的镇子》（短篇童话），北京《儿童文学》1999 年第 7 期

《瘦狼和胖狼》（短篇童话），北京《儿童文学》2000 年第 4 期

《满嘴珠光宝气》（短篇童话），北京《儿童文学》2001 年第 3 期

《快乐在每个角落都会发生吗》（短篇童话），江苏《少年文艺》2001 年第 6 期

《雪镇上的美丽传说》（短篇童话），北京《儿童文学》2002 年第 5 期

《轻轻地，放下手术刀》（长篇小说），北京《中国校园文学》2003 年全年连载

《月亮尖叫时》（中篇童话），北京《儿童文学》2003 年全年连载

《模特橱窗里的隐秘》（中篇小说），北京《中国校园文学》2005 年第 1 至第 6 期

《班主任糗事》（短篇小说），辽宁《文学少年》2010 年第 1 期

《飞机效应》（短篇小说），北京《读友》2010 年第 2 期

《拜托，不要来那么多》（短篇童话），北京《儿童文学》2010 年第 5 期

《小丈夫传说》（短篇小说），北京《儿童文学》2011 年第 1 期

《保卫马闽》（短篇小说），北京《读友》2011 年第 3 期

《西瓜越狱》（短篇童话），江苏《少年文艺》2012 年第 4 期

《表妹开花》（短篇小说），北京《东方少年》2014 年第 2 期

《特别快递》（短篇童话），湖南《小学生时刊》2016 年第 9 期
《狼道》（散文），江苏《少年文艺》2020 年第 9 期
《并蒂莲》（长篇小说），辽宁《文学少年》2020 年第 7 至第 12 期

图书出版

《神秘的猎人》（短篇小说集），民族出版社 1993 年版
《魔轿车》（童话集），沈阳出版社 1996 年版
《你好，棕熊》（长篇小说），福建少年儿童出版社 1997 年版
《响尾姥鲨》（长篇动物小说），湖南少年儿童出版社 1997 年版
《装在橡皮箱里的镇子》（长篇童话），四川少年儿童出版社 1998 年版
《捡到一座城堡》（长篇童话），安徽少年儿童出版社 2000 年版
《爷爷铁床下的密室》（长篇小说），春风文艺出版社 2001 年版
《我的同桌是女妖》第一卷（长篇小说），春风文艺出版社 2002 年版
《我的同桌是女妖》第二卷（长篇小说），春风文艺出版社 2003 年版
《狼先生和他的大炮》（长篇童话），春风文艺出版社 2003 年版
《吃皮鞋的老轿车》（科普童话集），广东教育出版社 2004 年版
《我们的老师是狐仙》（长篇小说），春风文艺出版社 2004 年版
《沉默的森林》（中短篇小说集），辽宁少年儿童出版社 2005 年版
《亲亲我的白龙马》（长篇小说），春风文艺出版社 2005 年版
《同桌哆来咪》（长篇小说，三卷本），春风文艺出版社 2006 年版
《快乐的同桌》（长篇小说，六卷本），春风文艺出版社 2010 年版
《纸灯笼》（短篇小说集），春风文艺出版社 2015 年版

影视剧

《快乐的同桌》（校园情景剧，60 集），2008 年由中央电视台和大连电视台联合摄制，并在中央电视台播出

《插班生》（儿童系列情景剧，第一季，七集），2012 年由大连电视台摄制并播出

《插班生》（儿童系列情景剧，第二季，十集），2013 年由大连电视台摄制并播出

《插班生》（儿童系列情景剧，第三季，十集），2014 年由大连电视台摄制并播出

《插班生》（儿童系列情景剧，第四季，十集），2015 年由大连电视台摄制并播出

作品获奖

《野鸽河谷》（短篇小说），1993 年获海峡两岸儿童文学征文佳作奖

《神秘的猎人》（小说集），1995 年获辽宁省儿童文学评奖二等奖、1996 年获第三届（1992 年—1994 年）全国优秀儿童文学奖

《纸灯笼》（短篇小说），1996 年 6 月获上海陈伯吹儿童文学奖

《魔轿车》（童话集），1997 年获中宣部全国第六届精神文明建设“五个一工程”奖

《村里有个喇叭匠》（短篇童话），1997 年获上海《童话报》“金翅奖”

《响尾姥鲨》（长篇动物小说），1998 年获第十届中国图书奖

《装在橡皮箱里的镇子》（短篇童话），1998 年获《儿童文学》年度优秀作品奖

《装在橡皮箱里的镇子》（长篇童话），1999 年获辽宁省儿童文学评奖一等奖，2000 年获《儿童文学》年度优秀作品奖

《听，野人的声音》（短篇小说），2003年获首届中日友好儿童文学奖提名奖

《吃皮鞋的老轿车》（科普童话集），2004年获冰心儿童文学奖

《Happy 教室》（儿童科幻剧），2005年获第四届全国青少年戏剧、曲艺大赛金奖编剧奖

《Happy 教室》（动画片），2006年获辽宁省精神文明建设“五个一工程”奖

《沉默的森林》（中短篇小说集），2007年获第九届团中央“五个一工程”奖和辽宁省精神文明建设“五个一工程”奖

《快乐的同桌》（儿童电视剧），2009年获第27届中国电视剧“飞天奖”儿童剧三等奖和辽宁省精神文明建设“五个一工程”奖

《小丈夫传说》（短篇小说），2012年获首届儿童文学金近奖

刘东：走向尖锐和深刻

刘 东

在人们一般的阅读经验中，儿童文学描绘的生活总是单纯、美好，甚至令人向往，所以我们常常会把自然界的美景或一些人工景观说成“童话世界”。于是，我们也会看到一些后来的儿童文学创作者不由自主地沿袭既有的写作路径，继续把这种形式“做大做强”，却全然不顾儿童世界的复杂、残酷。这样的创作动机固然可以理解为从孩子内心承受力考虑，但也难说不是害了孩子，让孩子以为他们将要面对的世界就是如此纯净可爱，没有污垢，现实显然并非如此。

孩子需要了解他们面对的这个世界，除了美好，除了纯净，还有丑恶，还有犯罪。甚至，他们在小小年纪就要面对这些——比如校园霸凌、拐卖儿童，还有种种成人世界的丑恶和残酷。社会不会给孩子们单独辟出一块“儿童世界”，让他们独自美好，这是儿童文学作家必须面对的现实。

刘东不是这样题材的开创者，但他不遗余力地在这个领域耕耘，使这一敏感题材庶几成为他儿童文学创作的标签。这需要勇气，需要眼界，也需要技巧和能力。

刘东文学创作的起点是创作成人文学。在中考结束之后的那个有些漫长的夏天，成就了刘东人生经历中的几件大事：第一，他学会了做饭；

第二，他进行了大量的阅读；第三，他写了平生第一篇小说。孤立地看，这些也都平平常常，但对于刘东而言，意义非凡。

一般中考要早于正常学期结束，考试结束后有长达两个月左右的假期。父母上班，远离同学，如何打发这些无聊的时间，是这个16岁少年面临的现实。如果说做饭和看书都多少有些被动的因素，写小说却是一个主动选择，这个主动选择成为他人生的一块里程碑。我们今天在谈论作家刘东的时候，就要从这个夏天开始。

秋季开学，他考上了赫赫有名的大连第二十四中学，一个美好的未来正等待着他。开学后的一天，在大连大学工作的父亲接到一个电话，是海燕文学月刊社的一个编辑打来的。当时还没有家庭电话的刘东，投稿时理所当然留的是父亲的联系电话。有意思的是，编辑在要求刘东去编辑部的同时，还要求家长同去。父子俩不明就里，怀揣好奇走进南山街10号——海燕文学月刊社。接待他们的是编辑王传珍，就是他打的电话。原来王编辑担心刘爸爸干预儿子的文学创作，请刘爸爸来，是给他一个提醒：这是一棵文学苗子。

刘爸爸虽然从事电子计算机工作，但还是尊重儿子的意愿，也尊重人才的成长规律。

王编辑对小说提出具体修改意见，让刘东回去修改。悟性极高的刘东不仅改好了小说，也从这里学到了文学创作的技巧。转过年，小说在《海燕》发表。那是1987年，正是文学创作的黄金年代，也是《海燕》的黄金年代，能在《海燕》发表是作者们的殊荣。就此，刘东也成为《海燕》年龄最小的作者。

考上大连第二十四中学，在《海燕》发表小说，美好一下子集中到一个毛头小子的身上。刘东一度成为校园里的风景，甚至有高年级的同学特意跑过来看一眼这个刚入校门不久的小男生。难得的是，刘东并未因此而飘飘然。当然，写小说只是填空和补白，还有心仪的大学在不远处等着他。三年的高中是快乐的美好时光，但在面临高考之际，刘东却因一场重病，与高考，与心中理想的大学擦肩而过。

在度过危重期后，日子似乎回归平常。那些卧病床榻的日子，让刘东失去了上大学的机会，这些灰色的人生记忆必将影响一个人的思想。对于一个作家来说，这些经历成为独特而宝贵的人生经验。刘东后来的儿童文学创作之所以有追求深刻甚至尖锐的倾向，一定与这段经历有关。

虽不能把刘东这个经历简单归为"不幸"，但无疑他比同龄人多了一种生活体验，多了一个审视人生的视角。他的系列小说《轰然作响的记忆》，我们看到的是12篇作品、12个成长故事，这是他从采访了近百个人物故事当中筛选出来的，还有更多的故事因各种原因无法形诸笔墨呈现给读者。这些成长中的残酷对创作者来说也是一种考验，我们似乎能感受到作家内心的苦痛和煎熬。我也要狠狠心说，刘东少年生活这种经历，是生活给他的馈赠。因为具备成为作家的素质和信心，刘东才没有让这笔财富浪费。

喜欢读书，善于思考，爱好文学创作，又经历过人生的波折，这也许就是为一个作家准备的。但刘东还不清楚他的路在何方，他谋求工作机会的过程这里略去，有兴趣的朋友可以去看大连出版社出版的"棒棰岛'金苹果'文艺丛书"《刘东》，那里有他的自述。

后来，海燕文学月刊社搬到白云山新址，这里距刘东家所在的白云新村不远，也为他造访编辑部提供了方便，我曾接待过这位未来的著名儿童文学作家。但在当时，我还没有机会为他提供什么帮助。为他提供了契机的是老编辑、儿童文学作家宋一平。从宋老师这里，刘东第一次获得了"儿童文学"这个概念，这也是他从《海燕》得到的第二个收获。看起来，"儿童文学"只是一个概念、一个信息，但对于刘东意义重大。他和宋老师聊天的那个下午，成为他美好的记忆。

这为他开启了又一扇门。他写了平生第一篇儿童小说《老人・孩子・魂斗罗》，1995年在《文学少年》发表。没有想到的是，这引起了辽宁儿童文学前辈，时任《文学少年》主编赵郁秀的关注。她给大连的儿童文学前辈滕毓旭打电话，告诉他，大连有这样一个作者，而且是一个很有潜力的作者。

赵郁秀除了是《文学少年》的主编，还是著名儿童文学作家，同时还是辽宁儿童文学学会的会长。她这个会长可是实至名归，在她的热心推动下，辽宁的儿童文学创作蓬勃发展，一批儿童文学作家脱颖而出。1997年，由她主编的“棒槌鸟儿童文学丛书”出版，一共汇集了6位作家的6部作品，共120万字。同年，在北京召开这套丛书的研讨会，作品受到肯定。辽宁儿童文学作家一时享有“辽小虎”美誉，名动天下。

滕毓旭也是大连儿童文学界的前辈，倾心儿童文学创作几十年，著述丰厚。同时，他担任大连市儿童文学学会的会长，创办过《少年大世界》并担任主编。作为大连儿童文学界的前辈，他一向以发现和培养年轻作者而闻名。比如，已是知名儿童文学作家的车培晶、满涛等，都有他的心血和付出。依托《少年大世界》，滕毓旭也培养了一大批本地的儿童文学作者，接到赵郁秀电话，他自是喜出望外。

刘东提到当年这两位文学前辈时，用的是“幸运”这个词，其实这也是文学的幸运。文学事业的繁荣发展，除却个体的天赋和努力，还需要机遇，需要外界的触发和激励，能起到这种作用的就是文学编辑和前辈作家们。

在大连，一个文学前辈、一个文学新人，他们的见面是愉快的，但经验的传递和技巧的学习不是短时间的事。无疑，从滕老师这里，刘东获得了更多鼓励，也知晓赵郁秀对他的殷殷期待。其实，这种激励是无形的，得到专家、前辈的看重，就相当于得到了文学界的认可，或者说，得到文学的入门证。

一次，在滕老师家里，恰逢一位作家给滕老师打电话。刘东略感觉到那位作家的抱怨，意思是《儿童文学》不太好上稿。这激发了刘东的好奇心，在《儿童文学》发稿真会这么难？他的这种情绪被滕老师捕捉到，他感到自己的唐突，却又不好说什么，也不想解释，他想用作品说话。

在这样一种好奇心还有些微的压力支配下，刘东给自己定下的一个“小目标”：要让自己的作品登上《儿童文学》。因为很久以来他就有一个系列作品的构思，所以，很快完成两篇小说。这时，他又突然改变了主意，不想这样贸然把一个颇有规模的作品投出去。于是，又临时写了另外两篇作品。稿子投出去不久，他收到来自《儿童文学》的用稿通知，编辑的署名是王桂馨。这位王编辑对刘东作品给予了很高评价，还对他说以后有稿子可以直接寄给她。

这让他吃下定心丸，再回过头来琢磨那个想了很长时间的系列作品，这个系列，就是日后为他赢得荣誉的《轰然作响的记忆》。但让他没有想到的是，这个系列居然用掉六年时间，内容只有12个各自独立的短篇。可以这样说，这个系列作品，奠定了刘东小说的主题倾向和美学追求，就是直面青少年在成长过程中会面临的残酷。这样的主题在既往的儿童文学当中绝无仅有：校园暴力、少年自杀、少年犯罪……他追求思想的深刻，搞创作的人知道，这很难把握，所以，也很少有人去触碰这个“红线”。

《轰然作响的记忆》

刘东接下这个“棘手的活”，靠的不仅是勇气，还有对艺术的理解和“度”的把握。在一定程度上，刘东是把自己的生活经历，以及对生活的思考融入作品当中。他要让孩子知道，生活中并不都是“美丽童话”，还有我们不喜欢却又不得不面对的种种残酷。当然，刘东的读者指向大体为中学生这个群体，他们有一定的认知水平和思考能力。甚至，哪怕他们当时读不懂这些尖锐或深刻，也期望他们日后慢慢理解。这是刘东的创作执念，

或者说，是一个作家的责任感。

1998年3月，这个系列作品第一篇《祸事》在《儿童文学》头题发表。嗣后，到年底，又有《蝴蝶》《游戏》等4篇相继发表，且都是头题。这引起儿童文学界的轰动：《儿童文学》从未有一个作者能在一年内连续发表5篇作品，而且都是头题。以至于有人把这一年称为“刘东年”。这是继1983年被王蒙命名为“邓刚年”之后，又一次以一个作家来命名的年份。这固然不是一个科学的概念，但反映了一个现实，也是一个民间的评价维度。

刘东的作品是一个系列，他准备了很长时间。他是在对100多个人进行了采访后，开始的创作。所以，他给小说的命名是“采访小说”。其实如何命名和定义不重要，重要的是如何保证系列作品风格上的一致，还有艺术上的完整。

果然，在写到第四篇《下课》的时候，编辑给他来了一封信，对作品提出了意见。这让刘东冷静下来，重新审视自己的作品和写作状态。在反复阅读的过程中，他发现了各种修改的可能。从《下课》开始，他每写完一篇，都要先放上一段时间。待创作的激情过去之后，再看，再做修改，以臻完善。因此，《下课》也成为刘东创作的一个分水岭——不是在思想或方法上有什么改变，而是他对待创作的态度。这时，担任这个系列作品的责任编辑已经是徐德霞，也就是《儿童文学》的主编。

小说在《儿童文学》全部发表后，于2003年10月由中国少年儿童出版社结集出版。2004年，《轰然作响的记忆》获第六届全国优秀儿童文学奖。此前，这个系列的第一篇《祸事》获得了《儿童文学》优秀作品奖，这个系列的第二篇《蝴蝶》获辽宁省第六届儿童文学二等奖。此后，又有多篇在各种评奖中获奖，由此引起广泛关注。不仅出版社、杂志社找他约稿，一些评论家也把目光投向刘东。《中国儿童文学》《中国新闻出版报》《文艺报》等权威报刊先后发表专家的评论。他们聚焦刘东创作的核心价值：青少年成长过程中所要面对的沉重和残酷。比如孔凡飞的文章题目就是《沉重的飞翔》，可以说很好地概括了刘东作品的特质；李春林的文章题目《成长过程中的残酷自审》，亦是切中要害。这两篇都是评论《轰然作响的记忆》的，“沉重”和“残酷”就此成为刘东作品的标记。

但作为儿童文学作品，这般沉重，如此残酷，青少年读者能读懂，能理解吗？这确实是个问题。刘东对此的看法是这样，第一，作品的关键在于有一个好故事，这是前提，但好故事不是目的，一定要思考点什么，回味点什么，哪怕现在不懂也不要紧。他就遇到过一个这样的读者，这个读者是在小学三年级的时候读的《轰然作响的记忆》，当时不是很懂，但留有印象。后来，作为高考移民，他们家从河北来到海南。因为家庭变故，他对前途失去信心，感觉迷茫。他突然想到小学时读到的这本书，又翻出来看了一遍。读过之后，他不仅理解了作品，也理解了生活，原来小说反映的就是生活原本的样子。这个小故事给我们一个启发，优秀的儿童文学也是可以像经典的文学作品一样，值得反复阅读。放眼当下，我们应该关注的恰恰是这样一个面临困惑、困境的群体。文学在一定程度上，可以充当减压阀，充当“缓释胶囊”，缓解这部分人的焦虑和困惑。

第二，创作者不能为了迎合读者而放弃自己的追求。或者用评论家的话说，刘东的创作表现出对商业化写作的警惕和抵触。这源于他对读书的理解。我们常说，知识（读书）改变命运。在刘东看来，一个成年人的思想已经成熟，很难改变了。从读者角度和阅读角度，儿童时期是最重要的，真正会对一个人产生重大影响。所以，作为一个创作者，要在自己的作品中把那些思想性的东西包含进去。

刘东曾经写过一个3000字左右的短篇小说《星空的预言》。作品的原型来自他听到的一个故事，一个“算命”的故事。一个小学校长相信算命，他计划组织一次春游，算命的人告诉他，要掉一个轮子。于是校长在整个活动中几乎目不转睛盯着车轮，担着心。结果一切顺利，直到返回时，正在大家准备告别之际，一个老师的拉杆箱轮子突然掉下。

校长悬着的心才彻底放下，人也接近崩溃。刘东觉得单纯叙述是对素材的浪费，结果，这个故事在他的“素材库”里躺了17年，直到有一天，看到《儿童文学》的征文，这个潜藏的记忆突然被唤醒，他很快完成了创作。那个征文是以“星空”为主题，还是这个框架，他写成了跨星际的一场恋情，思考的是不同族群间人的信任问题，有很浓的悲剧色彩，也有震撼人心的艺术力量。作品受到学生们的欢迎和好评。

虽然看起来，刘东的作品发表、出版了很多，他也有着手成章的能力，但刘东并不率尔操觚，这也是一个作家成熟的表现。不错，刘东有一个“素材库”，在电脑里、手机里都有。用他的话说，就是要找到一块合适的“幕布”，“幕布”不合适，他不会轻易把那些素材写成作品。

从1987年在《海燕》发表小说处女作至今，刘东的文学创作已有30多年。从1995年在《文学少年》发表儿童文学，至今也有20多年时间。他从一个中学生成长为一个成熟的作家，如今发表和出版的作品达500万字，获国家级、省市级各种奖励众多。

刘东值得关注和讨论的作品有很多，比如《镜宫》，讲的是互换身份的故事。纯然虚构，却道出人生真相：属于自己的才是最适合的。比如《天上掉下个琳妹妹》，讲的是多子女相处的问题。这样有些残酷的现实问题，他仍然通过一个想象的虚拟故事来讲述。这部作品获得“夏衍杯”优秀电影剧本奖。

当然最重要、最具影响力的奖是全国优秀儿童文学奖，获奖作品是《轰然作响的记忆》。

附：刘东主要文学创作成果

期刊发表

《世界多美丽》（短篇小说，处女作），《海燕》1987 年第 4 期

《交付你的苦难》（短篇小说），《海燕》1990 年第 4 期

《一块云》（短篇小说），《海燕》1993 年第 4 期

《老人·孩子·魂斗罗》（短篇小说处女作），《文学少年》1995 年第 4 期

《大雪》（小说），《文学少年》1996 年第 2 期

《午夜世界杯》（小说），《少年大世界》1996 年第 10 期

《悲伤无痕》（小说），《儿童文学》1997 年第 5 期

《丑孩罗罗》（小说），《少年大世界》1997 年第 6 期

《负债》（小说），《文学少年》1997 年第 12 期

《祸事》（小说），《儿童文学》1998 年第 3 期

《蝴蝶》（小说），《儿童文学》1998 年第 4 期

《游戏》（小说），《儿童文学》1998 年第 7 期

《下课》（小说），《儿童文学》1998 年第 10 期

《长裙》（小说），《儿童文学》1998 年第 12 期

《孤旅》（小说），《儿童文学》1999 年第 3 期

《我是一棵树》（小说），《少年文艺》1999 年第 10 期

《与“天堂鸟”共舞的孩子》，《小火炬》2000 年第 5 期

《足球小子》（报告文学），《小火炬》2001 年第 1 期

《颤抖》（小说），《儿童文学》2001 年第 3 期

《沉默》（小说），《儿童文学》2001 年第 5 期

《红旗飘飘》（小说），《东方少年》2001 年第 7 期

《契约》（小说），《儿童文学》2001 年第 12 期

《在城市中行走》（报告文学），《少年文艺》2002 年第 7 期

《死结》（小说），《儿童文学》2002 年第 11 期

《朋友》（小说），《儿童文学》2003 年第 4 期

《房子》（小说），《儿童文学》2003 年第 6 期

《湖蓝色的水晶杯》（小说），《少年大世界》2003 年第 10 期

《金鱼》（小说），《儿童文学》2003 年第 10 期

《抄袭往事》（小说），《中国校园文学》2003 年第 10 期

《我的野蛮女同桌》（小说），《中国校园文学》2004 年第 1 期

《黄金》（小说），《儿童文学》2004 年第 12 期

《米蕊的镜子》（小说），《少年文艺》2005 年第 3 期

《姚水洗澡》（小说），《文学少年》2005 年第 7 期

《蜘蛛门》（上）（中篇小说），《儿童文学》2006 年第 2 期

《蜘蛛门》（下）（中篇小说），《儿童文学》2006 年第 3 期

《管玉的财富》（小说），《儿童文学》2007 年第 5 期

《阙山车》（小说），《少年文艺》2007 年第 7 期

《电脑库奇》（小说），《读友》2010 年第 5 期

《眠梦岛》（上）（中篇小说），《儿童文学》2010 年第 12 期

《眠梦岛》（中）（中篇小说），《儿童文学》2011 年第 1 期

《眠梦岛》（下）（中篇小说），《儿童文学》2011 年第 2 期

《快闪异族》（中篇小说），《巨人》2011 年第 2 期

《星空的预言》（短篇小说），《儿童文学》2012 年第 8 期

《跌碎的太阳》（小说），《少年文艺》2015 年

《少年唐盛唐》（小说），《鸭绿江》2015 年

图书出版

《大自然探秘》（合著），辽宁师范大学出版社 1997 年版

《情感操场》（长篇小说），中国少年儿童出版社 2000 年版
《轰然作响的记忆》（小说集），中国少年儿童出版社 2003 年版
《称心如意秤》（长篇童话），接力出版社 2005 年版
《抄袭往事》（中短篇小说集），辽宁少年儿童出版社 2005 年版
《超级蚂蚁托托》（长篇童话），福建教育出版社 2006 年版
《林大脚的故事》（长篇小说），福建教育出版社 2007 年版
《闪电手的故事》（长篇小说），福建教育出版社 2007 年版
《湖蓝色的水晶杯》（短篇小说集），人民文学出版社 2008 年版
《莎士比亚》（传记），吉林文史出版社 2009 年版
《无限接近的城市》（长篇小说），明天出版社 2009 年版
《非常琳妹妹》（长篇小说），大连出版社 2010 年版
《镜宫》（长篇小说），少年儿童出版社 2010 年版
《快闪异族》（中短篇小说集），少年儿童出版社 2011 年版
《当电脑爱上你》（中短篇小说集），现代出版社 2011 年版
《兄弟》（长篇小说），辽宁少年儿童出版社 2012 年版
《从天而降的老大》（长篇小说），大连出版社 2015 年版
《睡在我床下的老大》（长篇小说），大连出版社 2015 年版
《双拼宝贝》（长篇小说），晨光出版社 2015 年版

影视剧

《天上掉下个琳妹妹》（电影文学剧本），2015 年

作品获奖

《鸟儿在天上》（小说），1997 年获冰心儿童文学新作奖
《祸事》（小说），1998 年 12 月获《儿童文学》优秀作品奖
《蝴蝶》（小说），1999 年获辽宁省第六届儿童文学二等奖
《我是一棵树》（小说），1999 年获江苏《少年文艺》优秀作品奖

《孤旅》（小说），2001 年获中国作协新世纪儿童文学中短篇作品奖（1995 年—2000 年）

《轰然作响的记忆》（小说集），2004 年 12 月获第六届全国优秀儿童文学奖（2001 年—2003 年），2004 年获辽宁省首届未成年人优秀文艺作品奖文学类作品一等奖

《抄袭往事》（小说），2007 年 7 月获辽宁省“五个一工程”奖，2007 年 7 月获第九届团中央“五个一工程”奖，2009 年获辽宁省第七届优秀儿童文学奖

《镜宫》（小说），2011 年 2 月获冰心儿童图书奖，2012 年 8 月获第 12 届上海市优秀图书奖

《非常琳妹妹》（长篇小说），2012 年 8 月获辽宁省第 12 届“五个一工程”奖

《我爸我妈的外星儿子》（长篇小说），2014 年获首届“大白鲸世界杯”原创幻想儿童文学二等奖

《跌碎的太阳》（小说），2015 年获“周庄杯”全国短篇儿童文学优秀奖

《天上掉下个琳妹妹》（电影文学剧本），2015 年获“夏衍杯”优秀电影剧本奖

“军中三杰”：宋学武、庞泽云、马晓丽

在大连的文学创作队伍中，有一支不可忽视的力量，他们就是驻军大连的部队作家。从 1978 年始设全国优秀短篇小说评选以来，大连的部队作家有三人先后获得国家级大奖。尤为值得称道的是，其中的两篇作品就是发表在《海燕》1982 年第 9 期的《敬礼！妈妈》和 1985 年第 11 期的《夫妻粉》，作者分别是宋学武和庞泽云。第三位获奖的作家是马晓丽，其实她早年也曾在《海燕》发表过作品，而且我有幸担任责编。也就是说，三位部队作家其实不仅驻军大连，也和本地文学界关系密切。

如今，宋学武早已离开大连，赴京任职于解放军艺术学院。庞泽云作为沈阳军区政治部作家，也已离开辽宁，回到家乡四川，为家乡的精神文明建设贡献力量。只马晓丽一直坚守大连，并时常参与大连的文学活动，为大连文学助力。

宋学武

1982 年全国优秀短篇小说评选结果揭晓，名不见经传的宋学武凭《敬礼！妈妈》获奖。这是《海燕》继达理的小说获奖后，又一篇获奖作品，也是大连作家的第二次获奖。

需要特别指出的是，宋学武的获奖小说《敬礼！妈妈》是他的小说处女作。1980 年就进入《海燕》做编辑后来又担任副主编和主编的沙仁昌回忆说：

1982年春，宋学武带着他的处女作短篇小说《向妈妈敬礼》参加了笔会。笔会上，大家传阅了他的作品，并进行了热烈的讨论。经过编辑、新老作者帮助他反复推敲，他三易其稿，最后作品以题为《敬礼！妈妈》在《海燕》上刊发。当年在全国文学评奖中，他的这篇处女作被评为优秀短篇小说，使他一举成名。

海燕 月刊

一九八二年九月号

关于文学创作（作家与青年）	丁 玲	33
敬礼！妈妈（小说）	宋学武	2
浴海风波（小说）	宇 心	10
同心结（小说）	张 钊 张 鉴	14
子 威（小说）	毛志成	18
白天仙与黑瘟神（小说）	许润江	23
真的故事（小说）	唐 浩	51
吴奶奶修房（小说）	葛云飞	53
短篇二则（小说） 亲 戚 笨锁儿	中 凤	58
温暖的右手（小说·日本文学之窗）	〔日本〕壶井荣著 包福履译	61
友谊常存翰墨香（散文）	于植元	29
吴姑城的故事（民间传说）	姜学友 于同群	50
星海诗页	李寒清 陈家德 孙书彬 王中少 陈 伟 陈 正	44
生活的浪花	王金屏 王明希 左一兵 谢锐光 王贺锦	42
离情万丈任剪裁，转侧看花花不定（评论）	徐应佩 周溶泉	39
得意可以忘形（文艺随笔）	华 铭	48
创新漫议（文艺随笔）	黄世英	48
文学作品中的生活真实拾零（文坛谈趣）	东 安	40
真假月亮（寓言）	刘占武	49

《海燕》1982年9月刊载宋学武小说《敬礼！妈妈》

这段话很有意思。一般而言，作为笔会组织者的编辑是对稿件有生杀予夺大权的人，但在这里，不仅编辑提供意见，参加笔会的作者们也参与给出意见。可以想象，当年笔会上的热闹情景以及良好的创作氛围。这也是笔会这种方式受到作者们喜欢的一个原因：可以听到各种声音，可以被指导，也可以指导他人。这就是20世纪80年代的文学氛围，正是在这样的氛围中，一篇篇尚不成熟的作品逐渐得到完善，最后登上刊物，成为印刷品。

为尽量还原当年笔会的盛况，我又翻阅了大量资料，发现很多作家都记述过这次笔会。在历史小说家常万生的笔下，笔会是这样的：

1982年的七八月份（与沙仁昌的文章时间上有出入。引者注），《海燕》要举办一个创作学习班——那时候“学习班”这种形式还挺流行。“办学习班是个好办法”，这是毛主席他老人家说的。大约是图个幽静，便于安心写作，编辑部相中了龙王庙，于是，一支二三十人的队伍开进了我们学校（当时及

> 相当一个时期，常万生都于此任职。引者注），在校招待所驻扎下来。主持学习班的是沙仁昌……那阵子人们都挺单纯，就知道整天侃侃作品、爬格子……一个心眼地争取拿出好文章。

参加的作者有“邓刚、素素、孙惠芬、宋学武、杨道立、唐浩、孙传基、孙克仁、张福麟等”。“学习班办了十多天，成果喜人，宋学武拿出了《敬礼！妈妈》，一炮打响，获全国短篇小说大奖，唐浩干了个中篇；其他人也都有力作。”在常万生看来，这是最成功的一次“学习班”，可以进入“大连文学志”。

知名作家素素也在《有一种温暖叫文学》中，从别的角度写过这次笔会：

> 《海燕》组织的笔会……记忆最深的一次，笔会地点在大连陆军学院。带队的是《海燕》副主编（当时应该还不是。引者注）沙仁昌，住宿在学员宿舍，吃饭在学员队食堂，大家两个人一屋，白天趴在房间里写作，晚饭后则聚在一起唱老歌讲故事说笑话。最能说笑话的是邓刚，最能讲故事的是唐浩，最能唱歌的是杨道立，听众都属于笨嘴拙腮，有张福麟、宋学武、梁淑香、孙惠芬和我。大部分都是“40后”，只有我和孙惠芬最小，一个“50后”，一个“60后”。“40后”们会唱许多老歌，尤其是苏联歌曲，我们俩一句也跟不上。所幸我会唱《绿岛小夜曲》，晚上散步的时候，“40后”们走在前面唱老歌，我就在后面哼《绿岛小夜曲》，最后把孙惠芬也给教会了。

孙惠芬也在一篇文章中记述过这次笔会。令我印象很深的是，她在文章里写，在他们结束笔会，离开那里的时候，给部队写了一封感谢信。那信是素素执笔的，素素的字写得很漂亮。

这次笔会给大家的印象太深了，最突出的成果，当然就是宋学武的这篇小说了，但也远远不止于此。笔会上，写作技巧的交流、思想的碰撞，都给作家们带来强烈的冲击。而这种交流与碰撞，恰是产生文学作品的温床。

当年文学期刊流行举办笔会，这样可以使业余作者有一段完整的时间写作、改稿。有的作者是把之前写好的作品带去，有的是带一个构思去，宋学武就是带着写好的小说去参加笔会的。

关于“三易其稿”，我想其实也只是一个大致的说法。究竟改了多少遍，怕是作者自己也难以说得清的。

2019年，《海燕》开设一个栏目，对以往发表的优秀作品进行梳理，重新发表并配发评论。《敬礼！妈妈》再度被选中，又一次进入大众的视野。当然，以我们今天的眼光来看，作品的不足和局限还是比较明显的，但其光泽仍熠熠生辉，毫无褪色。

评论家韩传喜在《每一部作品都有自己的命运》里评价《敬礼！妈妈》具备这样几个特点。第一是叙事视点的独特：

> 小说弃置了战争小说的传统叙事套路，这里既没有瞬息万变的军事冲突，也没有战无不胜的卡里斯玛；既没有残酷血腥的敌我厮杀，也没有喜迎胜利的欢庆场面，有的只是一个电话检修站的日常军事训练，以及普通军人的平凡生活与人之常情……

第二是“短篇小说的胜利”：

> 与《荷花淀》和《百合花》相较，《敬礼！妈妈》也尽显短篇的精妙。小说开口虽小，挖掘却很深，一个小小的电话检修站，像一根引线，牵出了多条故事线索，牵动了多个人物命运，前线与后方、过去与现在、生存与死亡、情感与理智、个人与国家等多组关系有机融汇其中，相得益彰，精妙至极……

庞泽云

肇始于1978年的全国优秀短篇小说评选，1985年改革机制，与1986年合并为两年一届。而且，在数量上也有所精简，两年只评选出19篇获奖作品，而上一届1984年选出了18篇获奖作品。在此之前的每年获奖作品数量都在20到30篇之间，就是说，从1985年开始，这个奖项评选难度加大，获奖不易。正是在这样的背景下，庞泽云发表在《海燕》1985年第11期上的《夫妻粉》能脱颖而出实在难得，而且，这篇作品也是19篇作品中唯一发表在地市级刊物上的。

庞泽云小说《夫妻粉》题图，于振立绘

《海燕》的老编辑、后来担任主编的沙仁昌，在他的回忆文章《城市·文学·期刊》中提到庞泽云这篇作品的产生过程：

> 1984年，达理夫妇赴美前，在家里宴请几位朋友，庞泽云也在场，达理向我推荐了他。当时他刚修改完成了处女作《夫妻粉》。我看后觉得不错，就请他参加了《海燕》笔会。在笔会上，经过多次修改，《夫妻粉》在《海燕》的《雏凤篇》栏目刊发，并请达理为他做了点评。在当年的全国文学评奖中，《夫妻粉》获优秀短篇小说奖。

这段话包含了这样一些重要信息：《夫妻粉》是庞泽云的处女作；是知名作家达理的推荐；参加笔会；《雏凤篇》。

当时知名作家会向杂志推荐稿子，可不同于后来的拉关系、走后门。那是当时很多知名作家提携青年作家的一种方式，体现的是一种责任感，既对作者负责，也对刊物负责。这种推荐，有时是稿子确实写得好，有发表的可能；有时是作品有特点或作者有某方面的长处，可求教于编辑，对作者是一个提高的机会。20世纪八九十年代热衷文学的人多，投稿者众，编辑常看不过来。包括《海燕》，投稿量巨大，以至于当时曾聘请临时编辑做稿件的初步筛选，后来已是知名作家的滕毓旭、于景宁等，就曾做过这项工作。所以，推荐也是一种提高效率的“捷径”。后来“捷径”被蝇营狗苟之徒利用，推荐也就蜕变，不提。

提及当年的文学，“笔会”是一个躲不过去的词语，给作家们，也给编辑们留下深刻而美好的印象。更主要的是，在笔会上，作者们得到提高，能出作品。作家徐铎曾写过《海燕》的第一次笔会，是在1980年。与后来的笔会不同，当时的徐铎还没有作品发表，也被邀请参加笔会。而且，《海燕》的这次笔会，除了本地作者之外，还邀请了两名外地的业余作者，说是作者，其实也没发表过什么作品。这就是大家念念不忘的80年代的气象。作为刊物组织者的张琳也写过这次笔会：《〈海燕〉第一次笔会纪实》。大家都如此怀念当年的一次笔会，一次文学期刊的日常活动，自有道理。那确实是出作品的时候，是作者得以成长的重要机遇。庞泽云以自己的作品作为“资格”参加了笔会。

再说《雏凤篇》，这是当年《海燕》的一个栏目，专发作者的小说处女作，并配以名家的点评。处女作以如此隆重的方式推出，对作者来讲是个巨大的鼓舞。而且，为激励编辑发现和培养年轻作者、新作者，杂志对责任编辑亦予以奖励。我1990年到海燕文学月刊社工作，当时给责任编辑的奖励好像是20元。如今已是知名作家的鹤蜚，当年的作品也曾荣登《雏凤篇》。还有一些本地较有成就的作家也曾上过这个栏目，比如高金娥、于厚霖、杜敏、张玲等，还有后来成为知名记者的蔡拥军、张晓帆等。

说起来，《夫妻粉》作为处女作，不太像出自一个新手。《夫妻粉》情节自然，叙述从容，语言、细节、人物皆有可称赏处，最为人称道的，当属饮食环节，也是小说叙事的核心。当时，文坛已有陆文夫的《美食家》行世，好评连连。那是一个关于食客的故事。而《夫妻粉》中的食客袁老头亦不遑多让，他是资深品酒师，对美食的品鉴不在话下。可以看出，作者对川菜厨艺颇为精通，对餐饮经营亦不生疏。作品对鲍大厨这个人物刻画较为成功，他秉承祖训，尽心经营，享受食客的赞誉。但在社会环境变化和“婆娘”威逼之下，他被迫偷工减料，降低成本，导致品质下降，又于心不安，最后被唤醒良知，重归正途。庞泽云较为细致准确地刻画出人物心理变化的过程。小说自然融入四川方言，强化了地方特色。

需要指出的是，《夫妻粉》发表的1985年，文学界有一件大事发生，就是著名作家韩少功发表了《文学的“根”》，宣告了“寻根文学”的诞生，形成了继“伤痕文学”“反思文学”等思潮之后，又一个重要的文学思潮。一时间，探寻民族文化、挖掘传统意识成为作家们追索的方向，产生了一批具有广泛影响的作品。《夫妻粉》所写，不管是主观上的自觉还是客观上的不谋而合，都顺应了这股时代潮流。我愿意从这样的角度去认识庞泽云的这篇小说，即回归传统，坚守那些有价值的文化形态。作为一个从四川走出来的作家，庞泽云对方言，对地域文化都烂熟于心，并通过小说这种形式将其艺术化再现。小说中的袁老头在一定程度上是一个象征，象征传统文化的认知标准，他作为资深品酒专家兼美食家，是传统价值观的代表。

1990年10月，庞泽云与大连市文联副主席康文金（左一）和《海燕》编辑曲圣文（右三）、孙俊志（左三）等在大连丽景酒店

庞泽云文笔很老到，叙述游刃有余，从容不

迫。对于小说艺术有足够的驾驭能力。

所以，我们也应该感谢达理，感谢《海燕》，感谢这个时代。

在当时，有很多作者在发表处女作之前，已经有多年的写作历练，只是需要一个触发点。一篇好作品，有一双慧眼的编辑，再有一个名家推荐，再有一次恰到好处的笔会。这些，都有幸被庞泽云遇到。

后来，庞泽云凭借自己的创作才华和文学成就，进入沈阳军区政治部话剧团，成为专业作家。

马晓丽

在文坛，万众瞩目的全国优秀短篇小说评选到1988年最后一次评选即终止。1996年，中国作协设立了鲁迅文学奖，将之前的全国优秀中篇小说评选和全国优秀短篇小说评选纳入其中，并新设诗歌、散文、文学评论等奖项，每四年举办一届，使之成为一个国家级的综合评奖活动，与长篇小说的茅盾文学奖并列。

在鲁迅文学奖设立后举办的第三届评奖活动中，本市两位女作家孙惠芬和素素分别以小说和散文同时获奖，一时让文坛吃惊不小。几年后的第六届（2010年—2013年）评奖中，一位来自大连的部队女作家马晓丽，又以小说《俄罗斯陆军腰带》获鲁迅文学奖中篇小说奖。就此，她也成为本市军中第三位获全国大奖的作家，也是本市第三位获鲁迅文学奖的作家。

长篇小说《楚河汉界》是我国长篇小说的一部重要作品之一，出版之后即受到广泛关注，在北京举办了研讨会。参加研讨会并发言的有：著名军旅作家、曾任《解放军文艺》及解放军文艺出版社社长的凌行正，著名评论家、社科院文学研究所研究员蔡葵，中宣部艺术局理论处处长、评论家路侃，鲁迅文学院副院长、评论家胡平，总政宣传部艺术局副局长、评论家汪守德，还有著名评论家白烨、林为进、周政保等。

综合起来大致是这样的评价，首先是作品展示了军事文学应有的气质和力度，“把一种比较刚健的东西表现出来”（林为进），读者“会被小说所表现的英雄主义、理想和激情所感染”，“这部小说将毫无愧色地进入当代军事文学的力作之列，也是近年来长篇小说的重要收获之一”（路侃）。其次是小说的思想性和深刻性，触及了现实问题，“这些年来没有这样的小说，能够很艺术、很独特地把我们部队、我们军人面临的挑战和困境都推到读者面前，而这种东西不仅仅是军人面临的挑战，也是整个中国都面临的挑战”（周政保）。再次是人物刻画，比如主人公周东进，“是一种现代型的英雄”，“这个人物写得极其有光彩，非常令人振奋，这种精神对军人和非军人都会起一种非常强烈的感召作用”（白烨）。

另有很多评论家写了评论文章，给予高度评价。比如前述路侃写了《当代军事文学的力作》，龚帆写了《双重视域中的现实困境》，侧重作品中的人物分析，还有《北京青年报》《文艺报》等主流报刊发表评论或报道。根据这一作品改编的电视剧《将门风云》也在地方电视台热播。但由于种种原因，令人遗憾地落选茅盾文学奖。

当然，从影响力来看，获得鲁迅文学奖的短篇小说《俄罗斯陆军腰带》知道的人更多。这篇小说从内在气质上与《楚河汉界》一脉相承，“始终弥漫着一股昂扬向上的刚硬之气，写出了军人强韧的内在品格”（徐嘉艺）。

> 小说的内容是这样的：在中俄一次联合演习中，我军特战营的中校秦冲和俄军上校鲍里斯意外相遇。两人既是老朋友，亦是老对手，都曾任中俄边防连连长。小说在当下和过去两条线索中展开叙述，选取了“陆军腰带”这一物件作为牵引点，通过描写双方的几件交集事件，在对比中表现中俄军人之间思想、文化、情感的差异，也写到了两国军人之间从对峙到和解、

> 再到互相认同的过程。无论是中国中校秦冲，还是俄国上校鲍里斯，他们都是典型的铁血硬汉型军人，他们之间的对抗源于军人尚武争优的心理机制，而他们对彼此的和解与认同也同样来自军人间的惺惺相惜。

这是评论家徐嘉艺对马晓丽《俄罗斯陆军腰带》的评介，准确概括了小说的思想内容和艺术特色。

中国作协给《俄罗斯陆军腰带》的授奖词：

> 《俄罗斯陆军腰带》巧妙地利用腰带这个象征性物品，描写了中俄两军交往中因文化背景、生活习惯和军事传统等方面的差异而引起的误解，准确地刻画出秦冲、鲍里斯两人以至两国军人不同的精神气质，通过他们的碰撞、理解、合作和感悟，表达了在新的历史条件下对军人伦理的思考和认识。作品延续了短篇小说写作的优秀传统，小中见大，显示出对复杂经验宽阔、准确的把握能力和精湛机敏的叙事技巧。

马晓丽的创作体裁不拘，视野开阔，笔力雄健，颇具大家气象。她的小说创作，以获奖的中篇小说《俄罗斯陆军腰带》和入围茅盾文学奖的长篇小说《楚河汉界》为代表，作品达到当下小说创作的最高水准。她的报告文学、人物传记的写作，亦展示出她在“非虚构”领域的才气。我在本书报告文学部分对她的创作有所评介，感受到小说创作手法在其中的体现。这是很有趣的现象，

2019年10月，曲圣文（左）与作家马晓丽（右）

她同时驾驭虚构与“非虚构”都达到相当水平，成就斐然。她的散文写作也体现出大格局，代表作为长篇散文《阅读父亲》。这部长篇有一个合作者蔡小东，是她的丈夫。作品写的是蔡小东的父亲，也就是马晓丽的公公，一个戎马一生的老革命。不错，作为军人的马晓丽嫁入一个军人世家。作为军旅作家的马晓丽，以不凡的笔力写出一个前辈军人的不凡经历。

马晓丽写小说，写报告文学，写散文，都紧紧围绕着军人和部队生活，为新时期军旅文学做出贡献，是典型的军旅作家。

我和马晓丽交往稀少，一起开过一次评审会，讨论徐铎的长篇小说《天兴福》。我发言的时候，她曾两次插话，补充丰富了我的观点。对此，她表示歉意，我感到自豪。我的拙见能得到知名作家的首肯，是一种荣光。

附：宋学武、庞泽云、马晓丽主要文学创作成果及获奖情况

宋学武主要文学创作成果

《敬礼！妈妈》（短篇小说），《海燕》1982 年第 9 期

《第一个军礼》（短篇小说），《海燕》1983 年第 2 期

《干草》（短篇小说），《青年文学》1984 年第 2 期

《狂风》（短篇小说），《海燕》1984 年第 4 期

《心慰》（短篇小说），《青年文学》1984 年第 9 期

《山上山下》（短篇小说），《人民文学》1985 年第 6 期

《洞里洞外》（中篇小说），《收获》1986 年第 6 期

《第五个房客》（短篇小说集），中国青年出版社 1986 年版

《宋学武作品集 1：短篇小说卷》，中国文联出版社 2000 年版

《宋学武作品集 2：中篇小说卷》，中国文联出版社 2000 年版
《宋学武作品集 3：散文随笔卷》，中国文联出版社 2000 年版

宋学武作品获奖情况

《敬礼！妈妈》（短篇小说），1982 年获全国优秀短篇小说奖
《干草》（短篇小说），1984 年获全国优秀短篇小说奖

庞泽云作品主要文学创作成果

《奇异的思念》（散文），《海燕》1984 年第 4 期
《夫妻粉》（短篇小说），《海燕》1985 年第 11 期
《这世界怎么了》（短篇小说），《海燕》1985 年第 5 期
《一张照片》（短篇小说），《海燕》1987 年第 11 期
《正绿色》（中篇小说），《当代》1990 年第 5 期
《小说的闲笔》（随笔），《海燕》1991 年第 5 期
《我的川北忘年交》（中篇小说），《当代》1988 年第 1 期
《母亲》（散文），《海燕》1997 年第 6 期
《夫妻粉》（小说集），作家出版社 1989 年第 1 版
《中国：与贫困决战》（长篇报告文学），百花洲文艺出版社 1997 年版
《庞泽云剧作选》（话剧剧本集），中国戏剧出版社 2005 年版

庞泽云作品获奖情况

《夫妻粉》（短篇小说），获 1985 年—1986 年全国优秀短篇小说奖
《找班长》（小说），获《解放军文艺》优秀作品奖（1992 年）
《炮震》（话剧剧本），获第八届文华编剧奖、1998 年中国曹禺戏剧文学奖、1998 年全军优秀编剧奖
《黄颜色，绿颜色》（电视剧），获四川省“五个一工程”奖

马晓丽主要文学创作成果

《迷谷》（短篇小说），《海燕》1985 年第 12 期

《俄罗斯陆军腰带》（中篇小说），《西南军事文学》2012 年第 2 期

《光魂》（长篇传记），解放军出版社 1998 年版

《楚河汉界》（长篇小说），解放军文艺出版社 2002 年版

《阅读父亲》（与蔡小东合著，长篇散文），解放军文艺出版社 2007 年版

《催眠》（中短篇小说集），大连出版社 2014 年版

《王大珩传》（人物传记），中国青年出版社 2015 年版

《不堪的朋友》（散文集），江西教育出版社 2018 年版

《手臂上的蓝玫瑰》（中短篇小说集），北岳文艺出版社 2021 年版

马晓丽作品获奖情况

《俄罗斯陆军腰带》（中篇小说），2014 年获第六届（2010 年—2013 年）鲁迅文学奖“中篇小说奖”

《楚河汉界》（长篇小说），2002 年第六届辽宁省曹雪芹文学奖、2003 年获第二届全国女性文学奖、2007 年获第十届全军文艺“新作品奖”一等奖等，也曾入围第六届茅盾文学奖

《云端》（中篇小说），2007 年获辽宁文学奖、2008 年获第十一届全军文艺优秀作品奖一等奖

《舵链》（短篇小说），获第六届全军文艺优秀作品奖一等奖

《光魂》（长篇传记），获第四届全军文艺优秀作品奖二等奖

主要参考文献

[1]程廷恒，张素．复县志略（全）[M]. 台湾：成文出版社有限公司，1970.

[2]永瑢，等．四库全书总目 [M]. 北京：中华书局，1965.

[3]易风．中国历史年代简表 [M]. 北京：文物出版社，1973.

[4]北京语言学院《中国文学家辞典》编委会．中国文学家辞典：现代第一分册 [M]. 成都：四川人民出版社，1979.

[5]北京语言学院《中国文学家辞典》编委会．中国文学家辞典：现代第二分册 [M]. 成都：四川人民出版社，1982.

[6]北京语言学院《中国文学家辞典》编委会．中国文学家辞典：现代第三分册 [M]. 成都：四川人民出版社，1985.

[7]北京语言学院《中国文学家辞典》编委会．中国文学家辞典：现代第三分册 [M]. 成都：四川文艺出版社，1985.

[8]上海古籍出版社，上海书店．二十五史 [M]. 上海：上海古籍出版社，上海书店，1986.

[9]佚名．辽宁作家小传 [M]. 沈阳：春风文艺出版社，1988.

[10] 董志正．这是一方沃土 [M]. 大连：大连出版社，1992

[11] 吴青云．大连历代诗选注 [M]. 大连：大连出版社，1992.

[12] 大连市文化艺术志编纂办公室．大连市文化艺术活动大事记 [M]. 大连市文化艺术志编纂办公室，1995.

[13] 唐培吉．中国历史大事年表·现代史卷 [M]. 上海：上海辞书出版社，1997.

[14] 张光年．文坛回春纪事 [M]. 深圳：海天出版社，1998.

[15] 曹文轩 . 中国八十年代文学现象研究 [M]. 北京 : 作家出版社 ,2003.

[16] 张琳 . 大连文学五十年 [M]. 大连 : 大连出版社 ,2003.

[17] 孙玉明 . 红学 :1954[M]. 北京 : 北京图书馆出版社 ,2003.

[18] 张玉珠 . 大连优秀文学艺术作品选 [M]. 北京 : 文化艺术出版社 ,2005.

[19] 韩悦行 . 大连掌故 [M]. 大连 : 大连出版社 ,2007.

[20] 马玉全 . 大连文化之旅 [M]. 大连 : 大连出版社 ,2007.

[21] 孙宝田 . 旅大文献征存 [M]. 大连 : 大连出版社 ,2008.

[22] 朱向前 . 中国军旅文学 50 年 (1949—1999)[M]. 北京 : 学习出版社 ,2008.

[23] 张玉珠 . 大连市文联六十年 [M]. 大连 : 大连市文联 ,2009.

[24] 多隆阿 . 慧珠阁诗钞 [M]. 水云社 ,2010.

[25] 李洁非 . 典型文案 [M]. 北京 : 人民文学出版社 ,2010.

[26] 王晓峰 . 大连文化散论 [M]. 大连 : 大连理工大学出版社 ,2011.

[27] 孙海鹏 . 走过大连街 [M]. 香港 : 华夏文化艺术出版社 ,2011.

[28] 大连晚报社棒棰岛周刊 . 静像 · 大连老建筑 [M]. 大连 : 大连出版社 ,2013.

[29] 滕贞甫 . 棒棰岛金苹果文艺丛书 · 车培晶 [M]. 大连 : 大连出版社 , 2015.

[30] 滕贞甫 . 棒棰岛金苹果文艺丛书 · 刘东 [M]. 大连 : 大连出版社 , 2015.

[31] 张金双 . 大连市优秀文学作品集 (2012—2017)[M]. 大连 : 大连出版社 , 2017.

[32] 杨锦峰 . 辽宁地域文化通览 · 大连卷 [M]. 大连 : 大连出版社 ,2017.

后　记

我是一个内向且循规蹈矩的人，但大学毕业后所从事的两种工作都是要与人打交道，这对我是一个挑战。我的第一份工作是中学教师，每天要面对活力无限的中学生和游刃有余的同行。同学们有的聪明，有的耍小聪明。聪明的孩子扮演好学生的角色，上课认真听讲，考出好成绩；耍小聪明的孩子，扮演你的对手，寻找你的弱点，以逞一时之快为乐，似乎忘记了学生的本分。于是，我留给这些孩子们的印象是，这个老师“好欺负”。同事们对我的评价是：曲老师，你不适合做中学老师，适合做大学老师。感谢他们对我学识的认可甚或高估，但我终究没有做成大学教师。

命运安排我走进海燕文学月刊社，这是我心仪的工作。面对文字的时候，我才会有足够的自信。那是 1990 年，到 2017 年 1 月退休，我整整做了 27 年编辑。2011 年 1 月，我又有幸成为副主编，做了六年。这样，我广泛接触了本地作家和业余作者，对本地区的文学创作也有较为全面的了解。很多作者出版了新书会赠送给我，我也都会收藏。因此，在受到新冠肺炎疫情影响无法顺利采访和查阅资料的时候，这些藏书为我提供了便利，也省却了采访的麻烦。这些年来，我不善于与人交往的特点虽有改观，但一直顽强地存在着。

这本书的写作资源来自以下几个方面：第一，我个人的图书资料收藏；第二，我对部分作家和单位的采访；第三，我参加的一些讲座；第四，图书馆。

我们知道，大连作为一座城市的历史很短暂，要从历史的角度考察大连的文学，史料的匮乏显而易见。所以，本书开篇的史述部分就是个大难题。依据大连出版社出版的本地文史读物，我查阅了《二十五史》《四库全书总目提要》，从而落实了那些先贤的史迹，使我得以从容落笔。对我帮助较大的几部书有：《旅大文献征存》（孙宝田编著）、《大连掌故》（韩悦行编著）、《大连历代诗选注》（吴青云编著）、《大连文学五十年》（张琳著）等，这些都是大连出版社出版的图书。此外，还有民国版的《复县志略》（程廷恒修，张素纂），大连市文化艺术志编纂办公室编辑整理的《大连市文化艺术活动大事记》，大连市委宣传部牵头主编的两套文学作品丛书，给我提供了全面、丰富的作品资源。

在采访的过程中，得到了诸作家的积极支持，我分外感激。特别感谢大连市作协主席素素，我几次打电话采访、请教，或与她微信沟通，都获益良多。特别感谢原普兰店市文联主席姜风清先生，他不顾年事已高，几次从大连返回普兰店查找资料和图片，给我极大的帮助和支持。特别感谢庄河市文联原副主席林玉玲女士，她已经退休，但还是积极帮我联系采访、安排食宿诸事务。赴瓦房店、普兰店和庄河采访时，我得到了当地文联、作协领导的积极配合和支持，请恕领导名字不在此一一罗列，这些我都铭记在心。

还要感谢大连艺术研究所，2019 年冬天，他们正在举办一个系列讲座。我先后听了邱伟女士讲《新文化运动在大连》、张军女士讲《〈黄河大合唱〉在大连特殊解放区》，还有已经退休的杨锦峰先生讲《奠基新的精神家园》，关于特殊解放区时期的大连文化。这几个讲座丰富了本书“史述篇”的内容。

还有，诗人孙甲仁先生、诗人左岸先生，在分别接受了我的采访的同时，还向我提供了本市诗歌创作的概貌，以及比较重要的诗人。孙甲仁先生还赠送了新出版的《辽宁诗界》（2020 夏之卷），这是一本大连诗人的专刊，共收入 100 多位诗人的作品，为我提供了最新鲜的本土诗歌样本。

在庄河采访有一个意外收获。在《庄河记忆》编辑部，姜弢向我提及了庄河当年的一个具有全国影响力的诗人李满红。这是我第一次听到这个名字，如果不是下来采访，就会错过一个有重要地位的诗人。本书中李满红的部分，主要参考了姜弢先生发表在《庄河记忆》里的一篇文章。我后来核对资料，在1985年四川文艺出版社出版的《中国文学家辞典》（现代第四分册）的第226页，“李满红”词条赫然在列。

还要感谢大连图书馆的支持，为我提供了查阅《泰东日报》的便利。这份创办于100多年前的报纸，如今以胶卷的形式保存着。不巧的是，那天播放设备出现故障，我只能以手摇的方式来看幻灯片，但字迹清晰，高度还原，信息满满，印象深刻。

最后，还要感谢我的夫人和儿子，他们为我的写作创造了方便条件。还要感谢我的姐姐和弟弟、妹妹，他们承担了更多照顾年过九旬的父母的责任，为我赢得更多的写作时间。

采访、写作的过程是一个学习的过程，也是精神成长的过程。在这个过程中，除了有发现的兴奋和表达的愉悦，很多时候还有写不出来的痛苦和写不下去的迷茫。当我从史料匮乏的古代，来到文学蓬勃的当代，又被海量作品淹没，这种强烈对比和巨大反差，一时让我无所适从。想想看，一本《大连历代诗选注》还不到200页，却涵盖了大连地区从古代到民国初年的诗歌。如果把能搜集到的历代诗词全部编辑成书，估计也没有今天一个高产诗人的作品多。在这样的时代，面对海量作品，对一个人的时间和精力都是一种巨大考验。

无论面对匮乏还是身陷丰沛，从中走出，都是重生。

2022年8月1日星期一